U0894029

本书属于中国国家新闻出版广电总局和俄罗斯出版与大众传媒署批准的“中俄文学互译出版项目·俄罗斯文库”。由中国文字著作权协会和俄罗斯翻译学院负责组织实施。

Будьте как дети

像孩子一样

Владимир Шаров
〔俄〕弗拉基米尔·沙罗夫 著
赵桂莲 译

中俄文学互译出版项目·俄罗斯文库

北京大学出版社
PEKING UNIVERSITY PRESS

著作权合同登记号　图字：01-2015-5801
图书在版编目(CIP)数据

像孩子一样/〔俄罗斯〕沙罗夫著；赵桂莲译. —北京：北京大学出版社，2015.10
ISBN 978-7-301-26389-1

Ⅰ. ①像…　Ⅱ. ①沙… ②赵…　Ⅲ. ①长篇小说–俄罗斯–现代
Ⅳ. ①I512.45

中国版本图书馆CIP数据核字（2015）第244556号

本书属于中国国家新闻出版广电总局和俄罗斯出版与大众传媒署批准的“中俄文学互译出版项目·俄罗斯文库”。由中国文字著作权协会和俄罗斯翻译学院负责组织实施。

书　　名　像孩子一样
XIANG HAIZI YIYANG
著作责任者　〔俄〕弗拉基米尔·沙罗夫　著　赵桂莲　译
责任编辑　李　哲
标准书号　ISBN 978-7-301-26389-1
出版发行　北京大学出版社
地　　址　北京市海淀区成府路205 号　100871
网　　址　http://www.pup.cn　　新浪微博：@北京大学出版社
电子信箱　pup_russian@163.com
电　　话　邮购部62752015　发行部62750672　编辑部62759634
印 刷 者　北京中科印刷有限公司
经 销 者　新华书店
650毫米×980毫米　16开本　19.75印张　300千字
2015年10月第1版　2015年10月第1次印刷
定　　价　45.00元

未经许可，不得以任何方式复制或抄袭本书之部分或全部内容。
版权所有，侵权必究
举报电话：010-62752024　电子信箱：fd@pup.pku.edu.cn
图书如有印装质量问题，请与出版部联系，电话：010-62756370

1914年12月，我们在东普鲁士的进攻彻底平息下来的时候，最高统帅部不假思索地让预备部队投入了战斗，进行了三次反击，主要的一次在彼得格勒[①]、莫斯科和其他外省的城市发生：那儿的人群打碎了数百家叫做“弗里茨”“汉斯”和“路德维希”的商店橱窗，欢庆了胜利。店主全都挂起了牌子，上面用粗大的基里尔字母写着：“抱歉，这里不说德语。”还有两次辅助性的侧翼反击，都是借助皇家玛丽亚剧院[②]的力量：1915年讴歌德意志精神的瓦格纳歌剧一下子都从剧院的舞台上消失了；除此之外，作为与不久前被日耳曼人占领的华沙团结的标志，就在那里，在玛丽亚剧院，排练委员会对《伊万·苏萨宁[③]》的结尾做了修改。为免除不必要的问题，不幸的波兰人如今没被任何人以任何方式杀掉，他们是自己死的，死于酷寒。

取代瓦格纳的是里姆斯基–科萨科夫的作品：《萨德阔——富有的客商》，稍晚些时候，是《看不见的基杰什城[④]》。公众兴

① 圣彼得堡1914年8月18日–1924年1月26日的名称。

② 位于圣彼得堡，1859年正式得此名称并沿用至今的剧院。目前国内的通用译名是“马林斯基剧院”，可实际上1859年扩建后的剧院是以亚历山大二世的皇后玛丽亚的名字命名的，出现错译是因为剧院名称中使用的是“玛丽亚”的形容词“玛丽亚的”。

③ 伊万·苏萨宁（16世纪末？—1613），俄罗斯民族英雄，但身份不祥，有的说是农奴，有的说是村长，还有的说是大贵族特辖领地的总管。根据传说，1613年冬天，入侵俄国的一队波兰立陶宛军人得知已被缙绅会议宣布为沙皇的罗曼诺夫王朝的第一位国君米哈伊尔及其母亲在多姆尼诺村避难，于是准备去杀了他们，在村外不远处碰上伊万·苏萨宁，要他带路，他带着他们去了相反的方向，他们恼羞成怒，不仅杀了他，还碎尸万段。

④ 关于基杰什城的传说在俄罗斯家喻户晓。据考证，传说产生于18世纪80—90年代，主要在旧礼仪派（旧信仰派、分裂教派）教徒中流传，后来，19世纪作家梅里尼科夫–佩乔尔斯基以此为主题的数部小说使该传说广为流传。根据传说，该圣城位于伏尔加河下游的下诺夫哥罗得州北部的斯维特洛亚尔湖的湖底。

奋地迎接初演。大厅人山人海，站了半个多小时，请演唱主角的索比诺夫返场。另一点更为重要：让最高权力机构爱抚有加的商人和企业主们1915年底之前就已经把榴弹炮的生产扩大了一倍，而军队获得的炮弹数量增加了三倍。结果到1916年的春天，前线得以稳定，战斗具有了胶着的、阵地战的性质。

对上演《看不见的基杰什城》的评价要复杂一些。可能是演出不成功，或者是沉没到斯维特洛亚尔湖湖底的教堂忧伤的钟鸣根本就没有能力鼓舞步兵发起冲锋。不管怎么样，士兵们听说圣城只有圣徒才能窥见，水会往两边分开，保持着从前的壮美的圣城会直接在救主的教民眼前从深潭中浮出来。他们忏悔了罪过，而且根据将军们的报告，1917年的春夏两季，一整队一整队的军人开始离开阵地，去寻找圣城了。

1922年，也就是五年之后，从疏散地克里米亚经由赫利奥波利斯[1]有成千上万的难民开始涌入巴黎，大多数是军人、军官和哥萨克。人们都已经知道了，他们数百的战友被红军在高加索的图阿普塞附近以及克里米亚的苏达克稍北的地方活活淹死了。看样子，嘉吉廖夫[1]当时就是为了追悼亡灵才在巴黎的俄罗斯演出季的框架内，在大歌剧院的舞台上重新上演了《看不见的基杰什城》，布景出自随之扬名立万的丘尔廖尼斯[2]之手。布景的背景是他寻常的、绿莹莹的油画，上面有些说不上名的水草、芦苇，再上方是稍有些亮色的交错、来回挪动的带子和水流。远方，透过那片暗绿的薄雾可以看见城墙，城墙上方是美

① 埃及古城。

② 谢尔盖·帕夫洛维奇·嘉吉廖夫（1872—1929），俄罗斯戏剧和艺术活动家，巴黎“俄罗斯演出季”的组织者，“嘉吉廖夫俄罗斯芭蕾舞团”的组建者。

③ 米卡洛尤斯·康斯坦丁纳斯·丘尔廖尼斯（1875—1911），立陶宛画家、音乐家。

好城市金色的教堂尖顶和角楼。

布景满是整个情景皆在水下展开的幻觉。以左半边布景为背景有很长很长的一队军官。每个人的脚上都用绳子拴着大石头或是铁块。他们的这个致命的负担静静地平摊在水底，而被水托起的军官本人却照例挺直身子站着。活生生的人体。水流轻盈地摆动着身体，仿佛是风在撩动着头发。有那样一种感觉：如同七年战争期间习惯的那样，他们正列着队迈向沉睡在深水中的基杰什的城墙。

1970年1月25日萨申卡没了。四岁女孩儿的这个死亡本身以及与她有关的事情震撼了每一个认识她家的人。孩子的父母——万尼亚·兹维亚金采夫和伊琳娜·丘索瓦娅——是我儿时的朋友。他们结婚的时候还在上大学，伊琳娜刚满18岁，万尼亚大两岁，不过，等到长大成人以后会生活在一起这一点，我认为，他们一直就清楚。婚姻美满。圣经中有话：妻子会依附丈夫，他们将成为一体。万尼亚和伊琳娜正是如此。在旁人看来，他们的关系中没有高潮，没有特别的激情，他们相互之间就是所有时间都不可或缺，每一分钟都相互惦记，相互需要。

他们生活得不富裕，开始靠的是助学金加上父母接济的一点钱，后来成了研究所的助理研究员，尽管如此，万尼亚每天都带着花儿回家。总之，是言情小说里才遇得见的爱情。而且与那些小说中一样，有一件事让他们伤心：伊琳娜几乎七年都没能生养。她怀孕容易，可接下来，哪怕马上就卧床保胎，却还是流产。26岁的时候，在朝拜过洞窟修道院之后，她终于坐住胎了：孩子，小姑娘，是真真正正的奇迹。

三个月大，在小孩子们还都怕生人的时候，萨申卡却对所有的人微笑，向所有的人伸出小手。她简直就好像在散发出光来，任何一个在她身边的人，似乎不这样就不行，全都开始高兴，微笑，快乐。在葬礼上谁都想不起来她有过不满意的样子；她当然有过伤心的时候，可却从来没生过任何人的气。去世前的一个月，萨沙[1]得了麻疹，随后病情开始恶化。四天时间体温接近四十度，两个医生——俩人都是我们的密友——说：孩子很虚弱，一点把握都没有。最后一夜尤其糟糕：小姑娘对任何药和针都已经没反应了，整小时整小时地昏迷。脉搏细若游丝，几乎听不到呼吸。医生甚至把小镜子往她嘴唇上贴了两次：以为她死了。

这一夜前的傍晚，在情况还没让人觉得无望的时候，杜霞——莫斯科有名的圣愚，直截了当地对医生说：“别瞎忙了，我已经为她求了死了。”又对伊琳娜说：“如今她是纯洁的天使，死了会到天堂，要是让她长大，会罪孽深重，任什么祈祷都无济于事。”不过因为处于歇斯底里的状态中，对于杜霞的话谁都没留意。等到医生们说任何办法都无力回天的时候，母亲抱起萨申卡，搂着，开始抚摸她，亲吻她，小姑娘又开始呼吸了。黎明时分，她体温突然降下来了，显然，危机过去了。接下来，如果上帝愿意，她会开始康复的。

好在那夜之后母亲一刻都没离手，萨申卡简直是让人眼睁睁地看着一点点恢复知觉。可到了第三天，体温没头没脑地又升高了。谁都没料到病情反复，什么都来不及做。疾病立刻转移到了大脑，小姑娘几乎是在一昼夜之间燃尽了。这一切是如此可怕，如此不公平，以至于到了现在，二十年过去了，没什

① 全名亚历山德拉，小名萨沙，昵称萨申卡。

么有所缓解。

之后是葬礼。葬在沃斯特里亚科沃公墓，兹维亚金采夫家族在那儿有一块墓地。萨申卡的父亲万尼亚还撑得住，可母亲却黑沉沉的，哭肿了脸。她自己没法走了，两个女友搀着胳膊，实际上是在架着她走。等到棺材已经该放入墓穴的时候，伊琳娜却违背常理，恳求最后一次掀开棺盖。人们顺从了她。来告别的人差不多上百。在他们面前的丝枕上毫无疑问躺着一个天使，只不过是违背天性死了的天使。在我看来，在场的那些人当时根本就害怕把萨申卡入土，因为他们不知道该怎样让一切停下来，所以一个接着一个地说起了她，仿佛在说一个活人似的。

带着绳子和铲子的工人站在远处，可很快他们就等烦了，他们一边让我们抓紧，一边靠了过来。也许，出现这样的结果是偶然：走在前面的是杜霞。作为一个生活圣洁的人，她极善祷告，因此我想，杜霞会找到哪怕能多少让我们与萨申卡的死和解的话来。这也是兹维亚金采夫夫妇和其他人所必需的。可他们听到说出来的却是下面这样的话：没什么好哭的，她，杜霞，还在四天前就已经为小姑娘安魂了，那个时候萨申卡就应该把灵魂交给上帝了。但第一次母亲做到了向主求回她，放回她。枉然。要是上帝把命留给她，小姑娘会变成地狱的子民，会扼杀很多人，引人犯罪，让人受诱惑。因此她，杜霞，才干预了。目前萨申卡还没做成任何受审判的事，等着她的是拯救和永生，不然她就要在炼狱里受苦了。随后杜霞如同丢了块骨头一样丢给伊琳娜一句话：无辜孩子的母亲死后会跟孩子在同一个地方。

墓地里说的话把大家都震住了，可更让我震撼的是，实际上是被杜霞害死的小姑娘的父母万尼亚和伊琳娜没有跟她断绝关系，相反，跟圣愚走得更紧密了。杜霞白天夜里在他们那儿几乎待了一年。兹维亚金采夫夫妇从前对她就出奇虔诚，如今完全是在讨好，差不多是奴颜婢膝，好像她既然会从主那儿求来萨申卡的死，那如今就会求来她的复活。据说他们甚至一起祷告，跟着圣愚感谢主，感谢他带走了他们独生的女儿，没让她长大，成为魔鬼手中的工具。我不知道是不是这样，不过有一天我明白了，自己没法再看到他们亲吻她的手，没完没了地念叨："杜辛卡，亲爱的杜辛卡[①]。"我父母也继续与杜霞交往，至于我，当我知道她必定会在我们家出现的时候，我会提早离开。后来我在莫尔恰诺夫卡[②]有了自己的房间，因此，大概有七年吧，我压根儿就没见过杜霞。他儿子谢廖沙死后——我小时候就很喜欢他，欠他很多情——，某些方面的联系才有所恢复。

女儿死后伊琳娜开始酗酒。偶尔她似乎有所恢复，说自己应当再生一个孩子，这件事定了，不然她活不下去，可随之就又烂醉如泥。不过，她是否还能再有孩子——先前的生产很难——，她是否想要孩子，我不知道。我在场的时候她的一个女朋友对母亲说，从萨申卡葬礼的那天起她就不让丈夫碰自己了。

杜霞和兹维亚金采夫夫妇组成的奇怪的三角关系维持了差不多一年多。后来万尼亚去了别洛亚尔斯克[③]——我们的人开始在那里建设第一座核电站——，他是个优秀的物理实验员，而

---

① "杜霞"的昵称。

② 莫斯科市中心阿尔巴特区的街道，分大、小两条莫尔恰诺夫卡街。

③ 西伯利亚阿尔泰边疆区的小镇，位于鄂毕河右岸。

他离开前伊琳娜就已经破罐子破摔了。好像是这么个情况。万尼亚离开以后杜霞也不再待在他们家了。

伊琳娜放荡的可怕之处在于，这样做没给她带来任何快感，甚至没有帮助她忘我。天性把她造就成了贞洁的人，成了万尼亚的妻子以后，除了他，她不会对任何人产生兴趣。伊琳娜很好看，不过她对其他男人的无动于衷是如此牢不可破，以至于萨沙去世之前连试着去追求她的人都没有。我想，她的放浪形骸是有目的的。她认为这样，以不要自己得救为代价，就会向主证明：他不该从她这儿收走萨申卡；没有她的女儿世界并未变得更好，相反，邪恶变得更多了。

她也确实在三年之内不明不白地破坏了十好几个家庭。跟一个、另一个在一起，换伴儿，把他们乱甩，跟一些人住个把礼拜，在某一个那儿停上个半年，不过所有人迟早都会被她甩了。后来，在她已经大量喝酒的时候，她喜欢说，早晨第一件事不是刷牙，而是做爱，是这一次跟谁过夜。可不管伊琳娜玩得多厉害，不管她如何尝试表现荡妇，但在任何人那里她都没学到任何东西。而且放浪了十年，就本质来说她却还是一如从前，是基督徒妻子，对于她来说只有一件事让上床无罪——怀孕。

我不知道，对于我们来说，是什么让她如此迷人。有的人也许是希望唤起她的情感，不管是哪方面的，成为她的第一个，另一些人是被伊琳娜的美貌所吸引。可我们却全都遭遇了失败。谁都没法轻易地与她分手，情况就是这样。不是只有我经历过那样一段生活：你知道在这段生活里她是你主要的女人，而这个女人从来就没爱过你，她只是在与上帝的争论中利用了你。对于杜霞的儿子谢廖沙来说情况转变了，那更糟。

根据杜霞的见证，她的告解神父、阿姆弗罗西主教1926年的时候——再次被判刑之前不久，在谈话中指出过，我们全都纠缠于马太福音中相邻的两句诗："……说：'我实在地告诉你们，你们若不回转、变成小孩子的样式，断不得进天国。'"（18：3），还有另一句："凡使这信我的一个小子跌倒的，倒不如把大磨石拴在这人的颈项上，沉在深海里。"（18：6）

我第一次决定应该在纳利扬–马尔[①]把一切都写下来，那几乎是三十年前了。萨沙还活着，世界寻常，不好也不坏，至少里面没有我在任何条件下都不打算原谅的人。当然了，周边的恶罄竹难书，不过也有善，总之，紧上一紧，还不会捉襟见肘。何况在北方待了十季之后，我已经对一些事有所了解，有所擅长。机缘巧合，在我的生命中这似乎是个分水岭。由此回顾从前的路，暂时还不错，而且看得清自己走向何方，路好像也不难走。接下来的路应该是下坡路了，不过对此我没有不安。

极地地区的六月底，不管你怎么说，都是个事儿。太阳昼夜热腾腾的，对于夜晚大家全都忘了去想。从大学时代起我就非常喜欢"野外"，可如今它却全完了。从秋明[②]运来二十个考察队——也包括我们队——家当的驳船撞上了礁石，顺顺当当地沉了。现在发放给我们的钱够买面包和软奶酪的，至于喝酒，我们都不去幻想了。谢天谢地，暂时还不会被赶出旅馆，

① 涅涅茨自治共和国首府，北极圈的城市，涅涅茨语"美丽之城"。

② 俄罗斯人在西伯利亚的第一座城市，1586年开建，最初是军事堡垒，如今有"石油之都"的名声。距离莫斯科2172公里。

不过好时光能持续多久，谁都不知道。

确实，抱怨客房是罪过。唯一的一个邻居，石油人，只是过夜，我就这样孤零零一个，像鸟儿一样自由。时间是大把大把的，再加上太阳，不管你怎么遮窗户，都睡不了五个钟头，再说白天也没人来骚扰你。无所事事又没钱，我们第一个礼拜吵了个遍，现在都尽量不出现在对方的视线里。想着让自己忙点什么的时候，我到第三天想起了早就有的一个想法：连同涉及我个人的一些情形，转述一下在东西伯利亚、勒拿河流域收集的一组恩乔人[①]的晚期传说故事。这里没有语法错误，也没有文字游戏：恩乔人是北方的一个小民族，两百来人。他们曾经有几千人，伏特加让他们消亡，整部落整部落地消亡。

外加战前，住在北方的那些人被剥夺得完完全全一贫如洗了。莫斯科的某个聪明脑袋产生了一个想象：原住民丝毫不比其他民族更好，于是下令剥夺恩乔人的财产。结果他们世世代代在冻土区游牧的大规模鹿群每家剩下的不到十头。多数人连这个都没有了。他们大概有五十或是六十来个族人如今在季克西[②]郊外定居下来了，就在机场的库房后面。他们蜗居在用车皮拼成的棚子里。一部分人乞讨，其余的人打个更看个门什么的。别的活儿没人要他们。

就连那些领工资的人也没什么用来养孩子，因此他们的女人产后刚能站起来，就去把孩子交给托儿所了。由于普遍酗酒、肮脏，几乎三分之一的婴儿患有重病。寄宿学校自然会照

① 该民族的人对自己的统称是“恩乔”，意思是“人”。小说中使用的词语是苏联民俗学家普罗考菲耶夫19世纪30年代根据俄语构词习惯造出来的，其后缀有“人”的意思。结合俄语读音和意思，似应译为“恩人”，但考虑汉语意义，同时尊重该民族自己的称谓，也因为没有发现约定俗成的汉语译名，译者选择译为“恩乔人”。

② 雅库特最北的居民点。

顾孩子，给他们吃、治病，教他们学文化，可从那儿出来时，年轻一代的恩乔人不管是对于语言还是自己的习俗，全都已经不清楚了。

我所说的一组故事，其形成时间不会早于19世纪下半期，而且从本质上说，从来都没引起过任何人的兴趣。我们大家得到的教育都是越古老越好，这个烙印是抹不掉的。是啊，进入这一组的传说故事我是随便搜集的，为自己搜集，没有任何任务和计划。故事的主人公叫叶夫拉姆皮·赫利斯托佛罗维奇·佩列古多夫，是恩乔人的使徒。我对他产生兴趣的原因是这样的。我十岁以前父亲——当然了，如果恰好他在家，我和妹妹被赶上床——一整个冬天都给我们读美国的传说和童话。厚厚的书，好像是20年代中期出版的。一方面，童话极为平常，也就是说，可以不用去怕某个故事会有不好的结局。与此同时，里面的人出行不是乘坐火炉，而是通过铁路，坐在蒸汽机的车厢里，并且相互发送的不是带着字条的鸽子，而是电报。坏匪徒就是那些手握“史密斯威森”，打劫那些名称听起来不像童话的银行的强盗。不过该他们倒霉，这时好小伙子——治安警察——就出现了，短暂的对射之后“善”获胜了，罪犯要么进了坟墓，要么蹲了笆篱子。

来自完全不同时代的事物和对世界的理解如此共处，我之前在哪儿都没遇到过，因此它让我兴奋。加上注解中——注解也读给我们听——确定，话说的是具体的人，他们生于何时、住在哪儿、怎么死的，都是清楚的。父亲本人从新大陆的传说故事中得到的快乐不比我少，只有妹妹要摆脱出去，有时候她会怯生生地请求今天拿个别的什么来读，像《巴黎圣母院》那样的。显而易见，美国的民间文学当时在我心里牢固地扎了根，因为在北方撞见类似的东西以后，我没有犹豫就受到了诱惑。

还有一个动机。恩乔人的第一则传说故事我是在大学四年级的时候记录下来的，那时我和民俗考察队去了雅库特。那次实习不但确定了我未来的兴趣——从乌拉尔到楚克奇和猎户海的北方以及这里的众多小民族——，由于实习，我还开始变得平和得多地看待一个从前没法适应的医学问题：情况足够严重，我已经及时地给自己立了十字架了。那个不得不在里面窝一年的医院就算改变了什么，那也不是根本上的改变。这时候我清楚了，没什么好急的，我的病也许压根儿就不是诅咒，不是判决，而且患病前的事以及疾病本身全都不是平白无故的，不是枉然，相反，赐给我的是一个开锁钩，没有它你什么都弄不明白。

当然了，在这类事物中什么都快不了。为了着手这项工作，我躺在纳利扬–马尔的旅馆小床上，必定要过去一堆时间，而且我应当搞清楚一堆事物。到如今，事后了，我清楚，在成年后的生活中，1958年的那次失败的考察——到没完没了地谈判完把我们送回莫斯科，共一个月零十天——不是一段最坏的时光，而我恐怕是第一次没有像通常那样心惊胆战地看待未来。

我意识到在下面要展开的故事中线索太多。纠结、扯断的这些线索缠成了那样的一个团，很长时间连我都找不到一条该揪着拉扯的线。再勾勒勾勒计划，我明白了，我甚至连日期都出了问题。过程的崎岖不平也没少把我弄糊涂。有几年一切都静谧，如同在密室下面，接着就是一通真真正正的胡闹，后来汽儿放出来了，重新归于寂静。总的来说，哪怕在脑子里我十分轻易就抓住了本质，但事情却很快就停滞下来了。有时候我觉得，要把这东西在纸上编出来，得是三十年代准备诉讼程序的契卡才行。

要么是为了排解，要么是为了向自己证明没有遭禁的主题，我是从原先恐怕不敢谈起的事物开始的。五八年在纳利扬-马尔、后来在当年秋天的三个月写下的东西十二月时由于一系列原因不得不搁置下来了。如果不考虑持续几乎十七年、时间不算长的间歇的话。当我回看这些记录的时候，开头二十页的调调让我不自在。少年又随便又胆怯的混合物随着时间的流逝没多少吸引力。不过，没什么差别：接下来的这一段反正什么都没触及。

根据自身经验我确信，当你处于事件核心的时候，你什么见证人都成不了。别人癫痫发作，我自然是见过的，可这些发作是有气场的，也就是说，人会有预兆："瞧，就现在，要开始了。"因此，哪怕只在刹那之间，他也来得及躺下。有床就躺床上，没有，就干脆躺地板上。接下来，不管你被拧巴成什么样，重伤是不会有的。而我却从来没有得到任何人的警示，相应的，我得到的都是全套的。

发生了什么我只能从亲属们的言谈中了解，不过这个话题不是我喜欢谈的话题，所以对于细节他们是三缄其口。的确，我知道，我做的第一件事是粗野、刺耳地喊叫：痉挛已经扭曲了关节，声音里人性的东西不多。有一次母亲说，像是用工厂的汽笛替换了喉咙。发作期间我力气大得如同狂躁的疯子。我就这样嚎叫着，随之就像颗螺丝钉一样，试图拧进我站立的地方里面。拧巴的是右边，因为我受损的是大脑的左半球，一切都在那里开始。谁知道我想要的是什么：也许，我幻想有一件拘束衣，幻想被挤，被抓，而且不留余地，往死里弄。可是，要么地板是石头的，要么就是钻出的洞眼什么用都没有，因此我像舞蹈演员一样爬上个把分钟，发出含糊不清的嘶嘶声，直到旋转起来、终于达到极速为止。速度是个好东西，它甩掉恐惧。为了脱离地面，为了哪怕只是一米，飞起来，不管是我还是飞机，都需要速度。接下来重归乏味：你被扔到让你转动的那边，在你摔倒之前，然后是当你已经摔倒以后，没有任何怜悯地揍着，捶着。

发作持续15—20分钟（按照分类，这样的叫做大发作，或是总发作），之后我还要躺上几个钟头，伤痕累累，浑身是血，舌头如同嚼过的纸。醒来，又睡过去。意识恢复，又丧失，不过却哪儿都不疼。通常到第二天早晨我才能清醒，开始清算支出和损耗。查看伤口的时候我是顺从的，而且怀着这样的顺从，我清楚，不到一个半月至两个月，我是恢复不过来的。要是哪儿都没骨折，最疼的就是舌头了，你没法用人声唱歌，说不了人话。

就连国家都承认我的病是重病。癫痫是直接与二级、通常还是一级残废连同养老金一起挂钩的。国家也确实是什么都不让我干。不让你开车床，不让你抓方向盘。连洗澡都不让你一个人去：会从浴池里被抛出去，你连骨头都拢不到一处。至于说那些高兴的事儿，比如说喝酒吧，不管你怎么哀求，亲属中没一个人哪怕能给你倒上一盅。允许的事儿就是：安静地、不紧不慢地活着，寄希望于更好。为了不让希望干涸，就早晨、白天和睡前各吃一把种类各异的药片儿。

应该说，我的癫痫病不是先天的，怎么叫呢，是后天的。

十九岁的时候，那年头通常都醉醺醺的，我决定顺着祖耶夫文化宫的栏杆滑下去。栏杆是好栏杆，宽宽的，可我没在上面撑住，从六米高的地方大头朝下摔了下去。医院，至少从表面上，按照图纸把我拼装起来，可一个月之后显现出来，额头里面有个重要物件儿皱巴了。

确定要带着这一切终老以后，我开始飞快地萎靡下去。离开了大学，不再跟朋友们见面，一个礼拜一个礼拜地压根儿连家门都不出。父母自然试着做点什么，因此陌生的医生们我经常见。可却没有结果。我回答同样的一些问题，他们用同样的镀镍小锤子检查我的反射功能，接下来是道别，什么有指望的话都没说。或许，为了适应，我需要时间和温顺。至于前者，则没人催我去任何地方。至于后者，开始的时候温顺也没有问题。我整天整天地躺在沙发上，有时拿本书，而更多的时候只是望着窗外。没有特别想要任何什么，我也不想多余地去悔过。

总的来说，一切都安安静静的，可后来，我心里没头没脑地开始狂躁。狂躁的爆发像犯病一样，没有秩序，没有格式，或许在这种状态中我是可怕的，因为突然有一天我意识到了，不管是母亲还是父亲，对狂躁的害怕要远超过癫痫。那时我通过他们的眼睛看到了自己，心生怜惜，明白他们没理由受折磨。所以我自己要求住进精神病院。著名的“卡先卡”[①]是我们的区医院，我就被送到了那里。我在精神病院度过了几乎一年，准确说是十一个月零六天。这个时间不短，从卡先卡出来的时候，在各个方面说，我都是另一个人了。上大学的时候变

① 莫斯科第一精神病院，1922—1994年以俄罗斯著名心理医生、社会活动家彼得·彼得罗维奇·卡先柯（1858—1920）的名字命名，莫斯科人习惯叫它“卡先卡”。

化就已经开始了，而在医院里，我裹在里面长成人的壳儿彻底地脱落了。

根据癫痫及其不可抑制的冲动程度，我被安排进了二科，中度重症科。任何精神病院都不乏好看的女护士。这里的工资体面，有一堆各种各样的补贴；可以轻易谈妥24小时值班，那样就可以让自己半周没班儿；除此以外，如果你想上医学院，那就会有优惠。一个月过后，我就受科里的一个女护士娜斯嘉保护了。我欠娜斯嘉很多。拜她所赐，我在医院感觉不错，至少比在列昂季耶夫[①]要好。我变得更平和，快乐一些了，医院甚至开始给我减抗痉挛药和镇静药的剂量，半年过后都说到出院的事了。不过我不想出去。在那之前二科已经变成我的家、我的窝了，过得这么棒，我不敢钻进光天化日的世界。对于类似的事，精神病院的态度是理解，通常不会把人强行赶走。后来，娜斯嘉让我觉得累了，我自己说到了重获自由的事，因此，一有了床位，我就被转到了五科——疗养科。

“小五”，那是著名的卡纳特齐科夫别墅，是介于监狱和家之间的那么个东西。建造它的是同姓名的商人，否则卡先柯医院不同意给他的疯女儿治疗。这里迄今为止还什么东西都没被盗被抢：还是那些镶嵌在红木框子里、直顶到天花板的帝国风格的镜子，还是那些路德维希十五风格的客厅，而且家具是原件，修复得棒极了。医院是个大城，里面能人够多。除了客厅还有一个不大的台球室：德国做工的球桌、有大理石基座和打磨得恰到好处的呢子、真材实料的象牙台球。保安盯着让一切都井然有序——那是个年老的记分员，曾经在高尔基文化休闲公园工作过。就是他用各个种类的木头磨削、拼粘了一些极

① 即莫斯科的列昂季耶夫巷，下文表明主人公的家在那里。

好的球杆。一般来说，在根据法律不为自己负责的人的手里，球杆是真正的武器，疯人院里本没有它的容身之地，可五科主任瓦连京·尼古拉耶维奇·格利高里耶夫——一个台球发烧友、名人谢马诺夫的学生，对于这种不合规矩闭着眼睛不看。

不过天堂哪儿都没有。在卡纳特齐科夫别墅，让我本人尴尬的不是巨大的、几乎有五十张床位的病房，里面一半的人像快死的人那样发出呼噜声，不过每周总会有个人真的会死。每座医院都有人把灵魂交给上帝，对于这一切你会习惯的，更何况给你的安眠药——不用废话——要多少有多少。可这里挨着帝国风、挨着红木和台球的地方，有个疯狂十足的卫生间。它也华丽，天花板有吊顶，有四个高大的尖顶窗户——这已经是莫斯科现代派风格了——，墙边挨排摆着十五把普通的苏式小椅子，一切都像疯人院该有的那样，没有组合柜，没有角柜和吊柜——千万可不能让人上吊啊。

当然了，里面的马桶哪个科都有，可这里的样子看起来特别野蛮。那个塑造它的人肯定是个有品位的人——丝毫没觊觎一个套一个的圆形。不过一旦费力地爬上去，稍微蹲上两蹲，因为各种药片总是便秘的可怜人，就会像鹰一样缩身坐稳，差不多要待上个把钟头，徒劳地试图把屎拉出来，就这样蹲啊蹲啊。那儿的水箱还永远都是坏的，因此你身子下面像是挖苦似的，淌着干净的、透明的、从来都不会流干的小溪。我到现在都还记得进入这个大厅时笼罩着我的慌乱：全是些教会我们习惯独自一个人应对的东西。不过，如果平心而论，当然了，卡纳特齐科夫别墅不是最糟糕的地方。

娜斯嘉爱我。夜里精神病院安静，除了病号几乎没人。我在二科住院的时候，医护办公室、主治医生办公室以及护士长的房间全归我们支配。通常娜斯嘉会选择科主任办公室里的长沙发，但必要的时候护士房里的短沙发她也不嫌弃。娜斯嘉性欲旺盛，因此，如果一个班儿我和她睡得少过三次，她就会挨着个儿地怪我、怪药物、怪她自己整个不顺当的人生。

得知卡纳特齐科夫别墅空出了一张床位，她说想生孩子，说要把我从医院弄出去，我们结婚。当然了，纳罗弗明斯克[①]不是莫斯科，可她在那儿有间房子，不管怎么看，这还是比精神病院要好。不过我转移了话题。娜斯嘉关心人，忠心，因此后来对于自己拒绝她，我后悔了不止一次。我至今都记得她和医院的好。有赖于他们，祖耶夫滚梯之后我第一次有了后方，我第一次知道，如果外面的事不顺当，还有一个哪怕不同但也是有生活的地方，这份生活会接纳我。

住院的时候我猜到娜斯嘉乱发药，减少一些药的剂量，增加另一些药的量，不过没出特别情况。我认为，既然在二科待了十个月都没犯病，那一切就都对。也许，关键不在药，而在娜斯嘉本人，或者在于精神病院里没人想要你干任何事，反正在家里住了不到一个礼拜，我就又开始犯病。只好重新使用厉害的药物，而且不断增加药量。医生说的一切我都照做了，直到再次确信，亚当堕落之后我们的世界没剩下纯粹的善了：药物，当然，如果走运，会让病不犯，不过与此同时会把你变成某种像是植物的东西。

我就这样过了一年，甚至能走路了，勉强挪动着双脚。可后来呸了一声，我决定了：爱怎么样就怎么样吧，于是开始了单调的俄罗斯轮盘赌。你永远都不知道，什么时候你会玩儿完，在什么地方。但你却清楚，任何一次犯病之后醒来你都有

① 莫斯科西北的一个小城，距离莫斯科7公里。

可能折断脊梁骨进而彻彻底底残废，或者被自己的舌头噎死，压根儿就醒不过来。暂时我无以言表地走运，已经连着走运了好几十次，所以说对于上帝，我是有感恩的。

就天性而言，我是个赌徒和乐天派，不过在中学上数学课的时候，有人就对我说过了，类似的这种无与伦比的运气不可能永远持续下去，或然率理论谁都没最终把它灭了。总之，要是命运哪怕能给我留下点什么，在类似的情况下我都永远不会开始赌博。犯病的第二天我尤其清晰地明白这一点，因此我感恩，说谢谢，通常还哭。情绪平复下来的时候，我会对自己解释说，其他人的命可也不是永恒的呀。

原先我以为，假如杜霞愿意，她会治好我，不比娜斯嘉差。犯病之后在半昏迷状态中蜷缩很久很久的时候，我常常梦到同一个场景：我们不住在列昂季耶夫，而是在乡下，在奶奶的房子里，我们养着一头猪。木屋拥挤，于是我和猪被安排到了牲口棚里两个挨着的猪圈。我们之间只有一个木隔板，但却没有友情。我是个死去活来的病人、狂人，犯病时乱撞；旁边是一头猪，安详、肥硕，在食槽里呱唧呱唧地吃着什么东西——哪儿来的友情。而且这个烂货什么都不怕，因为到圣诞节还有整整一个月，谁都没想要在之前宰了它。

就在这时杜霞向我们走来。我向她伸出双手，哀求她，我的教母，帮我。我发誓，这个该死的酒我连看都不会再看，我骂这个小乖乖是迷魂汤，是毒药。当然，我也没忘了哭——这事儿对我容易，我一直爱哭，像个小姑娘似的。因为掉眼泪我挨过打，想起来都可怕。反正我是一会儿指望杜霞，一会儿没有。要知道，她懂，我的话一个字都不能相信，再说了，据我的记忆，她虽然是教母，但却从来都没把我放在心上。不过现在，大概是我哭得好，哭得有才，一句话，杜霞在犹豫。加上我母亲也开始痛哭，随后是父亲。而猪安详，呼吸平稳，不紧不慢地嚼着。总之，同情不是它的菜。不过，这个肮脏的畜生，它不该以为我们在不同的船上，我们可全都拴在一根线儿上啊。杜霞可以唾弃我的眼泪，父亲的眼泪也可以唾弃——因为他如今酒灌得不比我差，可对于我母亲，杜霞甚至很喜欢。喜欢、怜惜，因此很少能拒绝什么。

至于说我的教母杜霞压根儿就是个真真正正开了天眼的人，从一开始就对我没怀任何幻想，这我早就知道了，那是在俗家名讳为尼古拉·波鲁艾克托夫——杜霞从前的告解神父尼考吉姆神父布道的时候。不过这一点当时谁都没注意到。

两次蹲劳改营前尼考吉姆神父是个什么样的人，我只是通过她的叙述才有所了解，不过1957年我开始每个礼拜天去斯涅基利[①]找他告解和领圣餐的时候，他就给我留下了不小的印象。居所教堂[②]位于一栋古老砖制别墅的地下层。房东跟地下信教的人没有保持联系，也没有特别隐瞒，不过也没人打算多此一举地刺激当局——从莫斯科来做礼拜的教民通常不会超过六、七个。虽说教民不多，尼考吉姆做礼拜时的喜悦却显而易见。十五年监禁期间没有教堂、没有合乎规矩的仪式让他忧伤，因此，如今站在布道台后面主持礼拜时非常庄严。礼拜过程他什么都没少，什么都没漏掉，不慌不忙，意味深长地唱出每一个字。

开始的时候对于他的布道我也满意。礼拜结束后他以少有

① 莫斯科州的一个小镇，距离莫斯科大约40公里。

② 正教会被神职人员通过专门仪式圣化过的位于私人住处或机构里（比如医院、老人院、孤儿院、高校等）的教堂。

的技巧解读圣经中难懂的地方，你提出问题，他立马就会做出回答，不会把事情束之高阁。除了圣经，他——的确，通常是小心翼翼地——也会涉及一些完全当代的话题。他确信，如果没有他的这些教导，我们中许多人的生活会是另一种样子。说小心翼翼我指的不是隐晦的语言；只是说到从当局角度来说无碍的事物时，他总是把它们纳入某个体系，因此只字未提的另外的东西也变得清楚明白了。不过目前谈论他的阐释还为时过早。要知道，尼考吉姆神父谈及信仰不是连续的，一步一步的，而是凭着上帝赋予灵魂的灵感，还要流逝很多岁月我才能开始揣摩到一些什么。

现在，在梦里，我看见他站在1960年5月15号的诵经台上。这一天恰好是我的命名日和虔诚圣徒季米特里王子的纪念日。不过让我受洗的日子不应该是15号，该是追念启蒙圣徒基里尔和梅弗季①的11号。至于梅弗季是显而易见的：这个名字如今具有异域情调。可说到把我叫做基里尔，比如父亲吧，他就很想这样。不过杜霞坚持的却恰恰是德米特里②。就是说，那个时候，在祖耶夫文化宫事件前的十九年，她就已经清楚我会得癫痫了。那个时候对于我，出生七天的我，她就已经没指望有什么好。因为尼考吉姆神父布道时的结束语是：俄罗斯大地全部的灾难都开始于季米特里王子被封圣——这个疯疯癫癫的孩子成为圣徒。看来，把癫痫病人封圣是死罪。在其他邪恶中封

① 基里尔（827—868），罗马人；梅弗季（815—885），摩拉维亚人。863年左右遵照拜占庭皇帝米哈伊尔三世的命令规范古斯拉夫语的文字，使用新的字母，这种字母即基里尔字母，古俄语的书写以此为基础得以发展。

② 德米特里和季米特里是同一个名字，在俄语中只一个字母之差，前者世俗人使用，后者是出家人或圣徒使用。比如这里所说的王子——伊万雷帝最小的儿子，生前的名字是德米特里，八岁神秘死去后十几年被封圣，变成季米特里。

圣催生了可怕的、直到今天都不让我们平静生活的儿童异端。就是说，瞧瞧，教母选了个什么人为我导盲，在上帝面前为我说情。

不过，不管她怎么想我，却没的人可求助了。何况杜霞靠近猪栏、看到我又病又可怜地躺着的时机非常恰当。她望着我，然后望着猪。那家伙依然把嘴伸向食槽，但却不再嚼了。嘴巴张着，涎液淌着，眼睛里只有一个蠢。这时教母开始祷告。她祷告的时候从来都平静，沉思状，不紧不慢，不吞词尾。祷告的内容是我和猪，我当然清楚杜霞向主恳求的是什么。我听着，偶尔瞅一眼我的邻舍。

猪也似乎在听着，不过祷告的是它的事，恐怕它是猜不到的。就算它对什么有了疑心，但说出来、予以反驳却肯定来不及了，这不是因为动物没法用人的语言说话，而是因为它的庞大身躯会突然痉挛起来。它会开始摇晃，左摇右摆，也会像我开始犯病时一样喊叫。随后它会被放倒，开始被揍，没有丝毫体恤地揍。揍是因为它一次都没可怜过我，没同情过我，不管我有多么痛苦，它却一点儿没往好处想过我。接下来嘛，要么是它的力气更多，要么就只是因为父亲前夜换了踏板、拿来了几抱好的干草，所以不管人家怎么摔，它都不会特别受伤，总之，它猛地站了起来，眨眼之间就把我们两个的陋室变成碎片，冲了出去。

父亲和母亲跟着它冲了出去。要知道，如果追不上猪，家里半年都不会有肉。圣诞节不能像模像样地开荤，谢肉节对付不过去，大斋节过后餐桌上也什么都端不上去。不过目前他们没有垂头丧气。冬季，白茫茫一片，月亮也像只大盘子似的。满月，像白天一样看得见，所以谢天谢地，猪在雪地划拉出来的痕迹，你是不会追丢的。除此以外，这个冬天的雪不少。低洼地方的雪能没到膝盖，猪的小短腿儿逃不了多远。总之，父母精神饱满，父亲甚至大笑，想象着怎么把这次历险讲给客人们听。可就在这时，就在他们还没走出半公里地的时候，刮起了该死的风。开始刮起真正的龙卷风了。天气立刻就变得如此昏暗、寒冷，让父亲和母亲如今都已经顾不上猪了，自己能找到路就行了。那天夜里他们两手空空地回到家里，两天以后才会找猪。我们村子后面有个深谷，里面有条蜿蜒而下的小溪。前不久城里人开始往那里面倾倒垃圾。猪就会躺在已经被狗吃掉一半的垃圾堆上。人们会找到它的足迹，它跑到了峡谷边缘，停都没停就栽了下去。

十七岁以前我几乎不记得我的生活中没有杜霞的时候。一开始我爱教母，也许像母亲一样爱得那么强烈。孩子里面她最少怜惜的正是我，这对我没妨碍，我自己都不是特别喜欢自己。后来我开始远离杜霞，可就是那个时候她也还是我生命中的一个重要人物。之后发生了萨沙的事，如今该如何宽恕这件事，我不知道。我们多数的人对于发生的事多多少少都接受了，至少什么都没分崩离析，谁都没断绝与杜霞的关系，这让我震惊。接下来的两年多，生病和住院让我根本就顾不上教母，到了后来，我就不想复归与她有关的任何东西了，假如当时有理顺自己生活的可能，我会没有遗憾、不留痕迹地把杜霞从生活中剔除掉。

现在，实打实地脱离那些事件三十个年头以后，我明白，我的童年不太寻常。1960年代当局一个接一个地关闭了教堂，流放了神职人员，因此我的同龄人中受洗的是凤毛麟角。而我，恐怕没基督就不记得自己。我明白，围绕杜霞存在着一群货真价实的教民。从战前的时候起，她在莫斯科就以大预言家闻名，人们都知道她，必要的时候有很多人跑来求助。不过还是有一个更紧密的圈子，十来户人家，我父母就加入其中了。70年代初以前他们全都毗邻而居，住在特维尔街心花园和尼基塔门周边的各个巷子，列昂季耶夫巷、特鲁勃尼科夫巷的所有这些曾几何时昂贵的大宅子里——如今这些宅子早就给改造成大杂院儿了。每一个里面都有很多房间和家庭，有时会达到十五家，不过到处都留有从前生活的某些印记：奢华的陶瓷壁炉、拼花木地板，或是极为复杂的天花板吊顶。还有伏尔泰式躺椅、红木雕花酒柜以及大堂里的镶图玻璃。倒不是我们留意到了这个，不过，还是小孩子的时候，进入古老的、坐落于宫殿里的博物馆时，我很少会对什么感到惊奇。

住在这里的时候，父母和我们上了同一所学校，110学校。1921年以前这里是在莫斯科十分有名的第三女子贵族中学，布尔什维克接手教育以后，它开始被称作苏维埃劳动学校，得到了新的编号，110。不过四分之一的教师，包括他们的校长和因为个儿小外号叫“分子”的语文兼数学老师，还在学校工作。学校的精神不知以什么方式跟他们一起，既承受住了革命，也承受住了战争。

至少，我们中间的那些不得不转到其他学校的人伤心得厉害。周边有很多头头脑脑的房子，每个班里都有几个党务工作者的孩子，就连他们也看重学校提供的杰出教育，任什么都不想换。相反，他们庇护校长。得承认，我早就怀疑杜霞为自己笼络来自阿尔巴特这个弹丸之地的信教儿童并非偶然。不久前得知，我是对的，1913年她毕业的正是那所第三贵族中学。

在杜霞的领导下我们过得几乎就像一个公社： 互相帮助，聚在一起过节，过命名日，也一起去图拉[1]——在电气火车上占了差不过半个车厢。在尼考吉姆神父之前我们连续多年到一个废弃的护林员住区做告解，领圣餐，那里住着年老的地下牧师约瑟夫神父。在那之前不久他刚从劳改营出来，大家给他买了房子。从谈话中我记得，是我们这些家募集的钱。每人都出了，尽己所能，其余是教母补齐的。直到现在我都没忘，对于我们如今有了自己的神父，大家有多高兴，多骄傲。尽管受杜霞保护，长辈的熟人中还是有许多人觉得自己被抛弃了，与教会隔绝了，对此感到难过。可没有办法。附近保留下来的唯一一座运行的教堂都尽量不去，因为关于那儿的牧师大家都肯定地知道：他告教民的密。大的节日人们到那儿去做礼拜，可从来都不告解也不领圣餐。

约瑟夫神父做礼拜和生活都在他的林间小屋里，我们一个月到他那儿去一次，通常都有数不清的历险故事。先是坐火车到图拉，然后坐公交车，接着是骑马，租不到马的时候，差不多十五公里路都是步行。护林员住区里还有三栋房子。从前它们也属于护林员，可我们逐渐把它们也买下来了，在此之后我们三分之二的人——孩子、奶奶、姥姥、保姆——直到九月都不离开那儿。

在我的生命中，住在维尼奥夫郊外的四个夏天肯定是最亮丽的时光。蘑菇、浆果，全都海了去了，加上半公里外有个不大但却非常干净的林中湖泊，可以洗澡、钓鱼。总之，我们在那里生活得像是在天堂里一样，幸福、纯洁。

① 莫斯科西南部的城市，距离莫斯科183公里，是列夫·托尔斯泰的故乡，自古以武器制造、铁艺闻名。

约瑟夫神父每天在护林区的居所教堂里做早祷和午祷，大家当然更乐意去参加。我们在他这儿每礼拜告解一次。与莫斯科不同，在那儿，不管你多小，罪都不断地粘着你，而在这儿，如果不算鸡毛蒜皮，没什么好悔过的。与约瑟夫神父在一起的时候，不管是我们本人身上还是周围，都没有肮脏的东西，我到现在都还记得自己的这种纯洁的感觉。在莫斯科的时候我也记得这种感觉，可却十分短暂——只在告解过后才有，而在这里我们怀着它起床，怀着它入睡。

纵然是圣愚，杜霞也懂得金钱的意义，为了不让我们的村社变得衰弱，她不加区别地分配金钱。大多数的人家不富裕，孩子多，甚至半饥半饱。这些人家父母都是工程师、助理研究员、教师，不过也有我们自己的富翁——一个剧本在数十家剧院上演的剧作家。后来资本家的数量出人意料地增加了一倍。大杂院儿里跟我们相邻的房间就是一个在发行量很高的厂报工作过的穷诗人占的。他姓考罗斯忒廖夫。他是个好人，虽说多数时间烂醉如泥。他一个人生活，没老婆，没孩子。还小的我觉得，他对教母的爱与其他人有那么点不一样。除了不得不在报社干的事情以外，如果没醉，或许醉了也行，他可以写一些奇怪的、应该唱出来的宗教诗歌，就像在教堂做礼拜期间唱赞美诗那样。每一首他后来都亲手在工厂的印刷所里印出来，然后签上名，送给杜霞。

每年有三四次，每次通常是两个来礼拜，教母对任何人都没做任何提示就消失了。据说她是到北方的什么地方祈祷去了。就是在自己的女神有一次离开的时候，考罗斯忒廖夫犯了错：为报纸写了两首有争议的、关于征服处女地的歌。全国都已经开始唱起来的时候我们才得知这件事。我到现在都看得到他有这个天分，就算是他蹩脚诗歌里面的词也自然而然地与音乐搭。跟我们的剧作家不同，他耻于名声公开，以后和之前一样，他只为杜霞一个人写，至于那两首歌，他说是鬼缠身了。不过，它们的稿费又为他、也为其他人撑了六年左右，帮了不少忙呢。

财政问题杜霞是悄悄解决的——上大学之前，比如说我，甚至什么都没猜到。她有每家的钥匙，此外我们约好了，任何一家的钱包都放在最显眼的地方，通常是放在橱柜。顺便说一句，我们孩子从七岁起就可以随便动用那里边的东西了。这样的规矩也是从教母那儿来的，应该说，谁都没有滥用这个不寻常的特权。拿了，该多少拿多少，去看电影，买冰激凌或是汽水儿，都是在看到我们拿的不是仅剩的钱时才拿。

不讨钱，永远都不在任何人面前为钱委曲求全，这是杜霞的又一个规矩，对于这一点的遵守她是不折不扣的。一切她都亲历亲为。月底，也就是发工资之前，最穷的时候，她会在钱包像原先一样鼓的人家拿走她认为对的钱数，对任何人都不说任何话，像小蜜蜂一样，送到其他人家。送给那些不然连三块或五块钱都得向邻居家周转的人。作为这样一个在莫斯科各个人家之间漂泊的香客，她没少拿，但发的也没有更少。

不管是穷人——这可以理解，还是富人，都不骗她。他们两个，我们的剧作家和诗人，仁慈，敬畏上帝，他们高兴能帮到邻人，这是真话，没有讥讽的意思。可能有时钱不够用，到了那个时候，我听说，杜霞油渍麻花的围裙口袋就派上了用场。那条围裙连同农村人的裙子以及也是农村人编织的羊毛套衫是她的制服。教母的其他教民，连同祷告开干的事业成功、自己和家人顺利健康的请求一起，往口袋里放了钱。不过需要围裙的时候少有，因为我们清楚，这是杜霞个人的募集，它们是用于地下信徒秘密修道院的。

据说收入可观。莫斯科有许多人相信杜霞圣洁，主很少会拒绝她什么。人们向她恳求各种事，其中也包括完全世俗的事务，比如，职务升迁，遴选院士，或是让丈夫回家。至于人们想从上帝那里得到的到底是什么，在什么事上寻求她的支持，教母不管，她只管收取如同回信地址一样写着请求人名字的装着钱的信封，然后祷告，让主帮助他。

我们也知道，杜霞是个厉害的祷告者，值得和她一起恳求主，主是不会拒绝你的。不过她保护我们不是仅凭祷告。我们要上学，到了时候要加入少先队，还有共青团。她什么都管，一切都从她批准开始做。而且是按照她的话做，她跟我们说加入，我们就会毫不犹豫地加入：这样，拯救我们的同时，她自己把我们的罪担下来了。不管是大人还是小孩儿，我们都知道，她是我们的长老，我们轻松，我们只是在履行修习的承诺。

她解释说，她不想让我们受苦，因为我们目前是孩子，我们纯洁、神圣，应该保留这个样子。她像个严厉的家庭教师一样监管着，不让我们灵魂上有一个污点，而且不厌其烦地反复说，保持纯洁比已经弄脏以后净化要容易。教母什么都允许、同意我们做，只要求一点：谁都不能隐瞒任何事，要没有畏惧地说真话。我们的灵魂应该让她看得见，那样她就会确信，自己立刻就能发现罪孽并能够赎罪。

总之，她这样那样地帮助我们，结果每个人都吃得饱，有衣穿，而且当灾难发生的时候，我们知道有人支持，不让我们完蛋。没有这一点，杜霞的教区很难说能存在整整二十年。

教母每周来看望我们家三四次，经常留下来过夜，那样的话她就会在门口给自己铺一块小地毯。穿堂风她不怕。我知道，父亲和母亲很长时间都试图用更尊贵的地方——床——诱惑她，不过有一天他们明白了，这样的努力是白费。他们对我们孩子解释说，杜霞睡在门槛旁边是为了守护房子免于罪孽。她睡得沉，虽说时间不长，大概三个来钟头，不会更多，至少是在父母已经睡了的时候躺下，起来却是第一个，甚至比妈妈早。我记得，睡着的时候她的鼻子发出轻微的唿哨声，这是一切都安静、没什么好担心的标志。总的来说，如果我们没有惊动她，与她联系在一起的声响可以不被发现，它们轻易就会与家里和窗外的声音——因为革命前建造的厚墙而变得沉闷的走廊里的沙沙脚步声、水声、说话声——融汇在一起。

她夜里的唿哨和白天的念叨是一样的，与祷告的时候不同。祷告时通常语速快，紧赶慢赶，不知体恤地把老故事、谚语和已经是针对我们这些罪人的教诲混在一起。她不认可句号，大概是因为不希望把一个和另一个句子隔开。如今我觉得，在你还是孩子的时候，你用不着弄清楚杜霞在那儿想说的是什么，重要的是语调，平静的语调——如果你表现正确的话，以及相反，愤怒的语调——要是你做坏事的话。这语调从我因为岁数小听不大明白人话、认为教母只不过是在像小鸟一样啾啾叫以来，变化不多。何况永远戴着灰头巾的杜霞非常像一只小小鸟。

可成年人不信任她可爱的窃窃低语，明面上都害怕杜霞。比如吧，她不止一次对父亲（也对母亲）说过："你们这样的人为什么需要上帝？你们是罪人，通身都是罪，你们身上一点儿干净的地方都没有。你们有什么好爱的？人家只是在用最后的力气可怜而已。”有时还有可能大骂。而对我们是另一回事。她几个钟头地跟我们、尤其是小孩子玩儿，而且平起平坐。她大笑，争吵，从她那儿夺走常常是她今天才送的玩具时，她生起气来完全像个孩子一样，随之她自己就欢天喜地地夺过了另一个玩具。她尤其喜欢跟我妹妹玩布娃娃游戏，给它们打扮，缝制连衣裙，缠绕长得没头儿的项圈、带子、花边儿，然后办舞会，举办盛宴。布娃娃都严格按照等级各自坐在规规矩矩摆好了盘子、成套餐具的桌子旁边的位子上。

我对杜霞的记忆比对自己的早，甚至比对妈妈的记忆要早。妈妈是一家报社的编辑，等到一期交齐以后快入夜了才回家。除了礼拜天，我们在正常时间也不常见到父亲：他在研究所的实验室做实验，给多少做多少。父亲的职务和职称是助理研究员，需要用的设备最后才轮到他。所以我幼年的清晰记忆是我们家保姆克拉莎，当然了，还有杜霞。关于克拉莎我好像一直都清楚，虽说我的成长完全彻底地取决于她，可妈妈还是比她重要。她回来晚，而且疲劳，但这不重要。至于教母，情况就更复杂一些了。她比谁重要，没谁重要，反正她在我们家是个什么人，开始的时候我搞不清楚，常常弄混。

克拉莎应该不离左右，如果她冷不丁离开了，家人就要嚎叫，招她回来。杜霞没有严格的作息。她是自由的艺术家，该出现的时候出现，该离开的时候离开。如果克拉莎应该，比如，去商店，或是她在厨房里忙，而教母在我们这儿，她会轻松地留下，跟我和妹妹在一起，无需多此一举地求她，她留下甚至好像很高兴。尽管大家过得很拮据，但许多人家都有保姆。乡下弥漫着无望的赤贫，因此年轻姑娘都试图通过各种手段从那儿脱身：先是到莫斯科，通常她们会到陌生人家当佣人，可接下来，确定在这里（首都）你给自己是找不到丈夫的，她们就会逐渐挪到纺织城去——伊万诺沃、基涅什马、保罗镇——，那儿的工厂永远需要女工，总是会有机会安顿好自己的命运。

就这样一年又一年，我们几乎每天都和杜霞玩儿好几个钟头，克拉莎没来以及她在的时候是这样，克拉莎已经去了伊万捷耶夫卡[①]、拉雅取而代之的时候也是这样。不过，渐渐地我和妹妹长大了一些，从十五六岁的时候起，要么就是更早，从教母的脸上看得出来，她失望，不断丧失对我们的兴趣。如果说跟孩子们在一起的时候她从来或是几乎总是快乐、温柔、操心，如果说她喜欢我们大家小的时候并认为是自己人，那么对待我们的父母，甚至是那些她从众人中分出来的、进入了她的亲密圈子的人，她都几乎故意表现得残酷，最好的情况是漠不关心。她的语气可能斩钉截铁，总的来说答话简短、单调，好像她跟他们没什么好说的。她可能轻易就大骂成年人，而且是当着我们孩子的面，尤其是为钱以及什么事情感谢她的时候。我记得我父亲脸有多红，对此有多不好意思，有多怕对杜霞说一句多余的话，相反，我小时候与她在一起有多简单，尽管我已经知道自己绝非她的宠儿。

杜霞对成年人盖棺定论的速度不可理喻得快，好像他们——而且是无一例外——是没指望的人，她忍受他们只是因为她明白，我们孩子目前离了他们还不行。轮到我过了界、发现自己丧失了教母的时候，我发现这个损失让人非常难熬。也许，当时我就已经开始揣摩到分离的原因了，不过，我认识的人，不管是大人还是小孩儿，对我来说都无与伦比地不同，他

① 距离莫斯科东北17公里的小城，同样是纺织城。

们身上的这种不同是我最看重的，它干扰我，不让我把这个念头彻底想清楚。

对于我们和杜霞之间发生了什么，十来年以后，尼考吉姆神父在布道的时候才简洁、直截了当地解释清楚了。他当时说，在我们罪孽的世界中，成年人实际上是有双重信仰的人。对于信教的人来说，此在的世俗生命是永恒生命之前的短暂考验期。永恒生命是充满神恩、爱以及与主沟通的生命。而无神论者确信，出生以前和死亡之后什么都没有，也不可能有，有的只是现在、这一分钟有的东西，相应地，如果你错过了什么，那就是永远错过了，别等另一个机会。

任何一个人都明白，一些人和另一些人的差别如此之大，永远都别想理解和达成一致，可他们仿佛像同类一般，又交朋友，又组织家庭。这里的问题在于把自己称作信徒的我们，可上帝你是欺骗不了的。他清楚谁真正对自己忠诚，而谁像是在剧院一样演戏。就算你去教堂、做礼拜、领圣餐、做告解，如果出了教堂门的生活像没有主似的，连提都不提他，那又有什么用。

我想，他说得对，杜霞也一直在期待、一直在希望我们停步不前，不长成大人，就这样一直是孩子。她尽可能地阻滞我们，诱惑、哀求不往前走，每次来都带着糖果或是玩具，到最后她都相信自己说动了。可我们一直都在骗她。

如果不算父亲、母亲、克拉莎和教母，那谢廖沙恐怕无疑是我生命中情欠得最多的人了。他是哪儿的人、谁家的、干什么的，我小时候没好好想过，等到知道了，又感到惊讶，仅此而已。在我的童年中谢廖沙意义重大，虽说我不常见到他——

只是秋天的时候才见到。夏天他辗转于各个考察队，主要是在极北地区，冬天几乎足不出户地在一些人家的别墅看门。不知他是真的喜欢游荡，是那种被称作“地滚草”的人，还是压根儿就没有自己的安身之地，因而这样的生活对他来说是唯一的出路。

考察结束后，在没找到常住地之前，谢廖沙常常在我们家落脚。通常是十月的前半个月，我们家的三个人——妹妹、父亲和母亲——正好连着过命名日。母亲喜欢有客人，喜欢大排场的畅饮。伴随着谢廖沙的现身，这十分凑巧，家里出现了许多极好的医用酒精，只是“在北边儿”——这个我已经知道了——才可以买得到。我记得，勾兑好以后，会泡上柠檬皮和橙子皮、核桃分心木、酸蔓果、辣根儿，到了节日，母亲端上桌一大排颜色各异的酒瓶子，让大家全都兴奋不已。

谢廖沙不是个机敏的人，他也不是特别会讲故事，可我们的客人中我记得他比别人讲得都好。有赖于杜霞，我们的生活圈子紧密，没有外人，谁能说什么大家早就知道了，可他终究是个满天飞的人。我没见过谢廖沙是话题领袖，不过，当大家七嘴八舌地开始问起北方的时候，他就投降了，于是我也好，其他的人也罢，全都兴奋地听他讲，讲没处躲没处藏的飞虫、无边无际覆盖着灰蒙蒙苔藓的沼泽地以及那里养活的上千头鹿的鹿群、不紧不慢似乎不知道自己流向何方的江河以及上面长着一条条树林的不多见的干燥小山。

不知是出于什么原因，我觉得乌拉尔以东的地方和生活在那里的人是如此亮丽，中学毕业前的一年我就清楚，当然了，如果竞争得上，我会到历史系的民俗专业学习，会研究北方的各个小民族。顺便说一句，这是我平生唯一正好做到的事。跟随着谢廖沙的脚步，几乎三十年时间，我像只独木舟一样在从鄂毕河到堪察加之间的北冰洋沿岸飘荡。

谢廖沙不仅讲北方的事，每个考察季他还从那儿给我寄好几回包裹。我手里握着单据在邮局取过做工规整的柏木小箱子，里面是用棉花包着的图腾脸谱，其他护身符，还有用骨头雕刻的工艺品。有一年的命名日他送给我一对巨大的北方鹿角，过了一年是真正的萨满铃鼓。鹿角到现在还挂在我房间的门上方，铃鼓却不知丢到哪儿去了。不止我一个人从谢廖沙那儿收到类似的礼物。比如，妹妹有一次过生日的时候穿上了全套的萨满服装，上面有数不清的带子、铃铛，不过重要的是装饰着极为复杂的花纹，里面的每一块皮子和每一条线都不是那么简单。等到被招呼出来的谢廖沙要给她解释清楚这个在哪儿、是什么的时候，她听了两分钟就跑出去迎接客人了，而我从他当时的注解里只记住了一点：原住民认为，女人里面出的萨满比男人里面出的更厉害。谢廖沙后来送的衣物转到了我这里，直到今天都完整保留着。

我本人至今都不明白怎么会这样，可谢廖沙确实是杜霞的亲生儿子，我十五岁的时候才知道。虽说精力无限，可教母却好像并不是肉体凡胎，而且她还太为大家所共有了，因此她好像会有自己的孩子——我连想都不可能去想。有一次在我们的远房亲戚家谈到了杜霞和谢廖沙——我是跟着父亲去的那儿。实际上，那是一次平常的饭间闲谈。已经喝茶了，大家没头没脑地就说起了圣愚的话题。他们是什么样的人，如今还有没有，就在这时，突然冒出了教母的名字。我记得，不管是父亲还是其他人那么轻易就认可她是圣愚，这让我震惊。她的故事我也是那个时候听说的，简洁、几乎是断断续续的。

修女叶芙多季娅（杜霞）俗家名讳是穆哈诺娃，来自一个血统好的贵族家族，对于她圈子里的人来说，她的生活开始得稀松平常：贵族中学，嫁人，两个孩子——两个都是男孩儿——，谢廖沙是长子。1916年怀的老二鲍利亚，那时教母的丈夫彼得·伊格列尼奥夫公爵因为负伤得到休假，1914年之后他们第一次共同生活了三个月。确实，鲍利亚没在尘世呆住，国内战争时死于脑膜炎。1917年伊格列尼奥夫要么是牺牲了，要么是失踪了，差别本质上不大。教母自然没有任何钱财，要是没有父母和婆婆，她是永远都不会把儿子养大的。

1926年，谢廖沙十二岁的时候，杜霞受三一修道院长老的教导——之前她就承诺跟他修习——剃度成为修女，尽管还留在俗家。对于夭折的鲍利亚人们再也没围桌追悼过，而关于谢廖沙人们说：他母亲确信，等他到了二十岁，会出家的。严格说，杜霞对他的全部培养都丝毫没有别的，就是为修道院生活做培训。可三十年代中期苏维埃俄国只剩下两座修道院了：三一谢尔基修道院和基辅洞窟修道院。它们两个都支持都主教谢尔基，而教母和谢廖沙却早就已经同情地下信徒了，总之，该怎么办并不明了。

谢廖沙跟这个人那个人商量，拿不定主意，后来突然向母亲宣布，他暂时不准备接受剃度。杜霞好像也没坚持。那个时候她的圣愚性连提都没人提，只是到了战争时期，她才变成了我们认识她的那个样子。谢廖沙打小画画就非常好，因此母亲认同，如果他去试一试考苏里科夫学院（第二次考上了），那就挺好：那儿是唯一的一个培养古物修复师的地方。教堂的物品——圣像、壁画——全都破败不堪，但找到更需要的修习地很难。

关于教母的谈话不可能不给我留下印象。跟着别人一起接受她是圣愚、圣徒之后，我明白了：整个童年——我本人与杜霞的关系、我父母与她的关系、我认识的无一例外的每个人与她的关系——都得重新审视。对我来说这并非易事。在一年的时间内，我就算是出门，也都距离不远，酗酒是另一回事了。我跟我的朋友们什么联系都没有，可总能碰上。与教母的关系挫败以后，让父母惊恐的是，我几乎每天回家都醉醺醺的。

我还小的时候，杜霞对我来说就是奶奶，普通的奶奶，她的怪异实质上什么都没改变。可突然之间我得知，生命是我的，其他人的生命是附属于圣愚的，里面唯有一个意义，那就是指向主的意义。在那之前我已经用不着对自己解释，说圣愚生活的全部是主且只有他一个。圣愚甚至更多献身上帝，对上帝的依赖超过修士对他的依赖。可这里的情况却是：连我们都通过每一句话、自己的每一步参与其中了。更准确地说，是应该参与进去。

当然，我在他们中间成长，那些人都是信徒，归属教会。不过这里要求的是与至高上帝的另一种亲近，因此，对于我们经常能做到保持水准，我是很怀疑的：需要对一切进行彻底的审核，彻底的重估，因此，一开始这样做我热情高涨。可时间流逝，结果却没有，手自己就放下不干了。一大堆我习惯认为是鸡毛蒜皮、寻常得不值一提的事儿眼睁睁地变成了严重的也许甚至是致命的罪。哪怕就因为我玩儿、高兴、没记挂上帝，这些鸡毛蒜皮就成了罪。世界转瞬之间改变了自己的规则。比如，我知道杜霞爱我比爱妹妹少，而我却并未因此感到特别恐慌，可原来这几乎是判决啊：不是教母，是上帝不爱我。

我们，杜霞的紧密圈子，是她的会堂、羊群，是她选择和聚拢的，如今她引导着走向主。就算我们尽可能地抵抗，拼着命各奔东西，她的部分神性还是落下来了，也不可能不落到我们身上。其他人我不说，可我是个寻常的少年，恐怕配不上此类眷顾。有那么一年半，在我中学没毕业也没上大学的时候，我试图与这一切有点联系，哪怕只有一根鲜活的线，能把一个事物和另一个事物连上。我望着父亲，望着母亲，与同学的父母比较，可却一点特别之处都找不到。对教母我也渐渐失望了，越来越频繁地想，当时我也许只是被耍了。

翻检儿时的记忆，我吃力地搜出二十来个片段——它们中的许多都像双胞胎一样相似——，在那些片段中杜霞的表现不像普通奶奶该有的样子，那时她大概的确非常像圣愚。我想起来的事常常从捉迷藏游戏开始。教母非常喜欢这个游戏，在游戏中丝毫不让着我们。类似的情景可能通常在别的人家也一样，不过我没亲眼见过。

至于说我们，是有地方藏身的。房间就算在那个时代也被认为是大房间——接近四十米，天花板有五米高——，而且父亲——一个不错的木匠，贴着所有的墙壁（除了有窗户的地方）做了宽大的隔层。隔层上面成了父母的卧室，我们三个——我、妹妹和保姆——被安顿在下面，下面也接待客人。做游戏的时候当然就留意不到界线了。房间还有一个充作我们衣柜的亭子间。小时候受委屈想哭的时候，我藏在里面的皮衣、枕头和旧毯子中间——也是一种独特的捉迷藏。亭子间像房间一样，有两层。缝了用来防虫的干薰衣草包的衣架上挂着冬衣，上层全是皮的和毛的，下层是冬衣下面挂着、箱子里放着的其他衣物。

虽说父亲做了完善处理，但房间看起来却并不是十分宽敞。问题就在于，家具——柜子、楼梯、写字台、镜子——不像别人家那样贴着墙壁，而是居中靠向饭桌，那是为了挡住后面的床。因为这样的格局，还有赖父亲数次到中国出差带回来的六个龙图案的折叠壁镜，不管是我、妹妹还是保姆，都有了自己的小窝——从本质上说是真正的窝，如果愿意，我们可以独自待在里面，而且外面没有特别需要不会惊动我们。总之，房间就是为捉迷藏造的，但是，杜霞尽管有一把岁数了，却纤细、柔韧，每次都有办法找到谁都想不到去瞅上一眼的缝隙。

教母有着真正的狂热，因此我们也喜欢跟她玩儿，认为她是我们中的一员，与其他成年人不同。就这样，我们藏好几个钟头，互相找，直到终于轮到杜霞来当找人的人。通常她一切都照着规则做，所以对她没要求，不过偶尔也会有出纰漏的时候：她先是照约定到走廊去，好让我们有时间为自己找到合乎口味的藏身之处。这个时间是两三分钟。然后教母一板一眼、一字一顿地宣布：“一，二，三，四，五，我开始找了。有谁没藏好，不是我的错。”一边重复着数数，一边打开门。

玩捉迷藏的那个地方一下子变得寂静、空旷。找人的人不止一千次地找，而感觉房间里一个人都没有，从来就没有过，里面没什么好找的，这个感觉我记得很清楚。杜霞大概也有同样的感受。往里走的时候，她先是完全迷失了的样子，我不知道为什么，她招呼人，劝说我们中间的某一个：“格列布什卡，心肝儿，你到底在哪儿呀，我的小浆果，钻到哪儿去了，我的小宝贝儿？出来吧，别害怕。难道杜霞会害你吗？我现在就没空着手，给你带糖果来了。你瞧，我这儿有巧克力，有冰糖，还有棒棒糖。出来吧，别折磨老太婆。”

她就这样跟每个人说话，谁都没忘，可我们不为所动，于是她高兴了，兴奋起来了。她迈着小碎步，一步不超过一个脚长。她动作快，被好几百个磕头礼磨练出来的脊背一弯一弯的，几乎像跳芭蕾一样灵活。上帝也没有羞辱她的狡猾和直觉。为了找到我们，她把房间跑两三个遍就能轻易做到。瞧，我们全都已经到了窗户旁边——揪出了罪魁祸首——，我们做鬼脸，企图喊得比别人声大，而她送我们糖果，她的口袋里果然装满了糖果。如今我想，跟我们玩儿的时候，她体验到的喜悦与主吹入灵魂、把一个又一个鲜活的生灵放进还空荡荡的世界时体验的喜悦是一样的，这些生灵刚一触及地面，就开始乱忙、乱喊、吱哇乱叫。可她害怕自己的这种喜悦。

我们全身心投入，边笑边跑地躲藏，杜霞找我们通常会瞅瞅床底下、柜子里，爬上隔层，在亭子间、隔墙里摸索，冷不丁地——我们甚至都没有马上明白出了什么事——就乱了阵脚。她猛地高叫一声我们中间的某个人，把名字再叫一次，她就没头没脑地乱了套，开始找，不知是找她自己，还是找别的某个杜霞。就像招呼我们一样，她叫她“亲亲”“小浆果”，劝她别怕，别藏着，她丝毫不会害她。表面上什么都没变，教母像之前一样速度飞快地满屋子跑，边跑边检查幽暗的地方和角落，可现在，就算找到了什么人，她也不高兴，反正是没留意被找到的人。这不公平，让人委屈到要掉眼泪。可渐渐地我们开始猜出来，杜霞已经根本不是在跟我们玩儿了，她现在有自己的游戏，这游戏跟我们无关。

我们一个接一个从藏身之地出来，马上就开始玩起某个新游戏了，之后我们过我们的生活，她过她的。对于我们来说不发现她不难，因为许多人家都有爷爷姥爷奶奶姥姥什么的跟我们一起生活，一些人因为衰老情绪不佳，比教母还要反复无常。所以打小我们就清楚，不管是在家里还是出门作客，用不着注意他们。病人就是病人，这不是戏院，也不是马戏团，用不着站着傻看。

当然，我早就已经清楚，教母招呼杜霞的时候找的不是那个血肉之躯的自己，我们每个人都清楚，她寻找的是自己的灵魂。像对我们小时候生病时一样，她温柔地劝它："来，过来呀，我的好魂儿魂儿。来，别伤心，别折磨杜霞，不这样她的双脚就已经走烂了。"然后就又是："你到底丢到哪儿去了，亲亲的宝贝儿，干嘛走了，把我撇下？"她问："我哪儿惹你生气了，对你有什么过错？"又告诉它："谁活着没魂儿啊，没有它，一边儿去吧，连祷告都不行。没有灵魂上帝就不会听你的心声了，他会说：'杜仙卡[①]，亲爱的女儿，每个人我可是都赐予灵魂了，哪个都没忘。也许，你根本就不是人，而是尘土，是尘埃。你瞧，你有多轻飘：没有灵魂，每一阵轻风都能把你吹过来吹过去。'我对他说什么？"然后又是："来呀，来呀，亲亲的宝贝儿，来吧，好魂儿魂儿，没你我活不下去呀。"

寻找灵魂的时候，教母像乡下人似的，完全像我们的保姆一样哼哼唧唧地抽着鼻子，像哭却没真的哭。至少我不记得有眼泪。与此同时，不管她怎么求，怎么赌咒发誓，却什么回应都没有，丢掉的东西也就没找到过。认命，接受你已经找不到它了，杜霞当然做不到，因此寻找不但没停止，正相反，我有一种感觉，她体内的发条一直在拧啊拧啊，一圈又一圈，一圈又一圈。她的表现各种各样，通常会猛地在屋子中间站住，开始解释说，不管是她还是无一例外的任何一个人，都不需要

① "杜霞"的昵称。

灵魂，它带来的只有麻烦，没有灵魂活得会无可比拟地简单。另一次她会好像疑惑不解似的，走到窗前，坐到那里的一把椅子上，两眼空洞，仿佛望向内心了，两手摊放在膝盖上，可手指却不安分，时不时地抓挠着围裙。坐上五分钟，她又重新有条不紊地开始一个一个地方摸索，搜查暗处，什么都不放过。每个地方都早就被一次又一次地检查过了，可她要么是不记得了，要么就是不明白。

有时她会模仿两三种嗓音表演完整的场面："杜霞，"是母亲在喊，"我亲爱的乖女儿，你的灵魂到底在哪儿，你把它扔哪儿了？来，回来，找它，找到为止，没有它我不让你进家门。"杜霞回答："我会找到它的，亲爱的妈妈，这就找到，它没处去。鬼东西，钻到什么洞里去了，蹲在里面笑话我呢。"她还说了什么，嘟嘟囔囔的，能辨别出来的只有个别的词。接下来的剧本可能是这样，也可能是那样。灵魂往往总是能听劝，让教母找到自己，于是心满意足的她消停下来了。如果灵魂固执己见，事情就有了另外的转折。

应当说，我父母是知识分子气质的人，原因主要是对这个词的理解：有许多不成文的禁忌。最重要的一条就是：永远、任何情况下都不骂脏字。在家里出现脏字压根儿就不可想象，每一个家政人员都得到了警告，必须做到。尽管聘用的时候她们用上帝起誓，谁都不会从她们嘴里听到坏词，可在乡下不说脏话连自家的母牛都听不懂你的意思，所以当着我们孩子的面，她们常有脏话连篇的时候。当着父母的面少一些，她们尤其怕母亲，因为都知道她，为说脏话她有可能把人解聘。这一点也在我心中扎了根。至少，住精神病院以前我一次都不记得自己在家里骂过娘。在外面当然有过。尽管如此，就是在家里我也不是仅从克拉莎或拉雅嘴里听到过脏话。

灵魂不知是因为什么不同意被找到，显然是被吓得够呛，于是教母没了幻想。她好像清楚问题出在哪儿，明白她的灵魂做得对，全都是她杜霞自己的错。先前，诱哄它、好像什么都没发生似的劝说它回来时，教母扮演小傻瓜，可却一直没结果。也许，除了跪下、忍耐、温顺地祷告上帝，让他宽恕她，没有别的办法，可如今杜霞好像不记得上帝了。或许，游戏让她太投入了，那个能让她不知疲倦地满屋子找啊找并钻到最不可思议的缝隙里把我们这些纤细、滑溜的地老鼠拽到光天化日之下的齿轮，似乎对她说了：别怕，你的灵魂哪儿都不会去。你很快就会找到它，至少，你能用好处把它从藏身之处引出来。这不，玩儿得入迷了，教母忘记了上帝，可也许她是真的以为，既然她没有灵魂，那她就没什么好向上帝祷告的。她离他比哑巴牲口离他都远，因为她像是个空心儿人，像是个死人。

虽说杜霞的灵魂抛弃了躯体，但躯体里面还留有力气——很多力气。因为不知道现在该拿它怎么办，教母开始讥笑自己，再也没有模仿的角色了，也没有细腻、动人的小嗓音了。她挖苦地往这儿一下、往那儿一下弯着身子，张开两只很像秃毛翅膀的小胳膊，也像母鸡一样咯咯哒咯咯哒地叫着，开始绕着餐桌转圈儿。她转圈儿的时候用的是通常的那种小碎步，不紧不慢，有一点像舞步，似乎她想让我们全都把她看清楚——这么下贱的一只蠢母鸡，除了做鸡汤什么都不配——，她走着，渐渐地在上紧发条，越来越凶恶地咯咯哒咯咯哒地叫。

有时她的两三圈，像是透过干扰器一样，一个字都听不清楚，后来噼啪声、喧闹声、各种各样的胡言乱语突然间就没有了，剩下的只有脏话、狂怒的谩骂和诅咒。“杜霞，母狗，母狗，骚货，站街的烂货，千人踏万人踩的货。你是个鸡，你就是个骚货的种。不对，”她嘟囔着，“你比任何一个妓女都烂，你完全不知道节制。难怪基督接纳了抹大拉的玛利亚，宽慰她，因为她出卖的是身体，可你，脏东西，该死的下流胚，出卖的是灵魂。”然后又是：“在主的宝座前像对未婚夫一样向告解神父发誓，发誓永永远远把灵魂交给他，不是你吗，骚货？跪着哀求他拿走它，保护它，因为不这样你就不能得救，不是你吗？……”她并不是一直都在喊叫，力气逐渐用尽，教母会随便坐到一把椅子上，轻轻地、绝望地反复说着：“你跑，从一个跑向另一个……”

如果杜霞寻找灵魂的时候有个大人过来，就会立刻让我们到走廊去，或是在事儿没平息以前打发我们到外面玩儿。不过我们本身也都是好孩子，不坏，教母现在感觉不好，这一点用不着给我们解释。帮她我们却怎么都帮不上，这里面也没有任何让人快乐的东西，而且当然了，我们乐意离开。我们到院儿里，去小广场，已经在那儿玩上了，直到保姆来叫我们回家。

发作过后杜霞虚弱，甚至连动都动不了，接下来她会睡到第二天早上，理智渐渐恢复。看样子，一个傍晚和一夜就够她恢复体力了，因为醒来的时候她已经是平常时候的杜霞了，那个没有她我们连自己的生活都完全无法想象的杜霞。我们相互之间什么都不议论，什么都不约好，我们是这样理解的：灵魂回到杜霞身上了，一切正常，她又健康了。

1934年谢廖沙上了苏里科夫美院，毕业以后在雅罗斯拉夫尔的一个博物馆工作，接下来是上前线，三次负伤，其中一次是重伤。1945年复员以后，他已经不回博物馆了，跟民俗工作者走到了一起，在北方游荡了差不多二十五年。人们请他画什么他都画：服装、装饰花纹、施法萨满的脸和毡房、各种家用器具、铃鼓、祖先图腾以及雪橇的狗、在雪地里晃荡的驼鹿。从亚马尔到楚克特卡，他在哪儿都这样做，先是在野外，后来，他跟着一起走的那些人回到人间，答辩了论文，为出版社写了他们的书，这时他也还这样做。我相信他会就这样漂泊到死，可七十年代初，还没到六十岁的时候，谢廖沙突然被民俗研究所开除了，在莫斯科定居下来。幸运的是，三年前跟他一起工作过的一些院士中的一个在管道街的一栋古老的商人房子里给他清出了一间工作室。

房间就是个普通的房间，如果不算墙上挂的两排圣像的话。圣像板画谢廖沙也是从北方运回来的。集体化开始之后往那边流放了好几万旧信仰教徒[1]，斯大林死前他们大多数人都没了。活下来的人中有许多谢廖沙都认识，早就跟他们交上了朋友。部分圣像板画他已经是在莫斯科修复的了，特别是看重的那些，做这件事的时候他严格照规矩来，修复后的第二年就还给各个隐修院了。不过有不少尼康改革前的圣像干脆交给谢廖沙保管了。

还在40年代末他就开始与旧信仰教徒联系了，假如把二十年里在谢廖沙房间里停留过的那些东西收集起来的话，任何一家博物馆都会羡慕的，这也难怪。前不久我又想起了他特别依恋的那些圣像和我们不太常有的谈话，突然明白了，他难以接受成年的基督，万能之主基督和各各他骷髅地上受难的基督，

① 17世纪中期牧首尼康进行宗教改革之后，教会出现分裂，坚持从前的正教信仰的人被称之为分裂派教徒、旧礼仪派教徒、旧信仰教徒，绝大多数时候受到政府和官方教会的迫害和追剿。

布道的基督和吓唬罪人的基督。他面对着祷告的圣像上只有圣婴基督、圣母手里抱着的幼儿基督。至少，谢廖沙一次都没当着我的面表达过对这类主题的看法，可也许对于他来说其他的都太生硬、太严厉。

那些年我也有时候在想，上帝的儿子通过他的圣灵感孕和诞生以及与此有关的全部奇迹已经向我们指明了路——为了得救应该走的道路。除此以外什么都用不着了：基督本人有一次就说过："你们要像孩子一样，因为他们的国是天国。"我听说，在杜霞那里救主的那一部分生活也是珍爱的生活，那时候圣母，只有她一个，是救主的全部世界。除了她，他心中再也没有任何一个人。请您想象一个只有基督和圣母的世界。

也许，教母因此才会如此不厌其烦地说，任何成熟都是离主而去。人在尘世间度过的每一天都充满罪孽，只是在跟上帝渐行渐远。她曾经说过，伴随着长大，连基督也对主创造的世界改变了看法。他看到人们用自己的罪恶把一切扭曲成如此模样，以至于他们拥有的自称是这一切创造者的权利现在不比至高上帝拥有的权利少。为什么上帝的儿子走出童年时，一天比一天变得更严酷，更难宽恕人——福音书中有很多这方面的见证——，唯一的原因就在这里。他远离母亲就是从这里开始的。回到耶路撒冷以前、奥秘之夜和各各他以前，就是这样。

谢廖沙不是太情愿讲旧信仰教徒的事。那些人过得封闭，尽量不放外人到自己身边，他对此也是尊敬的。的确，还在我本人第一次到北方之前，从他嘴里我还是听到过两三个故事的。我能明白阿瓦库姆[①]的追随者对在监狱和劳改营杀害他们四

① 大司祭阿瓦库姆（1620—1682）是尼康的死对头，是旧礼仪派信徒的精神领袖，在流放地被处以火刑。

分之三统一信仰信徒[①]的布尔什维克的态度，可他们连白的、绿的、其他颜色的人也不怜悯。先知曾经说过："分离出去的国站不住。"上帝的子民不知疲倦地自相残杀的国内战争是不可辩驳的见证，见证最后的时辰到了，每个人都有罪恶，每个人也都有过错。冷不丁地，1948年的时候，谢廖沙在一座隐修院听到了对国内战争起点的新解释。他不确定接下来将要发生的事件的作用会如此之大，重要的是另一点：在这个传说故事里面蕴含着宽恕同族人并为他们——无一例外的每个人——辩护的惊人尝试。

旧信仰教徒对谢廖沙讲，说1916年11月的时候，也就是战争的第三个冬天，那时已经有数百万人阵亡，负伤和残废的好几百万人，而那些暂时走运的人在战壕里活活地溃烂，主教公会的头儿萨勃列尔[②]在向沙皇报告的时候说，陛下的臣民必须得到明示，表明陛下不分彼此地爱他们所有的人，不分彼此地认为他们全都是忠诚的。他，萨勃列尔，首先说到的就是旧信仰教徒：应当丢弃把他们视为马上就该悔过、该加入主教公会所属教会的异教徒的看法。相反，应该让旧信仰教徒明白：国君认为他们的信仰像正教信仰一样为上帝所喜爱，而且不发布公告、不昭告天下就把事情办妥最好。

皇上问萨勃列尔具体建议是什么。他回答说，可以时不时地允许在大的正教教堂里按照尼康改革前的信经做礼拜。先是

① 统一信仰信徒即承认1800年10月27日总则的旧礼仪派信徒，是官方教会与旧礼仪派相互之间妥协的结果。一方面，旧礼仪派可以保留与旧信仰有关的一切，包括礼拜仪式、信经、典籍等，另一方面，他们同意莫斯科牧首府具有合法地位，接受圣公会正教主教派来的神职人员主持日常礼拜活动。

② 符拉基米尔·卡尔洛维奇·萨勃列尔（1845—1929），俄国律师、国务活动家、圣公会代理人（由俄国皇帝认命、在圣公会担任主席的世俗官员）。

在一座教堂，如果顺当，之后就在另外的一些教堂里做，住有许多旧信仰教徒的地区都这样做。沙皇想了想，同意了，于是试着选了丘赫洛马[①]圣母教堂。这样选不是偶然的。那儿的神职人员是格奥尔基神父——一个性情温和的人，他对旧信仰教徒是非常同情的。整个丘赫洛马的人都知道，他跟旧信仰派的多西菲神父两家之间有交情，他们互娶了对方的妹妹。萨勃列尔听说了很多他的事，还因为仅仅在过去的这一年里主教公会就收到了十多封对格奥尔基神父的告密信。这些信早就该处理了，可他不知为什么拖拖拉拉，现在他确信自己做得对。

主教府的管理层给格奥尔基神父定了很多罪状。尤其是丘赫洛马的神父没为把异教徒拉回教会怀抱做任何事，而且跟俗家弟子谈话时不隐瞒他本人喜欢旧信仰教徒的生活方式，尤其喜欢他们的家庭，喜欢不论妻子还是丈夫都不乱搞不酗酒、不说脏话不掐架，喜欢旧信仰教徒家的孩子教育得好：有礼貌、不说谎。这一切更接近主希望人做到的。最后一点他是公开说出来的，有一次甚至是在布道期间说的，其结果就是，根据警察局的资料，有好几十个正教徒受到此类言论的诱惑，去了多西菲神父那儿。

丘赫洛马圣母教堂非常大。帝国风格的殿堂是19世纪中期谢列梅捷夫伯爵家族出资，给周边几个商贸村的农奴建的。当时此地的人全都是正教徒，可后来旧信仰教徒也开始在毗邻的几个城镇里定居下来。到了世纪末他们已经上千了。这里全都是罗戈什派[②]的人，也就是承认“没有神职人员我们尘世的人得

① 莫斯科以北500公里左右的古城。

② 1771年莫斯科鼠疫流行期间在罗戈什城门外建了旧礼仪教徒公墓，渐渐地这里成为该教派的大本营。叶卡捷琳娜二世和亚历山大一世王朝时期对旧礼仪教徒比较宽容，但紧随其后的尼古拉一世时期迫害严重，禁止该派教徒接受主教公会教堂的神职人

不到拯救”的人。人数增多了以后，会堂开始请求彼得堡的主教公会准许他们建造自己的教堂，可尽管贿赂的钱不少，有一些影响力大的人说情，但二十年来彼得堡少有进展。如今可以一箭双雕了。

选择落到丘赫洛马教堂头上不止是因为这个：主教公会的人知道，就算是大节，大殿也空一半。临近住着的农民和居民尊敬格奥尔基神父，对于教堂本身却因为潮湿、有穿堂风不喜欢它。教堂还有一个特别之处：从外表上看圣母教堂是普通的、十字架形圆顶教堂，十字架基座上方有一座高高的钟楼。可不知是建筑师弄错了，还是他压根儿就没想过音响效果，礼拜期间在侧堂里几乎什么都听不见。这个疏漏正中萨勃列尔下怀。神甫们丝毫不用担心在殿堂里会互相干扰，可以同时做两个礼拜。最后一点把事情解决了，于是1916年12月10号，圣诞斋期之前的一个礼拜，丘赫洛马教堂开始做旧信仰派的礼拜了。

最初的时候还是尽可能地把基督的两群孩子分开，可不久就确信了，谁对谁都真的没有造成压力。看到主赞同自己，格奥尔基神父和多西菲神父谈妥了，圣诞节的礼拜干脆把各自的教民合到一起。就算没有侧堂，大殿也能轻易容下八百教民。

员主持一系列仪式，因此随着该派已有的神职人员一个个离开人世，如何延续“香火”成了问题。由此导致了该派内部的又一次“分裂”：一部分人干脆放弃神职人员主持仪式，相关问题自己解决，即所谓的“无神甫派”，另一部分人经过多方努力，终于在19世纪中期盼来了旧礼仪派的国外分支、当时属奥地利管辖的白泉主教区派来的大司祭阿姆弗罗西，由此“香火”得以延续。因此，罗戈什派、有时也称奥地利派实际上是相对于“无神甫派”而言的。不过需要指出的一点是，“无神甫派”的教徒人数在这一时期只是进一步扩大而已，但其产生的时间要早得多：从未承认过17世纪中期尼康宗教改革的旧礼仪教徒实际上到该世纪末就已经面临难续“香火”的问题，当时就有一部分教徒成了“无神甫派”的先驱。

参加这次共同礼拜的人恐怕不会少于这个数。为了听尼康之后旧信仰教徒和主教公会教徒的第一场共同礼拜，除了本地人，丘赫洛马及其周边的村子来了好几百人。人们在教堂里的时候一切都好。按照旧信仰教徒的说法，两个神父——多西菲神父和格奥尔基神父——他们的礼拜做得规规矩矩，漂漂亮亮，唱诗班唱得好极了，蜡烛的火焰、圣香、香膏与如今只记得主的人们的祷告混合在一起，让整个圣母教堂充满神性，好像把它变成了真正的天堂。

礼拜是一致同意后按照旧信仰的信经做的，到下午五点多礼拜才结束，神职人员一边给教民祝福，一边开始领着他们出门进行宗教游行。当时正打着仗，每个人，随便哪一个，都有不少亲人在前线，但在这个基督诞生的拯救日子里人们的心情还是明媚、喜悦。

人们都知道旧礼仪教徒在宗教游行期间是顺着太阳运行的方向绕教堂转，而尼康的追随者跟希腊人一样，是逆着我们的太阳在天空运行的方向。这一次也是这样。两队人都举着十字架、圣像、旗幡，如同群羊跟着牧羊人一样跟在各自的神职人员身后。殿堂门前是用鹅卵石铺的台阶，规模得有广场那么大。从那儿开始环绕教堂贴着墙壁有撒了沙子的两条不同方向的小路，有时路足够宽，但转过弯就变得差不多是羊肠小道了。神职人员从教堂出去以后，有许多人还留在大殿里面祷告或是等着轮到自己去亲近在此地非常受敬重的丘赫洛马圣母的圣像。他们一边相互道贺节日、给自己和别人划十字，一边也依次往外面走。

全都是人的台阶像是涨满了水的湖，两股人流相安无事、不紧不慢地从里面流出来。开始的时候两个队轻松地、没有间断地吸入一群又一群的新教民，可人那么多，肉眼看他们的数量没有见少。最初的几十米信徒走得松快，没有相互拥挤和磕碰，甚至连孩子都没有人用手抱着。不过小路不久就变窄了，已经不能一下子让人都过去了，因此教民的流动开始慢下来。更糟的是——任何时候拥堵都常常如此——，人们拥挤得越来越厉害。很快许多人甚至开始呼吸困难。为了不伤到孩子，人们把他们举过头顶。尽管如此，两个队还在继续行进，这时候谁都没害怕。

丘赫洛马教堂有整个主教区都闻名的钟楼。它有两样东西名声在外：首先是一口重达两百普特的钟，钟声出乎意料地不是男低音，而是高高的、几乎是高亢的男高音，好像铸铁厂的人把什么东西与生铁的成分混了。在其他方面这口钟也好，敲响的时候老远以外都听得见。不过主要的是敲钟人有名气。那是个从乌克兰西部的什么地方来的哑巴。人们说小的时候他像个老娘们儿一样爱叨叨，有一次他父亲没法让他这个十岁的小子住嘴，怒不可遏，把他的脑袋夹在膝盖中间，用做靴子的刀割了一下他舌头下面的筋。从那以后他就已经不能说人话了，不过听力却非常好，外加有一双灵活、动作迅速的手，他如今和整个教区的人用钟声说话。

钟楼基座四周是小路的狭窄部分。更糟的是，紧挨着钟楼的是一座古老、拥挤的墓地。隔栏全都很高，几乎及胸，顶端是尖顶头盔状和矛状。因此这个地方无论如何都不能往边儿上去。显然，旧信仰教徒对这类情况丝毫不清楚，格奥尔基神父和主教公会的信徒就不一样了，他们中的许多人有亲人葬在这里。可就连他们也都没想到在钟楼下方两个宗教游行的队伍是错不开身的。

最先明白旧礼仪教徒和尼康信徒很快就会迎头撞上、到那时灾难不可避免的人是敲钟人。因为不可能用喊叫阻止人们，所以他猛地中断了节日的钟鸣，开始像罗斯自古以来警示人们有危险那样敲起钟来。他最好别这样做啊。人们虽说也明白出了事，但却不清楚是什么事，而且连手都动不了，因为无能为力早就快要疯了。

顺便说一句，十几年过后我亲自记录下来的差不多逐字逐句是谢廖沙讲的故事。这是在鄂毕河岸边一座小隐修院的事，丘赫洛马故事的一系列细节与虔诚圣徒德米特里王子去世那天发生的乌格里奇暴动之间的相似当时就震撼了我。而且重要的是，在俄罗斯由钟声开始的两次骚乱几乎没有差别。

众所周知，1591年伊万雷帝与玛丽亚·纳伽娅的儿子、八岁的王子季米特里在划拨给他的封地乌格里奇市去世了。根据官方的说法，不幸的孩子——重度癫痫病人，玩甩棒儿（甩刀）占地游戏时扎了自己一下。市民们早就怀疑了，那些年国家的实际统治者鲍利斯·戈都诺夫一心想着杀害王位继承人、伊万雷帝的小儿子。得知噩耗，他们冲进了王子的院子，狂怒中分不清谁对谁错，当场就宰了几个臣子。接下来是漫长的法庭调查。质询时市民一个接一个地重复说，是听到钟声才暴动的，结果就认可钟是整个骚乱的元凶。就像我们的敲钟人一样，它被拔掉了钟舌，判决永久流放西伯利亚。与钟一起被发配到乌拉尔山外的是从数千俄里以外把它拖送到那儿去的所有乌格里奇居民。

说回丘赫洛马。敲钟人之后一分钟，两个神职人员也都看到了对方。清楚了两队人分不开，没有地方分开，于是他们两臂交叉，试图拦住各自的教民，可却徒劳无功。信徒们，除了那些两个神父身边的，对什么都没起疑心，继续走着，两个宗教游行队伍带着他们如同两股水流流啊流。当然了，为了不让后面的人压住，人们喊叫、哀求，可他们的哀嚎与拼命轰鸣的钟一起混合成了一片徒劳的嘈杂声。从还可以分辨出来的片言只语中两帮教民明白了一点：是旧信仰教徒，或是相反，是主教公会的教徒，也不知为什么原因不让他们过去。

他们当然全都是罪人中的罪人，大多数人身上连块烙印的干净地方都没有，可是今天，在礼拜期间，他们怀着如此虔诚的信仰听了关于对邻人仁爱的话，而现在，他们一边和谐地唱着赞美诗一边走着，干净，无辜。正确是一种可怕的力量。因为不知道自己现在有任何地方坏，人们变得恼怒起来。断定是有人企图妨碍他们成为好人，他们更加坚定了，准备坚持到底，就是不能让步。开始真的打起来了，打斗的结果让人哀伤。

最先被相互压扁、像受难圣徒一样牺牲的是两个神职人员，格奥尔基神父和多西菲神父。除了他们俩，警察局还报告了22具尸体，其中15个是被踩死的，7个如同串在钎子上一样串到了坟墓隔栏的尖头上。照旧信仰教徒的话说，在这个谁都没想害谁的事件发生之后就开始了骚乱。罗斯对罗斯。

旧礼仪教徒讲的故事我引述得如此详细，特别的原因就在于类似的想法我有一次在尼考吉姆神父的斯涅基利讲道中也听到过。不知怎么说到了基督徒之间的敌意，他突然把话题急转到了我们的国内战争，宣称针对它不能指责任何人。那些在战争中杀人的和那些牺牲的全都按照自己的方式想要拯救人类。于是他们像应该有的那样充满信念，在先知和牧师们的引导下走向天堂，是天上的还是地上的天堂，这不重要。他们没有任何恶意，只是走啊走，突然他们发现有人站在他们的路中间，不让他们接着走。任何一个人脑子里出现的第一个念头就是：没有这么简单，在经历了这么多侮辱、痛苦、流血之后挡他们路的不是人，是罪恶本身。在三年的时间内世界大战让每一个人确信，大炮比祷告词更有力，于是现在，因为不知道自己在干什么，他们拔出马刀，或是给枪上刺刀，扑向敌人，牺牲，同时没有怀疑自己是在为真理而牺牲。他们错了还是没错，不该由我们来评判。

另一个原因在于，旧信仰教徒的故事，我认为，对于我用了几乎二十年时间搜集的一组有关恩乔人的使徒保罗——叶夫拉姆皮·赫里斯托弗罗维奇·佩列古多夫——的传说故事来说，是一个好的前言。这个人的命运从各个意义上说都引人注目。我们现在知道的他的那些事，特别是国内战争开始前的那些，无疑是可信的。关于佩列古多夫的故事中传说的成分微乎其微。也许我本会继续关注他，可80年代后半期考察队不再去北方了，所以我从前做的事，其中就包括恩乔人，自然而然地退到了次要位置，后来就完全被丢到一边了。

之前就连着，就像照着日历一样，过四年死一个人：尼考吉姆神父、谢廖沙、杜霞。虽说当时跟他们的关系对我来说已经不起从前那样的作用了，但除了母亲、父亲和妹妹，终究没人比他们更近。不过接下来要说的不是我们、我们的关系，而是不管杜霞、尼考吉姆神父还是谢廖沙无论怎么努力都永远不可能绕过去，也不可能干脆心平气和地擦身而过的一些事。作为旧信仰教徒传说故事定位精准的插图作者，他们和他们一次又一次不期而遇。

我听说的佩列古多夫行传众多版本中的第一个是断断续续的。清楚的只是：他是个逃兵，大概是1863年到了恩乔人这里——像所有的小民族一样，他们乐于接纳外人——，当时就让他们皈依了基督的信仰。我怀疑自身的命运让他没多大兴趣，一开始他也没打算跟任何人说起它，可后来一系列状况迫使他更公开一些了。在冻土区漂泊十年改变了佩列古多夫很多。在他内心，一个命运弄人使其成为整整一个民族的使徒的普通士兵的内心进行着严肃的工作，而且他很早就遭遇到了没有过去就对自己的教民什么都解释不清楚的情况。

恩乔人把他当先知敬，不听他的话不可思议，不过，要让部落接受佩列古多夫认为是其经历自然而然结果的一系列条款，需要不少时间。与从前的布道不同，他1870年代上半期的布道萨莫迪人[①]很难接受。过了一年又一年，除了亵渎和嘲笑上帝的使者——给他们带来真正信仰的人，在这些布道里他们什么都看不到。而且他自我贬低也没什么意义。等到恩乔人终于明白佩列古多夫想对他们说什么的时候，他们得出的却根本不是他指望得出的结论。

佩列古多夫的话，萨莫迪人就算不同意也很悉心地保留到了最后的时日。他们相信，他讲的故事里面没有也不可能有任何多余的、无关紧要的内容。这就像是圣像，颜色、构图和人物的衣着、面孔、手，光从哪个地方照下来，这里面的每一个细节无一例外都不是偶然的，都充满意义。如果说现在对于本质他们不怎么清楚，那就是说，清楚的时辰压根儿就没到。不过早早晚晚时辰会到的。考虑到没有一族萨莫迪人有自己的文

① 俄罗斯北方、北冰洋沿岸地区所有原住民的统称。

字，俄语他们一开始也不懂，佩列古多夫的布道几乎五十年只靠唯一的一种方法传达——口口相传，至于说它们怎么就传到我们这里了，那真是奇迹。

为什么我确信什么都没被遗忘呢？民俗学中极为罕见的事物，像神话，与其他源头比较过后，是可以验证的。这里碰上的正是极为罕有的事物。二十年代“老政治苦役犯与流配屯民协会”出版了几本书，主要主人公之一正是佩列古多夫。跟他一起度过了二三十年、有些时间更长的革命者，见证的是恩乔人传说故事的翻版。有时会有一种感觉，好像它们根本就是在相互摘抄。

佩列古多夫参加俄国革命是单独的一篇故事。它开始于1880年代下半期，是在以下情况下开始的：萨莫迪人接纳佩列古多夫之后的一年，勒拿河下游地区爆发了一种厉害的流行病——他们从前不知道的鼠疫。它是从印地吉尔卡河[①]的什么地方、从通古斯人那里传过来的。恩乔人，尤其是孩子，病得很重，外加一大堆复杂情况。结果疾病卷走了九百条生命，死的几乎清一色都是男孩儿。1870年代那个病第二次出现了，于是部落中新一代人里男丁不足半数了。没人放牧鹿群、狩猎、捕鱼，而重要的是，没人让孩子坐胎了。上天的力量在任何灾难中都可以帮助人。佩列古多夫施洗的恩乔女人们像犹太人在圣地祈求冬雨一样祈求有男人，主听见了。

大概就是那个时候，亚历山大三世遣送了数百革命者到雅库特去服苦役、流放，四分之三是民粹主义者，不过也有社会

① 雅库特的大河，全长1726公里，流入东西伯利亚海。埃文语的意思是“印地氏族的人”。此河也称为“狗河”，不知是否与俄语的一句熟语“狗寒”（即无比寒冷）有关系，因为这条河被认为是最寒冷的河流，冬天有时甚至会整个冻透。

民主党人和立陶宛、波兰和俄罗斯全体犹太工人联盟的人。总之是什么品相的都有。他们中的许多人试图逃跑，而且不止一次。南路是回到西部，或是往东，到美洲，再从那儿到欧洲，各级权力机关轻易就把南路封了，于是革命党一个接一个地决定尝试北向方案。1890年代中期这一方案被认为是失败的，可在过去的八年里佩列古多夫接纳并拯救了55个人。尽管遭到威逼利诱，但谁都没被供出来。不过，谁也没做到从这儿跑出去。民粹主义者们渐渐地认命了，先后跟萨莫迪女人结了婚，组成了家庭，生了一大堆孩子，革命后才忍不住往回返，大概是1919年吧，不会更早。走了一半就不错了，其余的就这样留下来了，在勒拿河畔放牧鹿群。

在季克西以及在各个游牧部落里搜集的那部分，与早已发表的内容区别不大，我会尽可能简洁地转述萨莫迪人的传说故事。简洁的另一个原因是：就其本质而言，佩列古多夫给恩乔人讲的自己整个的人生故事，保留的只有一个寻常杀人犯的故事。其余的要么是偶然得知的，要么是因为误会才得以了解。许多细节的作用很简单。佩列古多夫清楚，如果没有细节，没有插画和其他琐碎的点缀，他是无论如何都不能让恩乔人相信的。而他必不可少那种信任，信任他向他们宣讲的内容以及在什么时候宣讲救主。

从我在彼尔姆[①]州立档案馆里找到的1850年1月12日萨摩辛县法院的判决中得知，佩列古多夫出身于一个因为酗酒和懈怠丢了神职、重新开始交税的破落神甫家庭。他是家里的第三

① 卡马河港口城市，位于乌拉尔山以西俄罗斯的欧洲部分，距离莫斯科1432公里。

个孩子，十八年前，也就是旧历1832年的9月20号，在那个县的索洛特齐村受的洗。那个日子也在他立功受奖的时候反复出现。索洛特齐从前是个很大的村子，这里住着在临近的捷米多夫[①]建造的第三座铸铁厂上班的农民。

他们是从雅罗斯拉夫尔省的各个村子被迁到这里来的，那还是彼得一世统治时期，可一百年过后丰富的矿石被采尽了，工厂连同矿山一起都被关闭了，在此之后，一半的人主要去了佩尔沃乌拉尔斯克和下塔基尔[②]。那些留下来的人大部分以森林为生，砍伐并顺着卡马河[③]漂流松木、阔叶木、杉木。这里土地贫瘠，全都是黏沙土，冬季长达半年，光靠种地没办法活下来。人们得干很多活儿，照叶夫拉姆皮·赫里斯托弗罗维奇的话说，这让他很不喜欢。十六岁的时候，邻村集市上的一个茨冈女人给佩列古多夫算过命，说他一生会解决掉九个人，而且许多人他会轻易杀掉，没有丝毫遗憾，就像宰只鸡一样。

索洛特齐不远有条年头古老的大道，是从维亚特卡[④]到彼尔姆的路。这里不安静已经有两年了。商人、其他过路的人遭抢，有时也会被杀掉。人们说拦路的是一个大匪帮，匪首是从乌拉尔采矿场逃跑的苦役犯。虽说彼尔姆那边的要求措辞严厉，可抓捕强盗的事却做得无精打采。不知是那些人——他们可不是傻瓜——在豢养地方各级权力机构，还是这个任务警察局根本就无力完成。周围都是无边无际的森林，在里面躲起

① 捷米多夫家族是俄国极为富有的企业主家族，彼得一世时期因为在图拉和乌拉尔地区创办武器工厂和采矿企业而得以崛起，是乌拉尔许多城市的奠基者。

② 二者都是斯维尔德洛夫州的地级市。

③ 俄罗斯欧洲部分的河流，全长1805公里，是伏尔加河北岸最大的支流。

④ 莫斯科东北部的城市，距离莫斯科896公里，坐落于维亚特卡河沿岸并因此得名，苏联时期叫基洛夫。

来、盘踞下来不费什么事。

佩列古多夫已经有了相好——性情活泼的士兵媳妇卡嘉，是个漂亮、年轻的娘们儿。就是卡嘉把他跟强人接上了关系。在那之前佩列古多夫早就想过打家劫舍的生活了，厌倦了从早到晚为口吃的累弯腰。的确，他不敢独自一人去寻找贼窝，不清楚是会接纳他，还是干脆白刀子进红刀子出。小伙子身体棒，可谓是肩宽背阔，枪打得也不错，不过他还是胆小。

半年以后，强盗袭击了一个大车队，里面有两个彼尔姆来的商人和一个近卫军上尉军官，后来得知那是个信使。军人拼死自卫，杀掉他的正是两个月前入伙的佩列古多夫。信使是茨冈女人预言的九人中的第二个牺牲品。一个月前，为了向老惯犯们证明对他来说流人的血、承受死罪不比干一杯酒更可怕，他宰了第一个碰上的人——一个不幸的货郎。

一开始，佩列古多夫对恩乔人讲，对茨冈女人的预言他连留意都没留意。心想，趁着年轻玩儿呗，接下来母亲会给他寻摸个好媳妇儿，一切安排妥当，回归原点。就连货郎的事他都原谅自己了，信使也是，但没有回头路了，杀掉卡季卡[①]之后他才明白这一点。

当时他们手不顺，他喝醉了酒就开始吃她的醋，气恼她不想跟他睡，喊着说他们失手都是因为卡季卡，就是她向警察局长告他们的密。所有人眼睁睁地看着他像拧小鸡崽儿一样拧断了她的脖子。她没声了他才清醒过来，好像没发现她死了，无论如何都已经帮不了她了，用了很长时间试图把卡嘉从那个世界拽回来，重新让她有生气。在这之后，佩列古多夫对恩乔人说，他干脆逃了，随便去哪儿都行，只要能避免再杀人就行。

① “卡嘉”的昵称。

可走得越远，血就越多。

卡嘉死后不久他们就彻底栽了。匪帮在森林里有一座暖和、有真正的炕炉和夹层地板的圆木大房子。储存——火药和铅弹、面粉、米、盐——也丰盈，其余的可以狩猎，再说匪首认定了，在此地的这条大道上人们不会忘了他们，冒头不值当。可他第一个没憋住。因为烦闷透了，他开始时不时要么一个人、要么和两三个人一起去距离他们的地盘儿五俄里外的路边酒馆儿。不错，他悄没声儿的，喝上一碗就迅速离开。就在这家酒馆儿他不知怎么偶然听说三天后内特瓦[①]会有一辆拉着巨款的驿车，整整一个月的特别商品税啊，犹豫了一会儿，他宣布，错过这样的猎物是罪过。不过看得出来——佩列古多夫对恩乔人说——卡嘉还在的时候就开始的那个不顺期不想结束。消息是准确的，车里确实有钱，可除了钱，那辆车里还有三个善战的军官。第一轮齐射他们就杀死了匪帮里的四个人，还有两个负伤的，其中就有佩列古多夫。他们在格拉佐夫[②]被绑了，手递手转交给了警察署长。

接下来佩列古多夫和他一个同党的命运就分道扬镳了。佩列古多夫案子的什么东西拖延下来，而他同伙当月就有了判决：他得到了两百鞭刑，烙了印，带着枷锁流放到了涅尔钦斯克[③]采矿场。所有法律等着佩列古多夫的都是苦役，可就在这时他的运气来了。1852年秋天由于克里米亚战争开始了，补充征兵到来了，除了其他人，格拉佐夫一俄里外一座富裕的商贸村村长的大儿子也中了签。村长决定无论如何都要帮着继承人逃

① 与彼尔姆市直线距离55公里的城市。

② 与彼尔姆直线距离212公里的城市。

③ 位于后贝加尔地区，距离赤塔305公里，是著名的流放地，19世纪—20世纪初在这里流放服苦役的主要是政治犯。

脱，他和米尔[1]的判事达成了协议。他花大价钱把佩列古多夫从羁押站赎出来，代替儿子把他送去当兵了。就这样佩列古多夫没进采矿场，而是进了驻扎在旷地驿站附近的龙骑兵团。接下来他在高加索打了几乎五年仗。

跟着恩乔人游牧的最初那些年，讲到生平的时候佩列古多夫说，他根本没觉得那些打仗时被他杀掉的人与众不同，对于他们的死也没洗白自己。他说，你在这儿在那儿都夺走人的性命，可主没给任何人这个权利，至于每击毙或劈死一个山民他都得到奖励，被认为是高加索战争的英雄，这没有多大意义。还有一次他指出，胸部负了重伤、住了一年医院以后，退役了的他相信，自己的额度——茨冈女人给他算命算出的那九个人——他早就符合了，死亡数甚至超了。

这里显然有破绽。雅库特的省长冯·斯塔谢尔死于他的手已经是在西伯利亚了。萨满约纳赫被宰是他们亲眼看到的。可佩列古多夫似乎都没认为一个一个需要严丝合缝。对于后来他得要人命是怎么回事，恩乔人自己也不敢问。十年后的战前，他们的导师才回来了，像其他事物一样，他那时候跟他们说的话，他们都记得很清楚。

除了其他种种，1870年代的时候他们听佩列古多夫说，在高加索战争中他杀了多少切尔克斯人[2]，谁都不清楚。敌我双方密集放枪的时候，很难说是你的还是他的子弹撂倒了敌人。显然，对此主也是这样看的：大战、甚至一队人和一队人短兵相接的时候，主会丝毫不加区分地把死亡数量平分。

---

① 村社或村民大会。

② 15—19世纪欧洲和俄罗斯文献中对高加索语系山民的统称，但他们从来都称自己是阿迪盖人，19世纪后半期、20世纪沙俄和苏联政府施行民族分化政策，把该统一民族主要分化为四个大族：沙普苏格、卡巴尔达、阿迪格、切尔克斯。

至于主可能有另一种算法，佩列古多夫对恩乔人解释，他当时，1852年的时候，甚至都没想过。就这样，一个对一个，在高加索他杀了四个人。埋伏了整整一个昼夜，他击毙了第一个山民，根据密探的各种讯息判断，他杀掉去见祖宗的第二个也用的是枪——当时那个可怜的人正试图游过苏拉克河。后来就发生了彻底把佩列古多夫的生活改变了的、随之带领他来到恩乔人这里的事件。

1854年秋松扎河畔发生了一场恶战。山民撕破了他们的左翼，在这次战役中指挥俄罗斯军队的上校冯·斯塔谢尔被一队卡拉恰伊人[①]砍伤、包围。斯塔谢尔作战勇敢，不过普遍认为，假如不是佩列古多夫，他被俘在所难免。马已经没了，佩列古多夫从敌人的密集队列中冲了过去，用刺刀刺伤了一个卡拉恰伊人的肚子，之后用马刀砍死了两个，尽管他本人也受伤了，但到底还是给自己的指挥官杀出了一条路。他因松扎一战获得一枚士兵格奥尔基勋章，破格晋升准尉。

负伤之后，几乎半年谁都没法说他会活还是会死，外加不止一次地听到护士们因为他的事说漏嘴，说是如果上帝让龙骑兵逃出活命，那他也得残疾。在此之后，佩列古多夫对恩乔人解释说，他对许多事开始有了不同的看法。从军医院出来以后——佩列古多夫在莫斯科的玛尔法-玛利亚女子修道院完成了最后的治疗——他做的第一件事就是去朝圣，这一点都不奇怪。他先是去三一[②]，从那儿跟两个旅伴一起步行去了基里尔白湖修道院[③]。

① 北高加索的少数民族，突厥语系，目前人口30万左右。

② 应该是莫斯科以北70多公里、创建于1345或1337年的谢尔基三一男修道院。

③ 男修道院，1397年奠基，位于北方的沃洛格达省，距离莫斯科500多公里。

从少年的时候起他就喜欢游荡的、居无定所的生活，现在也一样，似乎背上没做过手术，没有伤口，两三天就上了大路，开始了漂泊，走得轻松、喜悦，祷告也怀着喜悦。在路上以及夜里就寝的时候，他常常想，就这样一直到生命的尽头该多好，哪儿都不急着去，慢悠悠地蹭着，从一座神圣的修道院蹭到另一座。

他也想过剃度的事，不过这个念头不牢靠，出现了又没了，因此在基里尔修道院的时候，因为担心犯错，他决心跟修道院里很受尊敬的长老菲奥多尔商量商量。做完早祷，忏悔完，他去了菲奥多尔的修行室。长老对他很温柔、认真，就他的生活问了很久，可道别的时候说，人犹豫不定的时候如同一根草，在风中左弯右弯，他不应当脱离尘世。主从他的灵魂中得不到益处。

1857年9月佩列古多夫回到莫斯科，受聘当了涅格林纳街一家餐馆的门童。工作干净，因为有小费是个很肥的缺。此外，佩列古多夫对恩乔人说，他没打算在那儿待一辈子，他给自己定的时间是一整年，也好不紧不慢、彻彻底底地想清楚从菲奥多尔神父那儿听到的话。

在涅格林纳街他规规矩矩地履行自己的职责，其余时间读圣经，祷告，睡觉。他和服务员一起吃的是客人走后厨房剩下的东西，职务关系配给了一间屋檐下的小房子，同一栋营业用的楼房里有一家酒馆，因此他没有需要也不想多此一举到外面去。此外，他每天观察到的花天酒地、醉生梦死的生活似乎是在有针对性地阐释菲奥多尔有关罪、傲慢和尘世虚妄的话。开春儿前佩列古多夫心里完全确信了，他要穿上黑衣修士的衣裳，假如不是担心时辰还未到、菲奥多尔神父又会不要他，当时他就会去基里尔修道院了。

根据回忆佩列古多夫伤感地说到了他混合着明显遗憾的胆怯。要是他在基里尔修道院剃度了，他们自己还会在多神教中消磨很长时间，死后在地狱受苦。明白了这些，恩乔人甚至都不隐瞒自己受到了侮辱，认为他的话是背叛，这可以理解。作为对自己的辩护，佩列古多夫补充说，就算当了修士，他也还是会到这里来宣讲基督的。然后他又重复了一遍，说他会来得更早，也许早整整一年，甚至两年——因为把自己献身于主的人的路更直。可他们冷漠地接受了他的解释，把它看作是简单的借口。因此根据双方达成的一致，佩列古多夫剃度的话题再也不提了。更何况机缘如此巧合，他拐离这条路完全是自愿的。

1857年5月末，饭店老板、二等商人菲奥凡诺夫这儿来了一个民政局的小警察，开始盘问从前的门童去哪儿了，菲奥凡诺夫冬天的时候聘用的新门童到底是个什么人。谁都不需要没事儿找事儿地跟警察局有麻烦，因此往桌上端了酒和冷盘之后，菲奥凡诺夫开始解释，说是不久前与山民作战的龙骑兵英雄因为救指挥官获得了圣格奥尔基十字勋章，后来负了伤，在军医院住了很久，退役之后，他——菲奥凡诺夫把他招进了自己的饭店。门童是个有真正军人作派的男人，突出，体魄匀称，外加诚实，总之，连顾客都满意，因此他——菲奥凡诺夫，一次都没后悔过聘用了佩列古多夫。

宪兵一板一眼地把情况都记录下来，他刚一离开，菲奥凡诺夫就立刻打发人去叫门童。他把谈话转述了一遍，明显流露出同情的同时总结道：如果士兵清楚自己背着过失，那就在事情没平息、没有远离罪孽之前别拖着。听完老板的话，佩列古多夫做出了判断：他从前在彼尔姆干的好事恐怕真的东窗事发了。不过他平静地接受了这个消息，下定了决心：如果逮捕他，他会认为这是公正的报应。

不过佩列古多夫没什么好怕的：没人打算把他在乌拉尔的过去翻出来。出乎意料做出回应的完全是另外一件事：松扎之战。五天之后信使带来了斯塔谢尔男爵的一袋东西。团长信里说，他自己也负伤了，后来在自家的村子疗好了伤，尽管多次试图找到救了自己的人，可得到的答复都是搞不清楚这个人在哪儿。如今，男爵接着说，他写信不是为了说自己记得很清楚，他逃出活命该感谢谁，而是因为有事才写。

斯塔谢尔接着通报，说一个月前，陛下下旨任命他去当雅库茨克的省长，如果没什么脱不了身的事让士兵留在莫斯科，他要他与自己同行。至于佩列古多夫在西伯利亚干什么，到了地方他们会弄清楚的：他要是愿意就留在城里，要是不愿意，那就找个别的工作。地域辽阔，要什么有什么，光是采金就有数百万卢布的进项，每年递增。可那儿滥用职权的情况严重，贿赂成风，因此他——斯塔谢尔，如果没有可以依靠的人手，这个营生是弄不妥当的。最后男爵写道，两个礼拜过后他就会在莫斯科逗留，如果龙骑兵决定去的话，他会乐于在自己的马车里给他留一个位子。

当然，期待有雅库茨克这类好运难，不过，佩列古多夫好像已经积攒了足够多的忍耐，不管是苦役、出家还是出行西伯利亚，他都可以接受。但在斯塔谢尔和修道院之间做选择不容易，因此向老板请了假之后，他再次去了基里尔修道院。与第一次一样，他做完了礼拜，告解完，然后去找菲奥多尔。这次圣洁的神父留了他不长时间，怒气冲冲地听他说。终归还是让他把话说完了，神父随后就得出了结论：如果他，叶夫拉姆皮，能够洗心革面，那么相对于剃度而言在雅库茨克他会更好地侍奉主。长老再也不想做更多解释。

恩乔人不止一次地对我讲了与菲奥多尔会面的事，不管怎样，他们都认为神父祝福了终于把佩列古多夫引领到他们身边的路。可恩乔人的使徒本人，据我的理解，晚年时期却无法原谅自己没留在莫斯科。他有留下来的理由。

尽管斯塔谢尔不止一次地谈到职务的事，但佩列古多夫在雅库茨克却没有任何官方身份，不过他的全权却大得很。男爵像信任自己一样信任他，没过多久他就成了他身边某个类似特使官的人。省域辽阔，西东向1000多俄里，北南向1500多俄里，几乎半年的时间佩列古多夫在巡视中度过，蹲守的时候琢磨雅库特人游牧部落和采金企业的事进展如何。

在差旅之间的间歇，生活是另一种样子，跌宕，混乱。龙骑兵要么和斯塔谢尔玩闹喝酒一个礼拜、俩礼拜，要么就在某一天似乎醒过味儿来，重新献身于真正的圣洁生活，就像在莫斯科一样，可通宵达旦阅读圣经和圣父箴言、祷告。男爵尊重他的这些特立独行的出格之举，他在里面发现的是真正俄罗斯种的出众之处，有时甚至为此骄傲。就这样持续了三年，之后斯塔谢尔应皇上的召唤去圣彼得堡待了几乎七个月。他不在的时候，他的职责应该由副省长斯特罗甘诺夫伯爵来履行，可他是个没主意的人，主要的是他出奇地懒惰，没过多久就成了这个样子：重要问题的解决不取决于他这个四等文官，而是取决于一个普通的准尉。

这类实际情况不可能不让官员们、尤其是采金矿主们气恼，因为佩列古多夫热心于国库的利益，还在斯塔谢尔在的时候就把矿主们压榨得很厉害，可对于所有这一切里面存在的违背常情的事，斯特罗甘诺夫似乎连看都看不见。告密信当时就到了首都，不过就是在那里，因为清楚皇上对男爵的友善态度，事情也没有进展。

1859年晚秋时节，斯塔谢尔从彼得堡回到雅库茨克。此行从各个意义上说都堪称成功。他卓有成效地报告了省里的局势，为此被授予一枚圣安娜勋章，不过重要的是，男爵从首都带回了一个年轻曼妙的妻子——著名商贾巴塔绍夫的女儿。铁杆儿单身汉如今无名指上戴着戒指，样子看起来少有地满意。遗憾的是，这桩婚姻给谁都没带来幸福。罪魁祸首是省长夫人与佩列古多夫的关系。在彼得堡，巴塔绍娃就从斯塔谢尔本人嘴里超乎寻常地听说了他高加索救命恩人的事，那时候她就认定，丈夫太顺着龙骑兵了，过于倚靠他了。

巴塔绍夫家族早就以手段高明、性情冷硬闻名，那种特点在年轻的男爵夫人身上也不难发现。她的一个女友证明说，还在教堂顶着花环的时候她就知道了，如果命运在花开正艳的年龄把她抛到这样一个不毛之地，那就是天意，她应当无愧于它。巴塔绍娃相信，数月之内她就能洞悉一切，把什么都搞清楚，如果丈夫为管好一个省需要可靠的助手的话，那他找不到比她更好的。难怪在庆祝回到雅库茨克的招待会上，丈夫向她引见佩列古多夫时，他遭到了故意的冷遇。

像从前一样多地在自己宠儿的圈子里度过时光，婚后的斯塔谢尔当然已经做不到了，不过重要的不是这个。如同滴水穿石一般，巴塔绍娃每逢合适的机会都会鼓动丈夫反对他，男爵喝醉酒的时候能看出来，她的努力没有白费。醉了的时候他越来越频繁地、没头没脑地开始对佩列古多夫说一些狠话，常常无缘无故地嘲笑他。

一天比一天明了的是，佩列古多夫越早离开雅库茨克，对大家就越好，可生活稳定下来了，他学会了珍视这一点，如今却成了这个样子。立马卸职，到上天才晓得的地方去，这对他来说不容易。再说了，酒醒过后，斯塔谢尔会尽可能地安抚他受的委屈。总之，佩列古多夫拖啊拖，直到出了在那之后已经什么都挽回不了的事——巴塔绍娃跟这事儿没有直接的关系，可他确信，没有她事情永远不会走到如此地步。

狩猎小屋是斯塔谢尔和佩列古多夫在雅库茨克都喜欢的地方，那还是之前的省长建的，距离城门一俄里，坐落于高耸的岩石河口。他们在这里饮酒，小姐们到他们这儿来。就在这里，在每面墙都挂满猎枪和狩猎战利品的大堂里，他们为保持体形做击剑运动。长剑少的时候，如果有心情，他们要么跳舞继续锻炼，要么玩笑着用短剑对决。男爵虽然指挥过的完全是陆军的龙骑兵团，但年轻的时候却在海军士官生学校学习了三年，因此对付短剑不比对付马刀差。打小就没跟刀分开过的佩列古多夫如今换了一柄把手做工非常精细的从山民处缴获的短剑——他很少在什么方面比对手逊色。

那一次他们是在间隔了很长时间之后击的剑，加上斯塔谢尔不热心，因此长剑不大听他使唤。佩列古多夫虽然发现了这一点，开始的时候却加着小心，到后来才瞅准时机，灵活地转了一圈，把武器从他手里打掉了。省长很是懊恼，可也没想挽回面子，于是他们去了餐桌已经摆好的客厅。坐了足够长的时间，喝酒，回忆高加索，可到底没忍住，又返回了大堂。

跟先前一样，男爵没运气。一次接着一次地错过了两次击中，他认定用短剑的结果会更好，于是把长剑扔开了。叶夫拉姆皮也这样做了，他们像平常一样，缓慢、顺畅的动作与激烈的攻击交替进行，开始在地毯上转圈儿。不过，还是像之前一样，斯塔谢尔没有特别热心。返回客厅继续畅饮之前两个人好像都没得手。在客厅里佩列古多夫不知是在打了蜡的地板上脚滑了，还是绊住了地毯的边儿，直接摔到了斯塔谢尔的脚下。摔倒的时候他很可能撞了头，有几秒钟的时间搞不懂自己在哪儿，出了什么事儿，因为看到悬在头上的男爵的短剑之后，他甚至都没想到，这只不过是斯塔谢尔十分喜欢摆的、让人印象深刻的姿势而已。

或许叶夫拉姆皮应当配合表演，演一个哀求对方手下留情的牺牲品的类似角色，哪怕安静地趴着也好啊，可惊恐万状中他抓住了悬在头顶的那只手。两个人都醉了，都疲倦，因此当佩列古多夫开始捏疼男爵指骨的时候，男爵的本能起作用了。他居高临下，此刻没什么二话，全部重量牢固地压向短剑。刀顶到了脖子，甚至刀锋在皮肤上划了一下，只不过这时叶夫拉姆皮成功地扭开了斯塔谢尔的手腕。

援引自己使徒的话，恩乔人说，省长的身子像公猪一样有分量、强壮有力，因此佩列古多夫虽然抵抗了，但到最后都确信男爵迟早会宰了他。也许是由于他拨开短剑时因为用力到手脚都动弹不了，像只麻包一样瘫在斯塔谢尔身子底下，所以对手顶到了他自己的武器上——他现在死了，他连想都没想过。以为他醉了，只是睡着了而已。从男爵身子底下钻出来，佩列古多夫才蓦地明白了，对方不喘气了。

佩列古多夫对恩乔人说，他在对方尸体旁边的地板上又坐了很久，像个娘们儿一样嚎啕大哭。他为斯塔谢尔惋惜，为自己惋惜，也为荒唐的生活惋惜，在这份生活里他救了一个人的命，随后跟他肝胆相照地过了几年，然后就是某种愚蠢之举。到如今一个是亡者，另一个应当逃命或是蹲监狱。他哭是因为仗白打了，战争终究还是没有终止算计他命定该杀的那些人；他哭是因为三年前没去基里尔修道院，没接受剃度；他哭是因为什么都挽回不了了，对任何人、任何事也都无法解释清楚了，他没法认这个命。这一切里面有太多的不对，有某种普遍的瑕疵，可佩列古多夫不敢下决心去寻找它，而且他清楚接下来他也永远都不敢，他哭也因为这个。

难过了几个钟头，他有气无力地想，假如还在乌拉尔的时候他就去服苦役了，他手上沾的血会少一些。后来他决心离开，可却没动地方，他没地方可以藏身。快入夜了佩列古多夫才想起来，天亮的时候他和男爵打算去打野鹅，就在房子旁边、勒拿河畔的栈桥上拴了只小船，里面已经放好了猎枪、火药、铅弹和够几天远足生活用的储备。也就是说，对于他、叶夫拉姆皮的逃亡来说万事俱备，甚至在时间上占有先机。

小船上的东西他补充了一点儿，装着高加索战利品的背袋：一件切尔克斯人的长大衣、一双山民软靴以及他自己的重要护身符——铃鼓。他还往里面塞了一本在基里尔修道院买的圣经，然后下坡到了水边，解开绳子，用桨推了一下，开始往河心的方向划。

当然，龙骑兵对恩乔人说，他明白自己恐怕走不了多远，不过看起来，就算斯塔谢尔死后也还是有人保护他。北方的大河里通常都有两条破冰船。那一年勒拿河上的水刚清理完，冰就重新开始封堵河道，现在是清理后持续一两个礼拜的涨水期。佩列古多夫钻进了这个空当，而追踪他的人上路的第三天只能丢弃小船，沿着河岸步行返回。

从雅库茨克到位于勒拿河最下游的居民点季特–阿雷，直到河口前面，佩列古多夫漂了差不多整整一个月。一开始他划，或是哪怕试着掌握航向也好，可后来没力气了，一天又一天，几乎一动不动、迷迷糊糊地躺在船底板上。有时平底小船会被抛到浅滩或沙滩上，不过到处的水面都高，因此挣扎上一个或两个钟头，他会重新回到河心。很快他就数不清天数了，食物吃完以后陷入昏迷，接下来的事就已经什么都不记得了。

恩乔人奥丹诺夫家的人说，他们在沙滩上的芦苇旁边捡到一个外来的人，他没有知觉，说了很长时间胡话。湿透了、冻僵了的佩列古多夫非常不好，因此他们没想到他会活过来。可他们未来的导师站起来了。五月末他自己已经能走出毡房了，又过了一个月，夏至的那一天，他与恩乔人的萨满约纳赫进行了那场著名的对决。

与之前和之后不同，雅库茨克发生的事是解构。我的恩乔笔记在里面起的作用不大。斯塔谢尔被杀以及导致他死亡的不幸事件——各人有各人的看法——当时不止是在省里、也在俄国其他地方掀起了轩然大波。调查案子的是彼得堡最好的侦探（他们的材料完整地保留下来了），还出版了大量有关19世纪50、60年代雅库茨克的回忆录，其中也很少有不涉及男爵的。很长时间人们还都记得佩列古多夫和斯塔谢尔，尤其是20世纪初巴塔绍娃饶有趣味的笔记得以出版了。我前面罗列的一切都被用进去了，否则恢复1863年5月3号到4号夜里狩猎小屋发生的事件很难。

佩列古多夫本人不常回溯雅库茨克发生的事，更糟糕的是，70年代的时候恩乔人已经是当着我的面了，突然开始热情高昂地纠正他的叙述。任何对自己导师过失的暗示如今都被他们毫不留情地抹去了。尽管如此，这里的问题不多。更让人担心的是另外的事。还是当着我的面，恩乔人对他们眼睁睁看到的佩列古多夫最后的一次杀人都做了生硬的内容审查。在已经是勃列日涅夫时期形成的标准版本中，他们坚定地、没有丝毫余地地把萨满约纳赫死亡的罪过自己承担下来了。

不管是哪个恩乔人对我讲那次对决的事，他们全都异口同声地、肯定地说，外来的人刚到他们这儿就开始宣讲基督；恩乔人犹豫不定，一会儿倾向这个，一会儿倾向那个。他们最后决定检验一下，哪种信仰更有力量，哪种信仰真。于是他们让约纳赫与佩列古多夫对打。这个版本后来被另一个彻底排挤了，在那个版本中，在高大、金发的龙骑兵面前没把持住的约纳赫的妻子，被称之为争吵的最初原因。在早期的传说故事中（这些故事在恩乔人的邻居埃文人[1]那里保留下来了），这个情节讨论得十分详细，可后来逐渐消失不见了。

决定卸下佩列古多夫为约纳赫的死承担的任何责任，这对于恩乔人来说不是目的本身，它只是自然而然地积累、完成对他们救星的总体辩护。这是在恩乔人与他们的导师的辩论，有关善与恶、主选择了我们中间的谁以及为什么选择持续了几乎一个世纪的辩论中最后的证据。

双方表达的一些结论——现在，在从前的紧张松弛下来的时候——甚至可以认为是好玩的。比如，恩乔人很长时间里都试图让佩列古多夫本人相信，就连为在乌拉尔杀死的那些人也不值得承受折磨，因为主早就为此宽恕他了。那是上帝为先知

① 埃文人或埃文尼人是西伯利亚的通古斯满人，与埃文克人有亲缘关系，曾被称作拉姆特人。

预定的路的合法部分，因此他不能拐离那条路。

西伯利亚的苦役犯有个迷信：如果你不把你杀掉的第一个人的耳朵割下来一只随身带走，被扼杀的人的灵魂就会显现，折磨你，只要你活着。恩乔人现在援引的就是佩列古多夫自己的话，对他说，所有痛苦都源于他十年前没听匪首的话，没从被他捅死的货郎那儿割下一只耳朵。他们反复对导师说，不是他让人流血，不是他杀了人，他们认为恰恰是罪恶、他的罪恶给恩乔人带来了真正的信仰，他这样想不对。就是说，在他们对救主的皈依中，皈依的基础本身渗入了罪孽，这样的话，有朝一日他会把恩乔人扼杀了的。

恩乔人从前的萨满约纳赫每次施法之后的第二天极为严重的癫痫都会开始发作。他们就是从他那儿知道的：双手握着铃鼓的时候他独断专行地统治着众精灵，就像俄国皇上统治他的臣民一样，舞蹈的声响和动作如同水流一般渗透空间，消除混乱，让世界趋于有序和安宁、善举和静谧。不过逐渐地就连上天的最高统治者奥旬都没法牢牢地握住缰绳，更何况是他——一个寻常的萨满，那情况也就可想而知了。施法之后他虚弱，变得无力，因此握皮带的手松了，动作开始混乱。那个时候他体内如同冬天有暴风雪的时候一样，一切都在嚎叫、发威，不知道卷向何方，把人掀翻在地。

外部世界，约纳赫解释说，庞大，你可以一天跟着一天地走上一个月，却一个人都碰不上。不管你往哪个方向看，都没有尽头，没有边际。生活如同游牧鹿群一样按照早就形成的规则进行：一切都相互依赖，因此没有特别的善，没有特别的恶。这样的情形甚至符合上天统治者的心意，所以他不加干涉，大概是认为既然存在某种秩序那就好——要求更多很难。

人是另外一回事。就像俄罗斯人的城市一样，他浑身住满恶灵和善灵，它们——萨满抱怨说——实际上在你体内扎下了根，认为你是它们的地盘、它们的领地。可怕的残忍源出于此，还因为拥挤。就这样，施法过后他——约纳赫——躺在毡房里，手和脚都动弹不了。对于众精灵来说，这个时候的他已经不是萨满、不是奥訇的儿子了，他是必朽之物，是凡尘，是它们借以打斗的普通地界。一直打到死为止，那个最终占了上风的会住进他的躯体，对于猎物想怎么样就怎么样。

恩乔人还对佩列古多夫说，根据约纳赫面部肌肉的抽动、紧绷，根据他发作时的叫喊和嘶哑声，他们可以观察搏斗的情况，清楚地明白此刻哪一个魔鬼正在获胜，随后就立刻又从约纳赫那儿返回到自己导师这里。接下来结果出来了：长年以来他体内的恶灵更有力量，佩列古多夫杀伐时的兴奋和他已经明白杀了人时的虚弱，这些感受不是他的，是恶灵的，之后善灵的力量就增强了。正是善灵像基督引领保罗一样有一天把他引领到了恩乔人位于勒拿河畔的游牧驻营地。

根据恩乔人的看法，就连与约纳赫的对决也是两种黑暗势力的搏斗。二者几乎势均力敌，因此哪一方会最终胜出，很长时间都搞不明白。只是到日落时分才看出来了，他们萨满的铃鼓敲得越来越无力，越来越绝望，而且他为了战胜敌人召唤来帮助自己的地下世界的精灵们筋疲力尽了，已经护不了他了。他们还说，在那场战斗中，从前逼迫佩列古多夫宰割掉没有任何过错的九个人的他的“恶”彻底耗尽了，而处身于围栏里面、躲藏和隐匿在各个角落里的“善”却相反，变得强壮了，得以见到天日了。它没过多久就扫除了他们导师最后残存的仇恨和残酷。

讲述“恩乔人的救星先是一再施法，后来杀掉被认为非常有力的萨满约纳赫”的故事，在临近的各个民族那里也得以保留下来，尤其是前面提及的埃文人。它们各有不同，而且有时决然不同，但更为重要的是细节：在细节上存在完全的一致。比如，根据种种迹象判断，佩列古多夫与约纳赫搏斗时穿戴的是缴获的山民衣裳。脚上是用鹿油擦得锃亮的软靴，代替短上衣的是绣了金丝的切尔克斯长袍，头上戴着翻毛羊皮帽，腰上挂着有一道血槽、手柄做工细致的短剑。他们导师的手里也有一面挂着铃铛的山民小鼓，伴着鼓的节奏他在涅罗湖尚未融化的冰面上与约纳赫相向而立，跳着某种跟著名的列兹金舞[①]非常相像的舞蹈。这个舞轻盈、优雅，佩列古多夫不止是在视觉上完成它，在他的动作里有某种令人着迷的蛊惑性，所以当萨满的指甲无意间划破铃鼓的时候，恩乔人彻底明白了，约纳赫尘世生活的期限到头了。

二十年代的时候，雅库茨克本地的一个地方志学者记录了几个故事，都以这样或那样的方式上溯到被害的省长身上。几乎在每一个故事里佩列古多夫的舞蹈都扮演着主要角色。尤其是有赖于他的列兹金舞，当时还是团长的斯塔谢尔赢得了两次战役。如同两个勇士一样，两个舞者在战场相遇——龙骑兵对决某个山民——，输掉的一方撤退，无怨无悔地放弃阵地。

搏斗的时间仍旧漫长。临近傍晚萨满才筋疲力尽，他的双腿弯曲，摔倒在地上以后，他开始在濒死中挣扎。看得出来，从约纳赫嘴里连同白沫一起冒出来的是最后几滴生命汁液。恩

① 列兹金舞是高加索最具代表性的民间舞蹈，被认为是高加索人的标志或名片，源于自古盛行、庆祝战斗胜利的战舞，动作疾速，热情奔放。

乔人明白他是在劫难逃，因此不管是当时还是后来，他们都不认为是佩列古多夫如同横刀割断鹿的喉咙一般杀了萨满，相反，他们赞扬他，说他缩短了他的痛苦。

他们的导师杀了约纳赫、收了他妻子贝尔卡之后大约半年，恩乔人这儿有了鼠疫。人开始一个接一个死去的时候，佩列古多夫走出毡房，去了冻土冰原，开始在沼泽中间的一个小山包上祷告。他没有怀疑，这个民族受惩罚不是因为自己的罪，而是因为他的罪，因此他日日夜夜向主呼告，为无辜的人恳求仁慈和宽宏。他高声向主恳求，风有时会把他祷告的话吹送到从旁边走过的人的耳边。

他说："主啊，你看看吧，我可是这个国度的外来之人啊，是不幸的逃亡者，是被追赶、追踪的人，不知怎么我到了这里，像亲人一样被接纳了。生活在这里的人养我，温暖我，给我毡房，给我狗和鹿，给我可以用来捕鱼的网，还有狩猎用的夹子，可我报答他们的是什么？我杀了约纳赫，他们的萨满，他非常有力量，他施法的几乎三十年间，疾病恶灵绕着恩乔人走，怕他。谢尔库普人和恩加纳散人、那乃人、尤加吉尔人和通古斯人都在消亡，可恩乔人却好像被谁施了魔法。如今灾难也降临到了这里。孩子们正在像苍蝇一样死于鼠疫，而我一点都帮不了他们。"

"主啊，"佩列古多夫说，"当然，你会说，他们是异教徒，他们的信仰不正，说萨满约纳赫所做的一切都是尘埃，是必朽之事；可你想想：变成蛇的不仅有摩西的杖，还有法老术士们的杖，就算你的蛇技高一筹，吞了他们的，但术士们也有人同情是可以理解的，而且能驱除疾病大概就够了吧。主啊，"佩列古多夫说，"现在，当恩乔人已经皈依真信仰、走向你宝座的时候，我只恳求、哀求你一点：做我的靠山，就像你曾几何时做摩西的靠山一样，帮我驱散鼠疫。帮我阻止疾病。否则世上将无存信仰过你的整整一个民族，而且过不了一个月它就会整体消亡。”

他就这样一天又一天地祷告，直到疾患终于停止肆虐。四分之一的恩乔孩子去了另一个世界，可其余的鼠疫没动。还在不间断地祷告期间佩列古多夫心中就产生了一个信念：鼠疫击中这个民族不只是因为贝尔卡，灾难在于福音传到他们这里的路从一开始就满是罪孽。不可能不是这样，如果带来福音的是一个杀人犯的话，他走向这里、走进他们游牧驻营地的时候，用里程碑一样的尸体堵塞了路。对自己的这种看法佩列古多夫不打算隐瞒任何人。他日复一日地对恩乔人重复说，他是杀人凶手，一次都不让他们有忘记他过去的可能性。

以基督诞生为纪元，前两个世纪——17和18世纪——对恩乔人来说是大战阶段。他们相信，在与俄罗斯人的三次战役中——每一次恩乔人都全民奋起——，捍卫的是勒拿河畔不管往西还是往东都有数十天路程的自己的土地。为了不让任何人把任何事忘掉，关于这些战争——双方牺牲了5个人，13个人负伤——，关于英雄们和勇士们，萨满们谱写了颂歌和赞美的歌谣。在毡房里的火炉边，夏天在阿伊-堂河边——河流在这里环绕着被消磨得如矛尖一般的悬崖流淌——，全民聚会的时候，会唱响它们。

自那以后还没过去半个世纪。不到两代人以前，他们自由自在、不加选择地徜徉在冻土冰原，把上千头的一个个鹿群从一个牧场赶向另一个牧场。他们拥有巨大的、无边无际的空间，是它们的主人，而且他们认为周围的一切都是这样。

他们知道这个世界——太阳、月亮和土地，土地上面有河流与森林、沼泽与几乎永远都被冰覆盖的冰冷大海——是如何产生的。他们清楚是谁创造了他们自己，是谁让鱼住在河里，是谁让野兽住在森林，是谁让他们在沼泽地牧养鹿、野物和那些被他们驯服的动物。

把他们与至高上神努恩——强力、万能、智慧和宽宏的神，心怀善意把土地交给恩乔人永久使用的他们的父亲——联系在一起的不止有亲缘、信仰，还有非常复杂的关系。这里面有过许多不理解、委屈，但也有无尽的爱，无尽的宽恕与信任。可突然之间他们得知，所有这一切不比一个美丽的童话更多。没有什么努恩，从来就没有过，而且他们不是他的选民，他们是卑微可怜的野人，是柔弱、有缺陷的小人物，是如同面对任何邪恶时的无助的孩子。而且就像杀掉那些孩子一样，他轻而易举地就可以杀掉他们，也可以出于仁慈或是戏耍暂时留下他们的命。

佩列古多夫明白他们有多难受，因此他试图填充恩乔人的空虚，让他们摆脱孤独，为他们翻译了创世纪、路加福音、十诫以及少量的赞美诗和祷告词。根据一个民粹主义者——特拉佩宗多夫——的回忆录，一开始谈到的是摩西五经，还有圣约翰的启示录，不过后来他担心那里面流的血太多，创世纪之后就没再继续下去了。译文总的来说符合经文。的确，在佩列古多夫的圣经版本中人饮羊群的时候没有搬离石头，也没有挖井，而且鹿苔丰富的沼泽地取代了有丰美青草的牧场。面向至高上帝的祷告词赶走了无情的狼群，风卷走了黑压压的牛虻，因此鹿群——不是羊群——牧养得饱、平安，每年春天都子孙满堂。

虽说特拉佩宗多夫竭尽所能地强调佩列古多夫布道的作用，但众所周知，基督教在北方的普及根本不是从他那儿开始的。19世纪上半期有几个传教士从这些地方经过，此外哥萨克和其他外来者劫掠了两千左右的萨莫耶德人[①]。相信这类举动得主欢喜，哥萨克把他们卖给了各修道院。而那些修道院施洗以后奴役新入教的人，让他们为自己干活儿。正是在那里，在修道院里，有人对恩乔人说，是当今皇上的祖母叶卡捷琳娜大帝赐予了他们占有自古以来放牧鹿群的地界、捕鱼区和狩猎场的诏书，而且能保护可怜民族的并非是他们自身的勇敢，唯有陛下、好心女王儿孙们的善良才能保护他们。在由暴力和仁慈构成的恩威并施的挤压中他们完全迷失了自己。

无疑，所有这一切涉及的不只是恩乔人，斯塔谢尔——那还是在雅库茨克时候的事——就当着佩列古多夫的面说过一两次，说北方各个小民族的遭遇是整个帝国的罪过，总有不得不为此负责的那一天。不过，他自己宽慰自己，解释说，对于萨莫耶德人帮是怎么都帮不了的，不管情况现在如何糟糕，未来不会更好。自然法则就是这样，因此政权，甚至是皇权，在此都无能为力。它唯一有可能做的就是未雨绸缪。

佩列古多夫对这个话题总的来说没有关注。他去了雅库特人的游牧驻营地不是一次两次。在他看来，他们过得不比他位于乌拉尔中部地区的家乡的农家更差。至于赶着鹿群游牧到更北地区的那些部落，他说不出什么确切的话，可心里在想，差别不大。或许因为这样，恩乔人可怜的现状才会震撼到他，他

① 从严格的人种学上说，萨莫耶德人与萨莫迪人有区别，但日常使用时二者没有差别，泛指俄罗斯北部、东部地区的原住民。此外，前者出现得更早，往往被认为是后者的古词。

们日常习俗中还幸免于难的最后一点东西被迅速摧毁，这一点对他的震撼程度同样也不小。

佩列古多夫来的三年前，恩乔人的游牧驻营地来了一个彼得堡的大学生，跟他们度过了整个夏天，他们只知道他的名字叫戈列勃。恩乔人开始准备往冬季牧场迁徙的九月末以前，他每天像只蜜蜂一样从一座毡房到另一座毡房，记录他们的传说和故事、童话和咒语，描画护身符和衣服上的纹饰。佩列古多夫如今就觉得，恩乔人酗酒、一个接着一个离开人世不是因为处在一个不熟悉的陌生世界，不善于适应它，也并非因为他们的民族在这个世界的历史再也不可能是独立的，主要的是，他们根本就没有什么用了。必须记住的一切、无论如何都应当保存下来并传给子孙的一切，以一种莫名其妙的方式——用字母——被记录下来，已经不会消失了，会留下来，哪怕世上一个恩乔人都没有了。

三十年过后，已经是老人的佩列古多夫对民粹主义者、种地的谢沃斯季扬诺夫说，他碰上恩乔人的时候，他们像坚定不移决心自我了断的人似的。他们一直在期待、渴望终结，追求紧密地靠近它，然后跨过界限，平静、几乎是温柔地准备死亡。

在解释他们为什么轻而易举就从他手里接受了基督信仰的时候，佩列古多夫贬低自己，对谢沃斯季扬诺夫反复说了两遍，说问题的全部关键，就在于他刚一来到恩乔人这里就杀了人，在一个从来就没有谁杀过谁甚至连公鹿为母鹿角斗也是见血就停然后后撤的民族中，他杀了人。所以从一开始，如果说他教他们学习基督是通过言语的话，则他们教他却是通过自己的生活，而且真真切切是不以暴力抗恶。他们复归了他本人的基督教，让它成为它应该成为的样子，而且成为这样了，可后来它萎缩了。对于恩乔人来说，血意味深长，以至于他杀了他们的萨满约纳赫之后，他们出于某种疑惑服从了他。一个认为自己有权流另一个人的血的人，在他们看来好像是超自然的存在，因此，不管是他的坏还是他的好，他们都不能反对。

不过，就是对那个谢沃斯季扬诺夫他还说了一些更为传统的事，特别说的是：部落如此热心地接受了基督的信仰，是因为他们懂得，在上帝的儿子之外他们得不到拯救。此外，他，佩列古多夫，当时以有机会回归历史成功地救赎、诱惑了恩乔人。他们感觉到了，立刻就揣摩到了，在他给他们带来的事物之中蕴含着新命运的开端，他们另一个历史的开端，而再次丧失这一点他们恐怕什么时候都不会同意。他还补充说，他之前对自己说服他们不去死寄予希望，可如今让他担心的是，新的历史也不会给恩乔人带来任何好处。

宣讲对救世主的信仰时，佩列古多夫从起步的时候起——重要的是与信仰须臾不分——就开始对恩乔人解释，说刚刚皈依真信仰的他们是上帝的选民。让他们相信，只有他们命中注定保存真正圆满、完整的信仰。这一学说过了二十年才彻底形成，在1886年6月中旬发生的各种事件过后立刻形成的。当时从勒拿河南面乘着四条大舢板船的一个加强宪兵队来到恩乔人的游牧驻营地，大约有70人。他们接到的是不惜任何手段让恩乔人屈服的严令，还有就是抓捕从苦役地和流放地逃脱的国家重犯，重新把他们送回之前接受惩罚的地方。

哥萨克和宪兵刚一上岸，佩列古多夫就没有瞒着恩乔人，说派来的士兵有经验，训练有素，还开始劝说族老带领族人连同鹿群一起进沼泽地、进泥沼地，在那里蹲守，直到军人们乘船回去。作为回答，老人们宣称，母鹿不久前才刚刚带来后代，因此，如果恩乔人听了佩列古多夫的话，那不仅会让自己蒙羞，还会失去全部小鹿。政治犯们做出的决议，他们甚至都没当回事儿。大多数的政治犯认为，自己没有拿整个民族的生命去冒险的权利，倾向投降。不过，恩乔人对他们也坚称，他们接纳了、给了安身之所的人，一个都不会被交给当局。

侦察、做战斗准备持续了大约两昼夜，而且两件事佩列古多夫都没有直接参与。士兵刚一开始击破阵营，他就去了曾经向主呼告，祈祷他怜悯这个民族、阻止鼠疫的山包，再次开始恳求他的庇护。当然，他想要恩乔人在主的帮助下让敌人回头，不过他更加坚持地向至高上帝祈祷的，是让这一次的事情结束得少一些血。他说："我背着如此多被无辜扼杀的灵魂；主啊，我只恳求你一点：让他们的数量不要增加。愿我引领走向真信仰的这些孩子像从前没有被杀戮染指一样，未来也依然如此。我莫名其妙地用刀宰割了他们的萨满约纳赫，这就够了。主啊，愿那样的暴力是这个民族中最后的暴力。"

恩乔人和宪兵之间的战斗在长时间的谈判——谈判什么结果都没有，这容易理解——以及双方同样长时间的侦察和寻找有利阵地之后才开始。结果战役在小溪考季瓦悬崖林立的右岸开始，持续了漫长的三天，在勒拿河岸边结束。这时候士兵们匆忙上了船，解开缆绳，伴着恩乔人欢庆胜利的叫喊声、鸣着空枪往雅库茨克的方向返回了。

后来支持民粹派的报纸以及"土地与自由"社[1]的传单把这场战斗称之为整整十年里对专制制度发起的最大的武装进攻。

① 土地与自由社是俄国民粹派的秘密团体，产生于废除农奴制的1861年，1864年解散；1876年被民粹派恢复，1879年再次解散。

宪兵队长马斯洛夫大尉在给内务部长索伊苗诺夫的报告中也大致是这样评价的。马斯洛夫出身哥萨克。穿越波兰、匈牙利以及几乎整个高加索的时候，他陷入过许多并非玩笑的危险境地，但就在他的报告中也指出来了，有时火力根本就是疾风骤雨式的。

恩乔人是天生的射手，三十米开外能击中松鼠的眼睛，尽管如此，考季瓦河畔却没死一个人，只有轻伤员。就算子弹碰上了谁，那也是擦伤，双方没有一个人变成残废，所有人都痊愈了，所有人的所有伤都长好了。总之，我想，佩列古多夫认为这是主的奇迹并非平白无故。认为是信号，是见证，表明他向恩乔人宣讲的内容至高上帝欢喜。

有关恩乔人乃上帝选民这个学说的第一块奠基石几乎是偶然砌下的。贝尔卡跟萨满约纳赫有两个孩子：都是男孩儿，六岁和八岁的奥贡和奥纳赫。萨满死后大约半年——这个民族的人都已经受洗了——，贝尔卡向丈夫抱怨，说同龄人欺负两个孩子，讥笑他们是该死的异教徒。佩列古多夫不管是当时还是后来都把约纳赫的孩子视为己出，很爱他们，他们也报之以爱。感到不安的他决心无论如何都要保护孩子，顺便一劳永逸地把从前的生活与新生活黏合在一起，一条裂缝、一个缝隙都不留。

那些年恩乔人差不多每天都在社会民主党人诺罗夫毡房旁边的空地聚会。他们在这里一起祷告，佩列古多夫跟他们解读圣经、布道。就在这样的一次聚会中恩乔人从他们导师那里听到了这些话：萨满约纳赫，以及他的孩子，是三个博士[①]中一

① 即马太福音中记述的，最早预见基督降临、最早赶去见他并膜拜他的东方来的博士，也称术士。

个的直系后代，博士们是最先被伯利恒的星引领来到基督面前的。

说出来的无论如何都不只是个漂亮的过程。还在考季瓦战役之前，震撼到佩列古多夫的就是与俄罗斯人的三次战争——前面已经说过的战争，死的人只有五个，比他一个人杀害的少一倍。恩乔人每次犯过罪以后都会开始因为罪孽祈求宽恕，对此佩列古多夫没有忘记提醒主。不过他也越来越频繁地对恩乔人说，三个博士不止是约纳赫的祖先，也是他们全部落的祖先，正是他们才是基督的真学生。处女玛利亚刚一分娩，他们就注定来到救世主身边，这是因为他们没流人的血。后来，当博士们明白基督还没来得及拯救所有人就长大成人以后，他们决定不留在巴勒斯坦，于是打点行装，回到了冻土冰原。

佩列古多夫要恩乔人相信，他们不应当称他为自己的先知，他们的夫子是基督本人，从伯利恒之星的时候起他们就是基督自己的民族了。他反复说，三个博士是唯一会圆圆满满保护从基督那里获得的信仰的人，在世界其他地方救世主的学说产生了混乱和流血，这血直到现在还如水一样在流淌。无疑，深入思考圣婴基督的时候，他也把恩乔人看成是类似纯洁孩童、准备好再次为救世主承受死亡的犹太婴儿的继承者，甚或是其法定组成部分的某种存在。假如说在那里——巴勒斯坦，他们会长大，变得像所有人一样，可是在这里，沿沼泽漂泊，远离罪孽，他们保留住了纯洁。有一天，他对另一个社会民主党人季莫菲耶夫说，伯利恒的星会重新在天空升起，恩乔人会穿上白衣，怀着信仰和喜悦跟随将拯救人类的主。

虽说佩列古多夫无怨无悔地接纳苦役犯和流放犯，对于需要帮助的人来者不拒，但对于革命思想他却不同情。政治犯对恩乔人解释说，俄罗斯的人们不幸，贫穷：他们没有鹿群，他们不捕鱼，也不下捕兽夹，可只靠爱是帮不了他们的。善与血联系在一起——从来如此，到处如此——，恶太顽固。佩列古多夫坚定地说，这些话是谎言，不能相信。另一方面，他没有隐瞒，与政治犯的对话、他们在人民面前的罪孽感——他们每一个人都来自人民——强烈地影响到了他。可差别就在这里：恩乔人知道，他害怕自己给他们带来灾难，这个十字架折磨着他，对他来说很沉重。当然，佩列古多夫把恩乔人理想化了，他们也杀人，也打仗。跟所有人一样，什么都有过，只不过因为距离遥远和人烟稀少有所缓和而已，他在的时候有所缓和已经是因为他们衰弱了。

作为旁观者，恩乔人很容易就把佩列古多夫与民粹主义者分开了，毫不犹豫地跟自己的导师留在一起。严格来说，他们接受他说的一切，同意他的罪无限之大。他们没有开始反驳他，当他解释说，尽管是多神教，崇拜偶像，可他们比任何一个哪怕只杀过一次人的人都要好、干净、仁慈，因为什么都可以做，唯独不能杀人。生命是上帝的恩赐，因此没有比剥夺它更可怕的罪。他们承认，人走在上面能够赎罪的唯一一条路是向主祷告。

可佩列古多夫看起来还是有什么地方错了。他是他们的导师，他们习惯于聆听他、相信他。因此我觉得，这种自我贬损，这种无休无止、延续了二十年的尝试——尝试证明他在主和他们面前的罪孽与他们所有的罪孽不可比拟——他们的所有罪是全族人所有的罪还是单个人所有的罪，这不重要——，他的这种尝试很难让恩乔人一直感兴趣。难怪1885年的时候区里开始有人退出。

第一个人退出正与那些革命者有关。不管佩列古多夫怎么说，恩乔人有一天还是隐约觉得，那个巨大的、不停息的、他们一滴不漏带到勒拿河畔的罪过，和佩列古多夫的种种罪孽，是普遍不公这个整体的组成部分，正是这个罪恶之海吞噬了他们。结果恩乔人几乎十年都没起疑心，认为佩列古多夫与民粹主义者的分歧是纯粹战术性的，他们在主要方面是一致的，唱得合拍。不过，在漫长的冬季游牧时间里，把一切想了个遍以后，把一件事与另一件事联系、归拢起来的时候，恩乔人确信了，终于承认了，双方尽管也都在谈论罪、悔恨，可他们之间从前是、以后也会处于无声的对抗之中。

难说这只是巧合，不过同样在1880年代（更准确的时间我没弄清楚），恩乔人根据佩列古多夫的建议在勒拿河高高的右岸——在悬崖上，直接悬在水上——决心建造圣母钟楼[①]。工程在11月末开始，那时湖泊已经覆盖了一层厚冰。他们锯下一方方整齐、直角的冰块，用它们砌成了墙。支撑屋顶的柱子和圆拱也是用湖里的冰敲打出来的。在不远处的居民点，恩乔人购买了旧煤油桶，往里面灌满水，让水冻住。

建造的小教堂不大，可非常喜庆。阳光明媚的日子它闪耀得让人望着时眼睛疼，而且方圆十俄里以外都看得见钟楼。教堂也用太阳照明：阳光穿透洁净、透明的冰就像穿透质量好的玻璃一样。极夜的时候照明杆儿用来照明。礼拜期间墙上固定着数百照明杆儿，如同蜡烛一般。

---

① 俄语中被称之为“钟楼”的建筑一般有两种：开放式，里面只有钟；封闭式，有室内空间，里面挂着圣像，但没有圣坛，牧师和信徒在这里布道、讲经、做礼拜，这样的钟楼也被称作“小教堂”。

按照恩乔人的要求，而且他们自我辩护说，方圆许多天路程之内一个神职人员都没有，佩列古多夫照着无神甫信徒[1]的样板开始自己在教堂主持礼拜。他是一个普通的主教公会正教徒，主持礼拜的顺序正确无误。不过，他谁都没问、什么都没问就自己起意站到了布道台后面，自己起意布道，教信众只寄希望于主和他们自己，这好像已经让恩乔人的信仰有了某种务实的、新教的性质。

佩列古多夫虽说怀着罕见的虔诚做礼拜，但他却一直在反反复复地说，因为罪孽，他不可能成为真正的牧师，而且这一点也强烈地影响到了他们，一步一步地让恩乔人确信了，现在，当他们皈依了真信仰以后，轮到他们来拯救他了。而且重要的是，他们可以并且应当这样做，既然——照他的说法——他们在主面前是真真切切地洁净、无瑕。

夏季，当恩乔人赶着鹿群游走、来到距离勒拿河数百俄里以外的地方时，太阳和温暖摧毁了教堂：为自己的教民悲伤，它似乎在哭，随后如同一个衰老婆娘一般眼泪流干，最后变成松散、灰扑扑的一团。后来许多人认为这些泪水是预言性的。他们是对还是不对，我不知道，不过我听说佩列古多夫把夏天称之为罪孽与哀伤之季，把恩乔人恢复教堂的秋天称为忏悔与宽恕之季。

应当说，一直记着恩乔人有朝一日会没有教堂的时候，佩列古多夫是在竭尽所能地支撑着他们的独立。或许是出于这个原因，部落帮助他的决心他要么看不见，要么不予理睬。他不懂自己是在把这个民族带入罪孽，不懂这个决心在歪曲了有关

① 无神甫教徒是俄国旧礼仪教徒的主要分支，产生于17世纪末旧礼仪牧师——17世纪中期尼康改革前的按立礼仪牧师相继去世以后。旧礼仪教徒不承认尼康改革后的主教公会新礼仪按立牧师，而没有经受按立仪式任何人都不可能成为牧师，陷入绝境的部分旧礼仪教徒的权宜之计是由选出的俗家弟子主持礼拜仪式。

上帝儿子的学说之后，很快就会占据信仰核心的位置。

他们为他做了很多祷告：空闲时祷告，干活儿时也祷告。可过了一年又一年，导师却没见轻松，相反，他越来越痛苦。革命前衰老、虚弱的他常常哭，对谁都没有不好意思，直接当着人们的面，于是他们绝望了。看到他感觉不好，他们当时就不再相信从这里、勒拿河畔主能听到他们。因此，像他们之前成千上万的人一样，他们决定以血还血：为了被佩列古多夫扼杀的性命交出自己的性命。丢掉、放弃鹿群和毡房以后，承受苦难，为所有不幸的人牺牲自己，然后去耶路撒冷，去圣地，从那里向至高上帝祈祷。

最近一些年我越来越懂佩列古多夫。跟他一样，我想，这段历史的本质在于不可能把恩乔人皈依前的死亡与新的信仰分隔开。一个与另一个长到了一起，如同任何一个人的内心都存在得救的渴望和从亚当的时代起就有的原罪，无论你怎么做，你都一直有原罪。遗憾的是，不管是在布尔什维克之前还是他们之后，恩乔人中听他话、停止、撤退的人不多。

单有信仰不够。没有行动的祷告是死的。因此，如果束手无策地待着，他们是救不了他的。这个念头一旦产生，就再也没有离开恩乔人。佩列古多夫极其担心的事发生了。从主判定佩列古多夫加入部落的那天起，对于总有一天他们会下定决心用行动取代言语的恐惧就没有离开过他。在他的生命中，无为与无罪是一体的，相反，任何作为都彻头彻尾地与血联系在一起，混合着血，不管是谁、不管他希望的是什么。

疾病缠身、虚弱乏力的他，不止一次地试图跟他们解释清楚。据说因为想要制止，他甚至跪在族人面前，可他却少有收获。跟他对着干的是他不知适可而止、也不打算放弃的信念——相信自己有罪。佩列古多夫那些年的言论中有一种与日俱增的悲伤，悲伤他带给恩乔人真信仰的同时无力把他们与周围的生活、成年人的残酷生活阻隔开，悲伤他们等待灾难降临而又明白自己衰老无力。痛苦源于不管他们怎么爱他，他却什么都帮不了他们。

1918年的时候，已经卧床等死的佩列古多夫打起精神，有好几个钟头变得像许多年前恩乔人认识他的时候一样。濒临死亡的时刻，他威胁族人，如果他们卷入如今在俄国开始的那些事，他在那个世界不会忘记任何一个，会一个一个诅咒每一个人，在此之前他就会诅咒他来到他们这里并开始宣讲基督的日子。不过这个时候想要明白他的人也只是凤毛麟角。大多数人认可，这是恐惧，为他们的未来恐惧，还有就是在表白爱。因此，刚一把佩列古多夫安放进坟墓，他们就又重新达成一致：他们要拯救导师，不管为此付出什么代价。

1918年12月他去世之后，恩乔人的遭遇非常不轻松。说到自己，他们说找不到真理。如同被卷入暴风雪一般，他们全都在东一头西一头乱撞。虽说他们为了拯救一个给自己带来福音的人在相互扶持，虽说担心分裂，但他们却不善于达成一致、最终决定往何处去。他们拼命争辩，说存在真正的圣地，那是他们自己的牧场、俄罗斯、巴勒斯坦或是谁都不知道的岛屿克格伦[1]。这个岛是一艘美洲帆船的船长跟他们讲的，他说：岛上任何人任何时候都没有流过人的血，因此，就像创世第一天的时候一样，那里没有苦，没有恶，没有罪。

应当公正地说，不管是那些离开的人，还是听了佩列古多夫的话继续在勒拿河下游游牧的人，他们的遭遇都同样艰难。

① 位于印度洋南部的群岛。

1932年，当集体化波及这些地方的时候，恩乔人在几个冬天之内就丧失了全部的鹿，与德国人的战争爆发前夕几乎个顶个地酗上了酒。

国内战争和新经济政策时期，部落里跟着政治苦役犯——自己的父辈和祖辈——到了内地的有几乎三分之一的人。离开的时候他们说，就像我们恩乔人试图拯救佩列古多夫一样，新政权希望拯救整个民族，直接在这里、在尘世建造天堂，因此诚心帮助它是对的。为这样的政权，他们要同胞相信，献出生命不可惜，然后在主的右面[①]带着鹿一起游牧，那已经是在天上天堂里的冻土冰原了，那里没有牛虻，没有草荒，没有狼群。后来还有过几次移民潮，大概相互之间有某种关联，不过，要么是人死了，要么干脆就是失踪了，至少我本人谁都没找到。

关于那些去了内地的以及留下来守护勒拿河畔祖传牧场的人下面会不止一次谈到，在此我想转述的是在恩乔人中非常流行、带有明显传说性质的一个故事。到远方的什么地方去，或许也包括法属的克格伦岛，离开、逃避正在逼近的局势——这件事佩列古多夫似乎就已经说起过了。就这样，新经济政策的最后一年，三户人家跟最后一艘为黄金和裘皮冒险西行了这么远的美洲“玛丽·霍金号”帆船船长谈妥了。他锚住一块巨大的冰块，借着风和水流，用这个奇特的方舟拖着恩乔人和十头鹿组成的鹿群走了两年半，到了地球的另一端、南极洲旁边的一座岛屿。

冰块在融化，帆船的船员几乎在没完没了地闹事，因此船长在阿拉斯加的安克雷奇和菲律宾的马尼拉让不满的人下了船，招了新船员。他终归还是信守了承诺，把恩乔人和两头活下来的鹿——一头公鹿和一头母鹿——送到了克格伦。如今鹿重

① 按正教徒的认识，右面是最尊贵的位置。

新繁衍了后代，在那边冻土冰原的安宁和恩惠笼罩下牧养着，如同在迦南地一样。为了消除最后的怀疑，讲故事的人补充说，恩乔人对从前的故乡以及对南极洲漫长漂流的回忆被著名民俗学家利昂·德·布鲁阿记录下来并在法国出版了。

不过，关于那个美洲人，人们分歧不小。从几个恩乔人和谢尔库普人托格拉那儿我听说，他是个混蛋和冒险家。帆船刚过白令海峡，冰块就四分五裂了，人和鹿全都淹死了。不管是前一种说法还是后一种说法，谁都没有证据，也不可能有，而且就像我如今的理解一样，这个或那个版本都取决于一点：逃亡的人是否得到了佩列古多夫的祝福。如果，照讲故事的人的看法，有祝福，那他们就顺利地抵达了克格伦；如果恩乔人违背导师的禁令半路沉了，那他们就注定这样或那样死掉。

……

……

1962年6月和7月初我是在卡先科医院的疗养科度过的。跟我一起在那儿住院的有历史学家亚历山大·瓦西里耶维奇·法拉宾。他的情况非常严重。他有追踪迫害妄想症，遭受迫害的理由正儿八经存在。住院前，因为害怕被杀掉，法拉宾一整个秋天都坐着火车奔逃，从一条铁路线到另一条。“摆脱了追踪”，他才在乌格里奇的姑母家露了面。父母从那儿把他带了回来。五十岁的人了，他还是像之前一样跟父亲和母亲住在一起。

照医生们的话说，法拉宾在日常生活中是个安静、规矩的人，是个真正的书虫。他真正的住所不是住宅，而是十月革命档案馆，假如人家同意，他会高高兴兴地留在那里过夜的。法拉宾平静地在我们非常有权威性的马克思–恩格斯–列宁研究所当了二十来年的研究员，后来突然发生了最终迫使他抹除痕迹的事件。

法拉宾所在的科室研究的是列宁最后四年的生活。亚历山大·瓦西里耶维奇口碑极好，履历表无可指责（父亲从前是中央委员会的候补委员），勤奋，对事业忠诚，而且所办的人说，一旦学位委员会认证完法拉宾的博士论文，就会提议让他担任部门领导。可还在第一次科室内部预答辩之前，一切就都急转直下了。

法拉宾是个好人，天真的人，他兴奋地接受了赫鲁晓夫的解冻，而且看样子他认定如今没有禁忌了。作为博士论文他向同事们提供的是列宁在果尔吉[①]期间的全记录，外加详细的注解。完成的研究精确性罕见，只要说一点就够了：法拉宾几乎

① 位于莫斯科州，曾经是贵族庄园，1921—1922年冬以及逝世前列宁住在这里。

把列宁的生活复原到了每分钟。而且他的专业性无人怀疑。灾难在另一点上：法拉宾工作之后整个官方的党史得丢进马桶了。自然，部门里的同志立刻告了法拉宾的密。

幸运的是，没谁嗜血成性，因此法拉宾最后到了疯人院以后，也就决定根本不去动他了，办了残疾养老手续就把他忘了。刚一得知博士论文的事，两个没有得过任何勋章的国家安全局一处的人搜查了法拉宾的住宅，一点不剩地清除了摘抄、草稿、其他材料，重要的是还有手稿的打字副本。法拉宾在所里分发的那些早就已经在他们手里了。搜查的人对收集起来的东西没客气，根据所长的命令立刻送进了碎纸机。结果就是"小男孩儿[①]"似乎根本没存在过。

这段历史浓缩在夏季的两个休息日。不管什么情况，这样的日子法拉宾一家都会在克拉托沃[②]的别墅度过。周一回到城里，亚历山大·瓦西里耶维奇甚至还没来得及得知他平生完成的东西已经荡然无存了。打字员在楼门口等着他，她一会儿忏悔一会儿哭，解释说，应丈夫、一个中学历史老师的恳求她多打了一份，第四份。现在她想交出来。

法拉宾后来带着这份奇迹般完好无损的副本在莫斯科奔波了两个礼拜。他带给熟人，恳求藏起来，可几个钟头过后他觉得要么是人不可靠，要么是地点不可靠，于是又返回去把夹子拿走。他的表现当然像白痴一样傻，可不管怎样，手稿幸存下来了，后来份数增加了。法拉宾摘抄的时候我到室里去了一趟，去告别，他也给了我一个装着手稿的袋子。遗憾的是，我在家里把夹子塞到阁楼，忘了。列宁不是我这部小说的主人

① 俄国学术领域对学位论文的昵称。

② 莫斯科州的小镇，距离莫斯科将近40公里。

公，但法拉宾讲的故事连同周围的病人还是赢得了别的东西。

这个二十年探索的结果是，法拉宾在散步的时候报告给了同行的人，按照惯例，其中也有我。从大门到楼门口有一条栗树林荫道，大约五十米长——那还是卡先科在的时候植下的。林荫道没通到门廊，抵住了整个被打烂的花坛——病人中间有很多都喜欢玩儿土。这条林荫道以及花坛周围是我们通常的路线。就这样，法拉宾讲列宁的事。而花坛中央有一个空间，耸立着两米高的领袖坐姿像。它被慷慨地镀上了金。如果不考虑地点和褪色，纪念雕像实际上不错。庞大、有力的形体蕴含着不小的表现力。雕塑家让雕塑的右肩下沉、前倾，好像片刻之后列宁就会干脆把对手压垮。

不管什么天气散步，法拉宾都戴着礼帽。每次靠近花坛的时候，他都略微抬一下帽子，躬身致意。这里没有丝毫讽刺，除了温情和崇敬，什么都没有。或许，不这样，毕生研究一个人根本就是不可能的。列宁的天灵盖上常常落着一只鸽子。被挥动礼帽吓到的它听话地腾空飞起，因此出现了这样的景象：似乎列宁如同对老熟人一样对他以礼还礼。礼帽的节目不是每天都能成功上演，不过上演的时候法拉宾直到散步结束都会快乐，喜滋滋的。

疯人院、听着讲述自己的故事的彬彬有礼的金色列宁、法拉宾叙述的风格本身也影响到了我。对于亚历山大·瓦西里耶维奇来说，就是现在列宁也毋庸丝毫置疑地活着，必要的时候法拉宾可以用他的名字发誓，可以招呼他来做证人——没有特别不好意思——，证明他没有添油加醋，也没有偷工减料。

应当说，关于自己的列宁故事法拉宾不是挨个讲的；时间脉络、因果关系、叙述逻辑很少波动到他。一个片段替换另一个片段从表面看没有任何联系，加上许多内容是重复的，你只是过后一个、两个礼拜，才开始发现这不是讲述人的疏漏。患病的列宁回到同一个想法上去难，而且回也是从各个方面回。一切的必然性就在于此，而法拉宾应当向我们展现它。我们应该懂得，命运没有给列宁留下丝毫蒙骗自己的机会，就算不知怎么就与他注定的东西擦身而过了。

他慢悠悠地、不慌不忙地给我们讲述一个人，一个绝望地、有时简直是疯狂地害怕犯同样错误的人。尽管两次中风之后列宁终究没有恢复过来——比如，言语能力完全丧失了——，但从前的信念和拯救我们的从前的决心，却依然存在。如何做，他目前还不清楚。也就是说，他已经揣摩到了，已经把路辨别出来了，可却怯于走上去，因为它太新，太不习惯。

……

法拉宾讲了很多列宁的事，遗憾的是，回到家，医院就开始迅速地被遗忘。当然，某些东西留下了，可其余的在一两年内如同用抹布抹过一样抹除了。法拉宾也退隐到暗处了。他的手稿我也什么都记不得了，直到一段历史出乎意料、想都没想到地猛然间拐向这里。现在，当不止一次并且努力阅读完他的著作以后，我想把作者应得的给他：他完成的工作是非凡的。

“在涉及政治的一切事物中，”还在大堂法拉宾就开始讲了（对我来说这是第一次散步），“列宁都拥有罕见的直觉。这不是新闻。尽管如此，现在信任直觉对他来说不容易。惯性过于强大，1917年赋予他的权力也强大，二者就像夹子一样把列宁夹在从前的轨道里。二者就像上了发条一样强调，谁都不会比它们更快地达到他的目标。总之，它们好像是在帮着他转向，也许，也逼迫了。不过，不管如何艰难，列宁这时候的表现也是诚实的。

……

“我敢推测，”法拉宾接着说，“该往哪儿走、带上谁走的第一个暗示，还在1918年夏天的时候就给列宁了。当时一致同意把科尔尼洛夫[①]将军选为首领的军官和哥萨克们在顿河开始动了起来。形成的局势不简单，因此党的书记处讨论了如何干扰白军发动国内战争。主要的报告人是托洛茨基[②]——一个杰出

① 拉夫尔·戈奥尔基耶维奇·科尔尼洛夫（1870—1918），俄国军事家、外交官、国务活动家。获俄日战争、第一次世界大战英雄称号，参加过俄国国内战争，十月革命后组织并领导白俄运动，担任白俄志愿军司令，具体领导南俄白卫军。

② 列夫·达维多维奇·托洛茨基（1879—1940），乌克兰人。俄国著名革命家，十月革命的组织者、苏联红军的创建者、共产国际的缔造者之一，1918—1925年担任俄罗斯苏维埃联邦社会主义共和国、之后是苏联的军事海事委员会人民委员及革命军事委员会主席，1919—1926年担任中央政治局委员。1923年起是布尔什维克党内左派领袖，

的实干家，与此同时又是个幻想家。”

“托洛茨基相信，目前阻止国内战争或者把它扼杀在萌芽中是可以做到的。重要的是不浪费时间，而且要开始搜集著名白卫军将领的档案。应该清楚知道他们中的每个人擅长什么，相应的就是哪方面危险。对于这类事物托洛茨基非常在意，认为指挥员的心理、性格、他在军事方面的智慧构成，比枪和炮更重要。列宁本人认为这是异想天开，问题在另一方面：托洛茨基本人有还是没有军事才能。不过他决定不去干预——他想做，那就让他自娱自乐吧。”

“都知道饭前出现的勺子好。同样的道理，军事海事人民政委会恰好前一天从捷尔仁斯基①那里收到了国王的礼物。三天前契卡的人在苔藓街将军侄女的住宅里清缴了科尔尼洛夫的全部档案：好几百张他自己亲手标注的军人分布状况，许多还是从科尔尼洛夫在士官学校学习的时候开始的；有指挥部的地图，上面有他的修正和注解；外加五捆从前线寄给妻子的信函。托洛茨基投入地解释，说科尔尼洛夫的文献中有这样一些没它则革命注定会功败垂成的内容，中央委员会的委员们却一边传阅将军的信件，一边感觉乏味。唉，太简洁了，一句生动的话都没有。要么是他不爱妻子以至写信只是出于礼貌，要么就是不会写。指挥部的地图都更有意思一些，不过就算是地图，让契卡的人最着迷的也是科尔尼洛夫占满所有边缘的婴儿的脸。应该说，小脸儿极具表现力，有着大大的、聪明的眼

1927年被解除一切职务、流放，1929年被驱逐出境，1932年被剥夺苏联国籍，被驱逐出境后于1938年创建了第四共产国际。

① 菲利克斯·爱德蒙多维奇·捷尔仁斯基（1877—1926），波兰人后裔。苏联国务活动家，担任过苏联一系列人民委员会的委员、中央委员、政治局候补委员等，契卡的创建者和最高领导。

睛，胖嘟嘟的小脸蛋儿，小嘴儿略微张开，偶尔会有带着讥笑的小嘴儿。列宁也喜欢他们，他甚至忍不住（这种情形他不常有）开个玩笑：‘这就是将要解放神圣罗斯的人。’随后补上一句：‘他们可有整整一个军队的人呢。’大家全都哈哈大笑起来，可托洛茨基却责备地看一眼他，列宁开始感到羞耻。”

“之后是两年艰难的战争时期。有两次，不管是他还是其他人都觉得，布尔什维克在俄罗斯没几天日子好过了。一次是高尔察克[①]越过乌拉尔，一次是邓尼金[②]准备攻占图拉。在痛苦、准备终结的同时，他一连几天在思考，试图弄明白错出在哪儿，什么做得不对。……可接下来，好像鬼使神差一般，前线的战事妥当了，白军比进攻时还要快地着手撤离，后来干脆开始逃了，于是列宁不再怀疑了。”

“1920年前夕国内战争趋向结束，被封锁在克里米亚的弗兰格尔[③]是它的回声，仅此而已。从波罗的海到太平洋，整个庞大的国家全民上阵建设社会主义的时间到了。比摧毁白军还要快地摧毁萧条、饥饿、伤寒的时间到了——就在这里一切开始打转。机器好像开动了，大大小小的轮子都在转动，可就像在冰面一样，在空转。”

“战友们认为这是成长中的困难，清上两三次就会把坏党

---

① 亚历山大·瓦西里耶维奇·高尔察克（1874—1920），俄国军事家、政治活动家，海军上将。极地研究专家、海洋学家，参加过1900—1903年的极地考察，为此获得了俄罗斯帝国地理学会的大康斯坦丁勋章。参加过俄日战争、第一次世界大战和国内战争，是全俄白卫运动的领导者，具体领导东线白卫军。

② 安东·伊万诺维奇·邓尼金（1872—1947），俄国军事家，上将，俄国白卫军领袖，科尔尼洛夫将军去世后领导整个南俄的白卫志愿军。参加过俄日战争、第一次世界大战、国内战争。

③ 彼得·尼古拉耶维奇·弗兰格尔（1878—1928），俄国军事家，上将，参加过俄日战争、第一次世界大战、国内战争。白军在克里米亚和波兰的总司令。

员、蜕化分子、其他混进来的恶棍从党内赶出去，目前嘛，没必要在空地浪费燃料。现在不是延缓死亡那类情况。可怀疑又回到列宁心头了。热忱降下来了，他一天比一天更清楚地明白了，他们走的方向不对。或许，他应该发言，把这话大声宣布出去，让所有人都听到，可他迟疑了，不仅如此，他还像从前一样继续带领党跟着自己走。”

……

1990年代我从前的一个考察队队长成了部长会议的大人物，由他提议我干了几年乌里扬诺夫州（革命前的辛比尔斯克省）教育委员会的主席。当时国内的人全都开始遗忘列宁，他的纪念碑像从前一样都在，可它们是为谁立的，很多人已经不清楚了。乌里扬诺夫州的情况不同。在这里，自己的故乡，列宁想都没想过退出。至少上任的第一周人们提醒了我二十几次，说我占据的岗位正是一个世纪以前列宁父亲的岗位。

这个州穷得让人绝望，给我的委员会的钱仨瓜俩枣，而且不少都用到寄宿学校了，尤其是孩子有各种身体残疾的第三寄宿学校。对于市里，这所学校压根儿就是个让人头疼的地方。有个叫列斯季科夫的曾经在那儿当过校长，八十年代因为巨额贪污被关起来了，如今，当局换了，他差不多把乌里扬诺夫的领导告了个遍。他把第三寄宿学校叫做窑子，肯定地说，那里的老师强奸学生，而那些学生也一样，直接在课堂上相互交媾。熄灯号响过之后卧室里根本就是色情聚会。

这是我应该搞清楚的第一件事，于是去寄宿学校之前我给一个莫斯科的熟人——一个优秀的儿童心理学家打了个电话。说不上他让我宽心了。丝毫没觉得惊讶，他开始解释，说是在这类地方孩子们把性生活看得像任何一种自然活动一样，一点儿办法都没有，甚至连尝试都不值得。列斯季科夫没瞎说，在寄宿学校，更何况是残疾人寄宿学校，学生们刚一产生性欲就会开始互相睡。本来就非常容易发生这一切，更何况他们二十四小时待在同一个屋檐下。我应当明白，残疾人寄宿学校绝非天堂，进到那儿的是有病的、病得很重的孩子，他们的快乐不多，而床榻之欢是得到快乐最可行的方法。至于说确实应当让我操心的，那就是不要让教师里面有鸡奸的人，让年龄大的学生别强迫别人发生性关系，尤其是别强奸年龄小的。如果这些方面没问题，而我却依然干预、采取措施，那我得到的结果只有一个：糟糕得多的教师取代目前的。

除了整体告发寄宿学校的信，还有十封告发个人的，告的是个叫什么伊先柯的历史老师，八十年代的时候他第一个指证了列斯季科夫。在大背景上他们看起来都无辜。对伊先柯的指控是违反教学法，在课堂上使用许多连普通学校的学生都不清楚的词汇。教学法是一线亮光。我记得，非常自满的我决定为此口头批评那个名不见经传的牺牲品，然后心安理得地向上司报告，说采取措施了。像朋友建议的那样，再也不动任何人。再说，结果根本就没有谁受害。

……

我记得第一次去寄宿学校的事。教室里的课桌小，让人不舒服，为了不妨碍任何人，我选了一张角落的、最把角的桌子，找了几分钟放自己大长腿的地方，终于找到了。我掏出本子、笔，保险起见打开了录音机。开始的时候我只想着列斯季科夫的告发信，到了第二个礼拜才突然开始明白，我在教室里听到的是曾经毁了我周围许多人生活的那段历史理所当然的组成部分。

伊先柯讲述列宁生前最后四年的课我决定在这里引用，这是一个原因。另一个原因是三十年前某种类似的内容我在完全不同的地方、从完全不同的人嘴里——早已过世的法拉宾那儿——听到过。

恐怕还有两件事必须得说。我做记录的教室有不同年龄、水平相差很大的孩子，残疾人寄宿学校通常都是这样。不过，伊先柯恐怕都没想过他们是否能听懂他的话（列斯季科夫没瞎说）。在我看来，他没怀疑自己的学生只需一个暗示就能把真理与谎言分开。而除了真理，谁都不需要任何东西。……

……

在伊先柯11月9号的课上，我完全没想到地听到了佩列古多夫和恩乔人的故事，我本人研究了他们几乎三十年。他们的故事中这样或那样涉及列宁和托洛茨基的部分他阐述得清晰明了，而其他内容，看样子，他知道得不多。至少，在班里他只讲了19世纪60年代给带着鹿群在勒拿河下游游牧的恩乔人施洗皈依正教的是某个叫叶夫拉姆皮·佩列古多夫的人，从那时候起他们差不多像敬仰基督一样敬仰这个人。人们说是这个佩列古多夫后来接纳了几乎四十个从西伯利亚监狱和苦役地逃出来的革命者。

不过，勒拿河口就像个捕兽夹似的，进来可以，而挣脱出去就是现在也很少有人做得到。那些被佩列古多夫暖和过来、得到他照顾的人很快就明白了这一点，三四个月过后就满心欢喜地从他手里接受一个恩乔女人当老婆了。顺便说一句，新娘子大部分都是好女人，模样也都不赖。在周边的各个部落中，恩乔人是以自己的女人扬名的。1917年前夕混血婚姻的后代数量——民粹主义者（土地与自由派、土地平分派、社会革命党人）、社会主义者（孟什维克、布尔什维克、社会民主党人）和形形色色的无政府主义者的儿孙们——超过三百人。

部落在和睦、安宁和富足中繁衍生息，在佩列古多夫的领导下过了五十多年，但在1917年前夕，与俄国其他地区一样，他们的好日子到头了。安宁似乎让恩乔人的先知倦了，是他亲手毁了它：他突然间向人们宣称自己是大罪人，几乎就是地狱的子民。接下来一个统一民族的历史在土崩瓦解。尤其是1921年的时候，尽管他绝对禁止，但还是有大约一百个恩乔人穿越俄罗斯向圣地进发了，他们要在他们新信仰诞生的那个地方求告至高上帝，为自己的导师祈祷、脱罪……

中风前不久，列宁的保卫人员增加了一倍。通过线报契卡得到了一个信息：白卫军准备刺杀伊里伊奇，怎么刺杀、刺客是谁、在什么地方、什么时候一概不知。保卫列宁的几乎清一色是拉脱维亚人，他对他们非常满意，可捷尔仁斯基却得知了，他们之间说得最多的是休假，说的是能去一趟故乡拉特加利亚[①]该多好啊。这些谈话中没什么不好的东西，不过捷尔仁斯基决定保护一段时间，掺和掺和拉脱维亚人的铁板一块。更何况由谁来保护，他现在是清楚的。接下来的事已经直接关涉佩列古多夫了。

关键在于五个月以前政治苦役犯，大部分还是最初的土地与自由社的人，他们的十二个儿孙从勒拿河下游到了莫斯科。他们热情地迎接了恩乔人：给他们衣裳、吃的，治了治病，然后开始想，该拿他们怎么办。从前革命的兄弟情谊早就已经没剩下什么了，可这时，为了照顾好他们，一大群人排好了队。就连三个人的父母还活着、站到了对立面，这一点也没让任何人感到窘迫。

一开始捷尔仁斯基打算把恩乔人收入自己的“与反革命及暗藏敌人斗争全俄特别委员会”，可没过多久他就明白了，这没有意义，因为他们不会很快搞清楚俄罗斯的生活。目前在街上见到汽车他们都会目瞪口呆地驻足不前。汽车早都开走了，他们还是站着，站着。之后有人递话给他，说用恩乔人能组成杰出的民间乐团。有赖于自己的嘹亮歌喉和萨满舞蹈，他们最近一个月光是在克里姆林宫就演出了三场，每一场都好评如

① 拉脱维亚东部边陲，约占拉脱维亚四分之一的面积。

潮。入秋前就让他们跳吧，然后可以把他们安排到北方各民族共产主义大学去。列宁在中央委员会的一次会议上宣称，世界革命不仅是欧洲和亚洲；比如说吧，要在大洋洲领导世界革命，那儿也是非常需要人民委员的。在此之后他们决定开设这所大学。可弄不懂的是，该从哪儿弄来对北方很了解的人呢，对于他们来说那里的沼泽和雾霭得熟悉才行。

捷尔仁斯基琢磨该拿恩乔人怎么办的时候，他们自己好歹是把什么都弄明白了，认定如果他们把俄罗斯、这个脱离了真信仰的国度交还给主的话，佩列古多夫会对他们满意的。重要的是，等到决定他命运的时辰到了，基督会想起他们的侍奉，会减轻导师的罪的。他们在这件事上也有分歧，不过有五个人，不管到哪儿，就是说不管是在克里姆林宫，在工厂的俱乐部，还是在电影院，都开始勇敢地为救主做见证。

于是开始有了大量的告密信，契卡虽说也认为这事儿稀奇，但还是把恩乔人带到了卢比扬卡[①]，像对小孩子一样循循善诱，说他们的传教活动荒唐愚蠢，但其实这不合时宜：找错宣传对象了。不过民意党人的孩子顽固不化，于是为了让萨莫耶德人变得理智，捷尔仁斯基下令把几个傻瓜送去号子关上两天。可笆篱子也没起作用，相反，恩乔人认定这就是他们苦行之路的起点，就这样为基督受难之后，他们只会更肯定地用祷告减免佩列古多夫的罪。

不过，新的受难者没谁需要。捷尔仁斯基把情况报告给了列宁，列宁认同五个奇异的布道人在共产主义大学里用处不大。一个礼拜之后恩乔人被塞进了一艘驶往彼尔姆的轮船，让从那儿穿过西伯利亚把他们送回勒拿河。五个走了，七个喜欢

① 1919—1991年苏联安全局所在地。

俄罗斯正在发生的事，因此他们留下了，捷尔仁斯基也像之前一样喜欢他们。这几个人与反革命和外国间谍没有任何联系，一个亲戚都没有——亲戚是有可能推动他们叛变的——，所有这一切都是不小的优点。决定充实列宁的保卫力量以后，契卡恰恰盯住了恩乔人，这也就不难理解了。

列宁非常喜欢打猎，因此一开始是把萨莫耶德人当作猎手安排给他的。恩乔人枪打得棒极了；猎松鼠的时候，为了不损坏毛皮，他们一枪就会打中小动物，而且只打眼睛。列宁喜欢上了他们，因为他们极其了解森林，因为他们沉默寡言。他们不瞎忙，不妨碍他思考。到后来，恩乔人也开始承担别的工作。跟大家一样站岗，散步的时候保护他。

列宁感觉不舒服、无法工作的时候，他会跟他们聊很久。什么都问：原来怎么生活，这个佩列古多夫是什么人，他是从哪儿冒出来到了他们边疆的，好奇毡房的构造以及为了养家活口一个家庭需要多少头鹿。他们回答他打多少个野兽，是什么兽，一季捕多少鱼；讲自己从前的信仰，身边围着父母、一大堆孩子、无处躲避的时候怎么跟老婆和睦相处。这个话题既没让他觉得不方便，也没觉得有忌讳，恩乔人也没看出这里有什么不好，他们乐意回答，回答得详详细细。

列宁严肃、同情地聆听着萨莫耶德人与俄罗斯人的关系：跟他们做买卖有利可图吗，是否有冲突，通常事情都是怎么了结的？得知恩乔人基本用毛皮换酒的时候，他询问他们是不是喝得很多，对不幸是否可以有帮助。至于说酒精是对他们的诅咒，他甚至比恩乔人都更明白，他掰着手指解释说，正是酗酒让游牧地出生的孩子有三分之二夭折。

1919年秋天他们整整一个礼拜每天都给他转述自己的神

话和传说，唱讴歌伟大萨满们的歌谣。遗憾的是，恩乔人再多就讲不了了，列宁也难过，盘问了很久，老人儿总归会记得从前的那些年代吧。不过他们不常陷入窘境。比如，让列宁兴奋的是，他们每个人都知道十二支祖先，不管是名字还是氏族传说。他都就便背住了，说到俄罗斯的革命者时，他忍不住哈哈大笑，他太喜欢了。还在彼得堡做地下工作时他可就认识他们中的许多人了。

有几次列宁说起捷尔仁斯基前不久送回勒拿河的那五个人身上。他们宣扬基督显然把他逼入绝境了，为了弄明白这是怎么回事，他盘问谁是谁的儿子或孙子，家境殷实不殷实。他们一出生就互相认识，没有特别的秘密，总之，这时候他对他们也是满意的。听到的某些事列宁后来在政治局、在会议间歇的吞云吐雾时间转述过，每一次他自己都惊奇不已，瞧瞧，竟然存在整族整族连话都用不着说的人：“你们要像孩子啊。”

半年之内列宁跟恩乔人好得都让他的拉脱维亚老保卫吃醋了。这方面的话多了，连捷尔仁斯基都不得不向列宁吹风了。也是，让那些随时随地都准备为你献出生命的人受委屈不合适。列宁承认自己表现得不聪明，他保证会弥补过失。的确，很快不满就烟消云散了。

……

不过，对于托洛茨基什么时候、为什么开始对萨莫耶德人产生了兴趣，存在各种说法。一种说法是，他怎么都忘不了从前列宁把孩子叫做“无政府主义的混蛋”，因此他想从更有组织的北方“孩子民族”开始；另一种说法是，他只不过是利用了列宁，而关于恩乔人的一切他本人早就决定了。还在1919年的时候他就看重马赫诺[①]马拉炮兵的战绩，因此，当苏维埃俄国被皮尔苏茨基[②]击溃以后，他立刻就想起了马赫诺快如闪电的攻击以及同样迅疾的撤退。

考虑在什么地方打击波兰白卫军的时候，托洛茨基明白了，比波列斯克沼泽[③]更好的地方是找不到的，因此他当时就有了结论：在普里皮亚季河[④]两岸难以行走的泥泞地里带着鹿群和泥行乘橇的北方小民族会比任何一个骑兵团队要有用一百倍。由此到恩乔人距离已经接近了。托洛茨基1921年前夕做好的、而且当时——1月17号——就向共和国革命军事委员会报告了的计划简单得出奇。不过托洛茨基相信，简单才能说服波兰人。

计划的实质是这样的：在顿河、库班河流域和斯塔弗罗波里耶地区[⑤]开始哥萨克的大骚乱。负责同志是布琼尼[⑥]。主要的

---

① 涅斯托尔·伊万诺维奇·马赫诺（1888—1934），乌克兰政治家、军事家，1918—1922年苏联国内战争期间组织并领导乌克兰南部的革命与解放运动，与苏联红军有两次短期合作。但作为一个无政府主义者，马赫诺反对苏联政府，斗争失败后逃亡国外，在巴黎辞世。

② 尤塞夫·皮尔苏茨基（1867—1935），波兰革命者，国务活动家和军事家，复兴的波兰国家的第一任元首，波兰军队创始人，元帅。1919年上半年的苏波战争期间曾指挥波兰军队攻占了白俄罗斯的明斯克、乌克兰的基辅及其他不少地方。

③ 位于波兰南部、乌克兰北部、白俄罗斯西部的加里宁格勒州。

④ 位于乌克兰北部的基辅州。

⑤ 库班河和斯塔弗罗波里耶地区都在北高加索。

⑥ 谢苗·米哈伊洛维奇·布琼尼（1883—1973），苏联军事家，第一批苏联元帅，哥萨克人，战功赫赫，屡建奇功。

军事力量是他的第一骑兵军。在起义者的挤压下红军正规部队放弃北高加索的阵地和布防区，撤向沃罗涅什-辛比尔斯克一线。哥萨克没有力量继续进攻，可红军也没准备好反击。

于是签订和约，哥萨克人的圈子里宣布布琼尼是各部队的总首领。他的流行度没边儿。每两个哥萨克里就有一个蓄布琼尼式小胡子。1917年以来哥萨克各地首次连成一片了，独立于莫斯科了，他们上头没共产主义者了。

布琼尼宣布成立哥萨克共和国，立刻就得到国际认可。不过这个地位不稳，红军的炮兵有绝对优势。因为明白这一点，布琼尼的信使去见皮尔苏茨基元帅，建议从两个方向——哥萨克是沃罗涅什[①]-图拉方向，波兰人是哈尔科夫[②]-库尔斯克-奥略尔[③]-图拉 方向——打击红军。

若是成功，莫斯科和华沙之间永久和平，两个斯拉夫民族平等，附加给波兰的是第聂伯河右岸的全部土地，包括基辅。波兰人既不信任布琼尼，也不信任哥萨克，不过诱惑太大。犹豫再三之后，开春前——似乎是瞅了瞅命书，托洛茨基解释说——他们下了决心，开始预备联合远征，由于一片混乱，预备工作拖拖拉拉几乎做了一年半。预备工作进行的过程中，波兰的将军司令部里讨论波兰军队将走哪些路挥师乌克兰，而且努力勾画指挥部地图。

观点嘛——托洛茨基在革命军事委员会上说——会有几个，不过波列西耶[④]这条路明显占优势，因为它最安全。在两条路上挥师三十万军队当然不容易，但却没人能攻击你。你怕盟

① 俄罗斯南部城市。

② 乌克兰东北部城市。

③ 这三个是俄罗斯中部城市。

④ 白俄罗斯、乌克兰、波兰和俄罗斯四国交界的低洼地区。

友超过怕敌人的时候，这样的事儿不是最糟糕的。此外，波兰人觉得，没必要急着去哪儿。红军龟缩在沃罗涅什城下，而且它没有预备队。

1923年1月波兰军队终于出发了。两个月内它跨过波列西耶低地，渡过捷斯纳河[①]以后，没打就占领了切尔尼戈夫[②]。苏维埃俄国抗议，可它的外交照会谁都不予理睬。大家全都清楚，哥萨克屯兵沃罗涅什城下，苏维埃俄国什么都做不了。与此同时波兰人开始向哈尔科夫运动，他们的营帐里是一片好心情。将军们相互传阅莫斯科和各省的报纸，上面有哥萨克在鲍利斯戈列勃斯克[③]城下和老奥斯考尔[④]城下狂轰滥炸的报道。

各报有关顿河中游的战斗还会报道一个月，不过假面舞会早就结束了。世上再也没有叛徒谢苗·布琼尼，没有出卖革命理想的他的哥萨克，自由哥萨克共和国也像海市蜃楼一样消融不见了。可是呢——托洛茨基庄严地接着说道——却有了神奇的军长和国内战争英雄谢苗·布琼尼，有了他不可战胜的第一骑兵军，我们的铁道兵如今正开足马力偷偷地送它挥师普利卢基[⑤]。从这里，从普利卢基，甚至都不进城，他们就可直接打击波兰白卫军的后方。当然，击溃三十万波兰军团，一个第一骑兵军的力量是不够的，也没确立这样的任务。他们只是使得波兰人最大限度地损兵折将，损失装备，在混乱中乱了阵营，开始后撤。

---

① 俄罗斯和乌克兰境内的河，第聂伯河左岸支流。

② 乌克兰北部城市。

③ 沃罗涅什州的城市，以俄罗斯最早的圣徒鲍里斯和戈列勃兄弟的名字命名。

④ 白城州的城市，位于奥斯考尔河沿岸并以此得名，距离鲍里斯戈列勃斯克345公里。

⑤ 乌克兰切尔尼戈夫州的城市。

与此同时春天已经来了，雪开始融化，普利皮亚季河的水漫出来了，如果不算那两条路，人、马、车都是过不了波列西耶的。任何人和任何车马都过不去——托洛茨基意味深长地又说了一遍——除非是我们许多人都记忆深刻的恩乔人和他们北方的鹿。“对于他们来说，白俄罗斯的泥泞就像红场的石块地之于红军战士。哥萨克干完了自己的事，暂时停在沼泽边缘。幸存下来的波兰人脱离了战斗，逐渐安下心来，这无疑对我们有利。”士兵们舔着伤口，一直静悄悄地走着，到柳勃林[1]的路程他们已经走了一半。就在这时萨莫耶德人也出场了。现在轮到他们击溃皮尔苏茨基了，就像马赫诺曾经痛击邓尼金一样。总之，托洛茨基总结道，如果计划得以完成，三十万波兰佬的军队能剩下的只有残兵败将。对于苏维埃俄国来说来自西部的威胁会长久解除。

会间休息过后，讨论报告细节时伏龙芝问托洛茨基：“列夫·达维多维奇，会有多少恩乔人，您怎么就知道他们会去呢？波兰人上了什么套这一点清楚，可不幸的萨莫耶德人在波列西耶沼泽损失掉的又是什么呢？”“说到恩乔人特战队的人数，我估计它大概有三四百个战士。”托洛茨基回答，“而且我认为，考虑到战局情况，更多的人我们不需要。至于他们为什么会去打仗的问题，捷尔任斯基同志的回答会比我好。他两年前招了七个北方人保护列宁，清楚全部的底细。”

“您可能没听说过1919年冬恩乔人布道的事，当时他们还刚刚到彼得堡。”捷尔仁斯基对伏龙芝说，“是这样，他们有两个目标。一个是长远目标——让全世界都皈依真正的信仰，这个信仰我们不去涉及；另一个完全刻不容缓——不让他们自

① 波兰城市。

己的导师、一个叫佩列古多夫的人在罪孽中离世。到达圣地，他们在那里——基督的故乡，为他祷告免罪。波列西耶恰好在去巴勒斯坦的路上，而且苏维埃人民委员会与萨莫耶德人已经有协议了：他们帮我们对付波兰白卫军，作为感谢我们帮他们到耶路撒冷。”捷尔仁斯基说完了。

革命军事委员会开完会后过了一个礼拜，1月24号，礼拜一，捷尔仁斯基就已经把列宁个人安保里的三个恩乔人送回了勒拿河畔，带着的任务是鼓动同胞，说服他们帮助俄罗斯顶住世界的反革命。除了托洛茨基的书面承诺——一击溃波兰人，他们就会获得直达圣地和耶路撒冷的自由通道——，他们还被告知，在约旦河上游、胡拉湖[①]周边长满鹿苔的无垠沼泽地，亚伯拉罕的直系后代——流落异乡的犹太人——早就已经像是等待自己的兄弟一样等着他们了。巴勒斯坦既没有牛虻，没有小咬，没有寒冷，没有雪，也没有狼。就像曾几何时犹太人自己的羊群在埃及、在歌珊地放牧一样，没有任何人惊扰的鹿群也可以全年都在那些沼泽地里养育，它们可以在那里爱自己的母鹿，养大自己的儿女。而且在那里，在圣地，时辰到了的时候，他们有一天会从耶路撒冷的方向看到圣父右手边因他们的祷告而免了罪、正了名的佩列古多夫。

五月底捷尔仁斯基的代理人才到了勒拿河，他们自己承认说，夏季的三个月少有所得，不过到了九月，恩乔人的导师几乎让人眼睁睁地看着衰竭，因此尽管他本人绝对禁止，部落几乎三分之一的人还是立刻一呼百应往耶路撒冷去了，顺道帮助布尔什维克清算波兰人。不管是托洛茨基还是伏龙芝，他们好像从一开始就没怀疑过雇佣会顺利，至少在那之前对行动的准

① 即胡拉谷地，谷地一直为沼泽带。

备工作就已经开足马力地进行了。

二月，恩乔人带着鹿群靠近国家的中央地区，到了皮巧拉河下游的鹿苔牧场。到了这时候，做这件事的速度更快了。他们只要在下一年的二三月移向进入波列西耶沼泽的起始阵地就行。在这里，在普利皮亚季河的左岸和右岸，为了让鹿群获得惯常的加速度，保持精神饱满，承受住一个月到两个月的激烈战斗，从上一年的夏天开始彼得格勒实验草业研究所（简称草验所）突飞猛进地种了鹿苔。让大家全都高兴的是，鹿苔在这个新地方长得好极了。

不管你怎么看，三月都是最合适的月份。波兰人和他们的马无助，而鹿却正相反，它们强壮，肌肉结实。的确，为婚配对打的季节结束了，可它们还像之前一样保持着战斗的形体。不过，我把话说在头里——伊先柯接着讲——波兰人起事的那一年，从秋天起就已经决定不让公鹿靠近母鹿、分开放牧了，为的是不让它们白白浪费气力。而且应该说，公鹿像禁欲的人一样接受了这件事。我想，它们甚至猜到了，死亡很可能在等着它们，但却没有犹豫就同意为佩列古多夫献出生命。总之，如同在原始人的时代一样，人与动物又说上了同一种语言，为主服务，无需言语就相互懂对方。

不过，1921到1922年冬季的军事理论显露出了严重的漏洞。由于这些漏洞，让托洛茨基愤怒的是，整个“布琼尼-皮尔苏茨基行动”——在文献中它顶着“斯拉夫兄弟行动”的帽子——不得不又延迟了一年，延到了1923年春天。总指挥部没考虑到的是，虽说鹿角本身在四月中旬以前是牢固的，但上面的皮肤却又薄又嫩，打算固定在上面的机关枪用不了几个钟头就会让它脱落。

接下来，因为无力忍受疼痛，鹿会企图摆脱机枪。驾驭的人不管怎么对它们喊叫，它们都像疯了一样甩头，用角往干树枝和树上蹭，为此火力落点立刻就变得不合适了。更有甚者，伏龙芝向莫斯科通报说，假如按照理论来说，机枪的弹夹不是单发，那么套车扫射的就不是敌人，而是相互扫射。一年之后，这个不足才被消除。伊热夫厂的设计师批量生产了比普通机枪轻一倍的机枪，此外，恩乔人自己作为额外配件为鹿角制作了结实的桦树皮套——某种类似裙撑一样的东西——以及专门固定用的软皮。这一切把问题完全彻底地解决了。

如果不算架设机枪的事，行动是按计划进行的。恩乔人在战事开始前的一年从皮巧拉河移到了瓦尔达伊沼泽，为了不惊动任何人，他们分成小股从那里开始逐渐地潜入波列西耶。他们在这里潜伏到距离大路不远的地方，安静悠然地放牧鹿群，等待自己的时刻来临。

关于战斗本身我们只是从波兰将军们的报告中有所了解。把军队消灭的——他们这样说——是某些嘴脸遮盖着毛皮的可怕大角怪物。喷火的时候，这些兽——它们通常不超过七八头——直接从道路上方弥漫的黎明前的雾霭中完全出其不意地冒出来，几分钟之后身后丢下如山的尸体，消失在那片雾霭和无法穿行的泥沼中。

恩乔人的确是以训练有素的小股部队进行作战，通常不多于五架木橇。他们从两边还有中间切断道路，轮番劈头盖脸地用机枪扫射筋疲力尽、勉强拖着身体行走的波兰人，行进中扫倒敌人的骑兵队。然后他们又进入沼泽地。每天一个小队袭击十二次。恩乔人自己的伤亡不大，而且通常都是偶然的。但到行动结束特战队幸存下来的人还是不到三分之一，其余的都和波兰人一起魂归波列西耶沼泽。

为了顺利地走向圣地，那些活下来的恩乔人又等了两个礼拜，等着公鹿连同机枪一起甩脱鹿角，而后来从当地人嘴里却怎么都没弄清楚，去巴勒斯坦的路上是否有沼泽，一些人说有，另一些人说没有，但他们还是下了决心，动身了。可切尔尼戈夫城外没有沼泽，除了耕地和干枯的针茅草原什么都没有。到了第三天，鹿群就已经倒在维尼察[1]城外了，恩乔人自己也在那儿，在维尼察城外，进了伤寒隔离棚。是否有谁从那儿爬出来了，不得而知。的确，我有机会读到过，托洛茨基本人的装甲列车把两个萨莫耶德人送回了莫斯科。他们回到了果尔吉，继续担任列宁的安保。后来二人和拉脱维亚人一起去了拉特加利亚。不过我觉得，最后的这个讯息十分可疑。

① 乌克兰城市，距离切尔尼科夫382公里。

……

拉脱维亚人走了之后，伊先柯接着说，我再也没得到有关果尔吉公社的任何消息。它好像完成了自己的任务，解散了。它的继任者——拉特加利亚中心的历史又火花闪耀了一次，而且亮丽，不过它到底是不是证明了希望，这些希望到底是什么，我就不去说了。事件是1924年1月26日开始的，当时从前的那些拉脱维亚战士和距离列泽克涅市[①]十五公里的达乌岑村的当地的共青团员得知，他们爱戴的列宁重病之后在莫斯科逝世了。

在俄罗斯生活了很多年，拉脱维亚战士明白，要像模像样地为死去的列宁哭上一哭，不为死者哭丧是巨大的耻辱。如果他们决定简单地把他安葬，人们就会说，列宁没了他们高兴，都等不及把他掩埋了。可安保自己不会哭丧，于是想出了求助邻近的俄罗斯村庄波钦基的主意，那儿的老太太以其特别哀怨的哭丧在全区闻名。

他们是全体一起去找老太太的。战士们又去了波钦基三回，哀求、劝导她们，可结果却什么都没得到。不管是大方地许以好处、劝说，甚至是威胁，全都不管用：老太太们绝然地拒绝为列宁哭丧。与此同时天已经开始黑了，事情却依然没结果。某个拉脱维亚人冷不丁地想起来了，距离波钦基不远、畜牧场对面的村子里住着一个姑娘，她是干活的好手，名叫卡嘉·马斯连尼科娃，她尽管年轻，但却也被公认是极会哭丧的人。许多人至今都记得，11月17号她爷爷死了，她歪倒在棺材上失声恸哭：“话呀我是不会去表，哭呀还是要开始哭，亲爷他……”于是他们去找她了。幸运的是，卡嘉在家，仔细地问

① 拉脱维亚第七大城市，被誉为“拉特加利亚的心脏”。

过战士们那是个什么人、要为谁哭丧以后，她微微一笑，没扭捏作态就同意了。而且她答应，如果能有一个共青团员替下她接管摇篮，让小妹妹不通宵达旦地嚎叫，第二天早祷前哭丧就能准备好。

他们的小组长是卡尔·兰根。他说这个时间合他的意，于是马上照卡嘉的请求指派共青团员斯塔修利斯·利特马宁去马斯连尼科夫家照顾小姑娘。小组其他成员也各有任务。尤其是委派共青团员阿尔图鲁斯·斯卡利茨尼斯照着象征性的基督用棺去凿一个方舟，就是基督圣体节期间的宗教游行时抬着的那种棺材。它应当不大：只有三指长，似乎不是成年人、而是前一天刚出生的孩子用的。兰根要求木头的各个边都绷上黑布，里面为了美观蒙上红料子，如果阿尔图鲁斯找得到的话，最好是绸子或天鹅绒。他还对战士们解释说，他们抬着的棺材里面要躺着一个光溜溜的人体，要知道，我们正是赤身裸体来到世上的。一个共青团员有一张不久前印出来的列宁照片明信片，他们商量过后决定把它贴到上面，直接贴到棺材的顶盖上。兰根还宣布说，所有的人都要一身黑衣去参加葬礼。

讨论完各项事宜，卡尔·兰根和其他人已经进了穿堂开始道别的时候，卡嘉不好意思地突然说道，只有一个人是哭不好的。这事儿严重，共青团员们掂量了马斯连尼科娃的话，表示认同。根据兰根的提议，他们留下利特马宁跟小姑娘在一起，全队的人带着卡嘉回了村子。那儿房山头的长凳上坐着一大群人，很高兴有客人来。更何况许多人早就相互认识。共青团员打了招呼，说道："嗨，姑娘们，从长凳上下来吧，不然你们坐久了，冻坏了。"那些人哈哈笑了，站了起来。共青团员接着说："现在这个不是长凳，而是桌子，而且它不是在这儿，歪向院墙，而是在屋里。桌上好像放着装有列宁的棺材，你们围着它转起来，为他哭。只不过不是随便哭哭，而是更哀怨一些。”

丫头们一听完就马上应和了：列宁，列宁——咱们真的为他哭个丧吧。卡嘉站在头一个，其他人跟在她后面排好，开始唱。她们绕着棺材转，在卡嘉身后鱼贯而行，照规矩亦步亦趋。她们走着，像编花环一样一行一行编织着哭丧的句子，结束的时候早已经过了半夜了。

第二天，当早祷之后达乌岑村的人开始从教堂里往台阶上走的时候，大家全都看到了缓慢、庄严地顺着教堂的院墙走着的送葬队伍。长长的一队送葬的人，最前面的一排里有一个做工极好的黑漆棺材，四周是骑着马端着长枪的共青团员。

教民们互相打听，这么荣耀、体面、漂亮是在为谁送葬，听到的回答是列宁，列宁本人。后来，尽管天气酷寒，姑娘们又在战士们可靠的护卫下，哀伤地、不住嘴地念叨着，唱着让人动容的歌谣和卡嘉·马斯连尼科娃编的哭丧词，在列泽克涅全县从一个村子到另一个村子走了很久，几乎到了深夜。谁知道共青团员盘算的是什么呢。也许，他们不仅是在跟列宁诀别，而且相信自己可以最终唤醒、鼓动起民众，带领他们跟着自己去圣地。不过希望落空了。虽说在每个村子都有不少当地人加入送葬队伍，但照规矩，人们都只是把棺材送到村口，然后就冻僵了，往回走了。

……从那时到我们今天，如果说有什么传过来了，那也只是卡嘉·马斯连尼科娃编的哭丧词。它被某个人用纸记下来了，有赖于此得以幸存。它是这样的：

哎呀弗拉基米尔就是伊里伊奇啊。

哎呀你为了个啥发这么大脾气啊，
哎呀你为了个啥这么生气啊。
哎呀我们有谁会管事儿啊，
哎呀我们有谁会执行啊，
哎呀谁去执行艰难的事儿啊。
哎呀我们如今执行的只有一个人啊，
哎呀只有一个列夫·达维多维奇啊。
哎呀你瞧瞧他那个昏头涨脑啊，
哎呀你瞧瞧他那个心伤啊，
哎呀他心伤操碎了心啊。
哎呀他如今该去哪儿啊，
哎呀去这边还是去那边啊。
哎呀他该把头弯向哪儿啊，
哎呀你瞧瞧军人那个昏头啊，
哎呀苏联的军人啊。
哎呀军人全都不听话呀。
哎呀我们该拿您怎么办呀，
哎呀我们怎么能让您站起来啊，
哎呀我们怎么才能把您唤醒啊，
哎呀我们怎么才能把您喊醒啊。
哎呀我们全都成了孤儿啊，
没了自己的统领了呀。
哎呀你活在我们中间多好啊，
好好地活着多好啊，
哎呀一个不落保护我们大家呀，
哎呀好好地教导我们规矩啊。

哎呀死亡为什么会来临啊，
哎呀让我们为您哀哭啊。
哎呀我们开始想啊想啊，
哎呀我们该把头弯向哪儿啊，
没有了自己的统帅啊。
哎呀聪明的头啊你怎么挺直啊，
你怎么才能回到原来的位置，
哎呀你可怜可怜你的军人吧。
哎呀我们到底该去哪儿啊……
哎呀我们要把头弯向哪边啊，
弯向那个老人儿啊，弯向列夫·达维多维奇，
哎呀我们会重新知晓，我们会开始听话。
哎呀我们会永远记着您啊，
哎呀记着您的死和您的难啊，
哎呀到死都会记着您啊。

……

在乌里扬诺夫斯克当三年领导就足以让我摆脱幻想了。我已经知道自己无望了，虽然拥有懂教育的人该会的技能，但不管我在办公室待多长时间，应付起来还是会糟糕透顶。最让人伤感的是，省长有一天想到，虽说我是从莫斯科派来的，但我却没什么好怕的，于是他不再给钱了。我罩着的从大学到中小学的人全都立马开始嚎叫。

当我明白未来一切只会越来越糟的时候，除了写离职申请我没什么好做的了。满足这个申请的速度是闪电般的。十月底我回了莫斯科的家，蹲到春天，舔着伤口。天知道我都干了什么：整理从前的稿子，清理信件，阅读杂志，已经开始想着去郊外的房子度假了。可却没等到入夏：三月的时候我突然忧伤起来，一、二、三翻检了一遍，在伊先柯身上停下了。我决定到各省的档案馆走一走，淘一淘从他那儿听来的事儿。……

从四月到十一月我跑了乌克兰、俄罗斯中部和伏尔加河流域的15个城市，可到处都是一片空白。好像这类东西压根儿就没有过。秋天，有些不知所措的我回到了莫斯科。有一天喝酒的时候我向一个朋友抱怨自己的失败。没白抱怨，回应我的解释是：关于档案我可以忘了，再也别在上面浪费时间了，因为地方官员有史以来就害怕这类历史，任何一点痕迹都会被仔细抹除掉。报纸是另外一回事。如果他对我理解正确的话，那么孤儿院行动的鼎盛时期是二十年代后半期，那是新经济政策时期，报业还没受到彻底压制。

俄国的朝圣者肯定与他们的西方同道一样，有同样的问题。为了寻找直通圣地的路，他们会成千上万地聚集在南部，海边。欧洲的朝圣者会去威尼斯、热那亚，而我们的呢，错不了，会走去黑海各港口的路线。你的孩子们——朋友说——根据种种迹象判断，在内陆的时候，他们动如流火，今天有，而明天就已经一个都没有了，可是在这里，一旦你找到了船，一旦你跟船长谈妥，那就可能走上几个礼拜，这样的事报人是不会错过的。而且跟档案不同，报刊是不会让你疲于奔命的。任何一则趣闻都会在第一版，而且还会有个好摘要。建议是个有用的建议，而且我最终找到的东西大大地弥补了之前的失败。

1994到1996年，通常是冬天的时候，我不慌不忙地走过黑海的一个又一个城市：敖德萨、尼古拉耶夫，接下来是雅尔塔、费奥多西亚、凯尔奇，在克里米亚之后是别尔坚斯克、塔甘罗戈、新罗西斯克、图阿普塞。最后是外高加索：索契、苏呼米、波基、巴图米。到处都找到了一些东西。我通常一年跑四五个城市，从每一个城市都带回一袋子摘录。有趣的故事很多，不过在此我只转述一个，而且是因为里面的人物中有尼考吉姆神父。那是1923年5月19号到23号在塔甘罗戈发生的事。不过，《亚速通讯报》没消停，一切都结束以后也是。作为惩罚《通讯报》被彻底封了一个月。那年7月1日的报纸向读者祝贺复刊。

如果我们试着逐日复原塔甘罗戈的事件，会得到这样一个大致的画面。城里有一个大的、几乎300人的流浪儿寄宿学校，它的正式名称是第一公社。公社位于市中心，距离滨海街不远，在从前的县贵族院官邸里。楼够大，加上配楼占地整整一个街区。除了其他种种标志，人们通过柱子和正门边的大理石狮子认得它。

不管是老师还是学生，他们的构成通常都是五花八门的。大概一半的教师是从前贵族中学和其他学校的老师。领导层和那些负责军事、体育的人是契卡的干部。一部分人在不久前的国内战争中成为残疾或受到损伤，1923年前夕转成预备军人。在自由雇佣的人里面尤其受学生爱戴的是我们的尼考吉姆神父：在寄宿学校的登记册上他叫做阿列克塞·尼古拉耶维奇·波鲁爱克托夫。尼考吉姆在公社里教数学和地理。城里有关杜霞的告解神父有各种谣传，不过确切的信息很少。但《通讯报》还是肯定他几年前是北方一座修道院的见习修士，不过革命之后与教会决然地断了联系。波鲁爱克托夫在描述的事件里起的作用无疑很大，可如果相信报纸的话，则这种作用总的看起来是模棱两可的。

三分之二的学生的确没有父母或是被他们遗弃了，因此寄宿学校对于他们来说是唯一的家，其他学生是当地契卡干部和军人的孩子。1923年前夕亚述海沿岸地区风平浪静，因此当地开始积极地派遣这里的干部们出远差，最常去的地方是土耳其斯坦[①]，去跟武装叛乱分子斗争。一些塔甘罗戈人从前跟山民一起在骑兵旅服过役，懂点儿伊斯兰教——这一点非常受重视。此外他们还被差去远东。总的来说他们被认为经验丰富、可靠：附近是有二十几种语言的高加索，就是这里，有港口、反动匪帮不让人寂寞。

出差的时间漫长，有两三年。妻子被允许带着，甚至欢迎带着，而孩子却被劝着留在家里，留在塔甘罗戈。到了新地方别说是学校了，常常连固定的住所都没有，在这样的条件下孩子是大累赘……在这种情况下，公社是特权机构，不比旧时的少年军校差，领导层里希望把自己的孩子送进去的人不少。

就在5月21号，我们的“干部熔炉”中平地里起了莫名其妙

① 中亚的旧称。

的骚动。夜里，天亮前两个钟头的时候，高班的学生把岗哨下了，打碎武器库以后武装起来了。公社的武器和弹药多的是。几乎有一百杆带着刺刀的步枪，基本都是杰格加廖夫系列的，五挺最新的德国机关枪，甚至还有一门轻型野战炮。公社社员想干什么，干成了什么，暂时不清楚，不清楚的还有另一件事：暴动的是全部学生还是只有孤儿。

后来城里的人开始清楚报人没弄错：罪魁祸首是流浪儿，不过到了早上，契卡干部的孩子也决定加入他们，甚至发誓无论如何会一起坚守到底。好像流浪儿之前试图劝回他们，解释说他们很清楚，那些孩子有多爱自己的父亲，多为他们骄傲，有多怕让他们失望。要是他们自己有这样的父亲，肯定会袖手旁观的，在这种情形下这样做是对的。可契卡干部的孩子回答说，他们挺身而出正是因为父亲。随便抓他们一个出来，双手都沾满了血，因此不这样你就一个都救不了，他们直到时间终结都会在地狱里受苦。

城里发生的事当然太不像话，塔甘罗戈市委7月23号早上就要求公社社长和教师两个小时之内整顿好寄宿学校的秩序：把武器收回到武器库，把罪魁祸首关进禁闭室。不清楚社长是否尝试执行命令了，我想他尝试了，不过人们连公社的房子都没让他进。门口站着哨兵，高一些的楼梯上架着炮和两挺机枪，窗口也有拿着枪的学生。

通过社长向市委转告说，如果他们企图冲锋的话，公社社员会用火力还击火力，会有相应的后果的。楼结实，公社有多少武器、弹药，市国家安全局局长清楚得很。另一方面，如果不动他们，他们会在最短的时间内安静、和平地离开塔甘罗戈。他们还对社长说了，接下来公社社员只同意通过自己的地理教师阿列克塞·尼古拉耶维奇·波鲁爱克托夫与市委对话，他们请求认可他为正式的谈判代表。

不过，一开始的时候，不管是波鲁爱克托夫还是其他主和的人，都找不到听众。市委书记下令把特战部队的一个营开到市里，围困大楼，第二天早上这件事做成了。这时一个学生再次呈示了一份立刻无条件放下武器的最后通牒。可还是一无所获。清楚了一切都在走向冲锋以后，之前隐藏在暗处的市安全局局长试图劝住市委书记。像对小孩子一样，他开始对他解释，说事件必须和平了结，在大城市的市中心开火只会对我们的敌人有利，学生们虽然年轻，但训练有素："你要明白，你这个榆木脑袋，"他解释说，"要知道，我们是为自己培训他们的，他们在十米开外别说是会命中特战队员了，连瓶盖儿都能打掉；外加大楼牢固，是老建筑，墙壁甚至连直接的炮轰都能承受住；为了压制住这些烂人，我们要撂下那么多战士，想想都可怕。"

可书记固执己见，宣布城里的情况是真真正正的反革命事件，应当把它扼杀在萌芽中，随后命令各连连长让士兵各就各位。他的这个命令契卡干部们执行了。不过接下来，不管他怎么以军事法庭和枪毙相威胁，他们都决然拒绝派兵进攻。对于他们是可以理解的：向自己的孩子开枪不是什么高兴的事。临近正午，勇猛的书记依然一无所获，撤了。他又给了安全局局长一昼夜的时间整顿秩序。

波鲁爱克托夫的时辰到了。到夜半以前，他像只独木舟一般在自己的学生和契卡之间来回穿梭，试图哪怕以什么方式让他们之间谈拢。一开始谈判进行得艰难，不止一次一切命悬一线，可后来事情逐渐有所松动。天亮前不久就已经做出很大让步的契卡同意了公社社员的最后一个要求：签署书面议定书。接下来的事就已经容易了。

最终达成的文件《塔甘罗戈通讯报》全文刊登了。得承认，它看起来怪里怪气的。一系列条款的意思似乎是有意让它模糊，毋庸置疑的只有一点：波鲁爱克托夫的主要作用不仅体现在准备合约方面，就是在合约文本本身他也是核心人物。根据议定书孤儿院孩子的义务如下：当天的傍晚之前交出所有重武器（一门炮和五挺机枪），还有一半步枪，离开大楼。五十支步枪连同每支十二发子弹他们有权无障碍随身带走，想去哪儿去哪儿。这一条有备注：只有在傍晚晴朗、无风的情况下它才生效。第二条直接关涉波鲁爱克托夫：他应当无需任何解释为公社社员祈祷，需要多长时间祈祷多长时间。第三条也让人搞不大懂：安全局局长要同意在一小时之内往公社送一卷牛皮纸，一百米弹性织带，还有五匹白绸，像报纸说的，他准确地按期做到了。

下一个步骤得等几乎十个小时，这段时间契卡和特战队员无所事事，为此神经尤其紧张。更让他们窘迫的是，《通讯报》号外发行之后滨海街和沙滩上、大楼周边到处都聚集着一大群一大群的市民，警戒线和吓唬最多只能把他们从阵地边推出去五十来米。或许一个骑兵连不费事就能把看热闹的人驱散，可没有命令，因此人一小时比一小时变得更多。

从日历上看，7月23日太阳是在下午6点31分整开始落山的。虽然丝毫无风，它落下去的时候红彤彤的，已经升起的月亮也一样又红又圆，但这却是肯定的征兆：早上会起风。尽管如此，孤儿院的孩子提出的条件目前还没被破坏，因此给契卡下达了各就各位的命令：公社社员随时有可能开始撤出大楼。

没过多久他们也真的在门口出现了，可看到他们，士兵、普通乡村小伙子的眼睛都瞪到额头上去了。

孤儿院孩子们通常的校服是军装：长筒军靴和军大衣，只是没有军人的领花、肩章、条带。不过此刻顺着正门的台阶横握着枪直冲特战队员走下来的是细瘦半裸的形体，脸上蒙着面具，包装纸对他们来说恰到好处：假面舞会结束的时候他们清一色赤着脚，身上套着白色直筒绸袍。第二天的《亚述通讯》推测，嘉年华的目的完全是实用性的：干扰契卡辨认出、剥离出自己的孩子。可我不认为这件事只关乎契卡。

穿着这些奇特的衣裳，分成七个小队，公社社员迈着正步走着，虽说光着脚，但他们自信地、恐怕还豪迈地把脚步印刻下来，人群喜欢他们训练的结果，许多人甚至鼓起了掌。接下来，各队的孤儿院孩子像先前一样队形整齐，一队跟着一队不慌不忙地穿过滨海街，随后顺着花岗岩台阶到了海滩，走向大海。这里的海底都是细细的白沙，夏季总是挤满了洗海澡的人。因为担心他们的安全，1914年5月贵族院自己出资在海岸上建起了一座7米高的救生塔。城里不少于一百人的命归功于它。的确，从那些战争年代开始，甚至在应季时节也认为海滩每天傍晚是关闭的，塔上没人值守。

可第一批公社社员靠近海水的时候，人群明白了：上面有人。在明亮圆月的映衬下清晰地凸现着一个面朝大海的人形，眼睛特别尖的人肯定，塔上的人——这是毋庸置疑的——是受人爱戴的寄宿学校老师波鲁爱克托夫。城里的人都知道波鲁爱克托夫身高几乎两米，人形却明显短了一半，这没让他们感到局促。问题在于，他们解释说，波鲁爱克托夫是跪着的。极有可能是这样：如同柱头僧西梅昂[①]一样在塔上祈祷的正是尼考吉姆神父。《塔甘罗戈通讯》对此没有怀疑，根据断断续续、时不时飞到人群耳朵里的话，报社通讯员甚至复原了一段祷告词，风格很像尼考吉姆神父也曾经当着我们的面向主祈祷过的祷告词。

他说："主啊，我爱戴的主啊，你想一想吧，你自己是如何在水面行走的，水没有分开，托着你，不比硬地更差。没有罪孽、没有受邪恶拖累的你轻盈，几乎没有重量，因此它乐意让你安身。你看看吧，主啊，难道这些孩子不像你自己一样正义、一样纯洁吗？就算他们当中有谁曾经违背了戒律，可他们承受了如此多的苦难，早就已经赎了自己的罪。主啊，我的上帝啊，无比亲爱的、唯一的上帝啊，"他呼唤的是基督，"你创造奇迹吧：不要让漩涡在他们脚下洞开，要知道，他们的设想也纯洁无瑕。他们起身上路不是为了红尘，他们是在走向你，走向你的圣地，他们信仰你，就像你一样，为了让罪人中的最后一个都得到拯救，准备献出生命。"

第一批公社社员踏上直接通向南方耶路撒冷的、主专门为他们铺就的月光之路时，它仿若一条脆弱的编织地毯一般，绷紧了，弯折了，上面起了涟漪，人群屏住了呼吸。不过波鲁爱克托夫开始更加疯狂、更加大声、更加怒气冲冲地祷告起来，于是路似乎怕了上帝的怒气，平顺了，变得像之前一样光滑。不过这里，海岸边，浅滩上，对于公社社员来说没有任何危险。后来几乎一直到地平线，孤儿院的队伍走在上面如同走在滨海大街上，有力、自信地印刻着脚步，到了海天分割的线

① 柱头僧西梅昂（约390—495），叙利亚基督教圣徒，是柱头修行的开创者，在柱子顶端斋戒、祈祷了37年。

上，不知是因为卷起了巨浪，还是路只是托着他们托累了，这时候路才又开始不平。不过这里他们也应对过去了。一方面，虽说视力到了极限，人群中还是有人看到了，如同在无声电影中一样，学员们用精确的芭蕾舞的动作把枪抛入水中，另一方面，他们好像第二次听到了波鲁爱克托夫的声音，他飞快地、几乎如打摆子一般病态地、越来越快地祷告着。反正路是再次变得平坦了。

公社社员早就隐没到地平线后面了，可聚集在滨海街上的人群却依然站着，天亮的时候人们才开始四散离去。好像没有留下来的理由了，可大家的心情都是伤感的。人们甚至都没有相互道别，只是悄无声息地回家了。总的来说是这样一种感受：不管接下来会怎么样，塔甘罗戈人被这件事弄得很累，想要尽快把它忘了。报人们相信，他们会渐渐离去，接受一切，消化一切，公社社员远征圣地很长时间还会是城里恳谈会的主要话题。不过后来他们承认自己错了：谈话中几乎没提到过孤儿院的孩子。

至于说公社社员中是否有人走到了小亚细亚，我本人对他们的成功存疑。这个问题不止让我一个人有兴趣。可至今都没有答案。关闭之后回到那一夜的《塔甘罗戈通讯》干巴、不情愿地在8月5日的报纸上报道说，费奥多西亚渔民的渔网里落入七具淹死的人的尸体，看样子是孩子的，可他们在水里待了一个多礼拜，死者辨认不出来。不过报纸预先声明，这里是孤儿院孩子走的路往西几乎两百公里的地方。至于水流有可能把尸体漂向克里米亚，任何人都没说一个字。

淹死人的消息刊登一个月以后——难说这里存在联系——，从莫斯科过来了一个联盟检察院的委员会。它重新问讯了市里的各个权力部门——从市委书记到普通的特战队员——，还有那些在孤儿院工作过的人。让侦查员特别感兴趣的是波鲁爱克托夫这个人。契卡关于他什么有意思的东西也说不出来，尼考吉姆神父从前贵族中学老师中的同事就是另外一回事了。出乎意料的是，问讯时他们表现得十分坦诚。从他们的指证中看出，正是波鲁爱克托夫让孤儿院的孩子有了步行穿越黑海的想法。一切做得非常巧妙，所以到了最后公社社员开始以为这个决定是他们独立做出的，而尼考吉姆却正相反，他拦阻他们。

他们说，阿列克塞·尼古拉耶维奇用了几个月的时间，而且没有藏着掖着，说服公社的学员，说只有他们孩子是唯一可以拯救我们这个不幸世界的人，并且主要的是，为了战胜邪恶必须解放圣地。作为地理老师，他在课上给他们指出了从塔甘罗戈穿过高加索、阿纳托利亚[①]和叙利亚到巴勒斯坦的最短路线，甚至留作业教他们，然后问并在记分册上登记分数。等到学员们相信世界能否得救只取决于他们的时候，波鲁爱克托夫突然一下子把一切做了另外的认定，开始对公社社员们说，穿越高加索是个要命的事，那里没有真正的路，只有羊肠小道，当地人能搞清楚的人都不多，此外还要加上要绕大弯子……所以应当直行，从海上走过去。

有些孤儿院的孩子表示怀疑，问他：难道普通人——不是基督——可能在水面行走吗，他们不会淹死吗？作为回答他称他们是不信的多马，而且宽宏大量地解释说，信是世界的基石，它强壮的不仅是人，而且强壮人周围的自然力，不信则正

① 也称小亚细亚，是当代土耳其的中部区域，常指土耳其的亚洲部分，东西一千公里，南北四百一六百公里。

相反，它毁灭一切。如果他们在上帝面前对，如果他们真的纯洁无瑕，那就什么都不用担心：走在水面上还是硬地上没有差别。漩涡吞噬的只是连自己都拯救不了的罪人，还有那些信仰不够的人。随后他就开始挖苦，问学员们：也许，他们只是被狂妄自大控制了，由此他们才突然以为自己可以拯救亚当的族类。接着他又嘲讽地补充了一句："我以前没隐瞒任何人，现在也不隐瞒：骄傲是罪，大罪。"

市民认为，上述内容足够用来进行重罪指控了，可莫斯科的委员会似乎没发现尼考吉姆神父同事的指证。它从老师们、后来也从波鲁爱克托夫那儿只要求回答一个就苏联的法律而言非常奇怪的问题：他为什么不再祷告、到天亮还有三个小时就从塔上下来了？他是否以此判定公社社员必死？这个推测把寄宿学校的教师无一例外地逼入绝境，因此从他们嘴里什么有用的信息都没得到。

调查时表现得十分平静的波鲁爱克托夫声称，首先，向检察官证明这类指控不易：谁能说孩子们死了，此刻不是正走在小亚细亚的什么地方？其次，声称他不再为他们祷告也无法证明：如果你真的相信主，那在任何地方伸手都能够到他，不管你是在塔上还是在自己的房间。第三，认为他的祷告对于主来说比孤儿院孩子自己的祷告意义更大，这种想法荒唐。或许他的结论听起来具有说服力，至少接下来既没有逮捕，也没有审判。尽管如此，波鲁爱克托夫不想留在塔甘罗戈了，因此案子一了，他就离开了城市。

亚述故事的回声也滚到了图阿普塞，当地的《观察家报》写过，八月中旬降下的一场意外的、非常猛烈的雷雨过后，让居民们雀跃的是，塔甘罗戈所有外来的流浪儿全都顺着彩虹出了城。我在此还要补充一系列报道。《尼古拉耶夫电讯报》在一篇极具同情的文章中对读者解释说，流浪儿试图冲出浸透了血和苦难的俄罗斯，走到圣地，在那里，在耶路撒冷，为它祈祷免罪。不过能成功抵达巴勒斯坦的人不多。其他人会像瞎子一样乱撞，等到力气没了也就牺牲了。

《新罗西斯克观察家报》呼应《电讯报》，它对订户报道说，流浪儿看到任何一座城市都相互说："这就是它，耶路撒冷！是它！"他们希望、相信自己终于走到了。《凯尔奇新闻》指出，公社社员确信，圣洁保存在用熔化的钟铸成的炮弹和子弹里。甚至用不着瞄准，它们就会丝毫不差地击中罪人。另一个队伍的流浪儿对通讯员解释说，应当把爱和宽恕的词语铭刻在子弹上，不只是因为宽恕好。只有罪人在自身中接纳了一块神圣的金属时，就在它进入他身体的那一刹那，他会信，会忏悔。他会如婴儿一般干净地接受死亡，因此会得救。

至于有多少孤儿院的孩子成功地触碰到了圣地，各报的预测鲜有例外地悲观。同意让公社社员上船的船只（为什么，我不知道，可我怀疑原因只有一个——蓄意破坏）破旧，在水上很不牢靠。加上超重得要命，结果就是一出港就沉底了。可终归还是有一些可能到了君士坦丁堡。

旱路——高加索，随后是阿纳托利亚的群山山脊——也不容易走：流浪儿死于饥寒，掉进深渊。一部分人被山民掠走，有的为奴，有的在后宫。几乎有一万最强壮、身体好的被阿塔久克[①]抓住、送进了他自己的军校。好像公社社员自己也明白，能够到达圣地的人凤毛麟角。他们这样说自己：当然了，如果

① 穆斯塔法·凯末尔·阿塔久克（1881–1938），现代土耳其的创建者，被土耳其人尊称为"国父"。

大家全都能挺过路途的艰难，好啊，那是锦上添花，不过重要的是，哪怕只有一个无辜的人冲出这邪恶，面对主。

最后应该说一件事。各队公社社员到了各滨海城市以后，那里的报纸乐意写他们，不过孤儿院的孩子之前怎么回事，他们通常都一无所知。我翻遍了1922—1926年间的十余份报纸，找到的东西轻描淡写、只言片语。《生意人报》上的一篇文章是例外。这份1924年2月15日的报纸不惜笔墨地描述了半个月前一个公社社员的葬礼，恰好是从叶卡捷林堡走向黑海的孤儿院孩子得知列宁死讯的那一天。类似的东西很少见。不过，假如文章与捷米多夫和他的学生拜访克里姆林宫没有明显的联系，我也不会在这里转述它。

那是1924年2月1日菲奥多西亚城下的事。早晨铁木尔·伏龙芝孤儿院支队得知列宁在莫斯科去世了。而就在一个钟头之前，天亮时分，公社社员伊万·考斯坦金诺夫死了。他们决定把他们并排安葬，在高高的山坡上，从那儿能看到港口以及目力所及更远的地方——大海。伊万的坟头栽进土里一个十字架，上面有简短的墓志铭——“这里安息的是走向耶路撒冷、路上筋疲力尽的公社社员伊万·考斯坦金诺夫”——，旁边一点儿，在一块石头的凸起部分立了一座列宁半身像，好像是我们一个熟人的作品。它是如何雕塑的，报上的描述十分专业。在菲奥多西亚中学绘画课上作为模型取了阿波罗优雅的小小头颅用来仿造。里面装了四分之一磅的钉子，它们应当撑住厚厚的一层石膏。男孩儿做的工作就是针对它的。他塑了整整一夜，太阳快升起的时候，如他承诺的那样，完成了……

密友玛莎·阿波斯托洛娃——亚乌斯街彼得和保罗变容教堂执事瓦西里神父的女儿，在杜霞·穆汗诺娃中学毕业前的那个班出现了。杜霞那时候飞快地成熟了，因为她还不会应付内里发生的事，迫切需要亲信。和她一样爱上她们语文老师尼古拉·波尔菲利耶维奇·波克拉多夫的玛莎沉默寡言，富有同情心，正是她要找的人。她们几乎形影不离：在学校里坐同一张桌子，后来毗邻而居——玛莎住在教堂的偏房，杜霞住在两个街区外的索良卡街上不久前建成的一栋大商用楼里——，她们一起做功课、弹奏乐器。有时征得父母的同意甚至留在对方家里过夜。玛莎有许多密不示人的兴奋、忠诚，杜霞猜测，她爱的与其说是她们的语文老师，不如说是她，女朋友。

整个七年级这些关系得以持续下来，八月放假回来以后——她的假期是在叔叔的顿河领地度过的——，给女友打过电话，杜霞突然得知，六月的时候瓦西里神父出人意料地仙逝了，刚过一个月就匆忙让玛莎嫁人了，嫁的恰恰是她们的语文老师，作为陪嫁，变容教堂执事一职转给了他。杜霞被双重背叛击垮了。她闭门不出，不再去上课，开春前才逐渐开始缓过来。

她是跟堂姐一起在领地过的夏天，堂姐比她大五岁。因为在乡下乏味，堂姐让堂妹不得安宁，从午饭开始直到夜里都在讲自己跟丈夫、跟新情夫的生活——情夫是她丈夫近卫骑兵团的朋友。现在，当杜霞又有了力气的时候，她规定自己一周一次去彼得和保罗教堂做午祷，然后去从前的老师那里做告解礼。把自己的幻想与堂姐的故事混在一起，她在教堂里面对上帝开始不慌不忙、详详细细地告解。她连一个细节、一个丑态都不漏过，相反，竭尽所能地玩味它们。或许尼古拉神父的确曾经对她并非无动于衷，因为此刻他忘了自己是神职人员，她是告解的罪人，他堵住耳朵，几乎是在哀求她停下、闭嘴，请求说：够了，够了，就是这样我也会赦免你全部的罪。

还在杜霞之前，刚一接受圣职以后，那压向波克拉多夫的多如牛毛的邪恶和罪孽就已经让他感到压抑了。教堂里有如此多的哀伤、痛苦、绝望，做完礼拜回到家里吃晚饭的时候，他向妻子诉苦，说他把贵族中学当作天堂孤岛来回忆。同事、学生，不管你看哪一个，他觉得他们都如同精选出来似的，那么善良、聪明、有模有样，主要的是，都充满理想。当然，尼古拉神父还很没经验，很不清楚神职人员主持告解礼时应如何表现，这时候应该说什么、怎么说。除此之外，他是个心肠软、彬彬有礼的人，许多东西都过于放在心上，主要的是，目前他还不善于担当上帝和人之间的中介人，在他的告解礼上，一个人忏悔，向另一个人敞开心扉——就算是有上帝在场吧——，等着从他那儿得到仁爱和宽恕。难怪杜霞的每一次出现对于尼古拉神父都变成了折磨。

说杜霞还是小女孩的时候就已经是个荡妇了，这样说不会错。从自己的幻想中，从告解时发生在自己与神父之间的事情之中，她捕捉住了真正的享受。她想，而且她好像做到了，想要他如她一样活灵活现地看到一切，也跟她一起作孽，而不是心平气和地、无动于衷地听她说。就像一个不是立刻把一个新女伴搞到手、而是开始懂得靠什么以及怎样作用于她的男人一样，杜霞一点一点靠近波克拉多夫。不管是善于精选细节，还是轻浮的反应，这些在此都有助于她。

不过教堂里发生的事逐渐让杜霞感觉无趣，不再吸引她，于是她通了电话，熟门熟路地往玛莎家去了。对方虽说怀有身孕，发胖了，有点精神萎靡，但还是像从前一样高兴地迎接了女友。她的拜访对尼古拉神父来说比告解礼还折磨人。杜霞从少年起就喜欢游戏，很清楚它的规则，她着迷了，变得一点怜悯心都没有。

波克拉多夫当老师的时候很看重文字游戏，认为它对于学习极有帮助。他在课上只改一篇故事里的一个前缀、语气词或前置词，一切立马变得南辕北辙。他更喜欢朗读著名剧本里的独白，预先提示学生说：主人公实际上知道结尾，他只不过是当着观众的面装傻而已。在此之后任何一句驳斥的话都变成了恶毒的嘲讽或挖苦。如今在客厅里喝着茶的时候，杜霞显示出她什么都没忘。

有一天尼古拉神父绝望了，甚至下定决心跟妻子谈谈穆汗诺娃的事，可他担心玛莎的身体，拖了一次又一次。又一年过后，得知折磨他的人名花有主了，很快就要到外地去了，他松了口气。不过，神父够聪明，能发现杜霞的拜访不止是报复，她显然爱上他了。

嫁人也让一切戛然而止了。杜霞好像全力投入了，接下来营造自己的窝、生第一个孩子很长时间让她成了个模范妻子。中学时代的业绩她几乎没回溯过，如果偶尔绕到那儿了，她会对自己感到惊讶，不过就本质而言，她认为那是鸡毛蒜皮，是小孩子的淘气之举，根本不值一提。得知丈夫在前线已经染指第三个护士了，她才也弄了个情夫，从前与尼古拉神父的关系再次开始触动她。

那些告解礼她跟皮缅长老、阿姆弗罗西主教都说过，她问自己怎样才能求得宽恕，可他们判定的惩罚没让她感觉轻松。真正能帮到杜霞的只有尼考吉姆一个人。他要求她一点不落地给他讲自己的全部生活，她忏悔了自己几乎从摇篮时期开始的每一个罪过，而且她犯的罪是意念中的或是白日梦中的，这不重要，从本质上说，他的话对于杜霞就是宽恕。结果就是，她在尼古拉神父主持的告解礼上也的确什么都不应该隐瞒，什么都不应该闭口不提。

杜霞从小情绪就十分容易亢奋，恐怕也有神秘主义倾向。她父亲是主教公会的成员，在家里不管是吃饭的时候还是随时随地都会谈论很多教会的事，不过她听到的那些东西吸引不了她。掌管神职人员的是寻常的没有灵性、没有信仰、自然也就没有上帝的国家机构。杜霞的父亲对基督抱有同情，不过他认为基督的教民很不服管，仅此一点就让基督看起来是个无政府主义者了。

当然了，教会几乎两千年都有自己的一套服从体系，如今谈论的是重新把它建设完整——设立牧首制，可决定它的那些人从秉性上说是世俗之人，他们什么都不想改变，反复说教会直到今天都是个反国家的玩意儿，他们是发自内心这样说的。基督曾经说过：上帝的归上帝，凯撒的归凯撒，也就是说，他同意忍受国家，但却绝不爱它。如今这么多的神学院学生直接成了搞爆炸的革命者不是偶然的。

类似的事物谈论起来十分随便，常常厚颜无耻。她几乎从襁褓时代起就见证的谈话中，无论是对教区的神职人员、修士的，还是对主教们的，都没有丝毫的敬意，有的只是数不胜数的阴谋、贿赂和暗斗的故事。她对教会也正是这么看的，当她开始觉得需要主的时候，想到的不是教会，而是长老。在父亲茶余饭后的闲谈中几乎没提过长老，看样子，那是源于耶稣基督的信仰最后一点鲜活的碎片了。

大概从十五岁的时候起，她开始对遁世进入隐修院的闭门修士和隐修士越来越感兴趣，有一次甚至对母亲承认，说她想有个长老来指导她。与教母的奥普塔隐修院[1]之行赋予了杜霞很多东西，当时她与彼得·伊格列尼奥夫的婚事已经定了。她在修道院住了一个半月，每隔一天都到很受人敬重的修士皮缅长老那儿去做告解。

他那个时候对她说的事，她后来一直到死都记得，也复述给我们听了。关于忏悔：任何时候都不应当耻于公开自己的罪；你越无情地忏悔、谴责自己，你就会越轻松。同样关于忏悔以及关于生命：他认为全部生命就是灵魂不间断的转圈——一些灵魂向重生的人下降，而另一些灵魂、刚刚死去的人的灵魂向主的宝座上升接受审判。如果一个人的罪不太深重，他更新的、光明的、忘记从前苦难的灵魂有朝一日会处身于天堂。

皮缅有一次对她说，生命、全部生命就是灵魂干干净净地离开主，灵魂脏污并且因为仇恨、邪恶而黑漆漆地回到他身边，在他之中得到新的净化。这是大拯救，而小拯救是忏悔，忏悔时灵魂是悔恨的、仁善的。

杜霞就是从他那儿知道需要牧师的，否则忏悔可能不成功。没有引导者永远都不能确切地知道你走的路是否对，或者你会偏向对灵而言危险和难熬的地方。他们每次见面他都会回到最后这个主题上。他说，一个忏悔神父有许多忏悔女儿，而作为长老他只针对一两个女儿。奥秘就在这里——可能前后左右绕很多年，而你是否能渗透到她内心，天知道。有一次她开

① 距离莫斯科259公里、俄罗斯最负盛名的男修道院，主要以保留完整、纯洁的长老制闻名。根据传说，修道院是14世纪末由悔过强盗奥普塔（奥普季亚）建的，修道院由此得名。

始问，如何得知是否存在哪怕一个信号，他笑了笑，开始安抚杜霞说，如果上帝认为她配得到长老，不管她在哪儿、在干什么，她都会感到长老在自己身边。

1917年底联系才中断。她的信很少能到奥普塔，因为邮局的工作状况很不好，不过主要的是，秋天的时候皮缅得了重病，同修室的人说，给杜霞回信对他来说变得困难了。尽管如此，处于十字路口——那是七年之后的事——，她再次去了他那儿，长老帮助了她。

杜霞的家人很爱她，但他们认为她只是过嘴瘾。对于她的奥普塔之行以及恰巧她当时、十七岁时开始的对戏剧的迷恋，也是一样的看法。1913年的时候，已经是结婚以后了，她搬到了普斯科夫[①]，丈夫在那儿得到了省长特别事务官一职。离城不远，在维利卡亚河的右岸伊格列尼奥夫家族有一个大领地，斯利帕夫斯基——一个有名的戏剧导演租赁毗邻的别墅度夏。他们认识了，成了朋友，于是杜霞说服了斯利帕夫斯基帮助他们排练《李尔王》。她本人在里面演考狄利娅。

杜霞没什么特别之处，但也算面容姣好，足够优雅。几次排练之后导演突然对她同样也是狂热戏剧迷的婆婆说，若是成为专业演员，她儿媳会有很多成就。她拥有罕见的把自己奉献给另一个人的能力、信任和不抵触的天赋，这个天赋能让人把她像蜡一样揉捏，然后想塑造成什么就塑造成什么。这种不害怕外人的手、甚至对其感同身受的能力是非常非常少见的东西，你可以像梦游的人一样跟她一起在房檐上走，什么都可以不怕。

顺便说一句，杜霞的婆婆、老公爵夫人伊格列尼奥娃是第

① 俄罗斯西北部的古城，距离莫斯科731公里。

一个对她预言过的人，说她有朝一日会接受剃度。这话是1918年冬说起的。他们当时住在距离自己从前的领地70俄里的古斯基尼诺村，村子在普斯科夫省和爱斯特良德边疆区的交界。房子足够大，是两栋连在一起的木屋，由于它大，当然，主要是有赖于女主人，它很快就变成了游客接待站。在这里停留的还有那些从莫斯科、彼得格勒西行逃往爱沙尼亚、立陶宛的人，以及往洞窟修道院[①]去的朝圣者。后来，侨居的时候，很多人提起它都会说好话。

秋天扛过伤寒之后的伊格列尼奥娃几乎抬不起腿，站起来费劲。杜霞在旁边忙孩子、洗衣服、收拾屋子，而公爵夫人躺在炕炉边的角落里，用看戏用的望远镜盯着粥锅，粥总是煮不好。炉子糟糕，白烧掉一堆柴火，麦粥在里面要煮上两个钟头。伊格列尼奥娃很年轻的时候就到了普斯科夫省的偏僻之地，没有了彼得堡，没有了那里的剧院和舞会，主要的是，没有了女友。开始的时候她伤感得厉害，甚至常常哭。幸运的是，主赋予了她积极、活跃的禀赋，因此没过多久她就给自己找到了营生：开始排练业余爱好者的戏剧，大部分取自他的父亲——一个条顿骑士后代也迷恋的德国和斯堪的纳维亚的故事。舞台上伴着瓦格纳的音乐丧葬船在火堆上燃烧，风吹散灰烬，林林总总的一切都在北方涌来的雾气中消失、沉没，因此已经没人知道该往哪儿去，哪里是岸，哪里是开阔的大海。

粥有它自己的生活，像人一样：一会儿深深地叹息，一会儿里面的什么东西咕嘟咕嘟、扑噜扑噜地跳散，随着粥催赶着

① 这里应指普斯科夫洞窟修道院，是俄罗斯最大、最有名的男修道院之一，1473年开建。还有一座似乎比它还有名的洞窟修道院在基辅，是俄罗斯最早的（1051年）男修道院之一。

蒸汽升腾而起，越来越浓，被下面的柔软、天鹅绒一般的炭火映亮的蒸汽童话一样迷幻，神秘，不比当地的药师和化学爱好者伊万诺夫曾经在普斯科夫制造的那些蒸汽差。不管她怎么跟他吵，伊万诺夫迷狂起来的时候还是打算把他的氟利昂和别的什么无害的气体散播到舞台上，哪怕每分钟播散它一次都要得——何况观众兴奋啊——，而她怎么都劝不动他，她说这些效果结尾的时候需要，像现在这样只会妨碍演出。尤其生伊万诺夫气的是演员们：也是，如果在最紧张的时刻，你正痛苦地扭着手，或是比那更糟，那些难以忍受的痛苦让你打算告别生命，这时小亭子里突然冒出一股股被射灯照亮的水汽，似乎什么都没了，舞台、布景以及你连同你的苦难都消失在白雾之中，谁会喜欢这样啊。

粥喷着响鼻，咕嘟咕嘟的，声音沉闷，满足，好像它自己在吃自己，吃到饱。杜霞知道，公爵夫人喜欢嘲笑从前她有自己的剧院、观众和演出厅的谢幕，而如今呢，有的却是炕炉和瓦罐，尽管如此，等着粥熟的时候，她还是不错眼珠地盯着它，或许是因为她早就已经跟其他人一样不可救药地、永远都是饥肠辘辘的。

逃到西方的人里间或会有人来敲他们的门，许多人看到了这个画面——公爵夫人正用看戏用的望远镜观察着正煮熟的粥——，为了不让自己看起来是个十足的疯子，伊格列尼奥娃对每一个人都做解释，说早年间奶娘——她母亲是大篷车队的茨冈人——就教会她用木炭和瓦罐上升起的蒸汽算命了。

那是一个谁都搞不明白任何事、什么决定都做不了的年代。甚至连他自己及其亲人能否活下来都不敢去想，说不定明天他就已经后脑勺带着颗子弹躺在某个沟里，或是躺在另一条把伤寒隔离棚的尸体丢进去的沟里。他们不知道自己是该离开这个被血弄得疯狂的国家，没命地、头也不回地逃，还是该留下来，因为一切不是一两天就能平复下来、走上正轨的，人们不是一天两天就能清醒过来、开始像十年、二十年前那样生活的。

一听到说茨冈人，他们立马就开始讨问自己的命运，伊格列尼奥娃丝毫不惊讶，通常都会同意给算一算。她的舌头不笨，在人间七十多年也学会了分辨一些事，总之，公爵夫人说对了很多，差不多几个月就让她成了个远近闻名的人。伊格列尼奥娃严格地用粥算命，在它煮好以前她是从来不会让它糊的，因为她记得最近两年他们糟了多少罪。此外，她诚实地提醒每一个人，说她能预言的命运时间不太长，几个月，最多半年。不过那个时候一天就是多了，因此这一点谁都不在乎。

1919年夏天她从莫斯科逃往里加的侄子——司令部从前的上校那里，在他们家住了三天。在那之前马蒙托夫[①]的进攻已经是强弩之末了，几个礼拜前掌控着大半个俄罗斯的白俄军开始往南撤。上校认识马蒙托夫，无论如何都不相信红军会获胜，他说会有军力的调防和后备部队、盟国的援助。

伊格列尼奥娃清楚大势已去。不久前还是一群普通的乌合之众的红军，如果不算拉脱维亚人和中国人的话，根本就不会打仗，只会当着军官、哥萨克的面整队整队地撤出前线，四散而逃。如今好歹学会了，事态会转向的，而且以后也会这样：红军的仗会打得越来越好，而白军会更糟，就这样直到结束。

① 康斯坦丁·康斯坦丁诺维奇·马蒙托夫（1869—1920），顿河哥萨克，少将，俄罗斯帝国军队军长、南俄顿河军军长，参加过俄日战争、第一次世界大战、国内战争，是国内战争时期与苏联红军作战的主要战将，与布琼尼多次交手，各有胜负。

她一直想把这话给他解释清楚，可他却只问他自己的相好玛鲁霞-阿尔达什尼科娃的事。阿尔达什尼科娃的事伊格列尼奥娃知道的不多。说她活着，可在哪儿、她怎么样了，她没处问去——粥已经好了，如果她把它毁了，那是罪，是大罪。侄子说："您算了吧，姑姑，有什么差别！"伊格列尼奥娃对他说："不，亲爱的，有差别，罪里出不了真相，用烧糊的粥算不了命，不管你怎么问，什么都看不到。"

算命不仅装点了公爵夫人的生活，而且让她、杜霞和孩子们在1918和1919年的两个最难熬的冬天活了下来。伊格列尼奥娃从来不向任何人要钱，她不好意思，不过人们还是带来，更常带来的是煮粥用的谷物，因为每个人都知道，如果不让那只小手沾点财气，算出来的好运气全都成不了真。

1918年杜霞承诺跟洞窟修道院从前的院长修习，后来，从1921年开始跟随普斯科夫的主教阿姆弗罗西神父修习。爱沙尼亚彻底独立之前，洞窟修道院的几个修士，其中也有阿姆弗罗西，进了古斯金诺村三俄里以外的洞窟，建了一个新的隐修院。

杜霞对我们讲过她最初是怎么到他那儿去告解、告解了多久的，其他排着队的人都等累了。前一天晚上她突然之间认定自己非常愧对丈夫，平生亏欠他很多，因此她现在准备去接受最重的惩罚。她几乎像战争期间对教区神父忏悔自己大斋节行淫的时候一样，那么的歇斯底里。五年前的那次告解礼她一辈子都记得，因为还没等站起身来她就知道，就算她能求得宽宏大量，但接下来还是会行淫，她的体内有太多淫欲，她是把持不住的，拒绝不了情夫的。神父当时罚杜霞两周之内每天行一百个躬身礼，她没忘自己如何像个钟摆一般摇来晃去：血一会儿涌到头上，一会儿退去，行过最初的四五个礼以后她就已经什么都弄不明白了，甚至连一次一次念诵《我们的父》的自己的声音都弄不明白了，听到的好像是旁人的声音。

从1921年12月起杜霞与阿姆弗罗西不是照着习惯每周见三四次，而是见得少了，有事才见。间隔常常有半年之久。这里没他的、也没她的错。紧接下来的两年阿姆弗罗西从一个圣公会转向另一个圣公会转了三次，也被逮捕了三次。持续了大约一个月的第一次审查之后，他突然就被放了，可后来，两次从档案中调出从前的议定书以后，他被流放到了北方，一次六个月，另一次九个月。

刑期不长，再说杜霞去见了他两次，不过婆婆发现，缺少经常性的庇佑对她来说痛苦难耐。去拜访以及写信的时候杜霞自己也就此向阿姆弗罗西诉过苦。实际上阿姆弗罗西明白，他应当留下个自己的人给杜霞，更何况流放眼瞅着就有可能被监狱的刑期取而代之，可最后三年他非常依赖她，因此一个一个拣选他认识的牧师时，还是决定不了、选不出来该把她委托给谁。

1923年阿姆弗罗西再次被捕了。杜霞又到乡村牧师弗拉吉米尔神父那儿告解了两个月，不过就算没她，他的教民也已经够多了：他任职的当地的圣三一教堂是全区幸存下来的唯一一座教堂，因此他不能亏欠其他人而把时间分给她。在他的教堂甚至大部分的告解礼都是合着做，所以六年来她第一次彻底失去了引导，找不到自己的位置了。当然，杜霞就是现在也在脑子里跟阿姆弗罗西神父谈话，在脑子里向他忏悔，可活生生的交流她也非常需要。

在那之前汹涌的难民潮被莫斯科和彼得格勒的朝圣者取代

了。如果不在教会，她从早到晚都在做饭、洗衣服、收拾屋子、管孩子，不过把她压垮的不是操劳，而是如今在古斯金尼诺村几乎没完没了的恶毒、无情的教会主题的争论。应当如何对待宗教革新派[①]？牧首吉洪死后谁现在是牧首宝座真正的守护人，是彼得都主教还是谢尔基·斯塔尔戈罗德斯基都主教？做礼拜时是否应当为谢尔基的健康祈祷，是否应当照谢尔基的吩咐在礼拜时为苏维埃政权的长治久安祈祷？

他们提供安身之所的那些人之间的争吵和仇恨越来越多，那个谢尔基放弃了成千上万因信仰受难的人，宣称逮捕神职人员和俗家弟子只是因为政治活动，在这以后杜霞不知道真理在哪儿了，彻底乱了的她不再去教会，不再让孩子到那儿去。没了礼拜仪式对他们来说尤为难过。习惯了每天做午祷、每周告解不少于一次的他们恳求她哀求她跟自己一起去教堂，无论如何都搞不明白自己为什么受到惩罚。

婆婆的哀恳还是让她投降了，有一天她放孩子们去做告解了，就在那天夜里她梦见了阿姆弗罗西神父。他非常温柔地跟杜霞说话，千方百计地安慰她，更主要的是，他说她很快就会有导师了——她需要的、恳求的导师。他说会跟她待四年，等到他也离开、她再次独自一人的时候，让她不要怕。因为在此之前他会让她走上一条正确的、笔直的路，在那条路上你已经不会错了，你自顾自地大步走啊走，一个弯儿都不用拐。她就这样一年又一年安心地走在路上，等到这条路也毁了，又开始七拐八绕了，那就是杜霞自己决定该听谁的时辰到了。

梦归梦，杜霞必须知道答案的那些问题，尤其是关于那个

① 即20世纪20—40年代俄罗斯正教会内部宗教革新的拥护者，主张教会应适应十月革命后变化了的条件，反对以牧首吉洪为首的“反革命”活动，宣布与苏维埃国家联合。

谢尔基都主教的问题，对于她来说却无比复杂，因为害怕什么事情做得不对，因为永远都不知道谁对、该相信谁，她每时每刻都绝望地明白一点：没有牧师她是得不到拯救的。杜霞内心的恐惧越积越多，因此还在普斯科夫的时候——尼考吉姆神父刚同意为她主持告解礼——，她就已经边说边哭，把教会的苦难和自己的磨难混为一谈，一股脑儿把一切都倾倒在他面前。她觉得二者不止是一个在解释另一个，它们根本就是一体的，因为二者及其因信主而承受的那些苦难都指向主，主要的是，二者都不知道该跟随谁、往何处去。

当着我们的面回忆尼考吉姆的时候，杜霞在不同的时间讲了他各种各样的事。倒不是说她讲的是另外的事，她只是改变了侧重点。见证这类转换的不仅有我们和我们的父母，而且看样子还有阿姆弗罗西神父和她其他的牧师。

国内战争之后杜霞的三个追求者到古斯金尼诺村来找她。而且有两个从中学时代起就已经爱上了她。一次又一次地被人求婚，她怀疑、犹豫，因为到最后也没拿定主意，她就去了尼考吉姆那儿做告解。更主要的，是她要听到这件事没任何坏处：她一个人养不大两个孩子，何况是两个男孩儿。

然后她说，尼考吉姆似乎预先知道她要诉什么苦。他挖好了坑，下好了套，如今耐心地坐着，等着伏击她。她为什么想要再婚这个问题似乎没怎么让他不安，他每一次开始都是问她是否对新的追求者有欲望，是否在意念中已经跟他行淫了。问清楚有过类似的情形以后，他开始大发雷霆。就这样，忏悔时她把一切都对他讲了，一切一切，没有一丝隐瞒，甚至常常承担额外的，否则结果就可能是这样：就算她一掠而过、用暗示呈现了这个那个，但没对他说，由此罪就既得不到宽恕，也得不到救赎。

相比于寻常的淫荡，尼考吉姆好像对意念中的淫荡还要更仇恨，因为他把她钉到耻辱柱上了，几乎把她踩进污泥里了，等到她已经不指望那些追求者因为给她造成了如此大的苦难而一个不剩全都遁地消失——她早就想让他们这样了——，尼考吉姆才赦免了她，说：“你好生地去吧。”而且关键不只在于面对尼考吉姆时的恐惧，只是忏悔时她犯下的罪每时每刻都让她眼睁睁地看着变大、变大，与它相比任何指令、任何惩罚如今都开始让她觉得是难以企及的仁慈。

尼考吉姆的天分可能就在这里：在他面前任何一个极不起眼的过失都变成了魔鬼的某个殿堂，巨大，漆黑一团，没有窗户，没有门，没有蜡烛和烛台；像约拿[①]进入鲸鱼肚子一样进到里面，没有他的帮助——这是毋庸置疑的——任何人都不可能从里面钻出来，连试都不必去试。当她明白自己一切都完了，她不仅现在、在尘世生活中死了，而且永远死了，就在这时尼考吉姆——最后的希望——在身边出现了。就算他对她严厉，说的话也冷酷、残忍，可他是来援助的，他伸出手来救命，直接把人从深渊里拽出来。

尼考吉姆继续解释——尽管她根本没想反驳——，说对于主而言意念之罪的可恨程度丝毫不比寻常的罪小，因此她不该以为某个淫荡的念头一闪而过就算过了，这一切都是罪，真正的大罪，因此如果它得不到赦免，杜霞必定要下地狱受苦。可那个时候上帝的威严在她心中太小了，因为下一次，通常连一个月都不到，她就又会跑去找尼考吉姆，又希望就今天，他终

① 圣经人物，以色列先知，因为不听耶和华的话受到惩罚，在大鱼肚子里挣扎了三天三夜，耶和华吩咐过后鱼把他吐了出来。

于会对她说：你可以的，你可以再次结婚，我认为这里没有任何不好，你原先不是个坏妻子，如今你丈夫阵亡了，因此再也不需要夫人守贞了。他如今在天堂，在主的宝座旁边，因为他是为正义的事业牺牲的。也就是说你履行了对他的义务，可以自由地、想怎么样就怎么样安排自己。

尼考吉姆神父不光惩罚，他许诺杜霞了，说她一旦答应听命修习，心无遗憾地放弃自己的意志，服从自己的牧师，她就真的能看到走在上面会获得拯救的路。此外，她会立刻感受到一种闻所未闻的、几乎如天使一般的轻松。呜呼！最后这一点他错了：通向奖赏的路对她来说漫长而又充满折磨。她如此艰难、如此痛苦地走向上帝，对此她后来既怪自己，也怪两个导师，他们每一个都召唤、拖拽她的灵魂往自己这边来。几乎五年的时间她把阿姆弗罗西和尼考吉姆相互掩着藏着，这桩毋庸置疑的罪她怪他们两个：他们着手引导她，可却不能相互之间谈妥、一劳永逸地最终决定她是谁的。

对于任何分歧杜霞实际上都怕得要命，她知道，无论情形如何自己都不应该成为纷争的苹果，成为这个美丽至极的海伦[①]。不过，几乎两年的时间每天她都与阿姆弗罗西神父交流，他被捕三个月后她明白了，独自一人自主应对是应对不来的。阿姆弗罗西神父大大地提升了、发展了她的灵魂，让它接近上帝，因此杜霞现在觉得，没有导师她会扼杀了它。她会做出某种无法挽回的事，你已经再也翻转不了的、永远都不会原谅自

① “纷争的苹果”源自古希腊神话故事：纷争与敌视女神丢出一只上面写着“献给最美女子”的金苹果，作为评判的特洛伊王子把苹果判给爱神阿芙洛狄特，作为感谢爱神帮助特洛伊王子掳掠了真正最美的、连众女神都嫉妒的女子——斯巴达克王的妻子海伦，由此引发了特洛伊战争。与此相关，“纷争的苹果”用来比喻冲突、矛盾的最初原因。

己的事。倒不是说她连自己的灵魂都驱动不了了，当然了，她在那条引向主的路上走得远得多，对主的倾心要多得多。

判决之后，阿姆弗罗西以为自己很快就会回来，所以没有对她放手。在羁押前一天他们的短暂会面期间他说，正相反，检验一下自己、看一看自己是否能没有向导走哪怕一段通向主的路，这对她是有益的。

不过，要么是她还不够硬实，要么是就其本性来说她独自一人压根儿就应付不了这份生活——我觉得更可能是前者——，重要的是，没有了看护，没有了杜霞可以暴露无遗地对其敞开心扉的人，她不知所措了。1960年代的时候她对我们说，阿姆弗罗西神父获得了新的刑期、不会很快回来的消息在古斯金尼诺村公开了以后，彻底被等待折磨得筋疲力尽的她干脆随波逐流了。她像个疯子一样被甩来甩去，一天比一天更觉得自己像当时的教会一样，在各种各样的得救的道路之间四分五裂，不知道该听谁的，该往何处去，该信仰谁。

我听很多人说过，杜霞说起某种与信仰有关的事物时，对于自己和自己以外的世界根本就分不大清楚。她似乎从来就不比最大的小，也不比最小的大。我不记得是谁跟我说过，说这种分寸上的混乱以及几乎是草原式的缺失边界、缺失阻碍在她身上的开始时间大概是1919年前后，之后只是更加剧了。

整个这段时间杜霞都在两个神父——阿姆弗罗西和尼考吉姆——之间摇摆，如同在笼子里一样乱撞，告解时对上帝、也包括对他们说谎。她已经答应了，对每一个都说自己正是把灵魂献给他的，她是为了他完全彻底地放弃可怕的负担——自己的意志。她以为这里没有大罪，说到底二者都是主恩赐来帮助她的，二者都想引领她走向主。可两个人太不一样了，他们为她选择的路也是如此不同。

一个对她温柔，有时甚至温顺，说她的灵魂暂时还不硬实，没有锤炼好去侍奉主，他担心吓着她、伤到她。另一个却相反，认为她是个应当用钉刺手套严厉控制的大罪人，他反反复复地说，深入到骨头的严厉以及惩罚全都是为她好：严厉和惩罚越多就越好，否则她会死掉。

她明白，人——如果主认为值得就可以去拯救的人——对于他们当中的每一个都意味深长。这个人他们可以从罪中收取、清洗、净化并送还给主，送还时像献祭的动物一样无瑕、完美无缺。想到他们中的某一个会以为她背叛了他去找另一个人了，这个想法让她感到绝望。后来，很久以后，已经是当着我们的面了，她还带着深深的恐惧回忆起契卡再次逮捕阿姆弗罗西时她自己的情形。不光是游戏玩入迷了之后她说一些十足亵渎的东西，她反复地说自己是婊子，真真正正的婊子，是骚货，甚至比婊子还坏，因为婊子出卖的是身体，是一块肉，而她到处兜售的是自己的灵魂。她说自己一天又一天地求告圣女玛利亚为她指路，提示她该怎么做。

我现在在想，杜霞糟践自己是有理由的。主不止一次地说过他是吃醋的上帝，长老们似乎在学他的样儿，也无比地爱生气。如果必要时他们同意把杜霞的灵魂委托给另外的某个人，那也仅仅是暂时的，他们把一切都包圆儿了，好像是有人逼着他们这样做似的。有时候杜霞觉得，对于他们来说她的灵魂似乎不是她的，它处于监护之下，被典当了，也许甚至是他们自己的灵魂的一部分，如今自己的活生生的这一块他们不得不剥离出去，转交到外人粗鲁的手里，别说是灵魂了，就是一个盘子托给这双手都可怕。这里的醋意、疑心要比人寻常关系中的醋意和疑心大得多，习性更严苛，于是被吓坏了、被捕猎的她因为爱他们每一个，为每一个担心得要命，就连在主面前做忏悔的时候都如同一个真正的游击队员一样把他们相互藏着瞒着。

当时她内心的一切都混成一团了：又恐惧他们会放弃她导致她得不到拯救，又害怕惹他们生气，她没法把二者分开，就算是想分开也分不开。因为不知道该怎么办，杜霞开始闭口不提她跟谁见了、什么时候见的，跟谁说了话、说的什么。不过两个长老目光锐利，明察秋毫，她撒谎的时候会逮住她，暴怒得无以言表。实际上她明白，阿姆弗罗西和尼考吉姆都是对的：因为承担了拯救她的责任，他们不可能心平气和地看着自己的告解女儿扼杀自己。其结果就是，不管加于她的惩罚有多沉重，她都会温顺地接受它们。

杜霞第一次请尼考吉姆神父帮助她的时候，他要求她彻底地、而且是书面地告解，从六岁开始。着手做这件事让她感到不快和羞耻，许多事她都已经忘了，也不想去回忆。可尼考吉姆说这样的告解是必需的，他应当了解杜霞的一切，否则不会有任何结果。犹豫了几天之后，她同意了，她觉得没有别的出路。

有了那份日记之后他接受了她，已经不拒绝为她主持告解礼了，她每次需要他都做，哪怕经常这样，不在教堂——干脆在散步的时候就做。他尤其喜欢维利卡亚河高高的河岸和从他们古斯金尼诺村通向邻村斯特伦尼基的林间小径。

因为极其害怕漏掉什么，也就是说，害怕得不到真正的赦罪，杜霞向尼考吉姆告解期间紧张、混乱得要命，为怎么都不得其门而入恼火。不过，没过多久，得益于作弊，她研究出了怎么告解、按照怎样的顺序告解的策略：先是大罪，之后是小罪；从内部说按主题，按字母表。不过，系统工作起来不太可靠，总之，在尼考吉姆那儿听命修习的全部时间里没有一次告解她应付下来是容易的。顺便说一句，照杜霞的话说，她正是那个时候习惯了不仅每件事得到允许才去想，而且习惯了得到允许才迈出生活的每一步、选择说的每一个词，习惯了只做之后不会耻于对尼考吉姆神父说的事。她已经没法不事无巨细全部讲给神父听，没法不用他的眼睛、耳朵、触觉去看到、听到和感受到自己怎么样了，主要的是，没法不去了解这是罪还是不是罪，如果是罪，那它是可能被赦免、被惩罚赎回、可以得到宽恕的罪，还是不是，是致命的罪。

对于她来说，若没有几乎每日都做的告解，没有难耐、噩梦一般的恐惧——恐惧是赦免她还是不赦免她——，没有上帝——他也总是就在身边，但却似乎站在暗处——，一切都变得寡淡、不圆满、不彻底。生活本身开始让她觉得像是简单的粗坯、可能性，只有在这里它才获得了味道、色彩，被框了起来，熔铸成形了。不管比喻是多么具有亵渎性，但二者的区别不比她少女时期几乎无尽的对男人的幻想——她实际上是欲望很强的人——与她已经成了女人以后的那些梦想之间的差别小。她对尼考吉姆的依赖由此而来，在阿姆弗罗西蹲监狱和流放的那三年里，这种依赖变成了一种完全的不可能性：没有他完全不可能应付。

顺便提一句，她清晰地意识到这里有很多东西不对，在她的生命中出现过一些足够聪明的神父，他们提醒过她，甚至试图阻止过。关键不仅仅在于她如今认为生命真正的起点正是告解，告解时她带着内心所有的一切向主敞开心扉；认为最小的罪恰恰有可能是最可怕的、导致永久折磨的罪，可如果你把内心中的罪挖出来、忏悔，那就会得到宽恕和天堂的恩惠。好像在她发生某种事的过程中，她根本就来不及弄明白、想清楚任何东西，事件对于她来说流逝得太快，因此就像一个不上心的学生一样，复习、仔细地弄清经历过的事情对她是必需的。

她很早就发现，对尼考吉姆可以说从来都不敢对最亲密的女友说的话。而他不只是会听她说、点头，她找不到兴趣比他更浓厚、更认真、更忠实的听众了。尼考吉姆根本就是比孩子、丈夫、母亲更亲近，她没日没夜向主求告，求告早就已经对得到不抱希望的那个亲信，那个人。可突然之间他被恩赐给了她。

告解神父毋庸丝毫置疑地让她的生命充满了意义，赋予了它价值，这种价值她从前连想都想不到。她是他唯一的见习修士这件事，更主要的是，她讲述自己时怀抱的坦诚，让他们的关系有了一种奇怪的性质。他知道她如此多的事，甚至恐怕比她自己知道的都多，以至于杜霞有时都搞不明白，哪儿是她结束、尼考吉姆开始的地方。她的告解抹去了他们之间的边界，她似乎向他延长、拓宽了，因此她感觉自己安心、自信。在三年时间里，类似的关系对她来说变得自然而然了，几乎习以为常了。顺便说一句，在阿姆弗罗西神父面前，她在捍卫尼考吉姆的同时说了这件事。

不过，我们从她嘴里还听到了另外的事。在回忆如何向尼考吉姆告解的时候杜霞说过，她常常觉得尼考吉姆根本就是在审问她。他说提出问题不是为了赦免罪孽，也不是为了让她忏悔，而是为了更好地明白什么是罪，它的本性是什么，它由何而来，为什么人们为了它会背离上帝。因此，在告解结束尼考吉姆以其修士冷静的欢喜亲吻她的时候，她明白，他因为她的经验和她的解释感谢她。她还说过一些更可怕的事。比如，由于自己从未有过女人，因此她杜霞的告解礼对于尼考吉姆而言也就成了单独与女人待在一起的可能性。为此她既恨他也恨自己，永远都不会原谅自己把他引入了罪孽和诱惑。后来他们好几个钟头好几个钟头地相互折磨，唯有主因为怜悯才把千疮百孔、痛苦不堪的他们分开，各奔东西。尼考吉姆赦免她的罪，她起身离去。

1924年阿姆弗罗西第三次流放归来以后（他是在凯姆[①]流放的），他与杜霞关于尼考吉姆有过一次长谈。阿姆弗罗西备受折磨、虚弱，加上旅途很劳累，因此谈话有些游移、模糊，至少给杜霞留下的是这样的感觉。关于尼考吉姆，关于自己打算向他承诺听命修习，杜霞往凯姆写信的时候说了，可那个时候阿姆弗罗西通过熟人转告过，说没见到她，没面对面地跟她谈谈，这类问题他是解决不了的；目前他不在莫斯科，保持现状吧，等到上帝认为他配回到首府，她会得到最终的答案。

不确定对她来说痛苦难耐。甚至独自一人在自己屋里祷告时，不管如何驱散这类想法，但杜霞还是知道，尼考吉姆会加诸新惩罚的地方，阿姆弗罗西却会正相反，他会开始安慰她，高兴地让她放松。她从来都记得这个，因此，由于不知道自己该听谁的、自己是谁的，她极为痛苦。阿姆弗罗西流放期满前的一个月，他托人转告她，说恐怕他现在不会被放了，要么会延长他的流放期，要么会送他去蹲监狱，为了跟他解释清楚，

---

① 俄罗斯西北部卡累利阿共和国的城市，距离莫斯科1342公里。

她准备到凯姆去，甚至买了到阿尔汉格尔斯克的车票。可阿姆弗罗西本人几乎马上就拍电报来阻止了她，他写道：今天劳改营的领导跟他谈了话，肯定他的囚禁期一天都不会拖。也没有任何限制，他想的话，可以直接去莫斯科。

在雅罗斯拉夫尔火车站[①]接到阿姆弗罗西以后，杜霞把他送到自己的一个老朋友那儿了，那是一个可靠、忠诚的女人，她有一个空房间。那天恰好不是守斋日，女友为此尽了很大力，摆上餐桌的有一瓶伏特加和各种冷盘，烤了馅饼。可阿姆弗罗西推托疲累，什么都没碰，只喝了几杯茶，说他去自己房间就寝了。第二天早晨杜霞又来找他，他高兴见到她，总之有了精神，不过却不想在家里谈事，于是他们去了彼得罗夫卡街心花园，在那儿找到一把对着修道院的空凳子，坐下了。

不久前尼考吉姆被转到维索考-彼得罗夫卡修道院了，杜霞就是到这儿来找他告解的。她给阿姆弗罗西写过修道院的事，一开始，当他们刚拐向街心花园的时候，杜霞害怕他正是带着她去找尼考吉姆。此刻坐在长凳上，她放心了，开始讲教会的新闻。当然，有许多用不着她讲他也知道，不过他听杜霞讲的时候是专心的，某些事甚至还问了问。

尽管是五月中旬，可天气却热，虽说他们坐在一棵大的老椴树的树荫里，但阳光透过还稀少的树叶烤得够热。不过阿姆弗罗西渴慕太阳、温暖，所以哪儿都不想去。他什么都喜欢，喜欢四周有这么多的人，喜欢旁边的有轨电车时不时发出的吱吱嘎嘎声以及下坡时发出的刺耳响声，喜欢大车的车轮敲击鹅

① 莫斯科有九个火车站，名称由去向决定，基本上取自该去向具有代表性的城市。比如，雅罗斯拉夫尔、列宁格勒火车站去北方，白俄罗斯、里加火车站去西方，基辅、库尔斯克火车站去南方，喀山火车站去东方，等等。

卵石的声音，喜欢听尖厉的汽车喇叭声。蹲过集中营以后生活的这种忙乱和无序让他感到高兴和安慰。他对她也温柔有加，什么都不怪罪、不指责，说他明白得很，由于牢狱和流放他没有可能好好地守护她的灵魂，不过他随之就补了一句，说他需要时间，就这样把她交给自己只谈过一次话、什么或是几乎什么都不了解的尼考吉姆，他还没做好准备。

那唯一的一次会面杜霞听说过。他们是四年前在圣三一谢尔基修道院[①]圣彼得堡和拉多加都主教西梅昂神父的葬礼上认识的。那个时候阿姆弗罗西非常不喜欢尼考吉姆，觉得他冷酷、倨傲。“当然，”阿姆弗罗西接着说，“在你写往劳改营的信里常常提到你的告解神父，不过纸是一回事，而鲜活的言谈是另外一回事。总之，如果你现在详细地、准确地把你有关尼考吉姆神父的全部想法说出来，会对我有很大帮助。请讲吧，别对我的请求感到惊讶，不管是对于你还是对于我，这都非常重要。”

谈话进行得十分紧张，因为两个人都不习惯对方了，如今不无困难地重新适应、靠拢。不过，在杜霞选择用什么字眼说尼考吉姆、想着说什么不说什么的一两分钟里，阿姆弗罗西低下了头。要么是他已经认命了，认命杜霞有朝一日会离他而去，开始谈话是在做样子；要么他就是单纯地累了。一刻钟左右他都闭着眼睛，杜霞甚至觉得他睡着了，可后来，依然这样眯着眼皮，他有气无力地又重复了一遍，说他应当明白她是不是真的想留在尼考吉姆身边，他是不是过于严厉了。他似乎忘了自己问她的是什么，开始解释，说为了成为长老，应当清楚

① 圣三一修道院位于莫斯科以北70公里的谢尔基镇，建于1342年，名称取自因处于蒙古金帐汗统治下而呼吁各公国团结起来并因而最受俄罗斯人敬仰的圣谢尔基。

生活的本来面目。不然的话连你自己都会如同孩子一样柔弱、不牢靠，会把严厉当靠山。

几乎所有的长老在遁入修道院以前——他说——都在尘世间度过了丰富、漫长的生活。他们当过兵，也就是说杀过人，恋爱过，结过婚，生过孩子，之后才在修道院闭门修行。有赖于此他们懂人，可以帮助他们。可尼考吉姆十八岁就剃度出家，他能给她什么呢？

看样子，他的结论对杜霞没多大影响，于是阿姆弗罗西又转向了告解。他问，尼考吉姆神父都向她提出什么问题。她说："色欲问很多，总的来说什么都问，要求我什么都不漏掉，因为，圣父啊，哪儿都有罪，不管是做的事还是意念之中都有罪。"阿姆弗罗西问："那你什么都没瞒他？"她说："是，圣父啊，告解的时候我自己的任何一桩罪都对尼考吉姆神父讲了，尤其是那些与色欲有关的，极小极小的细节都讲。否则他就说我得不到拯救。因为不用话语把你做了的事在主面前说出来，不让自己恐惧，那你就还会作孽。的确，圣父啊，"杜霞现在一直在尽力让阿姆弗罗西动起来，"通常我不盯着，就像丈夫在的时候一样，我体内又会产生欲望。出现了又消散了，而面对尼考吉姆告解、开始对他讲的时候，我的罪孽会越来越大，倏忽间，好像站在教堂里的已经不是我了，而根本就是地狱的小鬼儿。你会不由自主地开始战栗。"阿姆弗罗西问："那你从来都没想过，他，一个修士，为什么对这类事情如此感兴趣？"她说："当然想过。甚至开始的时候像您一样，圣父啊，害怕他不是来自上帝，他问不是为了搜寻我的罪，而是因为他刚一脱离少年时代就剃度了，如今他本人在受到色欲的迷惑、引诱。我恐惧自己有可能把他引入罪孽。"

阿姆弗罗西说："可你还是回答了。"她说："回答了，尽管最初一段时间当然难熬、不快，仿佛在外人面前脱衣服似的。可如今不这样我也肯定不能够了。生活就是这样，不管做过什么，想过什么，离开时似乎它就没有过似的，如同水流入沙子。这里有对主、对创世的大不敬，不是吗，圣父？如今，当我知道尼考吉姆神父每一个细节都会从我这里问出来、什么都不会忘掉以后，我就像是泼留希金[①]一样盯着，什么都不让它丢了。我写极为详细的日记，而且像上学的时候一样预备小抄，其结果就是：我不是一只会被压死、没人发现的可怜的甲壳虫，我生命中的一切都来自上帝，或是相反，有罪的时候就是忤逆上帝。为了不再有罪孽，为了让我得救，尼考吉姆神父什么都在所不惜。"

当然，当时在街心花园杜霞有许多事没说，尽管如此，话说完的时候她明显在期待阿姆弗罗西肯定她做得对。不管有多难熬，她都没退却，完成了所有的指令，负责任的是那个发出指令的人。如果阿姆弗罗西补充说，虽然从杜霞二十二岁起他开始担任她的告解神父，但如今他要把她交给尼考吉姆神父，那就更好了。可阿姆弗罗西只重复说了一遍，说在当前的条件下，在他暂时不能好好守护杜霞的时候，不禁止她利用尼考吉姆神父的哺育。不过他没准备好完全把她交出去，而且也不认为这样做是对的。

"首先是因为，"阿姆弗罗西接着说，"我不理解他的严厉。尼考吉姆神父没有感受到人秉性、性格上的差异，用一把梳子剪所有的头。他没有发现在他的压力下你有可能干脆垮掉。"的确，话说到最后阿姆弗罗西出人意料地和解了，说

① 果戈理《死魂灵》中的吝啬鬼。

道："嗯，好吧，如果你想去找尼考吉姆神父，那就去吧，这没什么不好的。可如果你觉得受不了了，你要知道，你给他的承诺我允许你放弃。对他的规矩也是一样：无能为力的时候你可以不遵守。"阿姆弗罗西再也没问她什么。他们又在椅子上坐了一会儿，然后不慌不忙地回家了。

那一次阿姆弗罗西被放了几乎十个月的时间，后来再次被捕，1927年冬死在符拉基米尔[①]。到第二年开春以前，他在莫斯科的时候，杜霞轮流去找他和尼考吉姆。她从小就受不了分离，如今她怎么都决断不了。十一月她往奥普季纳[②]给自己的第一个长老、几乎五年没见的皮缅神父写了封信，恳求他帮助自己，可没收到回信，一个月以后她寄了第二封更绝望的信，随后立刻亲自赶在圣诞节前去了奥普季纳。

从前的斋房没剩下多少东西了，修道院已经荒废、封闭了一年了，众兄弟各奔东西，不过，有几个老态龙钟、身体衰弱不堪的修士——有人对她说其中包括皮缅，继续住在周边的几个村子。有的租了澡堂，有的租了间屋子或角落。在奥普季纳的市场上她很快打听到了，找皮缅需要到奥努弗里耶夫卡去找，那是七俄里以外、通往图拉的大路附近的大村子。他和他从前的室友安菲诺根长老一起住在那儿。可他恐怕帮不上她：他身体太糟，而且安菲诺根不让任何人见他。不过杜霞好像没听见似的。她在市场转了一圈儿，在肉档找到一个奥努弗里耶夫卡的农民，给一卢布让那人同意送她过去。实际上那个农民也试图说服杜霞，说他虽然敬重皮缅，但他如今跟个孩子无

① 距离莫斯科190公里的古城。

② 奥普塔修道院所在地常被简称为奥普季纳。

异，甚至连像模像样的祷告都做不了。

由于雪厚，到达奥努弗里耶夫卡用了很长时间，进村的时候天已经黑了。农民直接把她送到租澡堂给皮缅和安菲诺根的房东的院子，她跟他谈妥了住宿的事。看在上帝的份上，免费让她入住了。可在这儿她同样没听到什么好消息：房东重复了一遍，说长老像孩子一样已经两年了，室友不让任何人去见他。简单的问题他亲自回答，如果你开始请求去见皮缅，他会骂人，赶你走。杜霞明白房东说的是实话，可不知为什么她没伤心。

早上她顺着斜插过覆盖着雪的菜园的小路走到澡堂，开始敲门。一开始只是用手敲，后来捡了根棍子，开始用它捣门。可谁都没来开门，于是她在台阶上坐下来，决心就这样坐着，哪儿都不去。澡堂里确定有人住，有人走动、哼哼，甚至能听到脸盆的咣当声。有时杜霞觉得，有人透过烟熏火燎的小窗户偷看她。

她的韧性终于打败了安菲诺根，门闩拔开了，让她进了一个方形的小穿堂。长老没有因为这种围困生气，相反，他语气同情地解释说，他清楚地记得杜霞，明白事情重要，可是不幸啊，皮缅非常虚弱，谁都不想见。能怎么帮助她，他，安菲诺根，确实不知道。不过杜霞用一个金币就又把他收买了，他说明天是圣诞前夕，每逢节日皮缅的自我感觉都会好一些，尽管没什么特别的差异。总之，既然迫不及待，那明天就来吧，不过要早一些，天一亮就来，可如果不如所愿，那也别生气，别把钱要回去。柴火、面包、土豆都贵，他和皮缅不容易。连生火的东西都没有的日子常有。

杜霞第二天看到的情况与车夫和房东说的所差无几。穿着破旧法袍的皮缅坐在桌边，衰老、孱弱，长长的大胡子乱成一团，在翻捡着一些木片儿、小棍儿、碎布头。他面前这样的东西堆得像小山一样。一开始杜霞以为碎木片和布头他当念珠用呢，不过后来她搞清楚了，他是试图在桌子上造一个类似救主躺的玩具马槽一样的东西。可手指弯不了，手哆嗦、颤抖，因此皮缅什么都没做成。他把一个木片摞到另一个木片上，伸手去抓下一片，就在这时他自己把一切都弄倒了。她坐在对面，等着，也许他这就会抬起头来，认出她，到那时她就会说自己为什么来了。

皮缅默默地劳作着，她也什么都没说，只是祷告着，恳求着主，请主帮助他。她确信，皮缅造房子可不是为他自己，而是为了圣女玛利亚和她的儿子。要么是主真的听到了她的话，要么是长老终于走了运，皮缅突然成功地放好了最后的两片小木头，像棚顶一样在上面盖了一小片布。

杜霞知道，皮缅剃度之前在俗世的时候是莫斯科著名的建筑师，这不，因为现在垒起了他想垒的东西，他完全像他们从前见面的时候一样柔和地微微一笑，先是对安菲诺根，然后是对她。皮缅的室友认为现在正是挣金币的时候，他开始对他说了：圣父啊，你看哪，你的告解女儿杜霞来请你庇护了，就是说，她恳求你帮她，不然她会不好，简直是受不了了。似乎是在撮合他们，他也撺掇杜霞：你跟他说，说你干什么来了，也许他能做点什么，会求告主，主不会拒绝他的。不然破费了这么多钱，你会跟人说钱打了水漂了，可我私底下忙乎了，就像牛舔了一下舌头，谁都没看见。不过杜霞没为钱的事难过，她望着微笑的皮缅，感觉美好、安心。

安菲诺根到底还是说动了杜霞，她开始讲尼考吉姆的事，从她第一次告解完他念诵赦罪祷告词后他给她的感觉比其他告解神父给她的感觉轻松开始说起。接下来交替说的是：他对她说过，迫害是教会需要的，否则奥格阿斯牛圈[①]得不到净化。革命总的来说好像提高了标杆，让有着无尽的争吵、羞辱、背叛的过去变得渺小和不重要。她说，由于谢尔基都主教事件，她不再去教会，不再让孩子到那儿去，是他让她回归教堂。他解释说，教会有两种考验和苦难：一种是严格——拒绝任何妥协，相应地，承担苦行的十字架；一种是适时——适应现状，从本质上说同样也是苦行，只不过是另外的十字架，是羞辱、不理解、嘲讽、贬低的十字架。不过两种枷锁都是为了唯一的一个目的——拯救基督因没了牧师而骚乱、丢失的羊群。

她说，不管对她多么严厉，尼考吉姆一直都拒绝赦免的只有一种罪。有一次她气愤中对大儿子恶语相向："鬼抓了你才好，今天是你把我逼到这个份上。"尼考吉姆知道了以后说，这桩罪什么惩罚都赎不了，如果她也能得到拯救，那只有被她诅咒的孩子的祷告才能拯救她。她也说了阿姆弗罗西的事。她解释说，只有当他解除囚禁回来以后她才明白，尼考吉姆的严厉有多难熬，她太缺阿姆弗罗西的柔和、温存了，不过她随之补充了一句，不日阿姆弗罗西有可能再次被捕，而没有导师她活不下去。这不，她不知道该留在谁身边。然后她又说了一遍：她再也无力在两人之间跑来跑去了。

她说啊说啊，而长老一直在微笑，一直在看着她。说真的，有时他仿佛一个吃奶的婴儿，自顾自地开始咿咿呀呀。就这样，她向皮缅忏悔到深夜，然后回了小屋，立刻躺下了。前一天她谈妥了，早上那个农民会送她回奥普季纳——从那儿到

① 希腊神话典故，比喻藏污纳垢之地或长期积累难以解决的问题。

卡卢加[1]更容易些，之后坐火车到莫斯科。雪橇已经停到大门口，她在门廊跟房东道别的时候，安菲诺根走过来，往她手里塞了一个用纸卷着的小圣像，说是皮缅吩咐他转交的。安菲诺根的手在纸的两面写了字，可写的什么，她在火车上才分辨清楚。

纸的一面上说，皮缅昨天祷告了很久，把她托付给了天上的女王，所以她可以不用害怕了。他昨天还向我们的主耶稣基督祷告了，请求“给我的孩子叶夫多季娅[2]派一个可心的长老吧”，他相信基督是不会放手不管她的。至于说阿姆弗罗西和尼考吉姆，则通过他、安菲诺根转告她，两人各有长处。他皮缅本人从前支持严格，不过是有度的严格，可如今主要的不是这个，没有导师她压根儿得不到拯救。因此再次回到尼考吉姆身上：他根本就不清楚她是不是他的告解女儿，不自信和过度的生硬由此而来。不过尼考吉姆的严厉是外在的，严厉背后隐藏着拯救你的强烈愿望。

在纸的另一面上，安菲诺根写的已经是他自己的话了，说他跟皮缅在一个屋檐下已经生活三十年了，清楚他在说什么。用不着怀疑：皮缅昨天咿咿呀呀试图对她说的就是这话。至少她得到的建议是好的，因此杜霞宽慰地回到了莫斯科。

1920年12月——当时他们已经在古斯金尼诺村和莫斯科两地轮流住了——，杜霞珍爱的弟弟帕维尔——一个纯洁得让人惊叹、轻易就会兴奋起来的人，去西伯利亚召集基督教十字团了。他确信，不然的话，没有它，不管是俄罗斯还是正教，都

① 距离莫斯科182公里的小城。

② “杜霞”的全名。

拯救不了。整个教会的命运让他不安到了极点。一旦说到它，他就会开始飞快地在屋子里走来走去，一侧肩膀打小就有的神经质的抖动加剧了，脸苍白，回话的时候几乎要哭了。不过涌上来的悲伤、担忧随后就过去了，他平常的、家人都喜欢的轻松和乐天的情绪又回来了。

母亲对他要离开担心得要命，她确信自己再也见不到活着的帕沙[①]了，因此试图阻止，劝他跟杜霞一起去找阿姆弗罗西神父。帕沙的主意在神父那儿也确实没得到赞同。神父冷静地听他说完，说只有祷告和斋戒、而非蛮力能驱走这个魔，因此他认为这个话题没啥说的。

跟长老谈话后过了一个月，弟弟还是走了，紧跟着阿姆弗罗西再次被捕了。又过了半年杜霞丧失了第三个她最亲近的人。维索考–彼得罗夫卡修道院的一个年轻见习修士来到他们家，口头转告说，出现了一些情况，尼考吉姆前一天不得不紧急离开莫斯科。不过，很难说这三件事之间有什么联系。

帕沙的短信，通过人捎来的时候更多，有时也通过邮局寄来，从西伯利亚的各个城市过来持续了一年左右的时间，可之后他就没信儿了。母亲装出什么可怕的事都没发生、一切正常的样子，一直都在盼信，可有一天她的内心好像有什么东西爆裂了，眼睁睁地看着她开始发疯。不知道该怎么支持她，杜霞决定亲自去西伯利亚，试图找到弟弟。

我先把话说在头里，尽管有许多人、其中包括一些非常有影响力的人努力了，帮忙了，但帕沙的任何踪迹她都没找到。至于阿姆弗罗西，她也再没见过他——1927年春天他死在符拉

① “帕维尔”的小称。

基米尔[1]的一座监狱。至于说尼考吉姆，1922年12月他在哈巴罗夫斯克的大街上直接碰到了她，那次偶遇无疑救了杜霞的命。

尼考吉姆当时把她带回了自己的房间，高兴地、几乎是雀跃地拥抱了她，吻了一下她的额头，马上开始从大衣的各个兜里往外掏裁开的纸。为了抓得更多，他边揉皱边把它们一团一团掏出来，然后塞进放在旁边椅子上的一个军用背袋里。他的储藏看来终于掏空了，兜儿都空了，而背袋却变得像是一个中转站，明显地鼓了起来。现在尼考吉姆从那里面往外掏的已经是一张张小纸片了，不过与刚才不同，一点儿都不忙乱。他慢慢地、有条不紊地把一张又一张展开、抹平，然后一排一排码到餐桌上，仿佛是在往桌子上摆餐具招待客人。他不慌不忙地、若有所思地为每一张寻摸位置，不时把阵列码码齐、捋捋顺。

这儿温暖，杜霞身子暖和了，靠着床背打起了盹儿。她睡的时间不长，恐怕没超过一个钟头，她醒来的时候，尼考吉姆还在那儿装腔作势。她讥讽地暗自说了几遍这个词，想再次闭上眼睛，就在这时他神情庄重、如同从布道台上一样高喊："叶夫多季娅，读吧。"因为突如其来她不知该说什么，只是问了一句："读出声，尼考吉姆神父？"他肯定地说："出声。"

每一张纸上都有一首数定童谣。[2]杜霞认得尼考吉姆的笔

① 莫斯科南部190公里的一座古城。

② 数定童谣是俄罗斯极为古老的一种民间文学体裁，是押韵的诗歌。有研究认为这是远古时代人与人之间交流信息的手段，因为他们认为动物懂人话，所以把要沟通的信息隐藏在相互沟通的言语中，让动物听不懂。不过随着人生活的变化，他们不再害怕大自然，诗歌的意义也就随之丧失，从表面看诗句常常不知所云。渐渐地数定童谣转变成为儿童游戏中选定角色的手段，比如捉迷藏游戏，按照约定俗成，念到童谣某一个词的同时定在某个人身上，这个人就成为找人的人。因为俄语中这个词（считалка）的词根是计算、数数，而且考虑到这种童谣的功能，所以译者把它译为"数定童谣"。

迹，甚至能清楚地分辨出他的草书，可开始的时候她却读得不自信。此刻的指令让她觉得奇怪得很。她努力一个词一个词地说出来，可心里想的却是三天前被白俄放弃的饥寒交迫的城市，想的是她怎么都找不到弟弟了，而她一天一夜甚至都粒米未粘牙了。她记得自己如何走在满是积雪的街上，冻僵的双脚麻木了，她也感觉不到双脚的存在，只是像倒换拐杖一样倒换着它们。今天天亮前她在花店哭了一场，坐在装土的箱子上哀嚎，因为这儿也再没人帮她了。老板娘——她中学时的女友，夜里随卡佩尔[①]军团的最后一个营跑了。

杜霞还记得接下来的情况，但却已经不清晰了。她好像穿过一条黑乎乎的通道到了外面，在一条被人在雪堆中踏出的小路上踯躅。小路是下行的，因此有时候是双脚自己在拖着她走，可在雪的表层结了冰的地方她不时摔倒，就算摔得轻，摔到雪地里，她还是很长时间站不起来，她躺着，像在花店里一样因为可怜自己而哭泣。

小径把她带向一条乌黑宽阔、尽管十二月了但却没结冰的河，河像澡堂一样在寒冷中散发着水汽。那层摇曳、棉花一般的薄雾让她觉得那儿应该更暖和一些，于是她蹲坐下来，滑向岸边的河沙。可水边的大风更冷。杜霞举起两只手蒙住脸挡风，可她没法长时间擎着双手，顺从地放下手来。已经是黄昏的时候了，她离开河边，在一些小胡同里迷路了，四周的房子不多，两边依次是些空荡荡的柴房，大门要么敞开着，要么被卸走了。这片城区她之前从未来过，不过无所谓了，她反正没

① 弗拉基米尔·奥斯卡洛维奇·卡佩尔（1883—1920），白卫军统帅高尔察克的一员猛将，他的第一伏尔加集团军（也称卡佩尔集团军）在西伯利亚各地与红军战斗，战功赫赫。

地方好去了。

这片棚子中间静悄悄的，或许因此才能听到亲切的人声，还是莫斯科口音。为了寻找它们，她转向右边，过了街角，再往右，之后往左，可却一个人都没找到。人声很多，而且嗓音各种各样。不过有一个嗓音比别的出现得更频繁。有时它又在她前方，又在后方，又在侧面。嗓音催着她、叫她、招呼她，它从四面八方传来，可它要她干什么，杜霞甚至都没去试图弄清楚。捉迷藏终于让她累了，她靠向栅栏，滑坐到雪地上。

为了确定是真的，她把花店、河以及出来撞上尼考吉姆神父已经租了一年的小木屋——他回家的时候正好在自家的篱笆旁边碰上了杜霞——重温了一遍，随后补上她此刻正一首接一首读出声来的数定童谣。一切当然纯属疯狂，可结果却是：只有在它、疯狂之中才有生命，到处除了冷什么都没有。

她再也没力气斗争了，她突然之间明白了，她接受、承认这一点，接下来也将会接受，就这样直到终结，到她的眼睛被阖上的那一瞬间为止。她第一次感受到自己内心有那种尼考吉姆神父从她听命修习的最初日子就要求她具有的顺从。周边一片温暖，于是她知道跟着尼考吉姆她可以什么都不怕，哪儿都不用去，没有他的帮助她谁都没法找。她内心平静，可从旁边听她却听到数得越来越响亮，越来越热烈，有些诗句根本就是喊出来的。就像小时候一样，她甚至感到快乐。高兴的同时她对自己解释说，很快他们就要玩儿游戏了，不然干嘛念数定童谣呢。

“你要明白，叶夫多季娅，要明白。”她转向最后一排的时候尼考吉姆神父说，“我大致算了算，结果差不多五分之一的数定童谣源自闪米特语[①]和古犹太语的祷告词。你终归明白这意味着什么吧？”杜霞摇着头。“这意味着，”尼考吉姆庄严地重复说道：“你面前的数定童谣中保存了自西奈时代以来、一次都没中断过、传到了我们今天的祷告礼拜，也就是说你不是在读，你是在祷告。比如说吧，你看这首最为普通的，你肯定什么时候也这样数过：

艾乃 本艾 莱尔，
克温泰尔 门泰尔 热斯，
艾乃 本艾 拉伯
克温泰尔 门泰尔 扎巴。

艾乃（闪米特语的阿诺、阿尼）——我；本——儿子；莱斯（阿伊拉伊索）——摩西五经，涛如阿[②]；克温泰尔（克一温托伊尔）——当代的儿子；门泰尔（门塔尔）——宽恕；热斯（艾斯）——我；拉伯——上帝；扎巴（阿伯）——父亲。自由体翻译就是：‘我是法之子、当代之子，宽恕我吧，主，我的父。’

或是：

艾乃 本艾
托尔巴 索尔巴
恩采 兹瓦卡
泰乌斯 艾乌斯
考斯马泰乌斯。

艾乃和本艾我已经说过了；托尔巴（托伊尔一伯）——

① 圣经中诺亚长子闪的后裔使用的语言，阿拉伯语、希伯来语、阿拉米语等都是其分支语言。

② 希伯来语“摩西五经”的发音，词语本身的意思是教导、指示、律法。

当下；索尔巴——我抵抗、斗争、努力不屈服；恩采一兹瓦卡（诺伊茨—兹—奥考）——庸俗；泰乌斯（托乌斯）——错误；考斯马泰乌斯（克塞姆）——海市蜃楼、幻想、迷雾。这首数定童谣的译文是：‘我，当代之子，努力不屈服周围的庸俗和谎言，不迷恋幻想和海市蜃楼。’我们成年人作为诺亚的后裔，离开了上帝，再次变成多神教徒、偶像崇拜者，而孩子们在拯救世界的同时既为自己也为我们祷告。主爱他们就是因为他们由于害怕作孽用日复一日的祷告自我净化，脱离一切污秽。”

“还有一件事：你想想，革新派多狂怒地因为古斯拉夫语[①]诅咒我们。”尼考吉姆接着说，“他们说教民们不懂礼拜仪式。我也犹豫了整整一年，心想：也许他们是对的，可数定童谣之后我心里的怀疑荡然无存了。关键在于主不是理性能认知的，我们的理性思考空洞、多余，它们既无法满足任何人，也无法拯救任何人。数定童谣中的孩子们恰恰就是这样对待理性的。”

“如果用旁人的眼睛从旁边去看，游戏前的词语里完全没有意义，有的只是紧张和音符本身的音乐，可这种紧张背后有主要的内容——你面对着的主。还有：孩子们在数定的同时祷告，我们习惯于骂他们随心所欲、不听话，可通过每一个发出的音节他们都在确定一点：‘一切都是上帝的旨意——听天由命吧，签落到谁头上，谁就去主导。’这里既没有算计，没有作弊，也没有欺骗，除了对上帝意图的信任什么都没有。”

① 俄罗斯正教教堂的神职人员自古以来做礼拜时都使用古斯拉夫语或曰教会斯拉夫语，甚至今天的很多教堂也依然保留着这样的传统，如果说随着时代的变化有所改变，礼拜和布道时整体语言靠近现代俄语，但其中保留的古词依然很多。

“你会说，叶夫多季娅，”尼考吉姆接着阐释，“难道孩子们玩游戏的时候明白自己在祷告、在向主祷告吗？关键就在这里：心怀喜悦和快乐齐声一句一句重复数定童谣的词语时，他们是心灵朴实地在祷告。他们做一切都是朴实的：犯错，追随上帝。孩子们正是真正的精神赤贫者。所以主才说他们幸福。他对我们每一个人说：如果你们不像孩子一样接受救主，如果你们不变得弱小，不像他们一样，你们就进不了天国。”

孩子和数定童谣尼考吉姆又说了很长时间，可发现杜霞已经不大听得懂以后，他拿来面包、腌肥肉，用煤油煮好茶，开始让她吃。吃东西的时候他说，屋子今天夜里、最近的整整一个月都完全归她支配，对他——尼考吉姆，她可以不用担心，有另一栋房子乐意让他容身。

第二天临近傍晚的时候他拿着一个大白面包外加一袋子土豆又出现了，等她煮了整整一锅、往杯子里倒好了茶以后，边吃饭他边开始解释，说他想给杜霞下一个非常重要的指令——在哈巴罗夫斯克开始搜集这些数定童谣。

他跟她说话就像从前在莫斯科的时候一样，那时候她几乎每天都来找他，那时候她是他真正的告解女儿，因为不管她做什么，都一直记得他。可后来他离开了，什么都没说，一点儿都没提示她，一下子就扯断了联系着他们的东西，接下来整整一年一点儿他的消息都没有。她懂，就目前的情况来看迈出这样的一步他肯定有过足够的理由，她不怀疑有过这样的理由，可她终归还是觉得丢下她，就像他这样的做法，是不对的。

当然，她什么都没打算对尼考吉姆说，可就这样，转眼之间恢复从前他们之间的那种关系，她也没做好准备。她隐约记起昨天她简直把他当成了自己的守护天使，也没忘透过昏暗和寒冷看到他的身影、向她俯下的脸时体验到的兴奋。杜霞心里怀着对他强烈的感恩，因为温暖，因为食物，因为房间，为此，此刻打算拒绝尼考吉姆的时候，她的话说得混乱、愧疚，差不多用了半个钟头为自己开脱、解释，说如果自己有可能有益于他，她会高兴地完成他要求的一切，可她从莫斯科来到哈巴罗夫斯克只有唯一的一个目的：哪怕找到弟弟的一些蛛丝马迹也好。如果在这里什么都探访不到，她会继续前行，去哈尔滨、符拉迪沃斯托克，要知道，不可能谁都没见过他，谁都没听说过他的任何消息。

尼考吉姆一听出今天从她那儿什么都得不到就立即转移了话题，开始回忆1915年的时候他打算作为随军神父去前线，至今他都后悔没去。在战争中人们很快会变得野蛮，没有上帝、没有仁爱和扶持的话语尤其会如此，而战争结束以后他们继续做的那些事全是战争的延续，是它的痕迹。如同想象的痛一样：身体上的伤愈合了，可心灵还像原来一样，是残疾的。

随后他出其不意地开始赞扬当代文学。他的话表明，新人不少，如今的人写得朴实，没有从前的做作。他随身带着两本小书，包括某个叫什克洛夫斯基的人对外高加索战线的回忆录，他说两本书都给她留下。杜霞本人早已不读世俗读物了，不过这儿是另外一回事：她的丈夫彼得·伊格列尼奥夫就是在外高加索前线牺牲的，可在哪儿、什么时候牺牲的，虽然做了种种努力，却没能打听出来。倒不是说她指望在什克洛夫斯基那儿读到有关他的事——丈夫是个普通的、一点儿都不引人注目的炮兵大尉，是个试图从东绕过土耳其直扑巴格达的三十万大军中的一员，因此恐怕没谁会记得他。不过就算这样，有关他与之并肩作战过的那些人、有关他如今或许长眠于此的那片土地的任何见证，在她看来也都是重要的。

尼考吉姆走的时候天已经晚了；独自一个人留下来，她先是决定今天不读什克洛夫斯基了，她夜里要祷告，然后就寝。可这么早她睡不着，辗转了一个钟头，又点亮了灯。什克洛夫斯基的书倒数四十几页的地方插着一片漂亮的包皮书签，类似的书签战争就要开始的前夕玛莎送了她一打。对于她们两个来说1914年的夏天是一段好时光，因此现在她忍不住在书签前面几页的地方翻开了书。她想像小时候就习惯的那样，从头读一本书之前先翻一翻、看一看，里面有什么，是哪方面的。

第一页里她就喜欢上了写关于鬼让一个女人变年轻的童话：鬼先是烧了她，然后用灰烬恢复她，作者指出这是说的布尔什维克，他们也是这样把什么都烧掉，如今他们只剩一件事可做：继续相信奇迹。接下来是战争最后的几个月。实际上，战事已经没了。宣布战争结束了、没有领土兼并和投降的和平来临了的各委员会，在彼得堡和莫斯科已经当政半年了，可首都的消息到达北河间[1]的时间漫长，不过消息还是到了这儿，于是军队像母鸡离开鸡窝一样撤离了阵地，丢弃了战壕，顺着来的那条路往回走。

虽说路熟，可士兵们准备好了通宵达旦地走，只要能尽快到俄罗斯就好，因此各师团运动缓慢，望不到头的队伍推来搡去、混乱不堪。丢下人、装备，扔下炮——，马被吃了——有时连同炮弹和炮车一起整连整连地扔掉，他们相信战争真的结束了，自己在离开这个陌生、热得见鬼的国度。他们在杂草丛生、直接在悬崖下贴着峭壁、不知为什么在这里被叫做路的小道上走着，翻过一道又一道山梁，已经忘了、怎么都弄不明白

① 外高加索阿拉克斯河与库拉河之间的河间地区。

自己是出于什么目的为了什么被派到这儿来的。

他们有时会就此表达看法，什克洛夫斯基也大段大段地引用了这些看法，不过杜霞觉得士兵们的议论不是很重要，因为在军队目前的行动中意义当然是有的。由于此时一切都对——他们在往回返——，她整章读下来都没担心，甚至读得热情洋溢，只是当破衣烂衫、醉醺醺、一点儿队形都没有的士兵们走上界河阿拉克斯的河岸、开始过桥的时候，她才不知为什么担心起来。

那是个明媚、不热的春日，由于山里的融雪河里有很多水，走得饥肠辘辘的人们用爆破筒炸鱼。许多人已经在我国境内了。顺着河岸延展的路宽阔得很，加上就在这儿，紧挨着悬崖有一条几乎挤满了火车头和车厢的单行道铁路。实际上，这是她在整本书里读到的第一页和平的篇章，因为这个以及因为她跟别人不一样，她感受到了危险。

还不清楚怕什么、危险在哪儿，杜霞突然之间开始猜到了：要么是什克洛夫斯基，要么是尼考吉姆神父，要么是他们两个一起为她预备了一个陷阱：丢进去了一只挂了饵的钩子，因此她这就要翻开的一页是一个普通的诱捕器。后来一直到死杜霞都记得，她当时好想合上书，不管是此刻还是以后，无论如何都不接着读它。通常碰到这类情形她都相信自己，可这会儿她没忍住。一段之后的内容实际上就是直接为她写的。

两个站在齐膝深水中的士兵拿着装满爆破筒的风衣，正在炸鱼。他们一边寻找鱼窝，一边顺水越来越高地往上走。漂亮的、在阳光下流光溢彩的鲑鱼有很多，他们的战友一边收集猎物一边快乐地大笑着。他们就这样不慌不忙地在河岸边的鹅卵石上慢悠悠地走着，可在一片足够高的悬崖后面峡谷猛地下陷了，河也就相应地急转而下，紧贴着路。先前从后面绕过田原和村庄、而今挤在山间的铁路路基几乎悬在水面上。阿拉克斯河变得更深，只在下落的地方才会像之前一样看得到泡沫四溅的浪花。

士兵点燃引信，又往水里扔了一捆爆破筒。为了安全起见他们做的是长引信，因为水而变得沉闷的短促爆炸声要等几乎一分钟，在此之后又是一片寂静。就这样闷响着，似乎也是最后一声了，不过，之后到来的不是寂静，紧跟着他们爆破筒的爆炸，在他们站着的地方和四周全都开始了某种疯狂的炮击。有人急忙扑倒了，习惯性地扎入泥土、石块之间的浅水里面，而炮弹就像总攻时一样一直炸呀炸呀。等到炮击终于开始停息了，他们为了保险又等了很长时间，之后在这个地狱里幸存下来的人才一个跟着一个地站了起来。被震聋了、变傻了、还什么都没弄明白的他们望着扭曲的铁轨和因为爆破筒而被炸烂的装炮弹的火车车厢碎片，望着复合加强大营残留下来的东西，他们炸鱼的时候，这个营在顺着铁路行军，如今几乎全都被撂倒了。

实际上，什克洛夫斯基写的是一个普通的战争画面，一次次战斗之间有停火、间歇，给人们间歇是为了收集和埋葬阵亡的人。没受伤的人相互之间一个字都不说，他们把伤员拖到路边、悬崖的荫凉处，然后像在菜园收黄瓜一样像模像样地，努力地收集断开的、抛撒到方圆半公里的手臂、腿、头。他们在路边的沟里和灌木丛中找到它们，连同肚皮朝天漂流的鱼一起从水里捞出来，不急不忙地送回到路上，他们的战友在那儿像那个营行军时一样有条不紊地——排着队——把残缺不全的躯体码放整齐。

为了埋葬这么多人肉，现在应当挖一个共用的墓穴，为了寻找挖坟的地方，三个士兵用军铲试探着石头地面。谢天谢地，这儿不全是石头，也有零零星星的泥地、河流冲刷形成的沙地和黏土地。最合适的地段就在悬崖下方，几乎就在伤员旁边；他们在这儿画出坑的轮廓，开始挖。士兵用来修战壕的工具小，用它一下子挖不了多少土，因此活儿干得慢。更何况其余的人连想都没想加入他们。他们有自己的事儿，外人看来他们的事儿很像小孩子的游戏。像是战前不久出现的、很快流行起来的乐高公司设计师的拼装游戏。也许认定了不成套埋葬当兵的不行，也就是说，他得是母亲生他时、活着时、上战场时的样子，他们就像没了魂儿一样拿着天知道从哪儿掏摸来的一颗头、一只手或一只脚走来走去，一会儿把它安到一个躯干上比量，一会儿安到另一个躯干上比量。因为对不上，他们有时会相互之间有气无力地争论、骂上一两句。

所有人的手和脚都相像：由于脏、干活儿和日晒，皮肤皲裂的手掌、脚掌都粗陋，脚脖子都被皮靴磨出了厚茧，破了口。糟糕的后勤支援和衣物，哪怕是军大衣的呢子、靴子的粗皮，原来都比人结实得多。不过有些地方还是能把它们分辨出来，因此几次尝试之后安到需要的躯干上以后，他们就去拿下一个人体碎片了。不管有多奇怪，工作进展得却真是快。要么是他们根本就适应了，要么就是打了三年仗，为了让每个人都得到自己的东西，他们的确练得能确定这块儿是谁的了。错还是有的，为躺着的队列中的最后一个人、强壮的炮兵大尉——肩章上的星幸存下来了——剩下的只有两只小小的、非常优雅的手，两只左手，而且两只都明显不是他的。

刚一读到大尉的肩章，杜霞立马就明白了，没手的炮兵是她丈夫彼得·伊格列尼奥夫公爵，不过让她自己惊讶的是，一开始她什么感觉都没有。尽管现在她知道他是怎么牺牲的、葬在哪里，但她内心什么变化都没有。公爵出身名门，但却是个花花公子和酒鬼：他喜欢女人，喜欢打牌，喜欢烟和豪饮，从他们共同生活的第一天起她就觉得，在这个体形庞大的懒鬼身上一丁点儿优雅都没有。杜霞虽说跟他生了两个孩子，可婚姻却是不幸的，她跟他在一起很痛苦，不止一次跟女朋友说过，对于丈夫她从未只是把他作为人去依恋过。对于她来说他在一切意义上都太大、太吵、太冥顽不化。

结果正是她成为他死亡的罪魁祸首，连这都没让她震惊。有一次向尼考吉姆告解的时候她说，1916年得知彼得又跟玛尔法–玛丽亚野战医院的一个护士有染之后，她也弄了个情夫：开始跟早年的崇拜者、她一个中学女友的哥哥约会。后来，他叔叔、军政部长苏霍姆利诺夫为了不让杜霞的丈夫彼得扫任何人的兴，把他从西线调派到了外高加索战线。

不过，当时认为土耳其方向比德国方向安全，而且从小就迷恋东方的彼得自己也向皇帝陛下递交了三次转到高加索的上疏。可没有苏霍姆利诺夫事情不让办，而且她知道，假如不是她带着凶兆的情事，也不会让办的。总之，结果就是，尽管她也没想让他不好，可丈夫却因为她、因为她的放荡而死。不过，开始监护杜霞以后，尼考吉姆认为不忠是比诅咒儿子小的罪，因此对她来说它也小得不能再小了，退到暗处了。

此刻读着爆炸的运炮弹的车厢、这场疯狂的葬礼，她心里想的只是落到彼得头上的死有多荒唐：在前线打三年仗，死得如此愚蠢。还有就是：尼考吉姆放书签的地方恰恰是写阿拉克斯河的这一页，这好像不是平白无故的。或许她内心的愧疚感对他来说已经不够了。不过，她十分萎靡地把两个想法翻来覆去、颠来倒去想了一阵儿，然后睡着了。

夜里她梦见自己在莫斯科，吃过晚饭以后跟两个孩子在客厅里玩儿，这时门铃突然响了。她穿过走廊，开门，门口的人是胡子拉碴、头发乱糟糟、穿着又破又脏的军大衣的彼得。在梦里她感到幸福，因为他活着，因为他回来了，由于喜悦，由于对他温情脉脉，她的两腿发软，他扑向她，想拥抱她，搂紧她，可突然之间她明白，他有什么地方不对头。从他们亲近的第一天起她喜欢他的唯一一点就是他的手，大手，像医生的手一样柔软的手，她喜欢他用手揽住她、贴到自己身上，可在这儿伸向杜霞的不是这双手，而是一双陌生的、骨头纤细、可怜巴巴、像镊子一样的小手。

由于委屈和厌恶，由于不知出于什么目的她被骗了，她开始哭，试图挣脱、滑出来。一开始彼得以为她只是在玩儿，在卖弄风情，可后来，瞥了一眼杜霞的脸以后，他什么都明白了。他转过身去，抽动了几次鼻子，可她没什么好对他说的，于是伊格列尼奥夫没等到妻子说一个字就离开了。

就像得到的承诺那样，杜霞在尼考吉姆的房间可以住整整一个月，甚至稍稍多几天，可后来他说，遗憾的是，他不得不离开哈巴罗夫斯克。他没钱留给她，唯一能做到的是弄一袋子土豆，跟房东谈妥让杜霞在这里再住一个礼拜。接下来她就只能自己想辙了。至少，尼考吉姆接着说，杜霞能继续寻找弟弟，或是想办法回莫斯科。他明白她不容易，因此他想出一个可能有用的主意，尤其是能解决她的问题的主意：与遮风避雨的屋檐、也与口粮有关的问题，如果走运的话，可能还会提供机会，不离开哈巴罗夫斯克、探听到帕沙一些消息的机会。

问题是一个礼拜以前大邮政街上的西伯利亚工商银行从前的分行转给流浪儿公社了。布尔什维克如今赋予这类孤儿院重大意义。共产主义者把无产阶级称作新的选民。他们说，革命让他们脱离了资本主义的奴役，解放了他们，可奴役的印记、它全部的毛病以及他们身上的胎记从前有，将来也会存在，清除它们没有丝毫希望。总之，作为以色列的儿女，他们将在迦南地——共产主义——边缘的沙漠里漂泊，但却一条腿都迈不进去。将要成为按照主的话征服圣地、作为永久继承领地得到它的人，恰恰是流浪儿，相应地就要去关注他们。

“杜霞，”尼考吉姆解释说，“就算布尔什维克用另外的话书写这一点，但我对其本质的转达是准确的。”他接着说，“公社已经有名称了。它的名称是纪念著名爆炸实施者叶卡捷琳娜·康斯坦丁诺夫娜·勃列什柯–勃列什科夫斯卡娅的，她还被尊称为俄罗斯革命的祖母。孤儿院的院长也任命了，也是个不小的人物——市契卡副主席。公社以后会继续处在‘特工’的庇护下。”

契卡打算培训流浪儿成为最新的游牧者、流浪人——很快到来的世界革命的干部。显然，外语教学应当摆在最高的水平上。总之，他们目前急需优秀的语言教师，首先是德语，他知道德语是杜霞的第二母语，还有就是法语。条件难得慷慨，可有意愿的人少——老教师担心，在观望。总之，如果她不耽搁，明天就能去，去找一个叫古利依·帕夫洛维奇·沙马耶夫的人——他是谁，干什么的，这不重要——，几乎可以肯定会要她。

杜霞个子不高，那个时候动作迅速、灵活，十分强健。孤儿院先是要她教德语，不过除了语言，她记得尼考吉姆的指令，很快开始搜集、记录学生们说的话、怎么说的——他们的习俗，他们在公社以及外出时遵循的规则，他们的暗语和儿歌、咒语、游戏的前戏和游戏——，弄出来的是一部十分有意思的民俗著作；在尼考吉姆之后，她也把流浪儿看成是一个特殊人群了。

因为住在孤儿院的一间屋子里几乎跟公社社员形影不离，杜霞很快就确信了，尼考吉姆在另一件事上也是对的——许多游戏的前戏连同数定童谣一起的确源自闪米特语的祷告词。她现在越来越经常地想到，这是因为流浪儿丧失了父母、家庭，一无所有，在整个世界里孤零零一个人，这时候他们会呼唤主，主也会来帮他们。至高无上的主救他们，亲自护佑他们，如今确信公社社员忠贞不贰以后，他决定让他们成为自己新的选民。自远古的时候起他们就接受了他的祝福，同他一道保护、保守从前利未支派[1]与主说话时使用的语言不死。基督实际上早就知道了将会如此，他不止一次对门徒说过："你们要像孩子一样，因为天国是他们的。"

孤儿院的契卡院长革命前上过神学院，熟知古代各种语言。她让他看自己记录的内容时，他一点儿都不惊讶，相反，他说他也认为，如果说祷告礼拜存在没中断的地方，那就只有在流浪儿那儿了。作为最可怜、最饥寒交迫、最孤苦伶仃和赤贫的人，他们也正是真正的无产阶级。公社社员是否清楚他们每天多次祷告、向主呼告，就是要至高无上的主自己来操心、让线儿不断，这并不重要。

① 利未，圣经人物，雅各的第三个儿子。利未的后代成为利未支派，其中最有名的是与耶和华有约（圣经旧约）、带领以色列人出埃及的摩西。

她跟院长立刻就确立起了好得出奇的信任关系。他额外答应杜霞，如果帕沙活着，他会帮着找到他，而且他是主动说起帕沙的，她甚至什么都没求过。每天傍晚在他的办公室里，他们一边喝茶一边讨论过去这一天的事宜、明天应该干什么，说到的不仅有课程、饭食、衣物，而且有公社社员的自我管理问题。契卡向杜霞询问每一个学生、每一支队伍的情况。谁是里面的领袖，谁是并且将会是领头的，谁是集体的人，而谁自行其是，是单打独斗的，他看她一天记录下来的内容。他们也单纯地谈论生活。

就这样过了三个月，后来，在1922年2月月末的某一天，院长管都不管找人代课，直接把杜霞从课上叫到了自己的办公室。杜霞刚一进来，他为中断上课道了歉，但却说自己没权利拖延：收到了莫斯科来的紧急而且特别授命的任务。她找到的部分内容他亲自寄送给捷尔仁斯基了，就在今天，菲利克斯·爱德蒙多维奇发来了密电，肯定了杜霞开始的工作的重要性。而且，院长接着说，捷尔仁斯基要求在可能的情况下指派几个工作人员把工作继续下去，他问是否以完全自愿为前提派出一个孤儿院的教师，最好是已经对这类问题有研究的，派去搜集新材料，用“田野调查”的话说是直接在城市混混儿中搜集。

说到“田野调查”，院长有所期待地看了一眼杜霞，可她没吭声，于是他干脆像尼考吉姆一样，说如果她同意，契卡可以遵照捷尔仁斯基找到杜霞弟弟的死命令把整个西伯利亚和远东共和国翻一个遍。如果这些地方一无所获，会有利用哈尔滨、上海、必要时欧洲的国外侦察机构的许可令。

杜霞点了点头表示同意。实际上她早就已经期待与尼考吉姆的谈话和她读到丈夫之死的那一夜应当弥漫成某种全球性的东西，因此不管是现在面临着要成为城市的混混儿，还是差不多要在十来个国家寻找帕沙，这些都没吓住她。杜霞甚至开始觉得她的导师就是这样谋划的。

为了不让新的选民一下子就把她踢出去，而是相反，认可她是自己人，第二天她为吊起人的兴趣在孤儿院剃光了头发（后来杜霞喜欢说，那是她的第一次剃度）。顷刻间失去了长长的、非常漂亮的烟色头发，刚一蹭到小镜子跟前她就惊讶地发现，自己从根本上变年轻了，虽说看起来还衰弱不堪，但却是个十分帅气的少年，是成千历尽千辛在伤寒隔离棚里活下来的一个。总之，第一步很可能让她有了希望，她甚至开始想，建议的角色也许真的适合她。接下来杜霞转为孤儿院后勤部主任的手下——他的仓储间里有一大堆乱七八糟的零碎儿。她换了衣裳，傻乎乎地更多考虑的是干净而非暖和，吃到撑得不行，天一亮学生们还睡着的时候，她就出辖区的大门了。

独自一人待在冰天雪地的街上，她适应了一会儿自己的新处境和周围的寒冷，犹犹豫豫地跺着脚，冷不丁地、没头没脑地确信，上帝给她的祝福和将要给她的考验她有能力承受。由于已经知道自己会被接纳，也不会有人让自己受委屈，她轻盈地、恐怕还快乐地迈着小碎步往市场那边去了。到集市广场以前杜霞至少是有人监视的，可刚过一排排摊子，用混混儿的话说，她“脚底抹油”，像个老到的小偷一样消失在人群中。

她跟孤儿院院长谈妥了，大体上两三天到公社去一趟，留下搜集的材料，顺便洗洗、吃点东西。她在街上度过的八个月，没有差池地遵守了这个时间表。十一月中旬杜霞才彻底回到公社，那时候已经又有了积雪了。据我所知，公社社长对她出差的收获完全满意，她甚至获得了哈巴罗夫斯克契卡的一个证书。杜霞在混混儿中间总共记录下来的语言大约有一打和大致五十份的祷告词（游戏前戏和数定童谣）……

在哈巴罗夫斯克过了一年多，可不管是她自己，还是借助“特工”的帮助，都没找到弟弟的任何踪迹，1923年秋杜霞回到了莫斯科。她以为共同的不幸会让她和母亲更亲密，可结果却正相反。不知为什么母亲从她的哈巴罗夫斯克来函中看出来的是杜霞知道帕沙在哪儿，回来的时候已经是和他一起回了，可如今因为丧失了最后一线希望，她没法原谅她的欺骗。杜霞发现，不管她做什么，都会激起母亲的无名怒火甚至仇恨。好像她根本就是罪魁祸首。让杜霞更伤心的是自己的孩子也不习惯她了。虽说他高兴地迎接了她，可从前的信任已经没了。

她在莫斯科去的是尼基特尼基巷的三一教堂，她也在那儿告解，可是能像从前对皮缅神父、阿姆弗罗西神父或尼考吉姆神父那样敞开心扉的神职人员却找不到，而且寻找这样一个人，至少在当下，她也力不从心。总之，她心情压抑，尽管从表面看生活一帆风顺。她为不久前创办的儿童文学出版社翻译德语及斯堪的纳维亚诸语言的童话，活儿很多，因此他们过得滋润，甚至时不时给出不了古斯金尼诺村的婆婆和侄女寄上一些钱。杜霞喜欢翻译，整天待在家里、跟孩子们在一起、与他们的关系逐渐得以恢复也是个不小的由头。

皮缅已经不在人世了，不过她大约每个月去一趟奥努弗利耶夫卡村看他的室友安菲诺根，给他和从前奥普塔女修道院的几个女修士带去食物和一些衣物——那几个女修士在邻村给自己买了两栋木屋，继续严格遵照阿托斯圣山法[①]生活。当然，安

① 阿托斯圣山法遵循的是拜占庭传统，是正教教徒遵循的基本原则，以严格禁欲著称。

菲诺根和几个女修士是条通道，可没有自己的告解牧师她有时还是感觉糟糕得很，憋得想像狼一样嚎叫。

就这样过了几年，可后来一桩接一桩发生的两件事急剧改变了杜霞的命运。先是尼考吉姆神父从西伯利亚回来了。杜霞到他的维索考–彼得罗夫卡修道院去了。得知她没有再婚，像之前一样独自抚养孩子，他说，逝者——他显然指的是她丈夫——什么都看得见，因此我们做坏事的时候他们难过，而做好事的时候就为我们高兴。又过了一个礼拜，在奥努弗利耶夫卡的时候，安菲诺根神父说，他们两个都认识的圣愚克拉莎每天早晨都为她——杜霞——活着的杜霞，做全套的安魂礼拜，已经三个月了。这些话把她吓得够呛，已经坐上火车的时候，她一次又一次地重温听到的情景，几乎把自己弄得歇斯底里了。到了莫斯科她甚至没从火车站回家，而是等到第一趟早班火车回了奥普季纳去见几个女修士，心想，也许她们能给她出个主意。

几个女修士真的把杜霞当姊妹待，开始七嘴八舌地宽她的心，安慰她，解释说，圣愚安葬的只是世俗生活的她，是为她荣耀安魂。“或许，”她们反复说，“克拉莎对你有预见，说的是你反正会作为我们中的一个，很快也会成为基督的未婚妻。”她们欢喜、快乐，吻她，说主终于聆听到了杜霞的哭泣、祷告，决定减轻加到她身上的负担。不过她已经不在听她们说了，试着想象自己穿法袍的样子。

从那天起杜霞真的越来越固执地开始思考剃度的事，阻止她的只有一点：为儿子担心。不过半年之后，她跟安菲诺根说起谢廖沙时，他的回话是：他很明白她的忧虑，不过修士生活各有不同，因此她可以剃度当修女，一边抚养孩子，一边继续住在尘世。对这类修行教会从前就是赞成的，何况是修道院几乎全都被封的当下了。

安菲诺根的话清除了主要的阻碍，于是1925年1月22日她剃度了。给她剃度的是尼考吉姆神父，法名就是她的本名叶夫多季娅，授法衣的是安菲诺根神父，剃度用衣是第一个祝福她踏上向主之路的克拉莎送的。

已经是后来了，杜霞对我们说（她觉得这很重要），她的剃度之中存在瑕疵，而且什么都挽回不了。原因不在于她违背了诺言——她不记得自己做过这类事情——，而在于她脱离俗世前的软弱、不义。她做基督的未婚妻是逃避，企图摆脱多年以来充斥她告解礼的谎言，摆脱她对自己的每一位长老许下的同样骗人的诺言。结果呢，在这里也是恶为善铺了路，但杜霞确信，接下来不管是时间还是其他任何什么，都洗不脱善中的罪；罪有了，它也就会一直留在善里。

当谢廖沙战后背离她的希望、背离全部祈祷拒绝剃度时，她彻底认定了，原因只有一个：她自己的精神新生并非没有瑕疵。如果说她能拯救什么人的话，那也只能是拯救她自己一个人。顺便说一句，儿子从前线回来以后，杜霞明白并且接受了很多事。从前她不相信尼考吉姆神父说的话，他说她作的孽里面最可怕的一桩是无眠之夜对小时候的谢廖沙说的话："你见鬼去吧，臭小子！"她觉得脱口而出的诅咒根本就是信口一说而已，因为小孩子让你抓狂的时候什么话你不会对他说呢。如今她认可了，那天夜里她真真儿地把对他灵魂的某些权利交给了地狱的恶势力，因此不管她怎么忏悔，他们都不放她的儿子靠近上帝。

不过，尽管有誓约，但如果谢廖沙没在他们家里继续侍奉主，那杜霞——对此我少有怀疑——怎么可能完全接受圣愚克拉莎与基督的联系呢，1926年克拉莎为还活着的她安魂了，让她清楚是脱离尘世的时候了，如果杜霞拖延、磨蹭，那就已经拯救不了灵魂了。

我去斯涅基利镇尼考吉姆神父那儿几乎去了七年，虽说也有间歇。合我心意的是他礼拜和主持告解礼的方式，的确，让我惊讶的是，布道的时候他尽量绕开自己的遭遇——牢狱、劳改营——，他说话的样子像是压根儿就没有过革命似的。当然，教会经历过很多压制、整个时代整个时代的迫害和处决，可布尔什维克是令人伤感的记录的法定部分，而他却似乎不记得它们。不过我时而离开尼考吉姆、时而回去不是因为布道。

在斯涅吉利我通常参加的是礼拜日的午祷，礼拜结束后尼考吉姆神父会叫我到二楼的客厅喝喝茶，很晚才会回到莫斯科。客厅里的尼考吉姆甚至连外表都像变了个人似的。礼拜时他穿的是黑色的修士服，而喝茶前他换成西服，在镇子里走动时也穿它。破旧的亚麻布裤子和褪色褪得稍少一点的西服上衣，如果根据图片和照片判断，几乎就是三十年代乡村农艺师的着装。喝茶的时候尼考吉姆已经不回避劳改营的话题了，我记得，布景的这种转换让我感到窘迫，尽管我以前和现在都不认为他在教堂里是害怕告密和再次被收监。关键更可能在于时间。劳改营中断得过于急促，尼考吉姆的第二个刑期连一半时间都没蹲满，因此他暂时还没找到地方去放置囚徒经验里的许多东西。

下面要讲的内容我是在斯涅吉利的别墅里听到的，是从他嘴里听到的，如今依然像从前一样，我没做好与它隔离的准备。他说出来的一些想法是援引同号犯人的，也就是说既说了他们的名字，也说了履历，有时是十分吊诡的履历，不过却从来没有幸福的结局。他跟其他人辩论，当着我们的面，常常也借助我们的帮助试图驳倒他们。礼拜过后我们马上就从一个神职人员嘴里听到一些不合法度、从正教角度说往往根本就是异端邪说的东西，这还是让我不快，我怀疑对其余的人来说也是一样。不知道这个样子是不是尼考吉姆想要的结果，他倒像是在考验我们的信仰似的散播怀疑，这些怀疑更大是因为我们发现：就是对于他来说也什么都没释然，一如既往地搅动着他。

尼考吉姆跟我们讲了巴尔瑙尔[①]刑侦监狱同号犯人、阿穆尔哥萨克尼古拉·叶夫斯特拉托夫的事。叶夫斯特拉托夫被枪决了三回，有一回到了最后一刻，子弹甚至顶进了后脑勺，可他死里逃生，对此尼考吉姆解释说，赐予罗斯的一切考验都只为一点：让主可以向它显现自己的奇迹。每一个第一次世界大战、国内战争、卫国战争没牺牲的人，经历过刑侦、牢狱和劳改营的人，活着都是主的奇迹。世上没有一个民族中有这么多人可以说他们活在上帝恩惠的庇护之下。所以说苦难深重，可救赎也不小。

另一次尼考吉姆说起了熟悉的无神甫教派的一个旧信仰教徒，地点是在阿巴坎[②]附近的一座劳改营，一个棚子里差不多有他一打的同派信徒。他教导自己人说，选择善与恶的自由恐怕是对人的主要恩赐。我们被造就成为主的谈话对象，成为那些时辰到来时根据内心的必要而不是像士兵听从命令那样选择善、拒绝恶的人。奇迹是致命的，尽管主出于怜悯、出于对人的同情

① 俄罗斯西西伯利亚南部城市，位于鄂毕河上游。
② 俄罗斯东西伯利亚南部城市，哈卡斯共和国首府。

有时也会降临奇迹。它不单违背上帝创造的世界的法则，更可怕的是，人们会束手等待，在对新奇迹的不断期盼中，他们与恶和解。

在斯涅基利的时候人们常常会提到帕伊西·维利奇科夫斯基[①]神父。我觉得，他写的东西中有许多跟尼考吉姆神父很接近，尤其是帕伊西神父有关我们世界的全部恶皆在我们灵魂之中、与恶的搏斗在灵魂中进行的观点。当一个修士在自己昏黑的修室里单靠口中念着主的名与各种诱惑和引诱战斗时，这不止是对他的诱惑、对他的引诱，而且是对整个世界的诱惑和引诱。战争、摈弃上帝也在我们的灵魂之中，而和平时期的暴乱、仇恨、杀戮是次生的，不具有独立性。它们是回应、回声。有一次他观点更为接近地阐释说：“革命是痉挛，是癫痫发作。人灵魂和躯体里与恶的搏斗达到了极限，达到了极端紧张的程度，谁会获胜不得而知。”

尼考吉姆喜欢说祷告词是把我们与主连接起来的脐带。我们祷告的时候，它是有生命的，主通过它用仁爱和恩惠滋养我们。做告解礼的时候我们把经历过的连同恶和罪一起还给主，归还时怀着他将宽恕我们、洗白我们的希望，而且也是为了不让任何东西丢失。他说，我们不是照着上帝的形象被创造出来的，也就是说，圣像画家观念中的那种外在的相似，上帝和我们之间没有。不过我们类似至高无上的主，我们的创造能力、分辨善与恶的能力、懂得善多好而恶多坏的能力类似。此外，被赐予发现创世全部的复杂性、全部不可理喻的美和完善的天赋的唯有我们拥有。

① 大司祭帕伊西·维利奇科夫斯基（1722—1794），乌克兰人，正教修士，翻译家，圣徒。

在我的记忆中，尼考吉姆神父有大概三次从一面和另一面回到主与人说话的方式上，这种方式就是要让亚当之子尽可能地懂他。说话的方式还要这样：让启示给告解人他自身罪孽的可怕场面，别连根把悔罪者毁灭。圣经不是主面向自己子民时身前的那片云吗？假如在西奈他于云外显身的话，人当场就会死掉。

此外，阅读圣经的时候不能忘记，恶从身外来的时候人更容易与它和解。不是我们作恶，而是用恶惩罚我们。“我的意见对于那些把恶算到上帝本人头上的章节尤为重要。”尼考吉姆接着说，“主至善至美，因此世上的恶全都是人做的。主可能做的只是不制止人。大洪水是人催生的恶，人也正是在里面呛死的。方舟是义人的善举，它们没在罪中沉没，因此诺亚和家人耐心地等待主发善心，让恶回到地狱。埃及婴儿的事与大洪水的事是一样的。至高无上的主没有杀他们。为了保护自己的子民，主放了一面镜子，于是法老的恶被铜镜照了出来，落向埃及。法老的心变得冷酷，他禁止雅各一支进入沙漠，这就是他让以色列的儿子陷入其中、对其施难和加害的那种奴役。”

有一次，……尼考吉姆说起革命，认为它的目的及其意义就是：回归童年。由于生活的复杂性，由于成千上万的陷阱、暗藏机关和绝境，里面藏着罪，不管用什么都掏不出来，人们累极了。他们并非马上但却最终得出了结论：复杂性的唯一用处恰恰就在于此——藏匿恶，给它安身之所，你没摧毁复杂性之前，得救连想都别想。

革命就是尝试重新生硬地把善与恶区分出来，让世界变得像堕落前一样简单明了。朴实感、喜悦、兴奋、欢喜由此而来，尽管有种种灾难、种种苦痛，但革命在人们心中却生出这些情感。类似的看法那些年我已经听说过了，让我惊讶的只是我们神父声音中的忧伤、悔恨。

我知道，尼考吉姆神父从未支持过革命，也没与其合作过，不过现在可以这样理解他：革命的敌人也来自同样的那个儿童营，而且他们身上的罪恐怕并没有更小。1917年从前的世界被摧毁了，眨眼之间灰飞烟灭。它连一个坚持下来的机会都没有，因为革命为无一例外的每一个人提供的都是与主的天堂惊人相似的东西。许给你的是一种没有瑕疵的生活，没有诱惑、没有苦难、没有怀疑的生活。一个幸福、喜悦的时代——因为如果你信仰、忠诚、执行命令，你就会知道，不管你做什么，在任何方面你都没有罪责。这确确实实是一个美好、真诚的世界，青春和热情高昂的世界。信仰省去了你无以计数的力气，你几乎浑身都是劲儿，因此你内心的一切都在歌唱，活得轻松。

下面这个想法也是尼考吉姆感兴趣的。在转运站的时候，第一次世界大战时在加利西亚[①]架过浮桥的一个工程兵大尉当着他的面对同号犯人解释说，我们每一个人都是浪子，而信仰是通向主的路，有种种可以想象的偏离和摇摆的路。只有从路上走过，我们才会得到启示，我们理解主的话语的程度只与走的过程、走过多少有关。否则收集起来的就是寻常的训诫和教诲。否则在路上就什么都感受不透，什么都不痛，什么折磨都没有。既不会有怀疑、背叛，也不会有逃离：你只会像个优等生一样把功课背牢，在班里抢风头。

在圣经里，大尉说，信仰是突破人的弱点显示出来的。它应当般配一个人对世界、对世界的正义、对罪的力量的认识，

① 中欧东南部、当今乌克兰西部地区的历史称谓。

只有这样它才有可能帮助人、让他往更好的方向去。主选定的民族对他没完没了的偏离——不仅是在西奈，而且在此以前，在埃及，以及之后，在他自己的国家——，他们的抱怨和叹息比什么都更可信地证明，人那个时候没有丝毫能力做更多。亚当子嗣的懦弱、缺陷设定了边界，而且它们很窄。

也就是说信仰不是某种现成的东西，而是像用黏土捏出人一样，是逐渐的、一步一步地塑造。路，不平坦，断断续续，是难走的道路，路上的一切都是必需的，一切都是不可避免的。只有从起点走到终点才可以指望得救。他这个后备军官肯定的是，俄罗斯的军事远征是其历史的核心。向耶路撒冷的运动是对我们内在的自我修正缓慢的、于民族而言显见的反映。在基督第二次显身之前，我们应当重走信仰走向我们的路，自己回到圣地。

总司令部里有许多人想把路变直，走向真信仰和唯一真神之地，甚至照着地图几乎没有偏离——莫斯科–基辅–君士坦丁堡–耶路撒冷——，等到目的地临近时，把部分军力调到两河流域的辅助战线，从那里沿着亚伯拉罕的路也走向圣地。不过宫廷和近卫军的人心绪不同。他们战略计划的出发点是：如今获得神圣性的是莫斯科，耶路撒冷方向本身没多大意义。不管选择哪个方向，我们从来都是在走向耶路撒冷：扩张帝国是通向主唯一正确的、可靠的路。不管怎样，在整个地球——在其他国度之中也包括巴勒斯坦——没有归属俄罗斯沙皇的权杖之前，天国可是建立不起来的。

大约从1970年起尼考吉姆神父开始变得明显衰弱了。当时他的教友是拉雅大娘，老太太身体还结实，十分忠诚。不过她做不到每天都照顾他，在莫斯科距离变容门和她自己不远的地方，她有个带着两个幼小孩子的女儿，因此拉雅大娘像个线轴一样辗转在尼考吉姆和女儿之间，然后再到斯涅吉利。从劳改营回来的时候尼考吉姆是个高血压患者了，严格地说，他就活在一次危机到另一次危机之间，因此，拉雅大娘离开的时候，必定得有人替换她。从晚秋到仲春，也就是田野季之间的空档，我乐意承担起她的责任。关键不在于感恩，是我觉得跟他在一起有意思。

尼考吉姆的血压不稳。医生一把血压降下来，他说话时的有气无力、前言不搭后语就好了，就算没变成从前的那个人——我们在教堂里认识的那个性格鲜明、强健有力的讲道者——，但终究还是一个难得有趣的人。我们两个找到了一个共同感兴趣的话题——“北方”。

尼考吉姆整钟头整钟头地问我恩乔人和那里其他民族的事。他们在佩列古多夫之前如何生活，已经接纳了他、受洗了以后又如何。他们如何看待自己的历史、自己的遭遇。尼考吉姆本人也说了些事，尤其是从他的话里得知，他在托木斯克跟一个名叫诺安的恩乔人在同一个屋檐下住了几个月。他没有透露更多的细节，不过这也不少了。

在那之前我已经清楚几乎全族人的姓名了——从1924年做的往前大约四、五十年的人口普查中知道的。我有一本统计书，封皮是质地良好的绸面儿，里面有由恩乔谱系树和简单的婚嫁登记构成的一大片树林。它们立足于老人们的回忆和档案馆的文件，始于亚历山大三世的王朝，也就是1881年，那时建档在勒拿河下游成了司空见惯的事。当然，19世纪其余时期的情形更复杂一些。文件屈指可数，而且当时还健在、能讲些什么的老人一个都没有了。尽管如此，有赖于恩乔人的名字“诺安”和二十几个其他的细节，没用多久我就有了眉目：尼考吉姆的这个熟人是贝尔卡在佩列古多夫之前生的那两个儿子中长子的曾孙，也就是被他杀掉的萨满约纳赫的直系后裔。顺便提一句，尽管约纳赫死了，照尼考吉姆的话说，这个恩乔人评价起佩列古多夫来却是怀着爱和深深的敬意的，把他当异教徒的新使徒、第二个保罗来说的。

应当说，如果说话题一扯到北方、我卷入的谈话通常都激情洋溢的话，则尼考吉姆说起萨莫耶德人和奥斯加克人[1]的时候——他还依照从前的说法这样叫他们——，往往都怀着愤怒。不过他不会中止谈话，相反，至少在一开始的时候他明显想要把我吸引到他那一边，让我相信，他们的信仰中除了无知和返祖现象什么都没有，也从未有过。

月复一月地向对方证明同一种东西让人感到乏味，不过这里的一切都蒙上了一层精加工的亮色。我觉得，我们两个都像蝴蝶一样飞临这个世界。我们争辩的核心人物自然是佩列古多夫，由他那儿我们谈到当地各部落的生活，关于在大俄罗斯人定居西伯利亚以前他们的生活是什么样的，随后谈到其他的北方传教士。我记得我们的第二次谈话，恐怕是最为激烈的一次。尼考吉姆几乎一开口就开始痛骂佩列古多夫，把他叫做异教徒、杀人犯，我忍不住了，回击他说，就算佩列古多夫背着命案，可他却以和平的方式、没有暴力地带领恩乔人走向真信仰，而被尼考吉姆尊为多神教徒使徒的费洛菲·列辛斯基[2]的传

① 奥斯加克人是西西伯利亚多个原住民族的统称，是俄罗斯人对他们的称谓，他们一般自称为汉特人，主要居住在鄂毕河流域。

② 都主教费洛菲·列辛斯基（1650—1727），俄罗斯正教会主教，1702年起为西伯利亚和托波尔斯克都主教，他在西伯利亚的25年使该地区的教堂从160座增加到448座。

教之路却更像是十字军远征。难怪奥斯加克人到如今都恨他，当时费洛菲的一个旅伴脑袋中了枪，另一个胸口中枪，也想把他本人也杀了。

不过，尼考吉姆可能都不知道，就是那个费洛菲和沃洛格达[1]的路加从西伯利亚的哥萨克手里买了数十个被他们俘虏的异族人，后来让他们皈依了基督教，剥夺了自由，安插到修道院的各个特辖领地。他不知道许多传教士为干扰萨莫耶德人重回多神教，抓走他们家里的孩子——照例都是男孩儿，然后送到托波尔斯克专门的收容院。那儿似乎对他们不错，暖和，干净，教阅读、书写，尽管如此，学生们一走向社会就发现自己悬在一个世界和另一个世界之间，不管在这儿还是在那儿他们都成不了自己人，接下来几乎个顶个儿地开始酗酒、死亡。

除此以外，如果说佩列古多夫译成恩乔语的是创世记、马可福音、许多赞美诗和祷告词，则福音作者路加的同名人、传教士沃洛格达的路加却只译了信经、戒律和马太福音。听着我激昂的话，尼考吉姆的神情越来越阴沉，幸运的是，我终于意识到自己过分了，于是决定让谈话缓和一下，配合配合他，我觉得再也没有什么比转接到寻常的俄国主题——酒——更好的了。我说，迄今为止在北方由它——该诅咒的酒导致的死被认为是最幸福的死，因此成功地把自己喝死的人大家全都羡慕。为了增加烈度酒里常常会添加烟草，酒精甚至从根本上改变了萨莫耶德人对死后生活的认识：从前按照他们的信仰死者去的是贫困交加的国度，可现在他们跟着尤卡吉尔人[2]认定，死后的

① 莫斯科以北471公里的古城。

② 据考证，尤卡吉尔人是西伯利亚东北部最古老的原住民族，20世纪初俄罗斯人口普查时只有1509人。

生活虽说与现世的生活相似，可相反的是更良善、更温和。逝者去见的是从前对凡夫俗子来说几乎不可能见到的他们的最高神努姆，而且在那里可以每天都畅饮，随便喝。

后来一直到傍晚我们都在聊阿莫克病[1]和其他流行病，二十年代科累马边疆区描述过这些病的大面积流行，还聊所谓乌奇古尔布尔——萨满的灵魂状态。聊通常他们天生是些极为神经质、敏感的人，他们中差不多四分之三的人患有癫痫，而且往往是重度的。幻觉、梦游状态、癫狂发作以及随之开始的没有原因的呻吟和嚎叫，所有这一切也常常碰到，而且问题不在于天生的身体构造：施法之前许多萨满都咀嚼毒蘑菇干——强烈的致幻药，通常他们还用那种烈酒送服蘑菇。

跟我聊过的那些人中大多数认为萨满是性情阴沉、孤独、内向的人，不过他们也对我讲过另外的一些萨满，像是我们的圣愚、傻子。不过所说的主要不是萨满的性格——其实像古代希腊人、拉丁人、其他信奉多神教的人一样，特别让奥斯加克人震惊的是萨满的预言才能和诗歌才能，以及像古希腊罗马的祭司一样有非同凡响的即兴作诗能力。不过，在这里我也是有所准备的，马上把话说回来了：我说，或许这只是因为我对萨莫耶德人和他们的信仰抱有同情，而冷眼旁观的人可能会觉得，土著膜拜有心理疾病的人。施法期间我也常常有一种感觉，觉得你所在的地方是疯人院里的躁狂科。更何况萨满完全是有意识地在用毒蘑菇和烈酒使自己达到真正犯病的地步。第二次的那场谈话是个转折：我们忍过去了，翻篇儿了，接下来说的话已经没有特别遮遮掩掩了，再说也很少在某个话题上停下来。

① 马来群岛居民中所患的一种阵发性狂躁型精神疾病。

对话如今难得的平和。偶尔我们当然也争论，会在某些问题上不一致，不过轻易就让步了，甚至让得恐怕还高高兴兴的。神父患病的一年半时间里我们讨论了不下十来个主题。比如，尼考吉姆肯定萨满教不是信仰，连多神教信仰都不算，而是某种类似按照医学等级进行的催眠、心理疗法。我们俩都知道，萨莫耶德人认为任何一种病的原因都是恶魔抢走了病人的一个魂魄，像果实进入怀孕女子身体里一样，住进人身体里那个位置的是其他魔，更小的、成群的魔，他们在里面开始啃他的身体，喝他的血。招呼萨满就是这个时候。没错，西伯利亚的萨满就是我们这里的医生，因此他不常面对善灵，他的力量几乎全都用来与它们的邪恶对手搏斗了，尽管如此，我相信，如果忘记光明的上界，我们永远都搞不清楚西伯利亚民族的各种信仰。

我跟他讲过，在恩乔人看来，恶灵用各种手段猎取人的灵魂，很像人自己猎取兽和鱼。恶灵用网和鱼钩捕捉它们，用鱼枪打，用套索套捕，然后把猎物装进袋子，带回家，交给自己的女人。那些女人把人的灵魂剥皮、剁成块儿，吃它们，然后给丈夫和孩子吃。我说，恩乔人认为，如果萨满帮人帮不成，病就像中邪一样，等人死了才会从他身体里面出来。如同真正的变身精一样，它可以变成蛆或蟑螂，可以成为猫、乌鸦、老鼠，而变成另一个人、变成驼背小侏儒的情形也常有。

我们细致分析了把从人那儿抢来的灵魂换成祭祀动物灵魂的整个仪式，我甚至记得，我说过，亚伯拉罕就是这样遵照主的话代替以撒向他献祭了缠在灌木丛里的小山羊[①]，不过这个例

① 圣经故事：耶和华为试炼亚伯拉罕，要他把老妻撒莱九十多岁才求来的儿子献祭给他，亚伯拉罕照着做了，不过在最后时刻耶和华改变了主意，以羊羔代替了以撒。

子尼考吉姆不喜欢。我们说，从前萨满与恶灵进行的是殊死的战斗，双方力量大致相当，因此战斗交替获胜。现在呢，就像周遭的一切，萨满弱了、小了，目前他们的主要武器是讨好、低声下气地收买。那些心眼儿多一些、胆子更小的干脆要一些精灵攻击另一些，等到厮杀结束了，他们就心满意足地灭掉战败的。为萨满抱愧的时候我尴尬地补充说，虽说目的是好的，可他们的表现当然卑鄙、下流。

我不知怎么说了一嘴，说从前还有法度的时候，萨莫耶德人认为法度的代表是熊，尼考吉姆像是接着往下说似的，把两个话题合到一处，讲了起来。说1931年的时候，远东的一个尼夫赫[②]女人捡到两只哺乳期的熊崽子——母熊抛弃了它们，不过它也可能是被猎人打死了——，抱回木屋，亲自哺乳。后来它们已经像所有的熊一样能吃东西了，吃鱼、肉、浆果。两头熊一岁半、两岁的时候，它们打破了门，想要到泰加森林里去，可尼夫赫女人哀求它们留下，说：“我非常爱你们，没有你们我会伤心，会哭。”不幸的是，它们听了她的话。秋天那个女人的父亲、丈夫和三个大儿子被逮捕了，认为如果他们自愿地养两头熊，那就意味着是有钱人、富农。逮捕的人一开始想送他们到布拉戈维申斯克[①]，在那儿审判，可下起了大雨，路走不通了，于是干脆把他们带到了村外，在草地上毙了。熊也跟他们一起当作富农的野兽被毙了。

有时候我觉得，尼考吉姆对北方的了解不比我少，如果说我有强项，那也只是细节方面，不过，在我们的谈话中他打一

① 尼夫赫人是萨哈林岛和阿穆尔河下游古居民的直系后裔，主要以捕鱼、猎海豹和海狮为生。

② 中国黑河市对岸的俄国城市，阿穆尔省首府，1900年海兰泡惨案的发生地。

开始就有意识地演奏第二把小提琴。比如，他整钟头整钟头地问我，萨满是如何获得族人认可的。他尤为感兴趣的是各种各样萨满的生平故事——我亲手记录下来的这些故事不下十几个，此刻也就尽量把这些全都在他面前展现出来了。

我记得，有一次我们讨论了一整天一个萨满的生活与死亡：他只会死于与自己势均力敌者的手；根据奥斯加克人的见证，萨满根本就不死。普通人就像是狗，像它一样活着，也像它一样死掉，死在哪儿也就躺在哪儿，而萨满出生很多次，生在各种地方。第一条命他可以施法从通古斯人那儿得来，第二条得自雅库特人，第三条得自那乃人。只是他的力量每次出生都有所减损。

我在北方记录下来的东西里面现实故事与传说故事交织在一起，好在我询问的那些人分不大清楚二者。比如一个名叫嘎·帕安的著名萨满的故事。开始的时候他是个普通的孩子，十岁前后去割草，昏厥了，七天没有意识。醒来以后发现，他变成了力量罕见的萨满。他瞥谁一眼，不管是人还是牲口，都会倒地而亡。这个嘎·帕安自己不施法，为了不害死谁，按照族人的请求他用铁帘儿挡住了眼睛。他活了很久，几乎到九十了，住在鄂毕河左岸索西瓦河口下游的一个村子。

按照迷信说法，每一个萨满都有鸟兽双栖母亲，有长着像破冰铁镐一样的喙、七扭八绕的指甲和三沙绳[①]长的尾巴。可一个母亲少——没有成年仪式你是成不了萨满的，而承受住它不易。群魔先是把未来萨满的灵魂关进下界三年，人本身没死，但没灵魂他变得疯狂。第一次考验接近结束的时候，魔界的势力——不过已经是在此地、在尘世了——把人杀掉，把他

① 俄国从前的长度单位，2.1336米。

破成块儿。三天之后他才复活。整个这段时间群魔都会用铁钩子撕扯他的肉身，剥离关节和骨头，挖出肉，让身体的汁液流出来，流到土里。萨满的两只眼睛它们事先就会从眼眶里掏出来，放到旁边，让他看到、记住将要对他做的事。临近第三天夜里的时候不幸的人才会被重新组装起来，用铁丝缝合好，把萨满还回生界。

无疑，在此类暴力之后，在你眼睁睁地看着他们如此残酷地嘲弄你的身体之后，恐惧和自身软弱、不牢固的感觉应该会永远留在你心里。至于说后来你从外表上看变得似乎与从前一样了，这个改变不了什么。

我们有几次十分详细地说到了萨莫耶德人上界的众神，说到了奥斯加克人的图罗姆神。你上任何供品都收买不了他，对他来说重要的只有一点——人的善行。我们说到了突厥人的腾格里神——智慧、公正的天的主人，说到了他的助手们——光明的小腾格里精灵，他派他们帮助那些祈求孩子降生、保全畜群的人。当年我在一个偏远的通古斯游牧地记下一段怀孕女子祈求腾格里神的非常漂亮的祷告词，此时凭借记忆几乎拖着唱腔念给尼考吉姆听："从高天望着鹿族每一步的你啊，你看得到不幸和担忧。如果你心怀怜惜，那就怜惜小小的、还没出生、让兽和人都怜惜的人儿吧，让他顺顺当当走出我的肚子，让他得到我乳汁的哺育。把疾病和死亡精灵带走，让躺着的坐起，坐着的走起，走着的跑起，成为畜群腿脚飞快的保护人。"

说到了善灵的敌人——邪恶的奇特库尔蛇精，他们跟我们的群魔像得如同两滴水。说到了翁公——在冥界和阳界之间游荡的死人的灵魂，如果你不好吃好喝地讨好他们，他们会把孩子和大人统统杀掉，降下疾病和灾荒。1960年代我在恩乔人的游牧地淘换了这样一个翁公引人注目的雕像。这是个用小骨头雕刻的神，衣服上奇迹般地安置下了二十七个萨满的像——九个瞎子、九个瘸子和九个拽子。

一个话题一个话题转换的时候，我可以说圆——太阳和萨满灵魂的象征，而尼考吉姆像是旁敲侧击似的，又会回忆起雅库特六月的太阳，它滚向近山后面的时候是像红宝石一样的巨大红球，而两个钟头之后在东方升起时是全白的，如同是人的灵魂，终于在主那儿洗净了血。接下来说起了30年代，那时候西伯利亚开始了集体化，宣布为富农分子的数百萨满被枪毙或收监了；少数在专门会议上幸存下来的还要在全俄报纸《无神论者》上书面声明放弃自己的信仰。

我记得，那一次我们从尼考吉姆的流放地雅库茨克转到游牧民族的时间计量：他说，比如，他们说母马的时候不说两岁了，而说两草了；我也开始讲，说古时候长途征战前夕萨满也以雅库特人聚拢母马群时吆喝的那声“霍鲁！”预示回到群交仪式，因为他们清楚能返回故乡毡房的人不多。为了凯旋故乡的牧场，男人们应当记住自己妻子的爱，而妻子们在丈夫与敌人战斗的漫漫数月一直在心口揣着他们的精子，耐心等待。

就这样，萨满跳着舞一边转圈儿一边有节奏地敲着铃鼓，开始一步一步、一件一件地脱掉身上的衣服。后来已经赤身裸体的他像之前一样配着鼓点移动，倒在地上，开始在草里模仿交媾。开始的一段时间围成圈的女人们——这样的仪式不允许男人出现——看着他剧烈抖动的身体，甚至好像在排斥，可后来连她们也开始越来越剧烈地抖动起来，脸变得红了，身体密密地冒出汗来。片刻之后她们就哈哈大笑着，像马一样嘶鸣着，学着萨满的样儿也把身上的衣服扯下来，激情癫狂以后，保持着出娘胎时的样子，开始跟他一起在草上滑动。

类似的仪式我自然是一次都没在场过，不过第一次到西伯利亚考察期间我记下了两个雅库特老太太对它们的讲述，她们年轻的时候参加过多次神秘仪式。我记得，尼考吉姆同意我的看法：萨满用招呼母马的那声吆喝召集女人完全不是偶然的，被他弄得癫狂的女人们像马一样嘶鸣也不是偶然的，于是我们说起了动物崇拜，在连根斩断以前这种崇拜保留下来的有很多，从极北到阿尔泰到处都有。

他开始对我讲，说与保佑畜群安康有关的施法开始的时候，雅库特的萨满通常都大张着嘴，为的是让他将要为之祈祷的那些动物的灵能进入嘴里，随后，仿佛直接变成了它们其中的一个之后，他也开始一样地移动，发出一样的那些动静。勒拿河流域的萨满扮演马的时候会给自己戴上嚼子：一条宽皮带横过额头，接着穿过腋下，但这不够；就像一匹还没被骑熟的马驹子一样，他腾空而立，嘶鸣，喷鼻，甩头，为了驯服自己的狂躁，他这时会把一个铁片插入自己嘴里，如同插烟嘴儿一般。

马安静下来了，伴着铃鼓细碎的鼓点舞动的时候，萨满如今重复的是马蹄的踢踏和不紧不慢的马步。然后萨满两脚稍微分得更开一些，屁股、大腿动得更快，忽而往右、忽而往左甩动披肩的穗帘——马尾巴，转向另一种马步——大踏步地快跑。片刻之后也是快跑，但已经是公牛的快跑了。现在他们两脚分开得不远，踢踏和铃鼓的敲击频率高、细碎。萨满身上有了新的披挂，灰蓝色调的波纹毛料，上面布满斑点。公牛喘着粗气奔跑，腰部鼓起，然后动作缓慢下来，吼叫声震四野，开始在牧场慢慢地、摇摇摆摆地溜达。

让我们俩觉得好奇的是，不管是在狂欢期间还是做其他法事期间，男萨满的表现往往像女人一样，尽管女人——如果在萨满中碰得到的话——反倒不常这样。总的来说，这个事儿里面显然有很多非阳性的东西。恳求、哀告恶灵从病人身体里出来，跟它们长时间地谈判，买卖、交换，这时候必须没完没了地委曲求全，按照游牧民的观念，这一切不大像男人——牧人、猎人、战士——应该有的表现。

萨满的歇斯底里表现，与此同时就本性而言纯粹女性的善变以及善于钻空子、讨好，不管是在恶灵还是在善灵中间都一样自信；我偶然得见的那些法事中有很多戏剧色彩、伪装、几乎如演员一样的灵活，这都意味着随机应变、适应起来令人震惊的轻松，得说萨满有可能借助铃鼓眨眼之间从一个世界移入到另一个世界。所以啊，萨满，尤其是楚科特卡[①]的萨满，在自己的力量和自身中的女性本质之间画上等号，这不是平白无故的。为了增强力量，他们做女人的工作，穿女人的衣裳，照女人的样子把头发编成辫子，甚至有正式的男性“丈夫”。做法事的时候，他们不仅预先在衣服上缝上表现乳房的凸起的金属圆环，而且把自己的嗓音变成女声。

就萨满的衣着我们谈了很多，众所周知，从衣着穗帘上丝线的颜色，到纹饰最不起眼的一个小网格，全都充满了意义，是宇宙精确的模板。上界住着天帝和他们用来祈求生儿育女、牲畜多产的善灵，不接受血性贡品、公正、仁慈的灵；下界住着恶灵和亡灵，其他不说，这些灵还小心眼儿、任性，做法事

① 即楚科奇半岛——欧亚大陆最东北端的半岛，隔白令海峡与阿拉斯加相望——的非官方叫法。

时人的姿势甚至都会让它们不喜欢，它们不喜欢大声说话、剧烈的动作，反正跟他们在一起时的表现要尽可能地悄无声息。最后是中界，人从生到死居住的地方，他劳作的地方，欢喜与伤心的地方。就是从这里，在特别难过的时候，病痛、饥荒、其他灾难降临的时候，人呼告求援。

不过衣裳不单单是世界地图，它是同意充当我们萨满援手的灵的家园。铃鼓也是一样，它绝非与鼓类同的一个普通物件儿，而是能让人周游整个宇宙、到达它最偏远角落的某种完美设备。与此同时它还是与恶灵搏斗的武器。从恩乔人那儿我得知，只有高级别的萨满可以用铃鼓做法事，允许其他萨满用来吓唬鬼怪的只能是棒槌（奥尔布）以及扫帚。

一年半，穿插着我的田野季间歇，我们不慌不忙、没有特别热情地从一个话题拽向另一个话题。我习惯了、适应了这样的节奏和我们谈话这样的走向，似乎没发现尼考吉姆油尽灯枯。可他濒临死亡了，一步一步地离去，而且我们已经怎么都帮不了他了。去世的五天前，尼考吉姆请人把杜霞带到他这儿。她自然是不能为他主持告解礼、为他赦罪的，不过他也没期待这样。如果说他有什么想做的，那就是彻底忏悔，让杜霞和自己平等，对她敞开心扉，就像曾几何时她自己对他开诚布公一样。那是一次长谈，几乎有五个钟头，那是一次疙疙瘩瘩、对于两人来说都艰难的谈话。

尼考吉姆病入膏肓，有两次还筋疲力尽，为了聚集力气继续下去，他要求休息，哪怕短暂地停歇一下也好。除此以外，他明显紧张，我甚至觉得他害怕杜霞。不过没什么好怕的了：过去了太多的时间，实际上整个一生都过去了，不管是什么纠正起来都晚了。以前是另一回事，可如今他说到的人早已入土了，他们的命运已经只依靠主了。

他跟杜霞讲了她的亲人，那些她爱过的人，讲了一些重要的、常常具有决定意义的事，可我看到，她想的只有一件事：如今这对我有什么用？她带着伤感，试图补上一句：她认为好的对的，喜欢自顾自重复的、回忆的，这些东西有多少被连根扼杀了，再也恢复不了了。不过，她也理解尼考吉姆：不在上帝和人们面前忏悔就躺进坟墓、离去，他也做不到。

把杜霞送到斯涅吉利以后，为了不妨碍他们，我没开始脱大衣，想去镇子里溜达溜达，可尼考吉姆把我拦住了，其结果就是，他是对我们两个忏悔的。神父的话表明，大概从1919年冬的时候起他开始认为：教会不能，白俄不能，红俄不能，只有孩子，唯只有他们能够拯救被罪孽和仇恨染污的世界。其他一切都在邪恶面前举手投降，再也没有谁可以指望。

在一年的时间里，他几乎一整天都在希特罗沃市场[①]度过，有时候也在那里过夜，他大大推动了搜集数定童谣祷告词的事，相信它们的数量很快就够用来做完整的礼拜仪式了，得救的起点就是这个仪式。不过到复活节时，不得不中断了。1919年秋白俄准备占领图拉的时候，他和维索科-彼得罗夫卡修道院的其他十一个修士一起被逮捕了。侦讯实际上没有过，三个被枪毙了，而他，尼考吉姆，胆怯了，提供了合作保证书以交换自由。不过，在莫斯科的时候，直到接下来的1920年圣诞节以前没人碰他，也没人想要他做任何特别的事。他是所谓“沉睡的密探”。

① 位于莫斯科市中心，也称希特罗沃广场。广场是1812年莫斯科大火之后由尼·扎·希特罗沃少将（1779—1827）出资建的（1924年），1935年改称马克西姆·高尔基广场，1994年恢复原来的名称。作为历史文化遗产，该广场及其周边古迹统称“希特罗夫卡”。

契卡好像有个如意算盘：尼考吉姆，一个少小出家的修士，外加出身世袭神职人员家庭，会飞黄腾达的，在主教中他们又会有一个自己的人。当时这个可能性是存在的。不过在这里，尼考吉姆对我们解释说，他守住了。因为明白事情指向什么，并且恐惧作孽，不管是当时还是后来，任人怎么撺掇，他都靠了上帝的帮助没有受诱惑，活着是一个普通修士，死也要作为一个普通修士去死，应该这样想。“总的来说，”他忧郁地做了总结，“我的坚定性不多。”

终于，国政局的人明白了，关于尼考吉姆当主教的事可以忘了。于是他们难过了，如今几乎每隔一天叫他去卢比扬卡一次。尼考吉姆本人的监护人和教会管理处的领导格鲁舍夫干脆暴怒了，他狂躁地吼叫，劈头盖脸地骂娘，威胁再次逮捕。尼考吉姆辩解、嗫嚅，有一次偶然提到了孩子：看来，搭上了教会兄弟以后又搭上了他们。

让他惊讶的是，流浪儿挣分了。要么是契卡自己已经思考过这件事，要么是干脆喜欢上了这个想法。至少讯问的调子立刻变了，那些人跟他道别、放他走的时候足够礼貌。大约一个月之后在保密室有人说，对他没有特别的企图，这不，为了表明像从前一样信任他，建议他赶紧到哈巴罗夫斯克去，在那儿就地做高尔察克身边几个人的调查。

不过，如果说到高尔察克分子，尼考吉姆接着讲，他坐中东铁路实际上是白坐了，但却了解到杜霞一个亲属的不少新情况。叫她到这儿、到斯涅吉利来就是因为这个。就时间来说，尼考吉姆继续讲，出差的任务不重：监视高尔察克分子一天一小时，最多两小时，有赖于此，他还跟哈巴罗夫斯克的孩子们进展不错。当时西伯利亚和远东游荡着一大群流浪儿，材料海了去了。

莫斯科给的任务一开始清一色是一次性的，尼考吉姆清楚有人观察他、检验他，因此尽量心甘情愿地把它们完成。“总之，”他对杜霞强调，“你应当知道，我在契卡的工作干得问心无愧，没打折扣。”显然，契卡看重尼考吉姆守规矩，一个月过后建议他集中寻找，人们让他明白，他们寻找的是一个“重要的”人。“机构”关于他得知的全部情况是：地下工作化名叫“伊利亚”，目的是聚拢高尔察克各部队散落和掉队的军官与哥萨克、正教十字团，重新向莫斯科进发。

刚一提到十字团，杜霞马上就明白了，接下来要说的是他弟弟帕沙的事。帕沙比姐姐小四岁，在家的时候就是她的偶像。他聪明、充满诗意、优雅，音乐造诣极好，外加他出生的第一年就显示出罕见的温柔。就连对母亲怀孕感到难过的杜霞——对于自己如今要被忘了她怕得要命——刚一清楚自己会有个什么样的弟弟，也热烈地爱上了他。她几个钟头几个钟头地跟帕沙玩儿，要求只能由她给他洗澡、入睡前读童话。就是这样一个美妙的、十五岁时就在女人那儿成绩不小的（她不止一次捕捉到她们看他）男孩儿突然之间，大学二年级还没读完，就说起要剃度出家。

那些年，不管他们与教会的联系有多密切，对于自己也好，亲人中的任何人也好，她连想都没想过这类的未来。就当时的情况来说，她觉得入修道院出家根本就是不可能的。弟弟非常温文尔雅，易受伤害，他身上没有丝毫的冷酷、宿命色彩。可是照杜霞的理解，修道院生活要求人的恰恰是硬心肠。后一种结论她不止一次向他呈现过，不过这时的他会带着他惯有的愧疚微笑解释说，他很清楚一开始他会难，但他没看到自己有别的路可走。

她——母亲也是一样——几乎在他那儿耍赖皮了，试图劝回他，哪怕能说服他等一等也好，以为他会恋爱、把当修士的事忘了，可一切全都无功而返，直到杜霞有一次想起了阿姆弗洛西就尼考吉姆说过的话。到如今她就反复对帕沙说，逃离尘世对他来说还早。他们俩都敬重的长老在入修道院以前都见识过很多林林总总的事物；有赖于此他们懂得继续过平凡生活的人，能够帮助他们。如果谁都不了解、什么都不知道，他能对来见他的人说什么呢？阿姆弗洛西的话好像对帕沙起作用了。亲自跟圣公谈过之后，他对母亲说他决定延迟五年剃度。

国内战争已经在进行了。一开始帕沙想去南方，在那里加入志愿军。但到新切尔卡斯克[①]的可能性没有，通向高尔察克眼瞅着壮大的西伯利亚的火车却让人匪夷所思地继续运行着。

1920年夏天以前他们收到帕沙来自伊尔库茨克、赤塔、哈巴罗夫斯克的信，虽说不定期，通常是让人捎来的，可后来联系断了。十月的时候她和母亲还对他活着、这就会冒出来抱有指望。更何况有传言到达莫斯科：要么是有人在哈尔滨中东铁路见过他，要么是他在缅甸的英国人那里管理茶园。到了最后，认为恰恰是自己劝说不让剃度而毁了帕沙的杜霞受不了了。1920年11月她把儿子丢给痛哭失声的母亲，追着弟弟去了远东。

在哈巴罗夫斯克，尼考吉姆接着说，他似乎两次撞上“伊利亚”接头，但两次都搞错了。后来侧面有传言到“机构”，说是“伊利亚”去了西方的什么地方。尼考吉姆大海里捞针，在远东和西伯利亚转悠了半年，试着把线头连起来，可没有密

① 罗斯托夫州的城市，顿河哥萨克的首府，距离莫斯科1051公里。

报什么结果都没有。就这样，就在他已经绝望的时候，莫斯科令他赶紧返回哈巴罗夫斯克：根据密报，这个“伊利亚”的联络员这一两天应该在城里出现。她能够把他们带到该去的地方，机会难得。

所以说，他对杜霞解释道，没有奇迹，大的、小的奇迹都没有。要不是他之前像个好密探一样脚跟脚地跟了她五个钟头，怎么会撞上在街上冻僵的她呢。在那之前尼考吉姆早就清楚“伊利亚”是杜霞的弟弟帕沙了，不过他的情况她知道得比他还少。像尼考吉姆本人一样，她是在盲目地寻找“伊利亚”。因此把她带到保密局，尽管违反了工作条例，他没觉得自己有愧。“可也许，有过，”他突然转回到奇迹，“不然就太不寻常了：主也好，契卡也好，一致把同一个灵魂委托给了我。”

两个礼拜以前在市火车站，尼考吉姆接着讲，他根据特点寻找一个需要找的女士，发现她是自己的告解女儿之后，他当然是惊呆了，不过根据他的记忆，他没觉得特别痛苦，他当时确信没有差别，因为孩子会拯救所有人，把一切都抹去。对于什克洛夫斯基他也不觉得羞愧。还在莫斯科的时候，读完他有关外高加索战线的回忆录——应当承认是出色的回忆录，他就明白，书中除了其他种种以外也谈到了杜霞丈夫的死。可他说倒是没说，决定忍一忍以防万一。这不，在哈巴罗夫斯克，在他为“儿童礼拜仪式”亟需助手的时候，她脸上除了无动于衷一无表情，因此你想也好不想也罢，只好动用什克洛夫斯基了。

1921年1月17号尼考吉姆离开哈巴罗夫斯克。他跟自己当地的监护人、同时也是不久前城里建立的勃列什柯–博列什科夫斯卡娅公社的社长有关杜霞已经有协议了，就此他没有感到不安。根据新的情报，有人在托木斯克见过几次“伊利亚”。因为不清楚行动会走多远，莫斯科明显感到紧张，要求当地的契卡赶紧通报。为此托木斯克需要尼考吉姆。

他利用的教会渠道在西伯利亚也运行得很棒。有赖它们，他没有引起丝毫怀疑就进入到一个任何他人进入都要预约的人家。尼考吉姆的关系是无价之宝：正是它们让他没到一个礼拜就在城郊的各个工业小镇追踪到半打左右的接头。就是在其中一次的一座歪斜、到处漏风的板房里他发现了“伊利亚”。不过，成功是偶然的。问题在于，“伊利亚”，一个天生的保密专家，在任何地方停留的时间都不会超过两昼夜，假如不是伤寒，他也早就离开托木斯克了。尼考吉姆在地上发现了他——看样子他是试图从床上站起来的时候摔倒了——，完全无助，体温四十多度。找到了，然后，他似乎是为自己辩解似的对杜霞解释说，开始自觉不自觉地照顾。因为病得重，“伊利亚”五天根本没知觉，只是在说胡话，搅动着舌头祈求主赐予他恢复体力，完成未竟之业。

后来“伊利亚”似乎开始恢复，还卧床不起，甚至没法走到盥洗室，但现在他勉强能吃点东西了。不过要么是疾病暂时退了，要么他得的是别的伤寒——不是肠伤寒，而是回归伤寒，反正两个礼拜之后体温开始再次爬升，而第二轮“伊利亚”已经对付不过去了。不过，在他有知觉的十天里他们谈了不少。“实际上，”尼考吉姆接着说，“我们想要的只有一点：帮助人们，拯救他们，确实，选择的路不同。”

对讲述的一切杜霞听得都心平气和，或许尼考吉姆准备说别的，要么根本就是他开始累了，接下来他的话说得更不连贯。“伊利亚”没有不信任尼考吉姆的理由，他只有一次对命运感到惊奇：命运把姐姐珍爱的告解牧师带到在托木斯克濒临死亡的他身边。也是，把大家全都搅乱的整个国内战争就喜欢变魔术，因此后来他没再回到这个话题。有联系的人的名字“伊利亚”也没说，尼考吉姆也谁都没问。

总的来说，“伊利亚”的表现坦诚，而且没过多久尼考吉姆就明白了，任何对抗布尔什维克的新的十字军远征——让契卡头疼的事——伊利亚都没组织，也不打算组织。进入联合国政局密报里的要么是错误，要么是打印错误，故事实际上一钱不值。从一开始“伊利亚”的目标就不是十字军远征，而是军官和哥萨克，即对致死之罪、对流基督徒兄弟之血有愧的人的十字架游行[①]。他们应该举着圣像和蜡烛，主要的，是怀着忏悔，口里祈祷着，从西伯利亚步行走向莫斯科。他思考过许多类似的十字架游行，由那些在不久前的国内战争中杀戮过的人组成，他们为谁而战——为红俄、白俄、绿俄——不重要，由俄罗斯四面八方开始的、走向莫斯科的十字架游行，为的是在这里，在克里姆林宫的城墙下面，恳求从前敌人的宽恕，与他和解。不过，他连十字架游行都一无结果，就像孤单一人来到西伯利亚一样，他也一样孤零零地濒临死亡。

仿佛在进行自我辩解一样，“伊利亚”说：他明白，人民他现在是鼓动不起来的。他反复说了多次，说不管碰上谁，人

① “十字军远征”和“十字架游行”在俄语中实际上只有两个字母的差别，但二者都是以宗教为背景的行为。前者以上帝的名义实施军事远征，后者一般是大的宗教节日期间教堂礼拜结束后、或大的事件发生时（比如外敌入侵前夕或过程中、大范围的流行病期间等）教民在神职人员带领下的游行，一方面赞颂上帝的名，另一方面驱除邪魔。后者常常被简单地译为“宗教游行”，比如苏里科夫的著名油画《库尔斯克省的宗教游行》。

们都无比疲倦，想的要么是离开、逃离，要么是到什么地方躲起来、藏起来。他们害怕一切又会靠枪炮了结。而他们任何时候都不想朝任何人开枪了。不知怎么他补充了一句，说有赖她，杜霞，他们两个都认识的阿姆弗洛西神父早就清楚这一点。“伊利亚”离开莫斯科前到他那儿、请他祝福的时候，他断然拒绝了。

与阿姆弗洛西的谈话让他很是压抑，他一次又一次回到这个话题，甚至好像认为，他从前借口的人的疲累是一派胡言，是寻常的推脱，真正的原因在于人们觉得他没有得到祝福。

尼考吉姆关于流浪儿的话“伊利亚”无动于衷。不管尼考吉姆怎么向他证明，说正是他们，不幸的、苦难深重的人，承担了世界的恶，唯有他们保持住了与主的联系，能够担当人类的代表，他只是甩手不理。“不过，”尼考吉姆接着说，“有一次我恐怕感化他了，那时——是疾病复发前五天的谈话——他说了几件事，虽说是异端邪说，但我至今都记得。‘伊利亚’肯定，人在此地，在尘世，是那样活着的：好像不是他照着上帝的形象、与上帝类似被造出来，而是他自己照着自己被罪孽污损的本性塑造了主。他认为——像是呼应我在阿巴坎劳改营隔壁一个犯人的话——，圣经中记载的一切的恶，一切的死亡和处死，都是我们人类的恶，跟上帝一点关系都没有。说到这一点的时候他尤其说了埃及的事，我提醒说主说过自己：‘……我要使法老的心刚硬，也要在埃及地多行神迹奇事。’（《出埃及记》，7:3）他回答说，‘使心刚硬‘同样是法老加诸到上帝选民身上的奴役、不自由，不自由根本就像一条忠诚的狗一样回到了自己主人身边。”

他不相信审判日吞噬人类，不相信方舟在上面漂游的水；

“伊利亚”的话表明，大洪水之前人自己日日夜夜地用罪孽填充尘世，直到主绝望了，放弃了亚当的族类，让他们在自己的罪孽里呛死。到如今，在主确信尘世再也不会有大洪水了以后，我们已经无所顾忌了。杀戮、仇恨、贪婪，一句话，想得到的和想不到的罪孽无边无际，可是主却像个耐心的保姆，一直对人类的祈求宽宏又宽宏。相信我们虚伪的悔过，为每个人擦掉泪水，宽恕他。我们没有为此变得更好。

至于说孩子，“伊利亚”接着说，对于我们来说他们不是法令。因为再也无力忍受恶，主创造奇迹，于是由我们，从头到脚陷在致死罪孽污泥中的我们，生出纯洁的、没被败坏的灵魂。遗憾的是，就连他们在学会污言秽语之后也开始作恶了——恶的妙处是如此之大。更糟的是，把孩子看透了、把他们为主所爱看透了之后，我们也不希望长大了。

一个世纪又一个世纪，我们受着傲慢和有选民身份的这些魔鬼的折磨，由此我们流自己的血、他人的血，像流水一样，可却什么责任都不想负。稍有什么我们就开始嚎叫，说我们小，没理性，问不着我们。不管做了什么，我们就像从前无辜一样还是无辜。万不得已的时候我们就把一切都推到别人身上，是他们诱惑我们混乱，就像不洁的力诱人作恶一样。真正的悔过我们甚至都没听说过，可没有它你是赎不了罪的。

“在托木斯克，”尼考吉姆接着说，“几乎有一个月国政局对我一无所知。我到最后都相信能让帕沙站起来，而且我不想把他供出去。当然了，我明白，也许，我照顾好他是为了吃契卡的子弹，可照顾濒死之人的时候，接下来会怎么样，你是不会特别去想的。不过，”尼考吉姆说，“我没救成帕沙。我至今都记得，他一直在祈求主留住他的命，让他跟着十字架游行队伍走过去，可等到他明白自己濒临死亡之后，他变得萎靡，无所谓，只有一次又重复了一遍：就是说，阿姆弗洛西是对的，他的路没得到祝福。

“死前的那个晚上，”尼考吉姆说，“我给帕沙换了内衣以后——他先前的内衣几乎能拧出水来——，他长时间地谢恩，都让我变得羞愧了。后来不知怎么突然之间，连转换都没有，他就请求为他主持告解礼。我嘛，提出明早去带别的神职人员过来，不管是领圣餐还是敷圣油，我本人什么都没有，可他拒绝，摇了摇头。帕沙告解的时间不长，赦罪之后，这大概是半夜两点多的时候，他失去了知觉。”

“我坐在旁边，望着铁炉里的火，直到柴火烧尽、屋子开始变冷。得去窝棚，我已经是第二天用那儿的地板生火了。拽、劈木板大概让我忙乎了个把钟头，等我回来开始把它们拢在炉边以后，突然明白为什么屋子里静得出奇。这几个礼拜‘伊利亚’睡着的时候呼吸都带着呼噜，时不时地呻吟，可现在却一点儿声都没有。一开始我以为他的体温下来了，他安静地睡着，靠近床之后才发现，他脱离苦海了。第二天早上我为帕沙做了安魂弥撒，同时诵读悼亡祷告，两次搞乱了，为新亡人、上帝的奴仆伊利亚求告了上帝。”

“隔壁的破房子里住着一个男人和婆娘，是早已关闭的五金件厂的工人，穿过道路就是厂区。我已经认识他们了，给过几次钱，我从帕沙身边离不开的时候，他们在市场上为我们买食品。好人，有良心。现在为一块钱，他们着手做松木棺材，在去年夏天遭抢劫的、关闭的圣尼古拉教堂附近的当地墓场挖坟墓，帮着为逝者送葬。”

“挖坟墓花去很长时间——墓场的土壤是黏土和石头，冻得厉害。坑不是挖的，而是凿出来的。他们俩几乎干到黄昏，可坑还是浅，刚刚够放棺材。就是在那儿，在墓场，我诵读了安魂祈祷，然后我们把帕沙入土了。随后，把伏特加放到隔壁的长凳上，迅速地为他做了追思。”

“葬礼后的第二天，我在市主教教堂预约了帕沙的安魂礼拜，之后去了国政局的地方局自首。我以为自己不会受到什么特别的威胁，说到底对他们来说我是个好讯息员：我来是说‘伊利亚’死了，再也不会对任何人有危险。可极端阴沉地听完了我的报告，刚总结完，契卡的一个头，是个什么委员，用按钮招来了押解，于是我被送进了号子。他们显然没打算开玩笑。”

“那一次契卡审问了我很久，总共三次，不过，为了弄明白对他们来说我是叛徒，是‘伊利亚’的同党，十字架游行对苏维埃政权来说像十字军远征一样危险，第一次召见就够了。”

“‘伊利亚’的死也丝毫没有减轻罪责。主持案子的侦查员有一次讥讽我的时候说，如果说伊利亚确实是脱离苦海了，那我却绝对没有。”

“勘验进行的时候人是复杂的，实际上我害怕的只有一件事：他们想要验证我说的话，想要去掘坟。不过，看样子他们已经知道十字架游行的事了，起的这个意什么都没成也知道，总之，他们认为没什么理由空忙。不管我在托木斯克表现得是个什么样的卧底，我却终归是莫斯科派来的，没有它的批准他们不敢枪毙我。他们请示了卢比扬卡，那边犹豫过后决定，就算我在西伯利亚的表现很不好，但对他们做的事还有用。”

“刚把我从托木斯克的看守所放出来，我就立马离开了城市，离罪孽更远一些。后来的五年，我在任何地方待的时间都不长，从彼得堡游荡到中亚。在沃洛格达、塔什干、埃里温都住过，不过更多时间是在南俄晃荡。像从前一样做了很多流浪儿的研究，但却已经没了先前的狂热。相反，我的压力释放了，我越来越频繁地想，'伊利亚'的话里有不少对的成分。"

"定居下来以前，"尼考吉姆接着讲，"如果说有人监视我，那也是睁一只眼闭一只眼，没什么让人沮丧的。现在我明白了，不能扎根：一旦开始了，那就该流浪下去。可是我累了，于是1929年重新回到了莫斯科，在米乌斯区[①]的一所中学当了教师，教生物和地理，有要求的时候也教物理。跟同事的关系平和、友好，我也租了个不错的房间，主要的是暖和，离学校近。穿的自然是俗家的衣裳，至于说我是修士，任何人连想都没想过。"

"我在学校工作了两年多，1931年圣诞夜礼拜过后走出教堂回来的时候，我直接在街上被抓了。他们靠近，自我介绍，出示拘捕令，拉到列佛尔托沃[②]。一个月之后我从那儿被押送到托木斯克，那里的契卡人还记得我。"

当时在西伯利亚发生的事尼考吉姆神父没讲，不过没他我也知道，教会人员在乌拉尔山外被集体化，成群结队地被枪毙。号子、革命前的单人小号里蹲着他们三个，第一个响起的是尼古拉神父的名字。我很快就明白了，这就是杜霞还上中学的时候爱上的那个。照尼考吉姆的话说，他是一个45—50岁的

① 莫斯科市区偏北的一个区，19世纪末这里才开始建造商用楼，有了街道、广场等，之前是木材仓库、耕地。

② 莫斯科东南的一个区。这里有1881年建的关押下级军人的监狱，十月革命后由契卡接管，大清洗时期是苏联内政部的主要刑讯地。

可怜人，可样子看起来是个老人，老朽。他让他想起约伯，不过不是叛逆的约伯，而是被打击的、早就举手放弃的约伯。

成为神职人员以前尼古拉神父是个不错的中学教师，尼考吉姆已经对我解释过了。假如不是父亲破产，他恐怕会继续辛勤劳作。1912年在家人的逼迫下（五个全是姊妹），顶了一个月之后他同意接受教职，担任莫斯科一座大教堂的执事——那座教堂好像是遗传给他未婚妻的。上大学以前尼古拉神父以优异成绩毕业于神学院，主教府的领导层不会有反对意见，为了入职，他剩下的最后一件事就是结婚了。

根据双方的协定，虽说正在守丧，事情没过几天就搞定了。可神父夫人的生活不易，而且玛莎还完全是个小姑娘，喜欢音乐会、剧院、舞会，没准备好过这样的生活。她和杜霞一起幻想王子，可得到的丈夫却是个头发正在变白、头顶已经秃了一半的人。她曾经喜欢过他，觉得他有灵感、诗意，这个她记得，不过她如今认为，尼古拉神父根本就是骗了她，把她玩弄于股掌之间。

不管是革命前还是革命后，她都很是能怀，一年生一个，可伴随着每一个孩子的来临她都越发清楚地看到，她的生活被毁了。1921年他们的教堂被关闭以后，尼古拉神父失去了教区，家人开始饿肚子，她彻头彻尾地恨他。这个他知道，照尼考吉姆的话说，他无法原谅自己没听伙伴的话娶了个小媳妇。他说，在玛莎面前，他有挽回不了的愧疚。

接下来他们从一个乡村教区逃到另一个。有两次他得以逃脱只是侥幸。每一个契卡，每一个特战队员都有母亲、姑妈姨妈、奶奶姥姥是他的教民，她们提醒他，让他知道，今夜他该离开，不然天亮时他会被抓。拘捕令已经签发了。尼古拉神父流浪、寻找新地点的时候，热心的教民会这样那样地供养他的家人。最终他找到、开始在还没毁掉的教堂供职，可一旦玛莎带着孩子们来到他这儿，一切就周而复始了。

尼考吉姆说，尼古拉神父在号子里大声祈祷，时不时地问主，为什么给他这样的惩罚——给他不爱丈夫的妻子。他哭，他问，难不成他的罪孽有这么大。他对尼考吉姆说，他常常在想，也许干脆让人抓了算了，让人逮捕、枪毙算了，只要不看到这种仇恨就好，紧跟着就把自己骂个狗血淋头。孩子终归是要养大的。坐牢一开始他打起了精神，说有一天夜里，数九寒天，他躲避追捕，在原始森林里走了几乎三十俄里。四周有狼群在吼，虽说他不停地在祷告，但却确信，就现在，就从那棵杉树后面，它们会向他进攻，把他撕成碎片。不过，没过多久他的热情就消散了，重新说到的只是玛莎、孩子，没有他在他们在那边怎么样。他是在城外上百俄里的一个偏僻村子里被抓的，因此了解到他们如何的可能性一点都没有。总的来说，他是个非常有尊严、非常忧郁的人，尼考吉姆说，他把他归之于那样一种人，他们活得艰难，也许甚至艰难得没天理。

之前尼考吉姆是对杜霞告解，现在她的部分好像结束了，因此，筋疲力尽的他仰起身子，靠到墙上，闭上了眼睛。他没说，可不管怎样我从厨房拿来了热茶，茶碟边放了他通常在白天服的药片。药片尼考吉姆没理，茶却喝了些，他显然很高兴茶是甜的、浓的。茶为他添了力气，于是尼考吉姆靠着枕头重新坐了起来。仿佛出于惯性，他还对着杜霞，可我们俩都清楚，轮到我来接受他的告解了。

尼考吉姆的话从我连着两年、从各个方面向他靠近的事谈起。他说，说到“北方”时他记得的诺安是他在托木斯克市监狱的临床。1931年的四个月，一个冬天和开春，侦查进行的时候，他们三个——尼古拉神父、诺安和尼考吉姆——是在一个监牢里度过的。我之前从尼考吉姆那里听到的是诺安有关同族人讲的故事，如今该轮到诺安本人了。

“我们仨，”尼考吉姆说，“在各个监牢蹲了很长时间，过了各种案子：根据旧有的记忆我是‘伊利亚’的同伙；尼古拉神父——愿他上天国——是叛逆分子，他的罪名是对抗地方政府，企图在斯托尔波沃伊村暴动，那儿有三十来个农妇——大部分是老太太，两个来钟头不让警察关闭他做神职人员的教堂、贴封条；而这个恩乔人诺安·叶菲莫夫压根儿就没案子。”

“他是在距离此地上千俄里外的西恩河[1]上游的一个偏远牧场被捕的，转来转去地几乎用了半年。路上证件——如果他有的话——丢了，而且检察院压根儿就不想调查他。把我们合起来、打包准备一个大案子，这是过了很久以后某个聪明的脑袋决定的，那时每个人在托木斯克侦讯监狱已经过了不下半年了。大案叫做神职人员反革命组织案，或者简称‘神职反革组’。”

“按照监狱的观念，叶菲莫夫的图景糟得不能再糟了，可他身上有个真正的快乐漩涡，不管落到他头上的是什么，快乐都够他用到最后一天。不过，一开始对诺安来说糟糕的、难以预期的一切很可能正相反，他好像走运。他为什么被绑了，没地方弄清楚，叶菲莫夫自己也不知道，没人从零开始编点什么像样的东西。就算没他，内政部工作人员的活儿也顶到嗓子眼儿了。诺安的眼睛天真得要命，真诚，难怪监狱长沃尔科夫脑

① 俄罗斯彼尔姆边疆区内的一条长46公里的河。

子里想到的第一件事就是让叶菲莫夫做卧底。”

“他被转到一间好的、暖和的牢房，从前，革命前，那里是单人牢房，如今的板床有三层，每一层安置两个被收押的人。沃尔科夫的盘算是对的：诺安那个忏悔啊，敞开心扉。不过如果说到此监狱长没错，那接下来就难了：委托他做的一切叶菲莫夫都不想供出来。沃尔科夫千方百计地逼他就范，许诺双份号饭、其他好处，后来许诺给他一个好的肥缺，等到甜言蜜语没用了以后，他先是从诺安那儿夺走了他萨满的法器，随后把他关了禁闭。让他休息三天把一切掂量掂量，又关了两个礼拜的禁闭。可什么都没用，他们于是决定把叶菲莫夫作为给其他人的样板惩罚，以儆效尤。”

“监狱里有一个全是刑事犯的牢房，掌控它的是虐待狂、杀人犯、——叫个什么谢尔盖·帕拉尼亚诺夫——外号狗鱼的人。他就本性来说是个非同凡响的人物。二十年代他在伊尔库茨克宰的人不下十个，也就是说，季马，”尼考吉姆转向我说，“比您的佩列古多夫更多。伊尔库茨克的刑侦队在他身上费了不少劲儿，因此1924年成功抓住帕拉尼亚诺夫以后，把逮捕他作为国政局的一件大功上报了市里。当地的报纸都报道了对狗鱼的审判，每个人都预期，除了极刑不会有别的判决。帕拉尼亚诺夫获得的正是极刑。”

“那一天该枪毙他，可法庭主席决定依法行事，按照法规给了狗鱼一个月时间向莫斯科请求减刑。帕拉尼亚诺夫利用了这个机会。他给人民代表苏维埃的头儿加里宁写了一封诗体的信，开头是这样的：‘心平气和把一切考虑周全，面对伊里伊奇的棺椁我发出誓言，我可只是一个偶然的罪犯啊，可怜的人做出保证，作为浪子我会痛改前非。’灵感到这儿就枯竭了，接下来已经是散文体了。帕拉尼亚诺夫顺带写道，如果得到宽恕，他有义务赎罪，拼命劳动，把最后一个戈比都用来向人补偿偷来的东西。这一通胡话到了莫斯科，不管有多奇怪，它起作用了：帕拉尼亚诺夫的极刑被十年监禁取而代之。”

“与五、六年之后开始的时代相比，”尼考吉姆说，“我们的时代还是吃素的，打当然是打，而且是往死里打，不过传送带和其他乐子那时还新鲜，契卡都抱怨他们的手被捆住了。但正在赎罪的帕拉尼亚诺夫在托木斯克帮了他们。”

“他的牢房是个真正的刑讯室，对于不想签署侦查需要的证词的在押犯来说，那像是某种私人地狱。在那里经受过拷打和蹂躏的人多年以内从狗鱼身边走过而腿不发软的是凤毛麟角。不过，一开始，”尼考吉姆说，“叶菲莫夫过狗鱼的关时似乎也没损失。据说，诺安在之前的牢房里对临床的人抱怨过，说他被迫忍受邪恶。说他因为没有自己的男人，无法进入真正的萨满法力，给每个人应有的报答。”

“总的来说，‘求什么得什么’这条箴言不适用监狱，可在这儿，说实话，我不知道叶菲莫夫的话被谁听去了。在监狱外头，”尼考吉姆又转向了我，“萨满给自己选了丈夫之后，也许，跟他生活似乎不是真的，可在监狱里风俗更简单，而且五年里第一次见到某种类似女人的东西，狗鱼忍不住了。那是一见钟情的爱：头发里有五颜六色的带子，衣服从上到下装饰着花边、褶皱、奇异的穗帘——诺安动起来如水，轻摇着大腿，扭着屁股，站在牢房门口他看起来干脆就是个待嫁的少女。”

“第一天夜里狗鱼就把他变成了老婆。接下来，虽说叶菲莫夫是个贱民，也就是监狱等级中的不可接触者[①]，但在这样一个牢头的保护下他没什么人好怕的。狗鱼跟自己的菲莫奇卡，他这样叫她，完全像一家人一样生活。诺安也真心依恋狗鱼，想方设法地侍奉他，还好，在人满为患的牢房里他们在板床上用一块麻布隔出了一个自己的角落。”

“叶菲莫夫发现狗鱼此刻不需要他的时候，他会在那儿、在床上把自己安顿好，给自己制作新法器。他是个手巧的人，从头到尾全都是自己做。狗鱼是个有影响力的贼，有赖于他，诺安从厨房里像模像样地弄来了牛的大腿骨、小腿骨、牛蹄骨，他在上面刻出了异族日常生活的一个个完整场面。他的木雕手艺也不赖，不过总的来说他认为骨头更好。他尤其喜欢刻画赶爬犁的人和拖爬犁的一群狗、施法的萨满和各种精灵——恶灵和善灵、在河岸上游荡的鹿群。刻完之后，他用一把好用的刀或是刮铝勺，或是刮一块罐头盒的铁皮，把得到的银色粉末用焊枪烤化，像汞合金一样，搓进骨头。结果非常漂亮。不过，所有这一切不单单是工艺品，还是真正的法器，因此牢房里谁都不敢碰它们，甚至连狗鱼都不敢。”

“有一件奇怪的、惊动了整个监狱的故事与叶菲莫夫的法器有关。把他转到新牢房的时候，沃尔科夫像从前一样，时不时地把叶菲莫夫叫到他的办公室，为的是检验一下卧底是否改变了主意。有一次这样的拜访过后，诺安那儿突然一下子有了两套法器，新的和那套旧的，被没收的，直到最小的一个小铃鼓，一样不缺。它们好像是精灵给他弄回来的。”

“不是监狱长还回来的，这一点是肯定的。前一天他长时间地冲着叶菲莫夫吼叫、骂娘、用各种麻烦威胁他，与它们相

① 印度种姓制度中最底层的人被上等人称作“不可接触者”。

比狗鱼就是小儿的咿咿呀呀了。诺安是如何得到法器的，从未进行过调查。对调查首先不感兴趣的正是显然摔了个大跟头的沃尔科夫。或许，叶菲莫夫的故事由此才会继续增生一些完全奇幻的细节，直到最后扼杀了我们的萨满。”

“最流行的版本有两个。第一个是世俗的，完全无伤大雅的：监狱长到走廊去跟朋友说了两分钟话，萨满这时候把他‘耍’了。发现办公室里只剩下自己一个人，叶菲莫夫不傻，他干脆钻进柜子，拿了自己的法器。沃尔科夫本人原则上认同的正是这一种，确实，有修正。他没到走廊去，根据条例他没把受侦查的人单独留在办公室，他说话的人是看守长古金上尉，是站在门口说的。此外，他放叶菲莫夫法器的柜子是锁着的，钥匙原先在保险柜里，他也是在那个保险柜里找到它的。还有另外的变体，它也指向监狱长，不过他一开始只对妻子阐释过，再有就是有一次大醉之后跟工作伙伴说过。这里面发生的事样子完全不同。”

“根据第二种说法，针对他、监狱长的谩骂，叶菲莫夫平静地回答说，从前，在还没有得到狗鱼做丈夫以前，他是个普通的萨满，法力远不如祖先。毗邻的、心肠冷酷的牧场主从在乌波苏－努尔湖不远的地方游牧的一个祖先那里弄走了一匹他珍爱的白马驹。萨满生气，但耐心地等了两个月，心想牧场主也许会改变主意。不过，确定没人打算把马驹还回来以后，作为报复，他借了精灵的帮助把牧场主全族的人杀了个片甲不留。总之，但愿他，沃尔科夫，不要一无所有：他可是有老婆、孩子的。不过这只是嘴上功夫，因此监狱长大笑起来。这时叶菲莫夫站了起来，似乎就应该是这样，走到门口，把门打开，大声招呼楼层值班员图奇卡上士。那人出现了。叶菲莫夫命他趴下。上士趴下了。叶菲莫夫命他翻身躺着。看守如同被催眠一样再次服从了。接着叶菲莫夫弯下腰，手只动了一下就挖出了图奇卡的两只眼睛，然后把它们放到桌上，挨着墨水瓶，就在他、沃尔科夫的鼻子底下。”

“虽说没有血，但瞎了的图奇卡像个娘们儿一样嚎着，叶菲莫夫动了恻隐之心，重新把眼睛给他安了回去，他这才平静下来。随后他提议也对他、监狱长这样做上一遍，可沃尔科夫断然拒绝了。那次豪饮让监狱长付出的代价不便宜，三天之后他带着军人证上简短记录的‘败坏名誉’被机构开除了，又过了一个礼拜，像是有人想把多余的证人清除掉似的，放风时狗鱼被小刀子攮死了。”

“不过，”尼考吉姆接着说，“手脚麻利的贼的声望够叶菲莫夫用的时间不长。狗鱼刚一被送进停尸房，萨满的黑暗日子就来了。牢房里开始了权力斗争，囚犯们几乎疯了。没有了庇护人诺安就是个普通的贱民。整个一伙人让他过了两次‘有轨电车’[①]，没消停下来，把叶菲莫夫从板床上赶下来以后，照规矩，在地板上，挨着便桶，给他‘注册’了住地。”

“狗鱼活着的时候没落到萨满身上的挖苦、嘲笑似乎都还给他了。他吓唬过监狱长的法力，”尼考吉姆不知是对我还是对杜霞说，“不急着过来帮他。他怯懦、温顺，就像‘公鸡’[②]该有的那样，被贬低，心甘情愿地效劳，可牢房的人排挤、折磨起他来没够。竖小拇指、饱以老拳、嘲笑也是铺天盖地。他为那些迫使他受苦的人开脱的傻瓜做法尤其让同监的人疯狂。对于每一击或每一口吐沫叶菲莫夫给侮辱者的回应都是：他丝毫

① 监狱黑话：“过有轨电车”——轮奸。

② 监狱黑话：“贱民”同性恋的女性角色。

不怪罪他。他原谅他对他叶菲莫夫做过和正在做的一切坏事。他知道对方缺少温暖，身体有病，饥饿——集体化进行第二个年头了，就算不这样，一丢丢的号饭不久前也被割去了一多半，两个犯人里就有一个有坏血病、腹泻——，简单说，贼的冷酷是可以理解的。”

“对于他的这些仁厚、宽恕的话牢房的人恨得要命。叶菲莫夫刚一开始布道，囚犯们就装傻充愣，开始轮番揍他、刺激他。没等话说完，他们就附和他，嘎嘎狂叫，装疯卖傻，说，他们终于明白了，为什么他们抢劫、杀人，为什么冷酷无情地给他人造成痛苦。不幸的他们永远穷，没鞋穿没衣穿，自由的时候他们不比如今在监狱里更好，对于巨大的、不知为什么降临的不公，他们没有足够的力气忍耐了。另一些人认命了，会说服自己，说什么办法都没有，生活是什么样就什么样，他们没办法，混乱了，去犯罪了。”

“显然，刺激中有某种叶菲莫夫的脑子应付不了的东西，因此牢房的人认清他的弱点在哪儿之后，学会了怎么直截了当让诺安狂躁、进而癫痫发作。到最后一刻他都试图宽恕、拯救他们，他喊叫着，口吐白沫，突然呛了一下，发出某种可怕的、非人的嚎叫，紧跟着，像个陀螺似的，他在一个地方被猛地旋了一圈，摔到了地板上。”

“发作通常持续一刻钟左右。发作期间会无情地让叶菲莫夫抽动。他呻吟，确实，一点声儿都没有，痉挛，窒息扼住喉咙，声音出不来。随后抽动少了，弱了，但时间还很长，两、三个钟头，他半死不活的，躺在地板上，站不起来。意识时断时续，一会儿有，一会儿他又陷入失忆状态。恢复知觉的过程中，如果看守不干预，诺安几乎睡一昼夜，之后缓慢地、痛苦地恢复半个来月。”

“通常他的舌头被咬得厉害——主似乎预示过他——，他不能吃东西，号饭给了同监的人，他只能喝菜粥。他什么都不记得，乏力，安静，不过他的意志罕见，有人从身边经过到便桶去的时候，他就像在进行自我辩解似的，没忘了声音沙哑地说上一声，他谁都不怪、什么都不怪，至于说犯病，那是必须的，不然他就应付不了精灵，囚犯都是因为这些精灵生病的。随着发作的频率飞速提高，那个时候叶菲莫夫就已经明显在去那个世界的路上了。能救他的只有医院和另一间牢房，可下一任监狱长也不同意缓和。”

“后来，在我们一起蹲牢房的时候，我常常问叶菲莫夫，他为什么不降下暴揍和蹂躏，他可是说过的，在狗鱼之后他变得非常强大。诺安的回答五花八门，不太自信。比如，他说过，从前很难说会忍住迫害、宽恕折磨自己的人。他有一次说，有他在，‘狗鱼的’——他是这样称呼的——牢房里没死过一个犯人，精灵们害怕跟他发生关系，离开了。另一方面，我也是从他那儿听说，狗鱼在伐木场待过两年，因为他被怀疑预备逃跑，被弄回了监狱。是这样的，在承包人划拨给他们的地块生长着一棵老白桦，整个装饰着五颜六色的带子、布条。这是一棵树洞里安葬了萨满骨头的树。狗鱼把他伐倒之后，亡灵们先是判决了狗鱼本人，后来也攻击了叶菲莫夫。”

“不过，不知是其他萨满终于心软了，还是压根儿走运，叶菲莫夫突然之间得到了缓期。有两件事凑到一起起作用了。从前的、在叶菲莫夫法器之后成为同事和犯人笑柄的监狱长被机构开除了，就在那个时候，早就幻想着做件大事、就规模来说哪怕多少能让人联想到莫斯科各大案的市联合国政局翻检了需要的材料和必需的人。我们仨——尼古拉神父、叶菲莫夫和我——被并入一个教会案，案子交由托木斯克共产主义大学法律系不久前的毕业生伊兹宾大尉处理。对于他来说案子应该成为类似论文公开答辩的某种东西。”

“根据联合国政局的意见，对于神职人员反革命组织、简称‘神职反革组’来说，萨满叶菲莫夫恰如其分：他极好地充实并平衡了俄罗斯的正教教会，并为案件补上了西伯利亚色彩。显然，对于审判来说契卡需要的是一个活着的诺安，自然马上在监狱医院找到了床位，等到对萨满做了点治疗之后，送他回去的不是之前的牢房，而是离罪孽远一些，转到了我和尼古拉神父的牢房。”

“伊兹宾出身贫农。父母一辈子当长工，他本人也从小就干活儿，要么为口吃的，要么打短工。后来他及时抓住了国内战争的尾巴，火线入了党，布柳赫尔[1]灭了高尔察克之后，他复员了，来到国政局工作。在他的共产主义大学他学习不错，努力，不过要做出就连对首都的客人都不羞于展示的诉讼案，他的想象力和创意不够。从第一天起，一个叫库兹马茨基的人——从前的陪审员——革命前有着托木斯克最好律师的名声，就作为顾问——或者您如果愿意说，那就是作为资产阶级的专家，被派来帮助伊兹宾了。”

“库兹马茨基是城里的一个显要人物。他是国家杜马代表，克伦斯基[2]的朋友和社会革命党的战友，在彼得格勒的时候他甚至当了两个月的民族事务部部长。克伦斯基逃离俄罗斯

① 瓦西里·康斯坦丁诺维奇·布柳赫尔（1890—1938），元帅，苏联军事家、国务和党务活动家，大清洗时死在莫斯科列佛尔托沃监狱，1956年被平反昭雪。

② 亚历山大·费奥多洛维奇·克伦斯基（1881—1970），俄罗斯政治家、社会活动家，俄罗斯共济会的领袖之一。

之后，他回到了托木斯克。库兹马茨基不是个蠢人，他明白自己在冒险，可不管是跟着捷克人的时候，跟着高尔察克的时候，还是军事共产主义的时候，对于离国的建议他都回以拒绝。部分原因是对保险书寄予希望——革命前他在托木斯克为之辩护过并辩护成功的四个布尔什维克中有三个当时是中央委员——，更有可能的是，他根本没打算改变生活、重新开始。”

“有七年的时间库兹马茨基似乎是对的，至少连压力都没有人给过他，侨居在外的朋友们——是去哈尔滨还是巴黎都不重要——过得要糟得多。不过，1925年之后他对革命的贡献不再能弥补克伦斯基及其他，罪状几乎发酵一样膨胀，因此他再也骗不了自己了，明白自己正在走下坡路。但库兹马茨基又撑了差不多十年。临近战争之前他才被捕，死在劳改营。”

“1920年代的时候，库兹马茨基一如既往地被认为是市里最好的律师，不过他已经牢牢地上了国政局的钩。就本性而言他不是混蛋，只是该到减轻从前罪过的时候了。到处的辩护早就忘了去想给‘机构’使绊子，不过，政治诉讼案中有意外，而党认为这是瑕疵，是工作中不允许的疏漏。库兹马茨基敲打客户，必要时帮着扭转他们、说服他们，说任何抗拒都只有害处，有他在一切从开始到结束都会一帆风顺。作为感谢，检察官尽量不对他的被告人发淫威。”

“看守让他和我们待在牢房里以后，我们本来把陪审员当难友看，可误会立刻就显示出来了。做了自我介绍、跟每个人握手问好之后，库兹马茨基没多废话，转向实质。实际上，他向我们提议的，是司空见惯的审判交易。作为序曲，库兹马茨基解释说，判决是什么样就会是什么样，能帮助到判决的只有上帝，还有的一点就是希望和顺从。国政局想象丰富，它会用这种或那种手段达到目的。法庭也好，他库兹马茨基也好，在任何情况下都在让子跟‘机构’下棋。就是说，在判决的意义上听话以后，我们什么都没损失，而在其他方面我们赢棋。首先，如果我们当乖孩子，它们就很可能允许库兹马茨基在议定书中保留减轻罪责的情况。以后，在递交抗诉的时候，他将依靠它们。在托木斯克羁押所一切早就定了，因此在这个地方没什么好指望的，可接下来，也许，他能帮上忙。除此以外，我们不会挨打，不会受蹂躏，已经肯定没有谁会被转入什么‘狗鱼的’牢房了，诉讼案结束以前我们仨就留在这儿。”

“库兹马茨基说的话看起来理性，因此对于提议的游戏规则我轻易地接受了。反正对我来说在狱中更简单。比如，跟尼古拉神父不同，我除了自己不用为任何人负责。他最终也同意合作了，可却依然不停地为孩子们、妻子哭，祷告，再哭。表现坚定的只有诺安，他决然而然地拒绝在任何对我和尼古拉神父的指证上签字画押。我们仨——我、尼古拉神父和库兹马茨基——整整劝了他两天两夜，说这是空泛的形式，不管怎样审判都会了结，在任何情况下案子里也都会有他的指证，而验证指证的签名是叶菲莫夫的还是不是叶菲莫夫的，任何人连想都不会去想，可萨满固执己见。”

“不过，毁掉诺安的不是拒绝指证，它们也的确是鸡毛蒜皮，而是一个月之后发生的事：当时在伊兹宾那儿接受讯问的时候叶菲莫夫突然宣称，他不仅什么都不会签，而且发誓，如果无视法纪不立刻停止，他会出发去莫斯科，直接去找‘党的良心’——共和国党监局局长米哈伊尔·鲍里索维奇·索尔兹[1]，亲自去讲契卡以俄共（布）的名义都在托木斯克干什么。又过了三天，当着我们和库兹马茨基的面，作为他真的乘坐铃鼓飞去过莫斯科的见证，向来到牢房的伊兹宾呈出一只漂亮的、金笔尖的钢笔，钢笔上整齐地雕刻着索尔兹这个姓、名和父名的首字母以及题词：赠共产国际第三次代表大会代表。总之，把沃尔科夫从机构中赶走的故事几乎备份一样重演了。把叶菲莫夫的案子放下不调查，伊兹宾做不到。他不是胆小的人，莫斯科的什么索尔兹他都不怕，而且他不能原谅萨满企图吓唬他。”

“库兹马茨基跟我们讨论了诉讼案的每一个细节，我们没发现这里有任何东西奇怪。我们说了下一步会是什么、会怎么样、什么时候，就这件事叶菲莫夫的设想和我的设想他都乐意听取；尼古拉神父顾不上这个，尽管在真诚合作的情况下他也被许诺与妻子会面。应当说，库兹马茨基没怎么欺骗我们，尤其是对谁都没有隐瞒他情绪忧郁到了极点，的确，他解释这一点的时候说，原因不是伊兹宾恶意而为，而是时代，这是时代普遍的冷酷。”

“开始的时候律师给我们带来的只是计划，可接下来，让我们惊讶的是，它们突然之间自然而然地开始形成剧本，也就是最为接近的脚本。库兹马茨基通常在起床号后不久来到牢房，熄灯号之前离开，夜里的时候在家里显然也工作，因为前一天说的东西第二天他带来的时候已经都做好了。他显然有个极好的耳朵和非凡的文学才能，至少，不管是尼古拉神父的，叶菲莫夫的，还是我的话、表达、甚至句式，在说的时候他几

---

① 阿隆·亚历山大洛维奇·索尔兹（1872—1945），老布尔什维克，以“党的良心”著称，担任过俄共（布）中央监察委员会委员、苏联最高法院法律部主席。

乎都抓住了，而且像音乐家调拨乐器一样调拨他的被告人的言语，让它们合乎理性。什么都没丢。对于我们从前的生活他怀着同情问了很多，他更喜欢早已过去的、与当下什么联系都没有的年代，但看样子，就是在这里库兹马茨基身上也有一个额外的机械，回家以后他把说过的一切仔细地筛过，最终三、两个细节也出现在了我们的指证里。结果，案子直接地、眼睁睁地变成了那样一种东西，假如不在被告席上，我本人都会乐意相信的。”

“或许，用法律案例缝合的文献力度不小。从布尔什维克建立的世俗国家的角度看，诉讼案的本质是疯狂的，不过对于类似的东西谁都没觉得尴尬。对我们的指控是：红军刚一彻底击溃白军、迫使他们越过边境，为了继承高尔察克和邓尼金的事业，各种信仰、各种宗教的神职人员就在西伯利亚团结在了一起。他们忘记了从前的敌对和仇恨，决定通过祷告、巫术、施法召唤听命于他们的天使、魔鬼、恶灵和善灵援助，结成杂牌的巨大队伍，为了沙皇重新向革命的莫斯科进发。在库兹马茨基的笔下这具有奇异的说服力。结果是：教会根本就是革命顽固的、阴险的敌人，对它的任何追剿都是公正的。”

“‘神职反革组’——教会人员的西伯利亚诉讼大案——应当成为被确定为国家公诉人的伊兹宾的受益之作。不过案子规模巨大，要是没有库兹马茨基的帮助，他是来不及按期结案的。为了法庭听证，律师撰写了所有被控人、证人和观察员的指证，还有同党和受害者的指证，检察官——也就是伊兹宾的发言，辩护人自己的发言，各方的辩论，社会辩护人和社会公诉人的发言，他们参与也是诉讼计划预定的。库兹马茨基甚至写了大厅的反馈。总之，每一个字——直到判决，根据自己的倡议——他都做了两个版本的判决：生硬的和稍微柔和一些的。”

“不过，库兹马茨基的任务不止是准备诉讼案的细节，把它们拢成像乐队一样能演奏的、圆润的某个整体，还要说服我们丝毫不妨碍他的创作，相反，要与他吻合，同情他，这也一样重要。根据我的理解，脚本，至少是脚本的主体，没占库兹马茨基太多时间。他经验丰富，外加标准是固化的，所以这种政治案，不管在哪儿审，是在符拉迪沃斯托克还是在列宁格勒，都像得如同双胞胎一样。尽管如此，从市委批准‘神职反革组’、我们到了一间牢房那天起，为了按部就班，库兹马茨基就马不停蹄地干上了。顺便说一句，这并不妨碍他对我们仨全都报以同情的态度。他明显地可怜我们：对于跟监狱看守的误会，如果有赖伊兹宾他能帮上忙的话，他是站在我们一边的。”

“与此同时，作为一个坚定的无神论者，库兹马茨基并不隐瞒，想到他如今辩护的对象，他是带着讥讽的。他喜欢让人明白，照他看来，我们根本就是在发展中耽误了、落后了。就本质而言，他不怀疑，不管布尔什维克的命运如何，上帝——而且不单单是在俄罗斯——很快就玩儿完了，至高无上的主是某种类似返祖现象的东西。对于我有自然科学教育学历他尤其难以习惯。他解释说，从前信仰也的确是必需的，人们想要弄懂世界是如何构造起来的，需要保护、支柱，于是就给自己杜撰出了主。可现在对于前者来说有国家，对于后者来说有科学，而我们却像小孩子一样继续固执己见。因为愚蠢卷入死亡游戏，而且不希望让步。虽说绞肉机是公用的，但库兹马茨基把叶菲莫夫挑出来了，认为他更好，而且不是因为他受的苦更多，只不过是在他看来，我和尼古拉神父是玩小孩子游戏并且玩得入迷了的成年人，而萨满是真正的孩子。他先天注定了还没长大，有可能一直就是小孩子。”

“很难说库兹马茨基心肠冷酷。他做的是牵着手把我们带到子弹底下、最好的情形是带到劳改营蹲上很多年的工作，可一个人知道对谁有愧，对于被他侮辱的人鲜有原谅。就禀赋而言库兹马茨基是个保护者，因此对于自己当下的无奈他怪我们，怪我们不善于——哪怕能像他本人那样就行——跟布尔什维克搞好关系。萨满是另外一回事。假如是七年前的那个苏维埃政权，他轻而易举就能让诺安当庭获释，不过就算是这样，一开始的时候库兹马茨基还是确信，他肯定能让萨满摆脱极刑。”

“叶菲莫夫提供的用来辩护的可能性多了去了。首先，血统。祖父和父亲是社会主义者，而且祖父跟普列汉诺夫一起加入过‘绝对平分党’。另一个故事也非常好，那就是布里亚特的萨满和他的白马驹。因为铲除草原封建主——邪恶的牧场主，叶菲莫夫的祖先彻底印证了一点：家族有历经许多世纪的革命传统。说实话，库兹马茨基犹豫了。牧场主的故事以及接下来直到法器、铃鼓和索尔兹被当成是精神分裂症看待。这不难，由此走下去，可以请求法庭开恩：不管被指控何罪，诺安压根儿就不知道自己干了什么。库兹马茨基还是认定，对于法庭来说，革命功绩更为可靠。”

“后来，当伊兹宾和叶菲莫夫之间的关系眼瞅着开始变坏、库兹马茨基蓦然明白检察官会要求判萨满极刑的时候，他重新扑向了精神分裂症，可为时已晚。结果，叶菲莫夫的死刑判决对于律师来说是个强烈的打击，也许，甚至比他预料的还要强烈。”

“库兹马茨基有一个半月恨不能在牢房过夜。不过后来消失了，于是我们就自便了。当然，他时不时地像先前一样过来一下，但时间不长。他浮皮潦草地检查检查我们的角色学得怎么样了，还核实点什么，催上一催。过‘神职反革组’案子的人越多，冒出来的矛盾、漏洞就越多，他必须把它们捋顺，把接缝抹平。”

“对我来说，等待诉讼和审判本身非常艰难。信教的人自然是有支柱，但明白过不了几个月你就不在这个世界上了，终归没多少人会轻松。可问题不止在于审判。叶菲莫夫变成了另一个惩罚。与库兹马茨基不同，他从来不怀疑自己会死，他跟尼古拉神父和我解释说，对于死亡他准备好了。正是有赖于那个狗鱼，他如今有足够的力量去承受苦难，拯救他们恩乔人的先知和导师佩列古多夫，用自己的血偿付佩列古多夫让人流的血。”

“可没过多久，对于萨满来说连佩列古多夫也变得不够了。有一次他突然宣称，他将拯救的不止是他，还有其他人。不靠法力，不靠权力，他要通过献出自己的生命让人们摆脱罪孽。就像基督承担了人类的罪孽一样，他，叶菲莫夫，也要用自己从恶鬼那里赎回尘世，带恶鬼离开，永久地解放尘世。他身上发生的一切从来都是渐强符号。就像跟伊兹宾密谋好了似的，他如今带着入教新人的热情试图把我们的信仰联合、归于一体。他几乎恐吓了我整整一天一夜，证明说库兹马茨基说到了点儿上，基督也好，图洛姆也罢，本质是一样的。他引述了好几百个见证……”

“试图用新的萨莫耶德基督信仰诱惑我的时候，叶菲莫夫干脆用手指构建了幼稚的、孩子式的、充满希望的——尽管有许多死亡、苦难、鲜血——用另一种形式叙述的福音书。开篇是：中土上的罪孽、犯罪多到灾难的规模了。这上面直到下面的、第九重的'奥洛赫[①]'弥漫着浓黑，不管你怎么集中视力，透过它都看不到善。中土扭曲、败坏得让人认不出来，随之他肯定地说，他们萨满能用祷告和治疗驱走尘世的毒，洗净它的污秽。尘世自古以来的轮廓被摧毁了，他兴奋地解释说，太阳和月亮已经不会在它上面升起，可祷告能让它得到更新、回归生天。"

"一开始，如果说叶菲莫夫也提到自己，那只是作为先知提及，而且也是委婉地提及。他说了以利亚施洗和老萨满献祭，讲了一个亲属的故事：就像那个先知以利亚一样，他死后乘坐木桩凿出的桶在天上飞翔，沉闷地、断断续续地敲着铃鼓。后来诺安开始缩小范围。但就算这样还没有直截了当，旧约□新约奇迹的回声、回响干扰着视听。故事还讲了有九个妻子、一个孩子都没有的萨满。临死之前，下界的精灵已经来接他的时候，他对长妻说（她几乎像撒拉一样，九十岁了）：'你走近一些，我的爱人，如果我没有留下子嗣就离开，我的骨灰会长满茅草，你过来，我对你吹一口气。'然后接着说：'我吹到你身体里的生命很快会让你怀孕，九个月过后你会生下儿子，他将成为伟大的萨满。接下来生命会轮回，一代将替换一代，直到有一天我再次出现，我们又将在一起了。'故事接着讲伟大萨满的坐胎，要么是处女得自从天上来的精灵，要么是老太太得自濒死的丈夫，他解释说，萨满降临尘世时的姿势是十字形的。"

① 雅库特语：基础，根本，根基，支柱。

“他说，在召唤萨满之前，在他三天死亡和复活之前，他应当体验、经历和承担落到他祖先头上的全部灾难和不幸。这是无法避免的命运。萨满似乎在用自己的苦难为他们扬名。然后他问我，基督不也是这样吗？他按照主的旨意由玛利亚坐胎，通过自己的生、在其间寻找他的孩子们的死、逃离和回到埃及、自己的死和自己的复活重复了撒拉与亚伯拉罕，重复了迁居埃及、杀戮婴儿和出离这个被上帝诅咒的地方，重复了人民的死，重复了第一座、然后是第二座教堂的毁灭及其他在被驱逐和俘获之后的复活。”

“他讲，伟大的萨满出生之前，死亡和不幸之河被高坝阻隔——坝桩是人的尸体——，为的是拦住并强化灾难，经年之后，当他来到世界的时候，灾难会大洪水一般滚过尘世。然后他又提到了基督，他来之后不久开始的犹太战争，带来成千上万人的死亡和以色列的荒凉。”

“有时候叶菲莫夫会往回找补，但就是这时候他也不无狡狯地、一如既往地、一步一步地、不知疲倦地探索，看我有可能会在什么地方、在什么事情上同意他的话，甚至准备做大的让步。他尤其是不止一次地说过，萨满教有可能把自己的地盘让给基督，自己作为弟弟保留下来。随着库兹马茨基没有机会、伊兹宾不会原谅叶菲莫夫这件事变得明朗，仿佛我们已经握过手了似的，他越来越有信心地确定说，他高兴受难，高兴为了基督的信仰和我们一起献出生命。欢喜几乎充满了他的身心。他不会安静，气都不喘地一件跟着一件讲事，几乎讲到熄灯号响起，在他看来，这些事把我们的信仰变得根本就没有差别地像。”

“按照惯例，开篇完全无可指责——从摩西五经开始。奇怪的、让人不是很明白的故事，尽管细节上它们重复了旧约，但没有道德、没有罪责和罪孽的这些故事根本就像是模糊不清的指纹。有一个传说让人联想到该隐和亚伯的故事——只不过是变得苍白了的他们的故事。冬天快到的时候，两兄弟在泰加原始森林里猎熊。追踪到野兽以后，弟弟与它肉搏，而哥哥希望帮助弟弟，从松树后面射出的箭却偶然击中了弟弟。发现把父亲珍爱的儿子打死了，他害怕了。回家以后父亲问他：‘你弟弟他为什么留在林子里了？’他撒了谎，说弟弟被熊压死了，而他把不幸的人的尸体埋到了泰加林的一棵杉树下。父亲不信他。祷告了一会儿之后，他呼告了死者，现在已经是问他本人了：‘你在哪儿，我的儿子，为什么我在咱家的火炉边看不到你？’一个声音从地下回答他：‘我尊敬的哥哥美－卡拉把我和幽暗泰加林的住户一起得到了，用箭钉入了黑肝。’得知真相以后，父亲变得非常阴沉，甚至抓住了剑，可把一切都考虑过以后，为了不连第二个儿子都失去，他决定不惩罚凶手。”

“另一个传说与雅各的故事呼应。如人所知，为了让拉班羊群的羊羔都是有斑点的，为自己所得，雅各把剥了皮的柳树条放在饮水沟边。叶菲莫夫那儿也有那些树条：萨满想要引诱并得到别人的马驹，把柳树皮一条条剥掉，随后令精灵把马带到树前。可命令精灵没执行成，马驹没给他，因此萨满好像一无所得。不过夜里马驹自己挣断了绳索，冲进湖里，游到萨满身边。”

“把祖辈们揉烂了之后，叶菲莫夫又转向了新约。比如，为了激发进一步的兴趣，他通报说，从巴勒斯坦返回的术士们保守住了关于孩童基督的知识，就像摩西岳父、米甸的祭司保守住了对真正上帝的信仰一样，而在这里，在北方，代代传承，这个知识得以保全下来了。随之顺便插入了佩列古多夫。他解释说，在狗鱼之后他对地狱有了更好的理解，说他们的导师皈依之前灵魂中有地狱。随后又轮到上帝之子了。叶菲莫夫的话表明，为了纪念婴儿时期的自己，基督把创造奇迹的天赋传给了术士们。”

“是这样还是不是这样，我们的牢房里至少没有证人，不过，接下来萨满的奇迹就是从福音书的奇迹复制而来的了。叶菲莫夫说过来自天上的声音，说过某个伟大的萨满，是处女在马槽里生的，确实，与玛利亚不同，她是出于羞耻逃走、把他藏进粪堆里的。不过婴儿活下来了，他大声嚎叫，于是一个没孩子的女邻居找到并培养了他。后来，已经是雅库茨克下游地区凌汛之后了，数百人眼睁睁地看着他的养子脚都没湿走过了勒拿河。在一个贫穷的通古斯女子的婚礼上，乐得正酣的时候备货用完了，新娘因为羞辱大哭起来，正是他上下嘴唇一动，桌上立刻出现了满满的三瓶酒和五扇肉。”

“叶菲莫夫说了治愈一整个一整个部落鼠疫的事，说了被鬼缠身的一个萨满，他嘴里吸满水、喷向另外二十五个被鬼缠身的人以后，立马就治愈了他们。他说，就像在路加那里十二岁的基督以他的学识震惊了教堂的牧师一样，从很小就知道密道的萨满，其智慧甚至超过老人。他想起了马太福音里的一首诗，说的是圣灵降临到使徒身上，于是他们开始用各种语言讲话，然后他不无骄傲地通报说，西伯利亚的一个萨满不管在谁面前施法，进入恍惚状态时总是能用请他的部族人的语言作出预言。在彻底把我和尼古拉神父赶进绝境之后，他亲自转向、说起了教会斯拉夫语。说到一个名叫卡乌南卡的萨满，说他

‘实则亡以亡正，真者灵柩馈生。’”①

“只有一次，”尼靠吉姆接着讲，“听没完没了的亵渎让我受不了的时候，我对叶菲莫夫说，就算他说的是真的，施法过后可以跟魔鬼达成协议或是收买它们。可是他怎么就不明白，要知道，这不是路，这里没有救赎。这是一般的优惠，没有一个人会因为这个优惠变得更好。群魔会离开，可恶会留下。不过，我只是激怒了他。”

“他开始绝望地叫嚷，说不等子弹射中他的后脑勺，地下室就会充满芬芳。天上会显现纯洁的、无瑕的处女和少年，他们会用泪水清洗他的伤，他会成为宇宙的第一个萨满，活着升天。类似的东西他还说了很多，结束语是：人们就像在领圣餐的时候一样，在不幸、灾难、疾病的所有道路之间分他的身体和血，而它们如同矾，会遏止人类的苦痛。”

“当然，他是个纯洁的孩子，一个普通的娃娃，只要能玩耍的他都玩儿，信仰他也是玩儿。可是在监狱里，”尼考吉姆接着说，“这样的比邻而居不让人高兴。望着他我已经不怀疑了，我们再也不需要主的礼物了。当纯洁无瑕的东西——它只能让人混乱、糊涂——正是由肮脏、罪孽的我们诞生而出的时候，不需要一个又一个新的奇迹。就让孩子们像天使一样回到主身边吧，让他把他们带进天堂，那里是他们的国。而我们应当自己应付自己的罪，自己慢慢地、逐渐地赎罪，最终选择善、拒绝恶。那是我成年生活中一个十分急剧的转折，其急剧程度也许不亚于剃度。它的起点，杜霞，是跟你弟弟的谈话，而终点是叶菲莫夫的死。”

① 这是教会斯拉夫语：确实是用死亡改正了死亡，入了棺材的真人被赐予了生命。

“根据伊兹宾的要求，”尼考吉姆接着说，“我签了库兹马茨基准备的对萨满的指证，但这样做我原来和现在都没看到特别的灾难。实际上它们什么作用都没起。让我感到可惜的是别的。判决前夕，叶菲莫夫会得到极刑当时已经明朗了，他请求为他主持告解礼。可在最后的整整一个月听到诺安说了那些东西之后，我难以迎合他。总之，我拒绝了，声称，他的请求又是个阴谋，他原来不是基督徒，未来还不会是。而异教徒的告解是罪，我不打算承担这个罪。不过，我补充了一句，说如果叶菲莫夫愿意，他真的可以去找尼古拉神父。可神父听到了我的回击，因为害怕作孽，他也不敢，不然的话，我认为他会同意，他是个心地善良、宽厚的人。过了一天我后悔了，可为时已晚了。判决之后叶菲莫夫当场就想对法官说些什么，也许是诅咒吧，可刚一站起来，他的病就发作了。他被直接从法庭送进监狱的医院，我们再也没见过他。据我所知，诺安是三天后被枪毙的。”

萨满生命的结束也是尼考吉姆告解的结束。剩下的是尾声，杜霞也好我也好，我们都清楚。“叶菲莫夫的命运已定，”由于疲倦、哮喘，尼考吉姆声音极轻地把话说完，“在选择留我们谁的命的时候，是留我的还是尼古拉神父的，联合国政局宽恕了我。为什么？我猜测，是莫斯科的熟人又给了庇护。”

已经是在火车上了，当时我们是回莫斯科，杜霞指出，今天尼考吉姆神父没说到兹维亚金采夫夫妇，可如果不是他，萨申卡现在都会活着……

1921年的时候她跟她的告解神父尼考吉姆立誓修习，就在小姑娘生病的前夕，他想起了这件事。施洗时孩子得到了亚历山德拉这个名字，可不知是尼考吉姆压根儿不希望用名字称呼小姑娘，还是为了保密，至少，不管是亚历山德拉还是萨申卡[1]，那些天一次都没被提及。他几乎是在逼迫杜霞就范，一次又一次地要求她：你祈求，你祈求上帝让她死，主可从来都宽厚，是不会拒绝你的。为了小姑娘自己，你祈求她死，趁着她还没扼杀灵魂。

因为不同意，杜霞一声不吭。于是他集中力量，开始叫嚷：这个孩子越是纯洁，带来的恶就越是多。第一次远征期间牺牲了多少孩子啊，所以说，如果她真的是肉身天使，那就会带走成千上万。而且就像那个时候一样，谁都到不了圣地。就算是有走运的，主也不会为了一两个人拯救人类。赎罪的方式与此相反。

如同一个疯子，他一遍又一遍跟她反复说，伊琳娜的女儿是儿童最后的，照他的说法，“小不溜丢”的远征，如果上帝恩赐，一切都能消停十来年，我们可以喘口气，不在鲜血中淹死。两千年前，他说，伯利恒的婴儿像牛一样欢喜地献祭了自己的生命，上贡给犯罪的希律，让救主能够活。但可怕的伯利恒的异端就源自他们——犹太的婴儿。孩子靠着神迹年复一年出自女人的子宫——第二个所多玛和蛾摩拉，淫欲和罪孽、种种污秽、不洁的容器——，他们用自己的无瑕、自己的美好和奇妙、天真和无助诱惑人。于是他说服她：亚当之子相信了，既然圣是从他的根生的，救了上帝儿子本人的恩惠就像春季树干的枝条一样生出，那不管是孩子的父亲还是母亲，都不需要别的救主了。就此主还说了：你们要像孩子一样，因为天国是

① “亚历山德拉”是全名，“萨申卡”是昵称。

他们的。于是人就完全脱离了基督。

尼考吉姆上气不接下气地试图跟她解释清楚：从希律的时候起，每一代中都有跟伯利恒被杀的孩子类似的人。他们——好像也生活了至高上帝通常赐给我们的可怜时限——教导说，尘世间只有两极：死亡与拯救，善与恶。他们相信，任何成熟都是离开主，任何一个离开童年的人都是叛徒和变节者，是罪人和扼杀者。连基督都不应该生活三十三年，不管是他的奇迹还是受诱惑都不需要，不需要布道和门徒，甚至连十字架上的死亡和复活都是多余的。要是他婴儿时就牺牲了，他的牺牲会更圆满，世人早就已经得救了。因为不了解、不懂生命，不管活多久都不善于珍视它，为了这个简单的真理，他们不断地让人流血，停不下来。

“随后，”杜霞讲，“他对我说，突然地，没有过渡。你记得吧，为了世人，克拉莎给你，活着的你，安魂，安葬，你也应该对小姑娘这样做。我反驳他，试图解释清楚：要知道，没什么妨碍我成为修女，成为基督的未婚妻，可萨申卡小，你没法将她剃度成修女。我明白，不管他说什么，他期待我做的只有一件事：让她死。于是我耍心眼儿。这时他又嚷，说我胆敢忤逆他——自己的长老，说他因为自己的愚蠢放任了我四十年，可现在他不会让我逃脱了。不管我想还是不想，他要求的我得做到。这类的话还说了很久，然后，好像回到克拉莎身上似的，他断然说道：‘你的事是为她安魂，接下来如何主会判断。’”

接下来，杜霞讲，她几乎一个月没见到尼考吉姆：要么是没见成，要么是她找借口。而八月底他第一次中风。尼考吉姆被救护车拉走了，她是在托米利诺一个她居住的女教民家里得知的，立刻去了医院。她已经知道了中风严重，就算尼考吉姆能站起来，那也不会很快。至于在病房里他会再次说起萨申卡，她那时当然连想都没想过。确实，有一次在医生办公室跟康复医生谈话时她突然想到，现在，在尼考吉姆自己处在坟墓边沿的时候，他会对小姑娘心软的。

尼考吉姆的状态刚好转被转入康复科，杜霞几乎就住进医院了。间或会有人替换她几个钟头，可基本上是她在看护。就在第一周要过去的时候——病房里只有他们俩——，仿佛既没有过中风，也没有过康复治疗，尼考吉姆又谈起了萨申卡。她抓住杜霞的手，不放她走，直到她发誓将履行他的旨意为止。

把我跟伊琳娜之间的那种东西叫做情事难说是对的，可要说我跟她约会倒是实情。我们走到一起前的一个月她就说，她必须知道，杜霞为什么祈求萨申卡死。或许，伊琳娜那个时候就已经不正常了，但我没想过这个，答应她竭尽所能做到一切，到如今，也许，对于我的发现和探索它们时怀抱的那种狂热，我甚至感到羞耻。当了解到的许多东西中除了悲伤一无所有的时候，那就是个寻常的故事。不管怎么样，大部分的答案今天我都知道了。至于说关于尼考吉姆的谈话，我没转告伊琳娜，有点怕。守啊守啊，守了三十年，现在，她死去几乎有一年了，像其他人一样躺在坟墓里了，我做得对还是不对，没人评判。至少，我的帮助她早就不需要了。而为了纪念萨申卡，我还是要说一件事，无疑会让伊琳娜得到安慰的事：她的女儿什么错都没有。

表面上看，我和伊琳娜生活了一年，不过，如果刨去我到纳利扬－马尔的四个月，时间就少得多了。我爱伊琳娜，但我早就明白，留住她的机会没有，我离开对我们俩来说都是出路。后来，我们之间的东西——被有关萨申卡的谈话框住的床榻之欢，很长时间对我来说都是某种不可能得到开脱的事……

我们没有话，恐怕，也不可能有，而抚摸，就算能安慰她的时间不长，也是必需的。床榻之欢对伊琳娜的吸引力不大，让她看重得多的，是我像个孩子似的挠她的背。她在我的手下瘫软，贴紧的已经不是我的手指，而是贴紧手掌，紧跟着就正相反：整个身体扭曲，躲开。然后，因为忍受不了瘫软，她屏息不动了。

亲吻她的时候她喜欢。不管是用手还是用嘴唇，我对她做得都不急，小心地、慢慢地行进，也许，是因为我怕。尽管没完没了地表白、忏悔，但她太不属于我了，而且我知道，就像我们偶然走到一起一样，她也会同样轻易离开。

我用几乎干燥的嘴唇——我们还没亲吻——叼住她的耳垂，含住，轻轻地抚摸，吸气又吐气。然后人往下，要碰不碰地亲吻脖子。我没料到这个时候她会呼应，我还什么都没叫她做，什么都没想从她那儿得到。我们如同在一个人多的地方，我对她那样说话，只让她一个人听到。脖子是她的禁区。我在这里绕着、一个小圈儿紧跟着一个小圈儿地印上了细碎的吻，于是她开始一声一声呻吟。从一开始她就转过身去，闭上眼睛躺着，好像什么都不愿意参与，谁都不愿意看到，只是到了现在才软了下来。

目前对我来说这样就够了。我一边嬉戏一边松开，移走嘴唇，等了一秒，望着：她不知道，认定不了，突然害怕动脉边那飞速的碰触是最后的碰触。不过我不需要她的害怕，于是我回来了，重新在上面轻轻地、飞快地用嘴唇绕了一圈又一圈。

伊琳娜的脖子上有很多好地方，我特别分出的是一个不深的凹处，锁骨和咽喉在那里连接。这里是我的宿营地、中途站，由这里开始下坡，需要选择今天我往哪儿去，是顺着肩膀、接下来顺着手臂往下到达臂肘，还是一下子靠近胸部。

我的祖先是谢列梅捷夫伯爵的农奴，手艺人，农奴制废除前的几年就赎了身。曾祖父在克里米亚战争期间靠国库供货发家致富，亚历山大二世刚让地主破产，他就开始在故乡阿尔扎马斯县收买土地。他亲自以及通过代名人拿林地、草场、耕地，1880年前夕成了规模可观的领地的占有者，在此之后退居二线，过起了一个真正老爷的生活。他打猎、接待客人，耕地租给了邻近各村的农民。从各方面判断，他对生活满意，并且为了不错过降临的幸福中的任何东西，每天早晨一喝完咖啡，就带着狗和双筒猎枪，步行走遍自己的领地。走在交叉地的时候，像任何一只野兽一样，他留下记号，把自己的和别人的分开，好准确地知道，里面的是他的，而外面的跟他连一点关系都没有。他相信，土地应该记得主人的脸，贵族之所以丧失了它，是因为他们跑到首都去了，土地终于把他们忘了，离开他们了。

伊琳娜的皮肤光滑，几乎抹了油似的。亲吻的时候我试图保护它，从世界里隔离出去。我对它非常熟悉，可以无需提示，像盲人一样靠触觉行走。当然，我没法让她丧失的东西复返，可她的身体像从前一样，是富饶的、肥沃的土壤，如同祖辈的领地，它不应该休耕这么久。她身体里的一切都是为母性创造的，一切都是为它准备的，只需重新翻耕、播种而已。不过就是在这里我也不急。存在内心充满激情的画家，他们不需要草图和素描，他们用急转的大手笔绘画，有时甚至用手指堆砌颜料。我做的事情里面就没有平铺直叙。

伊琳娜把一只手垫到脑后，像先前一样，她几乎一动不动地躺着，通常会把左腿蜷起来。她什么都不干预，什么都让做、都允许。今天我从腋下开始，用同样的那些细碎、慷慨的吻，取直路，行进到她大大的、还摊开的、没有紧绷起来的粉红乳头。她的乳房大。自身的重量让它们摊开，变成坡度很缓的、有着齐整圆峰顶的丘陵。现在我似乎在重新为它们塑形。按压，抚摸，一次又一次地沿周长绕行，最后用嘴唇叼住了乳头。一会儿一下一下用舌头把它拨出去，一会儿像对耳垂一样，一口气把它吸回来。有时我会猛地发现来早了，它们还没准备好接受我，于是我撤退了。

虽说此时她把一只手臂垫到脑后，地方变得平坦，但根据以前的记忆该在哪儿隐藏情感，我找到了，把头放上去，听着伊琳娜如何呼吸，她的一根血管如何配合着心脏的节拍在耳根跳动。我喜欢她身上的所有洼地和谷地，所有寂静、隐秘的地方，而且虽说需要保护的不是我，是她，但我有了想法：在那里定居下来，直住到自己的时日终结，对什么都不悲伤，平和，安静。当然，我也好别人也罢，对于伊琳娜来说都是她害怕的世界的一部分；她等待着、数着它最终结束和另一种生活开始的日子，在那种生活里她会重新跟萨申卡在一起。可用亲吻在它的边界走过的时候，我劝说、欺骗自己，说我在设立屏障，像曾祖父用交叉地设障一样，把她和过去隔开。

在床上的时候，来自伊琳娜的感觉是，她偶然在这里，似乎不是真的在这里。对于这个女人——女孩儿来说，亲吻她最为无辜的地方，那些通常亲吻孩子的地方：小脸蛋儿、小额头、小头顶，都会让她兴奋。她经历过许多双手，可却没长大，她唤起的性欲、渴望与柔情、怜惜混合在一起，让人如此地想要安慰她、温暖她。

伊琳娜说起萨申卡的时候我们往往还并排躺着。她讲自己如何孕育她，如何生她，她怎么微笑，怎么伤心。她解释说杜霞对小姑娘有多依恋，总是给萨申卡带好吃的来，好几个钟头地照顾她，复活节的时候送她漂亮的、亲手描绘的彩蛋。我也会学着那个杜霞的样儿反复说，成熟是罪孽和离开上帝的路，以前、现在和将来都是这样。对于那些主不想放他到恶里面的人，他会早早地把他们收回到自己身边。我让伊琳娜相信，杜霞为萨申卡求死只是为了让她不受折磨，不受苦，她相信自己做的是好事、善事。可伊琳娜需要的是别的，远胜于对我的这些宽慰的需要。她兴奋地说、乐此不疲地听杜霞多么放荡，多么罪孽深重，她击碎并扼杀了多少人的生活，自然，也有我的。

这时我少有怀疑，不管她单独跟谁在一起，心里想的只有一件事：拯救女儿，为她开脱。比赛或她主审的针对主的诉讼，就本质说，不比尼考吉姆神父告解中库兹马茨基的诉讼营造得差。抹白萨申卡的应该是她伊琳娜的罪。她不断地增加它，而且没有萨申卡是必定无疑的。另一方面，她把在周围看到的所有的恶都自己承担了，并且像哈梅林捕鼠人[①]一样，把恶从女儿身边引开。

杜霞的儿子谢廖沙几乎不到索良卡[②]我那儿去，但偶尔我们

① 欧洲古老传说：德国的哈梅林发生鼠疫，死伤无数，人们全都束手无策，一个不知从哪儿来魔笛手的神奇笛声把老鼠全都引到河里淹死了。

② 莫斯科市中心的街道。

会一起在城里散步。通常顺着街心花园环路[1]走，整个环路从亚乌兹门到果戈理街心花园和至纯街。有一次谢廖沙打电话问我忙不忙，想不想今天走一圈。我们在塔干地铁站见面，沿着陶匠街向下走向亚乌兹的时候，谢廖沙说，他再也不去北方了，这件事定了，不能拖的欠债他清偿了，昨天把朋友专著用的最后一些图片和图纸交给出版社了，专著是写东西伯利亚极地各区殖民的。我听说过他还有别的种类的债务，看样子，他所指的就是它们。

我们在北方度过的半年攒了数目不菲的钱。工资不高，可有赖补贴，野外补，极地补，偏远补，我们到科考季结束前积累了可观的数额。如果不算谢廖沙作为画家需要的东西，他的需求可以说微乎其微，而且我知道他每年都帮助蜗居在杜金港挨边临时板房里的恩乔人、谢尔库普人、恩加纳桑人。每次科考他都有一个半月几乎昼夜不停地——好在太阳不落——画他们，单人或一起。一部分钱当然是预支的，可为了最后得到的不少于莫斯科专业写生画家的费用，有四分之三的钱是他用自己的腰包垫付的。

但萨莫耶德人所占份额不是他财政预算中的主要部分。有一次我到谢廖沙家，发现了几乎三打古老的、还是尼康之前绘就的圣像。一些圣像潦草地分散挂在墙上，其他的干脆挨排搁在架子上。挂着的清一色是诺夫哥罗德画派，而且笔法、完好程度是博物馆水平的。收藏历史我听说过，可板画是第一次见。拥有它们的是住在萨列哈尔德[2]以南两俄里河汊附近的流放旧信仰教徒。战争期间，当港口开始短缺工人的时候，无神甫

① 莫斯科市最中心的内环，包括10个街心花园，全长9公里多。

② 西西伯利亚平原极北地带亚马尔－涅涅茨自治区中心。

教派信徒的一个大宗社遭审判后从阿尔泰的巴尔瑙尔附近被赶来这里。到1950年代萨列哈尔德机械化以后，对旧信仰教徒的需求才降低了，他们的定罪被撤销了。根据法律，那些活下来的——200人总共活下30–35个——现在随便去哪儿，可别管北方多糟，赤贫、缺衣少鞋的他们没有旁人的帮助，回阿尔泰甚至连想都不敢想。

谢廖沙早就跟他们交了朋友，和旧信仰教徒中的几个人走得非常近，看到宗社濒临灭绝，几年前开始一家一家地把他们转送到哈卡西亚[①]，给路上用、买牛和盖房木料的钱。刚一讨论迁移的事、宗社还没在新住地安顿好的时候，为了安全起见，老人们请谢廖沙把圣像带走，带到莫斯科去。我惊讶地听到，板画在他这儿保存已经三年了，但因为应当秘密持守圣物，所以他不想违背诺言。而现在他认定，如果把圣像让好人看的话，不会有麻烦。反正一个礼拜以后它们要离开：一架地质工作者的“专机”飞往哈卡西亚，队长是他的老朋友，那人答应一个划痕都不会有，把板画直接送到地方。

北方是一种特别的生活，在北方生活过后很难适应别的。我想这样跟他说但最终没有，谢廖沙终归是个成年的人了，至于自身的命运，他自己决定。如今我想，易位早就准备好了，因为他随后就解释说，跟当下的这批人去鄂毕河的有一个有趣的年轻人——像他一样是苏里科夫美院的毕业生。他的接班人已经被介绍给所有人了，甚至入了编，也看不到会有白吃白喝的问题：跟国家儿童出版社有两个大单——那会儿他连着出了两本谢廖沙做插图的楚科奇人和通古斯人的童话故事。书说话

① 俄联邦下辖的哈卡西亚共和国，其首府阿巴坎距离萨列哈尔德3600多公里，距离莫斯科将近3400公里。

间就要进印刷厂，也就是说，不管是童话故事方面，还是专著方面，他工作的部分做完了，被接收了。

消息多，而且总的来说，是好消息。谢廖沙的事业明显在走上坡路。他是个非凡的画家，这我知道，可北方是某种像是蓄水池一样的东西，养人不赖，但对于别的任何东西，不该抱指望。一下子三本书是个大大的成就，不过我没来得及祝贺他，因为话题再次转了。中断书的话题，谢廖沙突然问，能不能跟我朋友阿廖沙·萨布罗夫见个面。

阿廖沙是地理植物学家，一个完完全全属于森林的人。他结过三次婚，但时间都不长。老婆们一开始都相信，自己能让他定居下来，逼他答辩学位论文。他收集的资料，写几十篇都够了，接下来就是普通的学术生涯了。我认为，他也对此寄予过希望，不过每一次都没坚持下来。历法上的三月一到，他就去了西伯利亚或是远东。那儿还是真正的冬天，距离田野季几乎有两个月，但他从来都是亲自准备工具，亲自勾画线路、聘请工人。总的来说，就本性而言他是个当家人，而在莫斯科却变成了巨大、荒唐机器的一个小零件儿，对于这架机器上的任何东西他从未弄明白过。在城里他忧伤，把什么都搞乱，把跟所有人的关系都搞坏，不知怎么就成了这样：他不走已经不行了。萨布罗夫的老婆们终于厌倦了当所罗门的寡妇，于是她们离开了。但她们没有委屈，没谁能想起阿廖沙的不好。

谢廖沙知道阿廖沙在涅利多沃[①]、中央森林保护区工作，说是他乐意到那儿去一趟。我回答说，我们恰好会擦肩错过。两天前我跟阿廖沙通过电话，他说圣诞节，也就是后天，他会到

① 俄联邦西北部的城市，特维尔州涅利多沃区的区中心城市，距离特维尔市230公里，距离莫斯科326公里。

莫斯科来。

尽着兴地吃饱了睡足了，我和阿廖沙1月9号一起去了谢廖沙那儿。打开门、互道了节日问候之后，谢廖沙把我们带入自己的房间，开始泡茶。旧信仰教徒的圣像已经没了，不久前漏过水的天花板、破烂的壁纸散发着潮气。谢廖沙从前就不是个居家过日子的，现在的样子根本就是反世俗的了。与环境形成对照，我觉得谈话几乎是世俗的。

主要讨论的——因为阿廖沙有兴趣——是必须被划为整体保护区和动植物保护区的西西伯利亚的一些区域。他们在这件事上也很是相互理解，虽说彼此都清楚一点：对谢廖沙来说西西伯利亚的森林就是普通的搭头。实际上，在转向保护区以前，给阿廖沙提出的只有唯一的一个问题：他知不知道莫斯科临近的州有大沼泽——真正的、穿越不了的湿地，那种就算费尽心机，也难以在里面找到你的地方。此外，这种地方还要求苔藓中间有说湖不是湖、但水面开阔的空间，不远处要有高的丘陵，上面可以安营扎寨。

萨布罗夫想都没想就回答说，他们保护区往北70来公里的地方有个叫熊苔的沼泽。他，阿廖沙，本人暂时还没去过，但根据航拍照片和描述判断，熊苔恰好是谢廖沙需要的。这是片任何路都不通的湿地，它的面积大约有600公里，亦即从边缘到中心，不管从哪儿过去，都不少于15俄里。这完全符合谢廖沙的技术任务，苔藓的中央有个洼地，里面是一个椭圆形的、由南往北伸展出去的湖。底深，肯定超过6、7米，可多少，没人量过，也许有30米，所以湖才没有扩大。水边——也许，洼地正是水耕耘出来的——是卡累利阿冰川，它往北去的过程中失去了加里宁州最大的一块花岗岩。据阿廖沙的记忆，它高出水面15－17米。

在两万年的时间里，石头上已经覆盖了一层沉积土，长出一片真正的、参天的森林。“松树和杉树，”阿廖沙接着说，“是稀有、历史悠久的物种。在瓦尔达伊[1]，类似保留程度的地块凤毛麟角。”然后他继续说道：“我们保护区从前的区长是个从底层爬上来的人，非常热心在加里宁州种树，他想把所有沼泽统统抽干，眼睛也瞄向了熊苔。大概八年前的夏天他驱使十台拖拉机来到那儿，开始绕着周边铺设改善渠,但一无所获。在泥潭里淹掉了一大堆设备，撤了。”

谢廖沙说：“就是说，只有冬天才能到石头那儿？”阿廖沙说：“对。到十二月中旬，瓦尔达伊各个湖泊里的冰间湖开始结冰，就连湖底冒出力道强劲的喷泉的地方都开始结冰。接下来，三月底以前，冰层厚，结实，如果没有超载的话，连一吨半的卡车都能撑得住。”对了，萨布罗夫接着说，如果我们决定三月下旬前后去，他乐意加入，因为他本人也有兴趣去看看熊苔。他还给了我们另外一个建议。“当然，”阿廖沙说，“背个双肩包走上15－20公里没问题，”可如果谢廖沙有大计划，那他，阿廖沙，是不会走着去的。如果乱七八糟的东西多，在靠近沼泽的村子找匹马要简单得多。阿廖沙的建议我们听进去了。过了一个礼拜，萨布罗夫从涅利多沃转寄来熊苔的方格纸地图以后，我们开着我的“扎波罗什人”出发去侦察了。

适合的村子，也就是哪怕硬土路能通到的那种，有八个，刚到第二个——阿尼克耶夫卡，我们就认识了阿基梅奇，一个

① 这里应指位于俄罗斯平原西北部的瓦尔达伊高地，与莫斯科的直线距离有364公里。

心好、正派的老人，他既有马——阉马多利亚，又有爬犁。我们第一次就是跟阿基梅奇一起穿过熊苔的。遗憾的是，有关湖泊我什么确定的话都说不出来，看清楚冰和几乎一米厚的雪下面有什么很难。确实，不再颤悠以后，我们明白了，草墩没了，或许，我们下面是镜子一样的水面。岛我是确定喜欢：不大、总共十几公顷的圆丘陵，正像阿廖沙承诺的，有平平坦坦的高地，上面长着强壮、结实的树。

一月份天短，因此我们赶不及在有亮的时候返回。虽说有月亮，但我们决定不用马冒险，在林中空地、一棵老杉树下面宿营了。寒气不厉害。波罗的海的风裹挟着温暖，我们离开村子的时候根本就解冻了。留下来以后我们给了马一些草料，拢起了篝火，开始做晚饭。我有两瓶伏特加，我们喝了，一边喝一边像蹲在鸡窝架子上的母鸡紧挨着坐进爬犁，几乎到天亮都在听老人说话。阿基梅奇有的说：1942年冬天他落入了包围圈，后来当了德国人三年的俘虏，其中的两年在贝尔根－贝尔森集中营[①]，回到俄罗斯以后，他因为背叛祖国被判了刑，又在我们的一个卡拉干达附近的劳改营过了八年。他回忆自己的生活没有恨，甚至夸耀了一回，说他是村里唯一一个活着、没残废回到家里的人。

第二天，我们十分顺利地回到阿尼克耶夫卡，放弃了洗澡，开车离开那里，五个小时以后就到了莫斯科。谢廖沙快乐，说一切都棒极了，我也满意，尽管对未来的想象模糊。谢廖沙的各种企图我当然猜到了，不过没对它们当真，认为那是

① 纳粹集中营，位于当时属普鲁士的卑尔根和贝尔森两村附近，1943年建，部分关押战俘，部分关押犹太人，著名的《安妮日记》的作者安妮·弗兰克1945年3月就死在这里。

某种类似儿童游戏的东西。接下来事情发展得那么快，我是连想都没想过。

就在谢廖沙住的那套公寓，天花板下方有一扇小扁窗的面积七平方米的隔板间里住着一个四口之家，好像是从亚美尼亚来的。从熊苔回来后的两周内，谢廖沙办好了手续，跟他们换了房，得到的补偿花到报废的科考设备上了。如今他有了加厚的帐篷、鸭绒睡袋、像模像样的小炉子、充气船，全都能用、好用。此外，他打算拿去岛上的有工具、食物和为工作储备的颜料和画布。

3月1号以前我开着“扎波罗什人”跑了三趟，把他的东西送到了阿尼克耶夫卡，在那儿的阿基梅奇的仓房里建了我们的仓库。因为预先走了几趟，3月15号我和谢廖沙去那个阿尼克耶夫卡开的是半空的车，半路上，在克纽霍沃一个铁路中转站拉上了阿廖沙。车在拖拉机清理出的雪路上一次都没陷住，傍晚的时候我们已经坐在阿基梅奇的餐桌旁边了。

别管我多积极地帮助谢廖沙，他的想法我是不喜欢的，母亲教会了我不去喜欢那些覆水难收的事情，而谢廖沙换房子在我看来就是个大错。阿廖沙是另一回事，他热情洋溢。上了车萨布罗夫开始解释，假如不是我们，他去熊苔的时间不会很快。而在中部，这是最偏僻的沼泽之一。对于贫瘠地貌方面的专家来说，这类地方是埋藏的宝贝。阿廖沙的兴奋终于把我搞烦了，我起了疑心，问，在一米半厚的雪和冰下面可以看到什么，可他只是甩了甩手，接着唱他的“沼泽之歌”。

多利亚得用好几天转运谢廖沙的七零八碎。第一趟爬犁特别重，走得慢：阿廖沙查验冰层，拿着棍子走在前面，接下来是我、谢廖沙和阿基梅奇，为了安抚马，阿基梅奇牵着马辔头。刚一到岛上，我们就在岸上卸下了帐篷、炉子、工具：还想在天黑前安营，让阿基梅奇离开。

我感觉，在那之前谢廖沙就已经开始觉得我们是累赘了。他适时不适时地反复说，不管是对我，对阿廖沙，还是对阿基梅奇，他都非常感谢，说他求我们做的一切我们都做得非常好，可我发现，他累了，对一个人留下不抱指望了。尽管如此，夜半之后，萨布罗夫在帐篷里说，冬季在这样的屋顶下没法生活，得挖个地窝子，他却没去跟他争。帐篷的事我同意阿廖沙的看法，只不过我想的是造木屋。不过，阿廖沙绕着岛转的时候，在雪已经星星点点花了的南侧寻摸到了一个灌满了沙的宽阔的峡谷。在那儿挖容易：完活儿我们连五天都没用上。

1976年的4月我才重新开始跟杜霞交往，而交往的理由极为悲伤。3月的最后几天，像往常一样，我打算去谢廖沙那儿。我们俩都是北方的人，习惯了直升机给我们空投食品、装备，重量计算到克。因此去熊苔的时候，除了几瓶酒，其余的我们严格按照单子来运：一成不变确定下来的盐、糖、火柴、植物油、通心粉、米、两箱罐头、同样数量的炼乳、颜料、画布、画笔和纸，其他的就已经是各种零碎儿了。如果这里加上他自己种的土豆和蔬菜、鱼、各种浆果——四周的马林果、蓝莓、酸蔓果海了去了——，我拉一趟够谢廖沙用上一整年。食品我在莫斯科我家隔壁的食品店采购，颜料和画布按照他的请求在米设店买，接下来开着我的“扎波罗什人”去阿尼克耶夫卡，像以前一样，阿基梅奇那儿有我们的基地仓库。

我从阿尼基耶夫卡去了趟克纽霍沃、往西30公里的临站小镇，在那儿接上了阿廖沙·萨布罗夫。还在2月的时候，我和他就像上次一样，约好了俩人一起去。谢廖沙跟阿廖沙早就已经成为朋友了，他给他寻摸到了他的沼泽中的岛——一座真正的隐修院、苦修院，一个你步行、坐船、开车都到不了的地方。我在克纽霍沃买齐了钉子、新锯子和斧头，此外，从一个当地的手工艺人手里买了张对于捕鱼来说便利、结得精巧的网。莫斯科是弄不到这样的网的。虽说我和阿廖沙来谢廖沙这儿待的时间不长，但六只手干活儿可以来得及做很多事。1967年3月第一次来的时候我们就对此有了评估，仨人儿没到一个礼拜就在沙子里挖出了一个宽敞的地窝子，用圆木加固了墙壁。我们在地窝子上面铺了两层圆木，而且为了暖和往上面倾倒了几乎一米厚的干泥炭。

过后我们还为谢廖沙建造了些东西，特别是第二年的春天，在距离岸边30来米、挨着里面全年都有鱼的深坑用圆木做了个小栈桥。从它上面捕鱼要比从老旧的充气船上捕方便得多。确实，活儿难得有多的时候，因此阿廖沙会有那么一两天只是在沼泽里转悠。通常我们是从3月22号到25号来岛上。这个时候如果有寒气，也不大，而冰暂时还结实，刚开始化。

连着两年谢廖沙都在一块巨石上迎接我们，紧挨着冰面。他很少会脱下旧帆布外套，衣服从上到下涂抹着五颜六色的油彩，因此从远处看他像是狂欢节花里胡哨的旗子。可现在巨石是空的，我和阿廖沙难过，阿基梅奇也是一样。不过，谁心里都没有特别的担忧。谢廖沙可能在工作，或是预备木柴，可能就是在捕鱼而已。总之，我们当时没害怕，地窝子角落里和墙上厚厚的霜才让我们明白，发生了什么严重的事了。

现在，在我写笔记的时候，我清楚，我们不可能找到活着的他，可是从狂欢节的短外套到这个世界再也没有谢廖沙，也许，应该过去了一段时间，因为我们两天两夜一直在岛上转啊转，开始的时候如同相互扶持似的，一起丈量该死的丘陵，不管是绕一圈还是横穿，都到不了两公里。后来我们把林子划了片儿，每个人都在自己的那一小片儿用早就嘶哑了的嗓子喊他、叫他，每次听到旁边人的声音，都浑身发热，相信，谢天谢地，谢廖沙终于回应了。

就像本该预料到的，第一个认命的是阿基米奇。傍晚，他生着炉子，自言自语地说，他们村子周围冬天年复一年地都会出现狼。两三群。狼会咬死几只羊，离开。夏天安静，冬天人都尽量不单独出门。阿基米奇说狼说得很好，不直接跟谢廖沙联系，而且紧跟着补充说，也可能是猎人不巧从窝里惊起的熊。不过我和阿廖沙装出什么都不懂的样子，如同上了发条似的，像前一天一样，天一亮就继续找他，只不过这次是在沼泽里转悠。

我们俩对画上句号怕得要死，我们觉得，管他阿基米奇是对还是不对，承认谢廖沙死了几乎无异于背叛他。可时间很快就用完了。在莫斯科跟萨布罗夫通电话的时候我就知道了，他到熊苔只能待四天，接下来他必须回到涅利多沃，从那儿经由列宁格勒跟考察队一起飞往雅库茨克。也就是说，今天是最后一天，明天不晚于中午阿基米奇和多利亚要送他离开。

在冰面的草墩之间转圈的时候，我想着他们的离开，心里堵，绝望，因为合伙寻找谢廖沙，每个人让每个人坚强、安慰，这是一回事，没有伴儿在这要命的地方踯躅是完全另一回事，差别大了。如同在彩排我们仨很快就要抛弃谢廖沙似的，他们目前准备丢下我。类似的情况当然让我压抑，也许，因此我才冷不丁想到：对啊，如果谢廖沙只是逃了呢。他厌倦了苦修的生活，厌倦了隐修，厌倦了没有誓言和剃度、没有祈祷和祝福地当修士。他忘了日复一日在墓穴一样的结冰地窝子里睡下起床是为了什么，献身给什么，想不起来的时候，二话不说就离开了。

在我翻来覆去这样想的时候，不知是我的想法传给了阿廖沙，还是他想道歉、为自己的离开辩解，反正他靠近了我，说，他会从涅利多沃试着给所有共同认识的人都打电话，试着搞清楚些什么。谁知道我们是不是在白紧张呢。也许谢廖沙不在这儿，因为也不应该在。他走了，比如，冬天就走了，而不知什么妨碍了他让我们知情。当然，我们两个都明白，谢廖沙不是那种想一出是一出的人，可是要知道，什么都会发生。如果他确信三月中旬以前，也就是我们来之前，他一定会回来呢，而接下来严肃的原因——同样的那个医院——，最终把他耽搁了。不管怎样，重要的只有一点：他活着，埋葬他为时尚早。我默默地——不同意也不反对——听他说完，然后我们换了话题。傍晚，天刚擦黑，我们就躺下睡了，天亮的时候阿基梅奇一边套马一边说，他四天后来接我，因为退休金的事他早来不了。

第二天我接着找，阿廖沙没了，而没他玩儿谢廖沙活着、在某个地方躲着的游戏对我来说变得不快。我知道他死了，而且除了找到他的残骸、把他体面地葬了，我不需要别的任何什么。我甚至看好了墓地：谢廖沙的地窝子往东一百来米的一块松柏环绕的、明亮的林中空地。我不再往岛上花时间——那儿的每一米我们都篦过了、摸索过了——，完全转向了沼泽地。我依照大树的树荫把它分割成块，离岸边越来越远，循规蹈矩地找啊找，白天转悠，晚上在地窝子里手举煤油灯看谢廖沙之后剩下了什么。

战前查看杜霞的儿子在苏里科夫美院学到了什么时，尼考吉姆就提议由他给距离普斯科夫二十几公里的索洛多沃村的圣诞小教堂做壁画草图。它1913年就建好了，可由于战争，布尔什维克前壁画没来得及画。教堂冷，不舒服，不得当地人的爱戴。它没有被查封也许就是因为这个。到30年代末它是整个地区仅剩的一座，人多了，如今那儿的礼拜定期进行。规整教堂的钱也有了。

在教堂里主持礼拜的神职人员因诺肯基神父是尼考吉姆神学院的同窗，他请求寻摸到一个虔敬的画家来工作的信到了以后，尼考吉姆立刻指向了谢廖沙。预计的壁画面积大，复员前谢廖沙只来得及完成了祭坛部分和下层的草图。母亲讲过，他在前线的时候也画，从那儿带回了差不多十大本的素描。

1945年秋回到莫斯科以后，谢廖沙得知，整个战争期间，不管是我们的还是德国的炮兵，都利用索洛多沃教堂的钟楼当观察点，结果合力把教堂夷为了平地。尽管如此，他没放弃工作。我第一次见到他的草图是1962年，那一看导致了严重的分歧。之后我们好几个月不见面也不说话，大斋节开始的时候才相互请求了原谅。

当时我刚出院，性格执拗。谢廖沙的画杜霞说过，从父母那儿也听说过，因此坚决要看。我施加的压力大，谢廖沙犹豫了一段时间，让步了，叫我到他那儿去。可虽说是我一再要求的，但对看到的东西却感到失望。壁画的素描也好，圣像也罢，全都无一例外地甜腻，跟不久前我们这儿开始装饰托儿所和幼儿园的那些画很像。原因简单：谢廖沙只画小时候的圣子。显然，就连救主长大成人对他来说也是离主而去。因为期待的基督是不知道也不考虑自己使命的无辜婴儿，不管是最后的晚餐、钉十字架，还是复活，谢廖沙全都摈弃了。教堂里既不应该有基督山顶受试探，也不该有万王之王基督。先知和夫子基督离开了。在他的壁画里圣子没创造奇迹，没治好任何人，没与法利赛人论辩，没向门徒布道。他是婴儿，是只要可能一切都与圣女玛利亚联系在一起、与她不离分的婴儿。在我看来，谢廖沙认为，这里什么都不应该改变。

因为不善于停下、从旁观的角度瞅一眼自己在做什么，他画呀画，画为基督哺乳的圣母，画只是安详地躺在她手臂里的基督，画在马槽里向筋疲力尽以至因长途跋涉双脚瘫软的术士问候的基督，画救护自己的婴孩、躲开希律的盛怒逃亡埃及的圣女玛利亚……

精神病院里有个极好的图书馆，我在那里开始阅读基督教早期文献和诺斯替教派[1]的著作。我在一本书中碰上一则孩童基督的传说故事，注释人认为，故事年代十分早，要么是2世纪的，要么甚至是1世纪的。受到这没完没了的“儿童”主题压迫的我对谢廖沙说，伪经里的基督是另外的样子。因为不准备温顺地承受羞辱，他一个一个地呼唤死亡，降临到羞辱他的人头上，清一色都是同龄人，直到亚瑟在邻舍再次举办葬礼之后含着泪对他说：“我们开始被这个民族仇恨了。”总体上说谢廖沙是个不记仇的人，不过有时恢复起来慢。我不知道，他从前是否碰到过这类著作，但基督的这个段子让他远非马上就能够原谅我。

地窝子里有几十幅油画，靠着墙，直接立在沙地上，有些

① 诺斯替教派又称灵智派、神知派，是地中海东部沿岸流行的各种神秘主义教派的统称。一般认为产生时间比基督教略早，盛行于公元2、3世纪，6世纪基本消亡。

已经完成了，甚至绷上了底框。可不管是这些，还是那些卷起来的，冬天变得发潮了，这儿那儿长了霉斑。作品各种各样。谢廖沙的床头全都是更习以为常的婴儿。日落之后我从沼泽回家，黄昏时分从暗处把它们拿出来，煤油灯像教堂里的蜡烛一样跳动着黄色的光，我就这样，不出地窝子，一幅接着一幅地看。没有提示试图弄明白他一成不变的尝试：尝试书写圣母手臂上或跟她一起逃亡埃及的基督。我心想，也许现在我能得知，为什么谢廖沙在熊苔和在莫斯科的时候一样，只画孩童基督。不能说我有了长足的进步，不过，我发现了，已经是在这里、在岛上书写的圣容里面柔和性少了，线条变得锐利、紧绷，但这终归还是孩子，上帝儿子圣像中的每一个都是孩子的圣像，不过我如今觉得，未来等着基督的是什么，从中也分辨得出来。

相邻墙壁上靠着的是北方的风景画，尽管在这里也偶尔会碰到婴儿。几乎有三打用油彩和水彩书写的大幅画作，它们的素描恐怕还在考察队里的时候就做了。上面出现的极地美景是稀罕物，谢廖沙主要描绘北方各贫瘠城市的郊区：直漫到板棚跟前、一角被用作垃圾场的苔藓沼泽。另一片被卡车车轮横七竖八翻耕过的沼泽，垄沟深，草皮被连根掀起，只在这儿那儿有几块碎木板、旧轮胎、锈钢筋、七扭八歪的混凝土砌块。两个窝棚之间淹没了一台拖拉机，排气管翘在外面，如同潜水艇的通风管。前景有一棵半死不活的小杉树，侧面的两座毡房，挨着细细的水流。还有某个脏了吧唧的居民点，院子沙坑边有一群野狗。旁边走着一个拎网兜的女人。网眼里支棱出来一瓶奶、一瓶酒、一罐酸黄瓜，像是花坛里支棱出来的花草。市医院入口前白净的雪地上排放着有患者的病床。患者脸安详，平静。

跟谢廖沙一样，我也很熟悉季克西、纳利扬–马尔、杜金卡和萨列哈尔德房屋低矮的各个区。在这类隔板房和板棚、窝棚和板厢里蜗居着不少恩乔人、恩加纳桑人、谢尔库普人、涅涅茨人、艾温人、东干人。他们留了下来，没有鹿，轮番靠打鱼和乞讨养活自己，不管是前者还是后者，靠近河流、港口都是最有好处的。一个老码头里的几个紧邻水面的临时住房：靠边的那个既没有门廊，也没有台阶。门边深插着一根棍子，上面拴着一条小船，一张网和两条大鱼，窄长的沙岸。三个盲流围着篝火睡觉，一个女人弯腰对着吊锅，用树枝搅动着大杂烩。瓶子的碎片相互反射着一圈一圈的阳光。

当然，绘画对我来说比他手书的圣像亲切。婴儿的脸是谢廖沙生活的法定部分，它们从前就开始了，对他来说几乎肯定比北方重要，这我明白。可假如他继续出去考察，他的命运会更柔和一些，想到这儿，我还是难以释怀。望着谢廖沙的画，我有时候会想，也许，他自己也想回来，但却不敢重演一遍。

我刚开始重新定时生火，角落里的冰就融化了，地窝子里像蒸汽房里一样变得憋闷、潮湿。在我营造的热带，油画上的霉斑吞噬着颜料，飞速生长。就像紧追着谢廖沙似的，他的画眼瞅着死去。为了哪怕不管用什么方式让画作通通风、干一干，我把那些绷了底框的——只要能放下——都挪得离墙壁远一些，在干燥的火炉热气辐射的范围内分散排开。后来，在屋里的时候，我根据需要翻检它们，重新排放，让油画都不缺斤短两、诚实地得到法定的那份温暖。

每天晚上直到就寝，我都围绕通红的铁炉跳着这个节奏缓慢的舞蹈，一开始就认为应当用萨莫耶德人——那些扎根到考察队、给我们翻来覆去讲述残存的部族传说已经十五个考察季的萨莫耶德人的名字来称呼谢廖沙的每一幅画。蓦然明白不知为什么已经无法把名字与画剥离的时候，我才惊讶了。不管我如何努力，淹没的拖拉机对我来说怎么着都是恩乔人萨克忒尔。雪地上放着床的医院是谢尔库普人艾古萨纳，而盲流和狗群是艾温女人图斯娜，愿她上天国。她是我在北方遇到的唯一一个了解自己的家族上溯到第七支的人。此外，我从她那儿记录下了几乎一百个童话故事。就本性说我是个清醒的人，而且如果不关乎上帝，对神秘也无动于衷，而在这里更是，与其他事物搅和在一起，我的幻觉简直就是荒唐透顶。

我依然在搜索谢廖沙。在西伯利亚，春天雪刚开始融化时找到的尸体叫做“雪下人”，他的情况就是如此。阿基梅奇离开后的第二天，中亚来的暖气流彻底把雪融化了，因此从远处我就看到了一块帆布外套，走近一些的时候看到了半边脸颊和头发冻到冰里的额头。

我以为自己能把谢廖沙的尸体弄出来。去了趟地窝子拿锯，铺好两块木板，我开始转着圈儿锯冰。一边锯一边想：结果就像鸟似的，你先是画宽阔的圈，在岛上和沼泽里晃荡，接下来把圈缩小又缩小。第一个钟头活儿干得顺畅，我身子下面的冰薄——这里恰好有一个劲道大的喷泉从水底冒出来，冲刷着冰——，锯子走得轻松。可我锯完半圈儿刚试图从另一侧开始的时候，冰块就裂了，沉向水下。假如不是木板，我当然会陷下去，而现在，我抓住木板，在最后一刻爬到了一边。刚一爬到岸上，我就明白了，冒险没有意义：无论我怎么紧着忙，也已经帮不了任何人了。我应该等阿基梅奇来，而在他没来以前，忙一忙谢廖沙的画更有益处。第二天早上，在我已经清楚自己会把画带回莫斯科以后，我决定上路前该试着让它们干一干，不是在铁炉子旁边，而是直接对着太阳——好在今天阳光像夏天一样热烘烘的。

我用了两个来钟头把画一幅一幅拖出去得见上帝的光，然后把它们搬到两百米开外的岛屿的南侧，靠着树和被烤热的石头立着。这里的沙已经是干爽的了。因此到正午之前无疑就形成了某种类似画家谢尔盖·伊格列尼奥夫个人画展的东西。许多画是真正的有力度，画、高大的老松、云杉、太阳、沙、石头相互之间全都是好邻居，而且我知道，发生的事我会记住。

我看谢廖沙的作品，有时往回看，然后接着往下。靠近傍晚，之前在背后的太阳从侧面升了起来。之前它没碍我的事，可面对谢廖沙的《女人与大杂烩》的时候——对于我，我叫它伊泰——，我没法一下子就适应。为它选地方我选了很长时间，都不如所愿。寻找正确的点的时候，我一会儿退后、一会儿靠近油画，往这边那边歪头，直到光——如同从镜子上一样从亮漆上反射出来的光，直刺眼睛。

因为突如其来，我眯了一下眼睛，蓦地，画上的一切——篝火、女人、瘫倒躺着的盲流——全都消失了，取代它们出现的真是伊泰。油彩书写着棒极了的老谢尔库普人的肖像——去年夏天我坐在他的窝棚里、跟着他记录了差不多一礼拜。猛然之间我似醍醐灌顶：谢廖沙其他的作品实质也是人的肖像，我们都试图保留——各自以自己的方式——对他们的记忆。我记录传说和歌谣、童话和人生故事，而谢廖沙把他们本人藏了起来，就像包进蚕茧里一样包入无辜的城市风景。

他把他们隐藏在垃圾场、板棚和窝棚旁边的废墟，他们在这里生、死，习惯认为这里就是自己的家。不远处有他们真正的故乡——无边无际的苔藓沼泽。萨莫耶德人的祖先在那儿，一代又一代，世世代代地放牧成千成千的鹿群。如今他们把草棚和车皮、地窝子和临时搭建的棚子叫做家，不管当下的生活看起来有多可怕，它从侧面给他们屋顶和窝，养他们，为他们遮蔽风寒。

谢廖沙最常画的是那乃人，他们那队人从1950年开始就研究他们，他跟很多人交了朋友，走得近。不过他也画谢尔库普人、东干人、曼西人。因为不善于适应外人的规则和习俗，他们年复一年地酗酒、死亡、离去，谁都不怪，什么都不怪。当然，谢廖沙不能把我们欠的债还给他们，在自己没离开之前，他只是在纪念他们。作品自然、安详，他画的那些人如同在母腹中一样在里面安睡，对周围没有任何破坏。

如今我想，北方的画也是用于教堂的。谢廖沙应当画壁画的教堂小、矮，可你瞧，好像在扩展空间似的，直接从躺着基督的马槽后面开始了孩童民族的国度，那个第一个得知救主——像他们一样的婴儿——来到尘世的民族的国度，派遣自己的术士到数千公里之外去膜拜他的民族的国度。在他的几幅油画里伸展着沼泽，沼泽上有两个毡房，在不远处有放牧的鹿群。流淌缓慢的宽阔的河绕过崖顶有棵干枯白桦的悬崖，板棚之间一条被雪覆盖的路弯弯曲曲。

地窝子和临时板房谁都不妨碍，就算是有了它们，大地依然荒芜、空旷，人，就像时间之初时一样的这些无辜的人，还没来得及与大地隔离。温顺、安静，他们好像有意在躲避，与风景融为一体，只有在煤油灯的火光或是阳光落到他们脸上的时候，才不好意思地、犹犹豫豫地从阴影里出来。谢廖沙画醉酒、安静的他们，他们要么睡着，相互紧挨着，要么踯躅，自己都不知道去哪儿。为了得享天堂，无罪的他们有杯酒即足够。他们在的地方全都是天堂，因为它就是为孩子创造的。

在他有基督的画里，迦南地是干硬的、满是石头的地，它已经绝望地吸饱了无数战争和冲突的血。冬天的时候，这里的天堂小屋被如同羽绒一样的雪包裹起来。而到了夏天，被太阳的温暖烤热，小屋，就连城里的小屋，都覆盖着柔软的苔藓和青草。土壤是流动性的、不急不忙的，既没有障碍，也没有边界，土地也好，人也好，野兽也好，相互之间全都是亲人，全都流动着，轻松地相互填充着。在谢廖沙的肖像画里变成鼻子的一会儿是弯着的手臂，一会儿是弯腰对着吊锅的女人撅起的屁股，一会儿是被风摧折的树和远处卡车留下的不规则的痕迹。眼睛可能是被子下面支棱出来的两个病人的脑袋：医院灭跳蚤、臭虫、蟑螂，问题严重时会把病床搬到院子里，放到街灯下面的雪地上。有森林里探出的、分布在路两边的临时用房，有里面亮着光的砖棚的窗户。

漫不经心分散趴在沙地上的狗，一只笼子上搭着条毛巾、被遗忘在没收拾的餐桌中间的鹦鹉，挨排画出的也是它们那些眼睛、鼻子、嘴唇。谢廖沙用这些细碎的，没有多少意义的片段拼装、捏出人的脸，像主曾经用黏土捏出我们自己一样。但谁都不从谁里面隔离出去，他画上的人从尘土中生出来，就像出洞的鼹鼠，一步都不离开尘土，温顺，卑微，有丝毫的危险他们都往回逃。

第二天，临近傍晚的时候，气哼哼的阿基梅奇来了。多利亚吓得要死，哆嗦着。路难走，他们甚至陷进去了一次。谢天谢地，地方小，他们成功地爬了出来。但马受了伤，安静不下来。今天去把谢廖沙弄出来是连想都没得想了。阉马需要草料和休息，阿基梅奇也必须喘口气。

夜里他恢复了理智，早晨起来各自喝了杯茶以后，我们去了沼泽。傍晚时分风就变了，清冷，明媚，前一天冒出水来的不大的缝隙合上了。但阿基梅奇还是像之前一样为马担心，因此我们把多利亚留在了岸上。活儿决定照老样子干：为可靠起见我们铺了十块板子，又开始锯谢廖沙四周的冰。不过，这一次是轮流来，相互保护。这样当然更有利。三个来钟头之后，我和阿基梅奇顺利地做到了两天前我一个人开始做的事。锯完他喘了口气，不紧不慢地抽了抽烟。然后往割下来的那一块下面塞了隔板，用我当礼物带给谢廖沙的网兜住。

现在轮到多利亚了。网收紧以后，我们把一根结实的麻绳拉到岛和冰窟窿之间半道上一个安全的地方，阿基梅奇已经把马牵到那儿了。剩下的就是把绳子固定到车套上，盯着马拉网的时候不让网挂到什么东西上。后面这件事落在我身上。我把干树枝弄到一边，用斧子、铁钩子、桨——什么好用用什么——把冰敲平。还在多利亚刚把网从水里拖出来的时候，我也好，走近的阿基梅奇也好，我俩都看到了，谢廖沙的脚脖子上拴着一个网兜，里面装着一块沉甸甸的鹅卵石，可绳子差，布的，一冬的时间让它松散了，差不多腐烂了，因此，多利亚刚一嗅到岸的气息、猛地一挣之后，冰间湖的边缘就像刀子一样把它割断了。保留下来的只有半米长的一段，而小网子被石头拽回到了水底。虽然没有说好，我们却都装出什么网兜都没有的样子。我扯掉剩下的绳子，把它扔进石头沉下去的地方。

就在谢廖沙的地窝子后面，在一片老杉树后面，我之前已经看好的林中空地几乎延伸到丘陵的顶端。我和阿基梅奇决定就把谢廖沙葬在那儿。我们在沙子里挖出墓穴，钉好十字架，然后，为了让冰块能放进棺材，把它修了修齐。除了半边脸颊和帆布外套，实际上没什么好入土的，其他的都被鱼和螃蟹啃到骨头了。埋完、固定好十字架、平整了坟包之后，我诵读了该读的祷告词，然后按照习俗，我们喝了酒。在地窝子里生上炉子，暖和过来，我们各开了一个罐头，再次不紧不慢地追思[1]了谢廖沙。

阿基梅奇喝光一瓶以后倒下睡了，而我开始看纸的东西：心想，也许，我会找到日记或信什么的。但却什么都没有，于是我拿了折叠床，也躺下了。傍晚时我们就约好天不亮就起：哪怕一部分路程冷的时候走。阿基梅奇担心多利亚，甚至想把爬犁留在岛上，我费劲地说服了他。是钱把事儿解决了。因为眼馋50卢布——对乡下人来说数额巨大——，他同意代替爬犁把一个轻便的架子固定到爬犁的轨道上，哪怕把画运出去也好啊。

装车用去的时间不多，因此六点半我们的车就启程了。重量还是不轻，我们俩，更别说多利亚了，都紧张。走得慢，我在前面，用铁钩子探着路，在我身后稍远一点，阿基梅奇牵着多利亚的辔头。水坑、冰薄并且开始融化的地段多，直行一百米，然后拐弯，绕过危险的地方。结果我们仨到村子的时间比平时长，走最后的一片林子根本就是夜里了。谢天谢地，天上是满月，不会迷路。接下来跟三年前送谢廖沙到熊苔一模一样，我跑了几趟，用汽车顶棚的行李架把他的画从阿尼克耶夫卡搬回了莫斯科。

---

① 这里的“追思”包括喝酒的意思。按照俄罗斯人的习俗，葬礼之后的追思会即为追思宴会，一般会有专门的食物，而酒是一定要有的，参加葬礼的人边喝边回忆亡者的好。

还在晃来晃去的时候我就明白，我愿意也好不愿意也罢，在城里我应该去见的第一个人，是杜霞。当然，不管是对她还是对其他熟人，我都不打算说谢廖沙自杀的事。逼迫他自我了断的原因我也决定沉默不言。谢廖沙是个封闭的人，不管是对我还是对别人他都没有敞开心扉，但他离开莫斯科的真正原因我清楚。

我已经说过，在那之前的四年前，1972年的春天，我就明白了，我们的关系开始让伊琳娜感到累。我继续对不知道什么寄予了一个月或两个月的希望，跟考察队飞去亚马尔前的一个礼拜才认命了，撤到一边了。我跟伊琳娜分手分得艰难。到最后一刻我都相信，我能对付得了她的绝望，中断、停止她的这个不断的逃离，从一张床逃向另一张，可收获不多。为了对付降临到头上的东西，伊琳娜需要帮助，可我也好、我的前任也好，都没成一个好支柱。结果她只剩下一件事好做——接着找啊找。

有赖善于跟我好好说话的妈妈，不管是当时还是现在，我都丝毫不怪伊琳娜，只是惋惜而已，因此我们的好关系一直保留到她生命的最后时日。如果俩人儿都在莫斯科，我们一个月会见一次，有时两次。在果戈理街心花园散步，或是到阿尔巴特街的“巧克力吧”坐坐。伊琳娜爱吃甜食，喜欢苹果派和奶昔点心，“巧克力吧”的这些东西名声在外。约会时我们像从前一样，几乎所有时间都在说萨申卡，但偶尔会涉及各种各样的事儿。她不隐瞒自己如今跟谢廖沙生活，他为她做很多。而之前，在谢廖沙前面，我去了纳利扬－马尔以后，她跟我不认识的人有过两次短暂的关系，他们也承诺了她不少，可骗了她，什么都没帮上。

谢廖沙是个非常有吸引力的人，但从小就培养自己当修士。对于女人，我听说，他是回避的。至少，跟伊琳娜的关系之前我不知道他有别的情事。伊琳娜跟他走到一起是因为蠢：她突然间认定，杜霞的儿子应该知道萨申卡死的真相。但希望落空了：不管是在我这儿还是在他那儿，小姑娘的死激起的除了恐惧没别的，再说谢廖沙早就对母亲敬而远之了。为了确定自己的盘算是错的，不值得从杜霞的儿子那儿期待特别的益处，伊琳娜用一年半的时间就完全够了，在此之后熟悉的乏味和无所谓又回到了她身边。对一个人失望以后，她已经不假装温柔、不玩输棋游戏了。就是伊琳娜的离开把谢廖沙打倒了。

看样子，伊琳娜压根儿就把我们所有人都区分得十分模糊，实际上对谁都没兴趣，不急着同情。她每一步、每一个关系的根基都是小女儿的命运。她唯一的目的和对她情事的开脱都在女儿身上。如果她有了一个新伴儿，那这样做是为了萨申卡，是为她献身：有些人伊琳娜需要是为了帮助拯救小姑娘，帮助她摆脱死后的折磨，或是像我，需要我是为了调查清楚谁、什么时候、为什么说服杜霞向主祈求萨申卡死。受到伊琳娜怀疑的有各种人，他们其中也包括尼考吉姆神父，可因为不确定，她几乎疯了，有一点暗示都准备去诅咒一个丝毫过错都没有的人。

按照伊琳娜的盘算，押在谢廖沙身上的赌注大。虽然从小就听说过杜霞对儿子寄予的希望，但她说服了自己：什么损失都没有，原先怎么样，那现在也一样。可如果是这样呢：谢廖沙知道或是可能得知，是不是真的像杜霞说的，萨申卡如今在天堂，在义人中间，或是在骗她伊琳娜，主没宽恕也永远不会宽恕她女儿可能做的恶。他判定她永久承受地狱的折磨。

以孩子的死为根基的联合当然难以有标准。难怪我也好谢廖沙也好，跟伊琳娜在一起时的自我表现常常是不被允许的。主似乎忘了对我们说，不能为企图守住一个女人把上帝要么当绳子，要么当捕网。我也好他也好，我们俩都被死死地挤在伊琳娜和带来的恶越多就被人越发狂热地敬仰的杜霞之间，这一点也很少能让我们得到开脱。

谢廖沙找了很久，试图找到伊琳娜必需的话。他劝她，说母亲根本就不是什么圣人，尽管四十年前就接受了剃度。他说她为萨申卡求死是荒唐之举，一遍又一遍地说，就算杜霞想这样，但却做不到。可刚一开口，他就撞上了泪墙。遗憾的是，必定如此。要知道，孩子的死里除了胡话、疯狂，什么都没有啊。

伊琳娜是在经历了多次失败的尝试，医生都判决她永远不会有自己的孩子之后才费了很大的劲儿怀上的，后来因为担心卧床七个月保胎，才生下了就美貌、温柔、聪明来说真正的奇迹。可一夕之间命运把一切都从她这儿夺走了。不管谁说什么，可如果没有杜霞在墓地说过的话，小姑娘的死看起来还要怪诞。杜霞话的意思可怕，可话里有意义，因此伊琳娜拼命地抓住它不放。

事情走那么远，谢廖沙不是马上就明白了的，等到明白了，就被迫撤退了。举手投降了以后，他终于占据了伊琳娜准备拨给他的那个唯一的位置。他开始对她讲修士、神父、俗家弟子的故事，他们无疑靠上帝近，得他宠爱，因此可以庇护萨申卡。谢廖沙从小就认识的他们中的许多人三十年代殉难而死。由于当时的情况，他们当然没有被封圣，可这是一些生活圣洁的人，在谢廖沙那儿每次都是这样的结果：如今正是他们在为萨申卡祈祷，而主不可能不垂怜他们的请求。不管杜霞说的假如主不收了小姑娘则她长大会成为地狱之子的话对还是不对，他们都会拯救她的。只是伊琳娜不应该妨碍他们，她别再作孽了，别再放荡、背叛了。

我不难想象她怎么听他说，怎么在膝盖上合起双手，一会儿伸直手指，搭成小房子，一会儿相反，十指交叉扣在一起。她有时会哭，几乎像她自己讲到萨申卡的死时一样痛苦、绝望地哭，有时会重重地叹气，不过，如果发现今天有赖一个谢廖沙讲到的人萨申卡会轻松，她通常也会高兴。听完圣人的祈求，主会抚慰小姑娘无辜的灵魂，会把她收到自己身边。

以为谢廖沙这样做是为了把伊琳娜拉到床上，这样想卑鄙。他只是非常爱她，非常想让她活得哪怕稍稍轻松一些。当然，他也求上帝让她彻底停下、不再乱来，更何况就天性而言伊琳娜不是荡妇。自己的床上经验与她擦身而过，换了不下十个男人之后，她实际上还是她，原来是现在依然是一个天真的小女孩儿。

在他们一起生活的一年半时间里，谢廖沙几乎每天都给伊琳娜讲他关于圣徒的故事。她已经不能没有它们了，而且他也习惯了。确实，在她离开之前，他突然疑惑、甚至恐惧地发现，萨申卡的死和她的得救逐渐形成的几乎是一部新的启示录，一幅死亡、因罪得报应和接下来得到开脱、宽恕的宏大画面。

我知道，谢廖沙的故事让伊琳娜与许多事和许多人和解了，可对于他本人来说小姑娘的死亡里面什么都没得到缓解。或许，谢廖沙的情况比我的还要沉重。他爱的人的女儿——我没听说谁比伊琳娜对他来说更亲近——是被他自己的母亲夺走的。所以说他的十字架不轻，因此现在，在谢廖沙早就已经不在人世以后，回忆他在岛上的生活时，相比他几年来自己承载着与萨申卡有关的一切，理解他为什么承受不住了对我来说轻松得多。

总之，我没去找杜霞，拖啊拖，直到一个礼拜后的半夜门铃响了，我披上睡袍，打开门，看到她站在门槛边。迷迷糊糊间不知该怎么办，我开始说好听的，虽说走廊里一把椅子都没有，我仍让她坐好、安顿好。杜霞也一样，刚一进了厨房、坐下，她就开始哼哼呀呀地抽泣——老太太的那种抽泣。她相信谢廖沙是自决的，这话她打算从我这里听到。可我泡着茶一言不发，而且显而易见的是，不管说什么甜言蜜语我都不会开口，接下来我就装傻。

也许是因为无望，她也不哭了，相反，她抽了抽鼻子，突然下定了决心，直接冲着我的背问道："季马，你说吧，谢廖沙是怎么死的。"随后补了一句："我得知道真相。"她搓着、揉着围裙边儿，等着我不用她问就自己把什么都说了，而我转过身，把水烧开，从小柜子里掏出饼干、面包干儿，把它们放到碟子里，在这之前我没挖苦的意思，只是多年来已经不习惯她了，现在也怕看杜霞的眼睛怕得要命。

在她问我谢廖沙的事之前我已经平静下来了，完全连贯地开始解释，说他的死是不幸的偶然事件，没有丝毫怀疑，就是不幸的偶然事件。谢廖沙在小船里，用渔网捕鱼，被网缠住了，摔出去了。杜霞的耳朵似乎漏听了我的话，继续拷问我，从各个侧面发问，同一个问题她可能提出三次、五次，寻找矛盾。幸运的是，我只是在细节上有出入。比如，不知怎么没说

“网”，而说了“小网子”，不过她什么都没发现。

到我这儿来的路上，对于谢廖沙是自我了断的这件事杜霞没有怀疑，不过现在我发现，她在犹豫。实际上，那天夜里知道他是自杀还是不是对她来说很重要，只有这一件事，其他的——我是怎么找到他的，和谁一起找到的，葬在哪儿——都是寻常的检验。不过，就是在这儿我也坚持住了。我用了很长时间、详细地讲怎么没有一丝亮光地找了谢廖沙五天。我说我开始的时候跟阿廖沙一起找，后来，阿廖沙离开以后跟阿基梅奇一起找。最初两天没有计划，没有特别的眉目，我们只是在岛上转悠来转悠去，后来把岛分成了片儿，给这些片儿编了号，每人用棍子戳着雪地，照着顺序搜查。我们知道谢廖沙不是那种不预先通知任何人、甚至没在地窝子里留张条儿就离开的人，因此我们终归抱着希望，如同祈祷奇迹一样祈祷他是离开了。

谢廖沙没有猎枪，阿廖沙、阿基梅奇都认为他被熊撕了，或是挨过夏季的什么狼群，因此我们寻找的甚至不是尸体，哪怕是衣服的碎片也好，可任何地方任何什么都没有。后来我和阿廖沙分开了，我像之前一样留在岛上，而他决定把湖和靠近岸边的沼泽地段看上一遍。可不管是在湖上还是在沼泽地的苔藓中间或在从底部冒出强劲喷泉的水坑里，阿廖沙也什么都没找到，至于被雪覆盖的地方，底下有什么是分辨不清的。

阿廖沙离开前的夜里，风从东南、中亚刮来了暖气流。冰上的雪开始融化，几乎两天之内就化干净了。太阳高挂的时候，冰亮得看它眼睛都疼，可各有两个来钟头——日落时和日升时——它变得完全透明了，每一个小草根、每一片小树叶这时都看得到，就像焊进玻璃里面似的。在那之前我已经在湖上找过谢廖沙了，如同被拴住了一样绕着岛转啊转，不断突破圈子，范围越来越大。

我是第五天黎明时分找到他的，距离岸边三百来米。身体如同一个气泡，整个冻进冰里了。我想，他是上冻前——大概是十一月的前几天吧，在捕鱼。要是夏天的话，他也许能从网里爬出来，可入冬的时候水太冷，能让谢廖沙试着摆脱的时间连五分钟都没有。或者是水流把他拖到枯树根下面了，那样的话他就根本一点机会都没有了。或许，我接着说，湖已经被冰封了。身体开始上浮的时候，靠上了一个障碍物，停下来了。冬季熊苔的几个地方会冻到底部，就是那些水深的地方，冰的厚度也很少会小于一米的。开春前，谢廖沙，虽说没做安魂弥撒，没举行葬礼，他长到里面了，像长到一个水晶的施洗桶里一样。

过了一天，我说，我们阿尼克耶夫卡的朋友阿基梅奇坐着爬犁来了，我们一起决定试着不伤到身体把装着谢廖沙的隐修冰帽锯或是敲下来。干到夜里，我们脚下的冰咯吱咯吱响，往下塌，可我们还是终于把这事儿做完了，已经是在月光下借助马把谢廖沙拖到了岸上。早上我去挖墓穴，阿基梅奇开始用谢廖沙准备建棚子的木板给他打造棺材。我们不是照着尺寸钉的，而是大一些，为的是可以把谢廖沙原样、直接在冰块里放进去。我们正正好好是在正午时分把谢廖沙安葬的，在比他的地窝子高出二十几米的地方——一个美丽的林中空地，那里老杉树环绕。我诵读了几段悼亡祷告词，随后我们把十字架插进坟头，让谢廖沙入了土。然后我们按照习俗在小山包上追思了他。

这天夜里过后，我们俩都努力绕过痛点，我和杜霞见面已经是定期的了，每个月两到三次。她来我这儿不找借口，就是为了回忆他。她再也不哭了，什么都不责备了，好像是谢廖沙的死宽恕了一切，开脱了所有人。她用安静、没有感情色彩的声音讲革命，讲国内战争，讲阿姆弗罗西和尼考吉姆，讲当时生了第二个孩子不久、为此亢奋又狂喜的自己。她忏悔了一次，忏悔谢廖沙五岁的时候她气愤中诅咒了他，随之没有过渡就喋喋不休、温情脉脉地说起了她的弟弟帕沙，不管她有多爱他，但却除了恶什么都没带给他。

我已经知道1920年的时候她因为愚蠢哀求帕沙推迟、不要现在接受剃度，几个月之后他在西伯利亚的什么地方消失了，国内战争就要结束的时候失踪了。后来她又回到不管是脸、身材还是习惯都像极了他的谢廖沙这儿。不止一次，尤其是从背后，她甚至会搞混，用帕沙叫儿子。这样的相似，她让我相信，这不可能是偶然的：仁慈的主似乎赐予了她悔过和纠正错误的机会。谢廖沙还没到七岁，她就越来越固执地想，他的使命是苦修生活。她要解除剃度，让谢廖沙摆脱她亲手加到儿子头上的诅咒。牵着谢廖沙的手去见主以后，她也要赎对弟弟犯下的罪。

杜霞去教堂的时候，从儿子三岁起就带着他。儿子几乎每天都在教堂站着做完整场午祷，五岁前他就已经清楚全部教条，习惯了一礼拜行告解礼和圣餐礼不少于一次。对他来说教堂是家——杜霞对我解释。此外，因为在培养儿子当修士，明白他面临的将是多么艰难的生活，她尽己所能地锤炼他的意志和身体。谢廖沙长得强壮，主要的，是有忍耐力。

有些日子杜霞话说得游离，似乎不是在说自己，常常东一句西一句，不连贯。有可能重新回到二十年代，紧跟着没有过渡她就平静地通报说，熊苔之前谢廖沙就有整整一年没去看她了。谢廖沙无论如何都不同意跟她见面。“或许，到他的沼泽去，”她解释说，“也是为了不让我烦他。”可到了她也想不起来，他们最后一次通电话是什么时候。也许，她内心的一切真的是烧干了，可也许她是想安抚我，让我迷糊，因为我们奇异的对话像从前一样时不时地会撞上陷阱。

比如，有一天，似乎是无意地，杜霞问到我谢廖沙从未与之分开过的十字架形状的小圣像。我是在折叠床边的床头柜上找到它的，可我马上就猜到该怎么说了，我说把谢廖沙入棺的时候透过冰看到它了。他脖子上有圣香袋。我明白，从得知谢廖沙死的第一天起，杜霞就只祈祷一件事，求主让他的儿子是在熊苔捕鱼时淹死的，而不是自我了断的，而且他尽量非常注意了。

或许是因为这个，因为得像从前一样保持警惕，或者是因为杜霞提到的差不多一半人的名字什么都没告诉我，我听得漫不经心，甚至没去试图把任何什么黏结起来。她抱怨尼考吉姆，1933年两次蹲牢之间他有了一个间歇，一夕之间毁掉了她建设了十年的东西——像从前她说服帕沙一样，他说服了谢廖沙，说他还不了解生活，出世、接受剃度对他来说为时尚早。她说到了谢廖沙战前许下的誓言，他向圣女玛利亚许诺说，如果她帮助他保全性命，那从前线回来以后，他立刻进修道院。随后她补了一句：谢廖沙重伤三次，但活了下来，没履行自己的誓言，留在了尘世。

确实，我觉得，现在她是准备原谅儿子放弃剃度的，至少，我对她说谢廖沙在熊苔过得像一个真正的隐修士，三年，如果不算我和阿廖沙以及阿基梅奇来的话，他一个人都没见到，这时她似乎认同我了。她如今什么都接受，原谅他的一切，只要谢廖沙不是自决就好，没犯下任何人、任何方式都还没能赎得了的罪就好。

对于杜霞本人来说尼考吉姆的告解没大改变什么，我的情况就不同了。首先，我说的是她与谢廖沙的关系。只有在尼考吉姆之后，不管用什么方式吧，我才能把这儿的一件事和另一件事捏合起来，不过结果却让人伤感。因此不管是对她、谢廖沙，还是对帕沙，我都开始更加怜惜。所以，我已经不逃避杜霞了。她衰老、体弱，好像接过了尼考吉姆的接力棒，灯尽油枯了。我觉得，她早就乐意离开了，可主不急着把她收到身边。这一点，还有她如今不会半夜三更闯进来这一点，让我跟杜霞彻底和解了。我甚至无需多余的恳求就开始去看望她，何况尼考吉姆的离去空出了时间。我买食品，做她托我做的事，而且像跟尼考吉姆一样，好几个钟头地跟她说话。我想，对于杜霞来说重要的恰恰是后者。像我们中间的任何一个人一样，生命结束的时候，她必须把话说出来。她主动讲了帕沙很多事，而且比从前详细得多。不过就算我问，她也不会推三阻四，努力地、甚至时刻准备着解释和补充我从尼考吉姆那儿听到的内容。

照杜霞的话说，帕沙在托木斯克的死对于她有关弟弟的记忆来说什么都没补充。1920年哀求他缓一缓、别急着戴修士帽的时候她就已经感觉到了，她在扼杀他，可受母亲撺掇的她没办法停手。当时她日复一日地劝说他，说你是修士还是生活在尘世，反正都一样，只有精神死亡才可怕，其他的，甚至死，都是更小的恶。后来帕沙去了西伯利亚，失踪了。一年后她虽说启程去哈巴罗夫斯克寻找他，但不大相信能成功。去也是为了母亲，但她心里明白，帕沙在罪恶之海中央奇迹般地摸索到了栈桥，人家走在上面会得救的，可她把他从上面推了下去。

如今，在她了解帕沙最后的日子时，她同意尼考吉姆的话：弟弟的十字架游行肯定没得到祝福，因此主才没让他完成开始了的事业。不管把他起意的那种事称作什么，这些全都会流淌汇聚成新的、还要更大的血泊。这第二条路是伪路，可帕沙恰恰是因为她走上了这条路。对于母亲，帕沙也爱也敬重，不过在严肃的事情上他早就独立于她了。杜霞是另外一回事，对于她、她的直觉，他有时几乎是盲目信任。恶就是从这里、从他对姐姐的信任、对她的爱里诞生的。干扰了帕沙接受剃度，她亲手判处了弟弟死刑。至于她知道还是不知道他是在哪儿、什么时候死的，就像丈夫的情况一样，什么都改变不了。

还有另一件事。她认为自己还在上帝面前有罪，不比在帕沙面前的罪少。她从至高上帝那里夺走了已经应许的、已经被放上祭坛的牺牲——没有丝毫瑕疵、就应该这样供奉给上帝的牛。顺便说一句，从母亲生下来、第一次让她看到弟弟的那天起，她就把帕沙叫做牛。自己欠主的债她试图还一辈子。关于是否可以平账，她问过自己的每一个告解神父，可却什么有说服力的意见都没得到。于是有一天她认定，亏空填不上，不过由此得出的结论不是只能袖手呆坐。补偿主的哪怕部分损失她是有能力的。

她剃度为修女的原因有几个：一是必须为诅咒儿子赎罪，二是为跟长老们分离赎罪，第三个，也许是主要的原因——为了帕沙的灵魂而把自己的献给至高的上帝。可措施和措施对不上。帕沙纯洁如同孩子，而她的灵魂却被恶拉着、拽着往地狱去。除了帕沙，她在上帝面前有罪：她一年又一年在行告解礼时对他说谎；在丈夫面前有罪：她背叛了他，把他送上了高加索前线，1917年他就是在那儿被打死的；在儿子面前有罪：就这样，什么都不为就把他献给了邪恶势力。

明白替代不对等，明白她的灵魂对主来说是力道弱小的安慰，这一年一年只是让杜霞感到更强烈的折磨，有时简直让她发疯。因为不善于停手，她几乎是歇斯底里地在寻找，为了诚实地、没有欺骗地得到一对一的结果，她该为了帕沙献出谁。这件事对她穷追不舍。如今从杜霞的一些口误中听出，萨申卡的死也是出自同样的那个序列。是，尼考吉姆是怕新的儿童远征怕得要命，准备去做一切，只要能阻止它就好；日复一日许诺和威胁交替上阵，他获得了来自自己见习修女的帮助。但杜霞自己的渴望——保护、拯救小姑娘脱离罪孽，趁着她如此纯洁、无辜的时候把她还给主不晚——也不小。

萨申卡是1966年生的。而之前那个时候，20年代中期的时候，不管杜霞如何翻过来掉过去，除了儿子，周围什么合适的都没有。难怪男孩儿刚一上学，她就开始思考他剃度的事，从九岁起培养她热切爱着的谢廖沙，有意识地让儿子为修士生活做准备。可就在这件事上，她行告解礼时说的也是别的。她解释，而且她自己相信，不这样她就解除不了她生气时加到他头上的诅咒。谢廖沙长得跟帕沙令人吃惊地像，他不只是外表让人想到帕沙，而且他罕见的内在的优雅、担心惹别人生气的样子更让人想到帕沙，因此杜霞抵抗不了诱惑。

不过，她有一次对我说，她内心有某种东西时不时会断裂，她不再能弄明白，她做得是那样吗，她对谢廖沙做得对不对。也许，早了，或是压根儿就不该对他这样生硬，就让他长大吧，让他自己决定修士的路对他适合还是不适合。可没人可以去讨主意：阿姆弗罗西死了，躺在某个遥远北方劳改营的墓地里。尼考吉姆在坐牢，他们之间的通信断了。不管她给他写多少，一次回音都没等到。

总之，她没处等来帮助，因此她通常会犹豫上个把礼拜，回到从前的轨道。

为圣职做准备对谢廖沙来说是快乐，这比其他什么都更让杜霞感到抚慰。他丝毫不嫉妒同龄人，不嫉妒他们的生活方式以及他们在做什么。他准备好全天都读旧约和新约、教会圣父们以及圣徒的行传，高兴地学习古代各种语言和古斯拉夫语。他对锤炼肉身、教它服从精神、忍受疼痛、不关注饥寒的练习的喜欢程度也不低。有时候她挑起话题，说，也许她剥夺他的童年不对，他连一个钟头跟同龄人玩耍、只是到院子里踢个球的时间都没有，这不好。不过，一旦她对谢廖沙宣称，说她想让他休息休息、中断一下学习，每一次他都把这当作是惩罚。他开始追问，他哪儿做错了，哪一点让她伤心了、为难了。他皱起眉头，抽着鼻子，问，她肯定以为他意志薄弱、一碰到困难就会退避三舍吧，而主是不需要懦夫的。可他不是意志薄弱的人，相反，从小他就是勇敢的人，难得的可靠，于是杜霞乱了方寸，终于投降了。相互拥抱、泪眼婆娑之后一切自然而然得以恢复。

杜霞跟我说过，说她不知道谢廖沙为什么没有成为修士。她曾经以为这是她的错：儿时对谢廖沙的诅咒妨碍了他。主不想接受一个从前已经被献给过不洁势力的牺牲。可也许，问题在于时代，这完全是魔鬼的时代。不管是前者还是后者我都本不打算争论，两个东西听起来都有理性，可就像我感觉得那样，原因的单子更长。

杜霞的讲述表明，就本性而言谢廖沙的的确确跟帕沙很像，因此追随榜样一开始让他觉得轻松、高兴。十岁的时候，他引用了少先队员的什么誓言，没有强迫、自愿地当着母亲立下誓言：一旦成年，他就离家修行，他这样做心怀欢喜，心灵纯洁。可帕沙的成长是自然而然的，前冲和后退交替进行，而谢廖沙是由外部塑造的，照着标尺削掉角、打磨。不只是杜霞，连姥姥也从未忘了提醒他，提醒说他不自由，说，这儿还有这儿，他舅舅的做法会不同。

此外，他过着双重生活。在学校，为了不额外引起注意，不让亲人们受到攻击，他说与所有人说的一样的那些话，也加入了十月队[①]，后来是少先队。总之，反基督的政权也好，帕沙也好，都各自继续从自己的阵线发动进攻。因此，谢廖沙可以谁都不瞒着、谁都不管不顾的场地年复一年地在缩小。别管是谁想到的，反正他是被培养成了一个假面人，至于说有一个假面对他来说亲近、能理解，这改变不了多少。当然，还是应该继续当一个拷贝让他忧伤，而有了讨好谢廖沙无比爱戴的母亲这个愿望，无疑，对于剃度而言终归还是足矣，可尼考吉姆干预了。

1933年，在他蹲牢之间有了一个一年的间歇，从阿巴坎劳改营回来以后，他在距离莫斯科一百公里的萨维洛沃住下了。杜霞到这儿探望他，时间十分固定，一礼拜一次，有时两次。他们的关系逐渐恢复起来。就像整整七年没行过告解礼、

① 苏联时期中学7—9年纪学生的组织，可以说，“十月队员”是少先队的“预备队员”。

没去领过圣餐一样，就像她本人不是修女一样，她开始重新净化自己。学着坦诚、不分彼此、与他融为一体的过程中，她清除路障和阻碍，打碎隔挡和篱笆，高兴地看到，她的努力没有白费：从前把他们联系起来的东西活着。这段时间对她来说就像他们开始有关系时一样，那么轻盈。十四年前，她青春、天真、兴奋得无以复加，预备告解的时候努力每天把自己的罪记到小本子里，如今去萨维洛沃之前她也这样做。也像那个时候一样，如果告解得成功，她会感到难以想象的轻松，几乎是幸福。更何况现在的尼考吉姆很少定她有过，恕罪时带着显而易见的欢喜。

告解的前几个月，她只在自己身上绕圈子，就算是涉及亲人，那也是顺带而过，似乎预感到了什么，她以各种理由不带谢廖沙来。尽管尼考吉姆神父常常问起他，说他很高兴能见到他现在什么样。当然，她讲，说儿子今年夏天中学毕业，她对他的培养严格，他不像大多数的同龄人：她懂，他将面临的生活不轻松，因此尽可能地锤炼，教导他承受和忍耐。不管是神学院，还是神学院毕业后谢廖沙打算接受剃度，这些事杜霞都没说，她在等什么，干吗拖着，她自己也不知道。

7月2号她才和谢廖沙一起来到萨维洛沃，那时他已经拿到了中学毕业证。童年结束了，是现在而且是正式结束了，对于接下来将要面临的，她也好他也好，都觉得长老的祝福是必不可少的。萨维洛沃朝圣她准备了几乎一个月，想让尼考吉姆看到，谢廖沙是个成年的、严肃的人了，看到他有智慧、责任心、意志，这些品质谁都不会轻易拥有的。她明白，谢廖沙亲口对长老说会好，说对于教会如今承受的艰难命运他不抱幻想，尽管如此，把什么都考虑过了之后，除了宗教领域，他没看到自己有别的路，而在踏上这条路之前，他请求尼考吉姆神父祝福。

她不怀疑，就算不无犹豫，尼考吉姆是会赞同谢廖沙的选择的，不可能不赞同。有的时候，就像做白日梦一样，她在张张面孔上看到了整场谈话，她有可能说出是谁将说话，说什么，按照什么顺序说，因此在她那儿会有这样的结果：谈话时间长、充实，也许，他们甚至得在萨维洛沃过夜，不过，事情的结局会圆满。杜霞已经是个有名的预言家了，自己的预见通常没骗过她，可是这次却错大了。尼考吉姆听完了她的请求，表情阴沉，带着明显的不满，回答的时候没绕弯子。他宣称，作为告解神父，他现在不能为她儿子的剃度祝福她。相反，他确信这一步不对，不会得主的欢心。

看样子，继续谈话他不愿意，反正他认为谈话结束了，可这时，照杜霞的话说，不是她，而是谢廖沙开始问，今天的驳回是凭什么。于是尼考吉姆改变了想法，同意解释一下自己的决定。他没有直奔主题，他们听到的是，他谁都不想羞辱，接下来尼考吉姆神父几乎逐字逐句地重复了阿姆弗罗西神父曾经针对他自己说过的话。两个长老同心同德是个新闻，这在当时强烈地震撼了杜霞。不过，尼考吉姆也不隐瞒他自己变了。

他对谢廖沙和她说，经历过七年的牢狱和劳改营，他对许多东西的看法不一样了，而后一点跟他们今天的谈话有直接关系。他们两人都应该明白：首先，一个唯一向往的是让自己热爱的母亲高兴的九岁男孩儿立下的誓言什么意义都没有，这样的诺言上帝不需要，他根本不把它当回事。在这样的词语里没有自由，因为孩子对母亲的爱、他对她的依赖同样是不自由，因此他们之间发生的事与主无关。总之，如果谢廖沙违背儿时的诺言，不去接受剃度，这里既不会有罪，对他的灵魂来说也不会有消损，杜霞对此可以不用去担心。

其二：他，尼考吉姆，明确反对早早地剃度。当然，没有无例外的惯例，但在这种情况下他确信，离开俗世的时间对于杜霞的儿子来说还没到来。谢廖沙不了解生活，母亲培养他的时候对罪怕得要命，瞪大两眼盯着，希望不该去的地方他千万别去，不该看到、听到的他千万别看到听到。他，尼考吉姆，理解杜霞：她拉扯儿子长大的过程中，渴望的是把一个纯洁、无辜的他交给主。可根本就不了解尘世就放弃它，这里面没有信的功德。人应当承受住、战胜诱惑和引诱之后来到上帝身边。灵魂漫长的劳作必不可少，只有在这种情况下谢廖沙才能够帮助来到他这里的人们，并且对于教会来说他才会有意义。“而目前，”尼考吉姆对谢廖沙说，“你的行李包不大：母亲在你和尘世之间构筑了一道墙，你就在墙边走过来走过去，而不是翻过墙去——你害怕往对面看。”

杜霞本人不能不听尼考吉姆的话，可还是不怀疑——就像她对我解释的——她能让谢廖沙坚定地固守自己。可两个月之后他出其不意地宣布，他要考苏里科夫美术学院，而他之前一天去萨维洛沃见过的尼考吉姆赞同他的选择。不过，虽说她脑海也闪过了有关生活放浪形骸、酗酒、人体模特的想法，但放弃剃度之后谢廖沙的决定没给杜霞留下强烈的印象。她甚至怀着同情接受了他的话，的确，她澄清了话里不多的一些内容。她只明白一点：对教会的迫害很快就要结束，政府说话间就要醒过味儿来，到那时得建造、归置成千上万的教堂，修复壁画、圣像，这对于修士的工作来说再好不过了。谢廖沙话说得热烈，上气不接下气，她发现，他是不会撤退的。

除了油画，我从谢廖沙的地窝子里往莫斯科带回了十几个前线的活页本和有他的素描的普通笔记本。里面的纸张填得很满，根据一页纸上有铅笔画、炭笔画和钢笔画来判断，本子是在不同时间、随意使用的。或许，谢廖沙是随便拿来第一个落到手下的本子，找到空地儿就画。结果，习以为常的婴儿基督素描不反对、甚至同情地望着杜金卡港和萨莫耶德人的生活场景。

在这个周而复始的圆周里只有一个明显的叠句——时不时地出现长长的、通常卷成螺旋状的人的行进队伍，里面被画出形体的人不多，其他的只是勾画了轮廓。由我在本子里找到的东西可以猜出来，人的链条因为一层一层地向天空攀升，应该让人联想到巴比伦塔。我常常想问杜霞，她知不知道笔记本的什么事，可出于可以理解的原因，没有特别的需要，我害怕触及岛和谢廖沙生命的最后时日。只有一次她主动说起了画。她说，依照尼考吉姆的请求，还在苏里科夫美院学习的时候，谢廖沙就为普斯科夫州的一个教堂做壁画草图。教堂要么是恢复的，要么是政府预计还给牧首府的那些教堂中的一个。不管是哪种情况，教堂的壁画得重新画。虽说一切最后都沉入了忘川，谢廖沙却对工作非常着迷，只是在他开始跟着考察队去北方以后，这工作才退居第二位。不过，就是后来谢廖沙也会返回到自己的这些素描上，修正、补画一些东西。

照杜霞的话说，假如从本质上说到教堂的墙壁及壁画恐怕是难以为教规所容的。首当其冲的原因在于尼考吉姆神父建议的贯穿始终的情节，其本质是人类的历史从开始到结束都是浪子回头的历史。

预计下层要这样画：如同一面墙，只不过那是支撑，支撑艰难地走在地面和接着地面的石板上的人——亚当和夏娃，他们后面是该隐、亚伯、塞特，他们走在人被驱逐出天堂之后交给他们的国度里。这是被落到头上的灾难震惊了的人最初的脚步，是被对亚当说了“……地因你受诅咒……”的主摒弃的人。与此同时，对于那些为数不多的、心中对救主的信仰没有停息的人来说，向主的回归由此开始。

路漫长，苦难，凤毛麟角的人心中存活着对上帝的记忆，而且线纤细，每天都可能断掉。只有在出埃及之后这种担心才稍有弱化、退后。从西奈开始，亚当子孙们的行列，从里面、沿着周边环行教堂的空间，一步跟着一步，一层接着一层，开始向上攀升，越来越高，靠近主的宝座。

根据谢廖沙的素描判断，他预计会画出成百成百的人，他们的名字在旧约和新约里处在那些不顾阻碍坚定走向主的人中间；接下来是在基督教世界最受敬仰的圣徒和殉难者，而在圆顶下方，天空上，围绕如太阳一样耀眼的主的宝座的是他们的种子——告解儿童。在那儿，穹顶里，面孔已经分辨不出来了，只有身体的轮廓和从得救的、净化了罪的人身上散发出来的光，从欢喜的、回归自己救主的人群身上散发出来的光的海洋。

关于谢廖沙剃度的话题杜霞又只谈起了一次，第二次尝试也没有任何好结果。1939年谢廖沙以优等生的成绩从苏里科夫美院毕业了，1941年战争就开始了。他当时在乌格里奇的几个修复画舫工作，九月回到莫斯科以后直接从火车站奔了军委会，以志愿者的身份登记加入了民兵。城里已经乱成了一锅粥。他被从军委会派到一个部队，从那儿被派去另一个，就这样在莫斯科被赶来赶去直到傍晚以后，他回家过夜了。第二天一切周而复始。到最后被他弄烦了的军委会臭骂了谢廖沙一顿，命他在家待着等通知，而眼下别绊手绊脚的。

十月中旬，连同像他一样没受过训练、没开过枪、大部分是大学生新兵的人一起，他被派去了前线。德国人当时冲破了维亚兹马[①]城下的防线，从那儿向莫斯科发起了进攻，每天几乎向前推动20、30公里。正规军实际上没有。从西部掩护莫斯科的几乎所有军队都被包了饺子，那些侥幸突围的部队留下来以后，没有炮兵和坦克，没有通讯和弹药，饥寒交迫，溃不成军地撤了。为了试图钻出个洞，为调动受过训、精神抖擞的西伯利亚各师赢得时间，最高总司令部把数万民兵派到了尔若夫、祖伯佐夫和沃罗考拉姆斯克[②]城下。三人一杆枪、几颗子弹，他们就是普通的炮灰，因此对于等着他们的是什么不抱幻想。出发的前夜，对谢廖沙不错的连长给他放假到早上。

他在家没睡，他们在桌边坐了一夜，喝茶，聊天。谢廖沙温顺、平和，像做出了选择并且知道选择正确的人通常的情形一样。黎明时分他收拾好背袋，穿上军大衣，他们这一夜过得好。冷不丁地，杜霞解释说，不知道为什么，她没忍住，再次求他立誓，说如果他能得以全身而退，上帝让他回来，那剃度他还是要接受的。谢廖沙立马就同意了，他乐意：不知是他确信自己从派他们去的战场活着爬不出来，还是不想在离别时让母亲沮丧。不管是这样还是那样吧，尽管重伤了三次，他活了下来，可第二次还是放弃了去当修士。不过，他回来以后，剃度的话题杜霞再也没谈起。

① 距离莫斯科210公里的城市。

② 尔若夫和祖伯佐夫都是特维尔州的古城，前者距离莫斯科212公里，后者194公里；沃罗考拉姆斯克是莫斯科州的城市，距离莫斯科120公里。

四分之三的素描——杜霞接着说——谢廖沙是在前线做的，是他们的部队从前线拉回休整或改编的时候。有的时候——据她耳闻——他在战壕里也冒险，只要那天没战事、用不着向谁开枪。原则——杜霞称之为“不流人血的原则”——他严格遵守。尽管谢廖沙一个教堂的壁画都没机会画，但他——她接着解释——却得到了主慷慨的奖赏。1944年10月，在克拉科夫[①]城下，冲锋枪一梭子打断了他的右手腕。战斗激烈，伤员数十个，医生只看了一眼就对医士说，手粉碎性骨折，不得不小臂截肢，不然随时可能开始坏疽。

当时救了他的是护士。翻谢廖沙背袋的时候，她发现了有画的本子，于是像上了发条似的一遍遍地重复，说画家没有手无异于吊死，哀求医生冒一下险。伤口好几年都化脓，每年快入冬的时候，细小的骨头碎片都会伴着剧痛与脓一起出来，但他回家了，不是残疾人。

从自己剃度的时候起，“每个人都应该在活着时被安魂，否则他不能得救的想法”就牢牢地占据着杜霞的身心。她一次又一次回到这个想法上，可谢天谢地，事情仅限于说说而已。杜霞身心疲劳，衰弱，因此我确信，一切也只会如此，她的学说不会给任何人带来特别的麻烦。

1980年4月我在日记中注明：杜霞好像终于相信谢廖沙的死是不幸的偶然事件了，她安下心来，不再布置陷阱，在我们的谈话中甚至好几个礼拜都不提及熊苔。不过现在我想，话题对于她来说只是在6月下旬才画上句号。儿子可能是自杀对于杜霞是个可怕的负担，因此，到她能卸下它以后，她弱不禁风的身

---

① 波兰古城，距离莫斯科1339公里。

体里令人难以置信的力量就回来了。

如今我很少怀疑：谢廖沙同意剃度，以及相反，放弃当修士，对杜霞来说这是理解整个人类命运的开锁钩、钥匙。前者显然是对可能、甚至接近得救的见证，后者指向不可避免的死亡。我刚一说服她相信谢廖沙没有自我了断，她就细致地把他沼泽中的岛上生活与其他在东正教世界里受到敬仰的隐修士的行传做了比较，看样子，她得出了结论：儿子的隐居符合教会的教规。因此，她在帕沙死后向上帝求告的事他完成了。

谢廖沙的自愿遁世、进入隐修院，结合“安魂”，一下子把她关于得救所思考的一切构筑完整了。不止如此，它似乎恩准了、肯定和祝福了她本人，让她什么都不推拒，带领她认识的每一个人走向上帝。这是内心的功，它逐渐地浮上表面。

7月23号，在我已经道别的时候，杜霞突然宣布，十几天以后她打算去熊苔，想到谢廖沙的坟上待上一会儿。我没去说她没有在烂泥里左摇右摆的能力，昨天走到卫生间对她来说都是问题……我只是甩了甩手，像说一件毋庸置疑的事一样，无精打采地说，现在，夏天，沼泽过不去。三十公里无法穿越的泥淖连特种兵都过不去。可我收效甚微。唯一的结果是又一轮盘问：谢廖沙真的是自然死亡吗?

接下来连着三天，她从早到很晚给我一次一次地打电话，一会儿要求，一会儿那么不像她自己地求、哭，让我带她去熊苔。她在家里、在上班时、在做客时找到我，不听解释——沼泽夏季过不去，谢廖沙住过的岛只有冬季才有可能上去，现在在无底的泥泞里去15公里、回来15公里连想都没得想——，反复说，唯有如此才行。杜霞几乎把我弄得筋疲力尽，终于，我受不了了，说，好吧，如果她坚持，我会尽力帮她。根据种种情况判断，她目前也不需要别的什么，于是电话不响了。

没完没了的电话刚一停，我就想到了，我实际上是白坚持了。我的“扎波罗什人”在那之前就已经卖了，结果就是，到达阿尼克耶夫卡得倒各种车。普列车厢五小时到尔若夫，然后通勤列车六小时到岔路段安特罗波沃，然后，如果碰不上顺路车，还得步行十公里到阿基梅奇村。不过现在这对我正合适。我明白，杜霞越快偃旗息鼓，对她对我都会越好。眼下嘛，我交代她随身该带什么，然后我们说好了，8月8号去尔若夫的晚班火车发车前的一个小时在里加火车站的候车室里见。

接下来我有了一个礼拜的喘息时间。到前一天，8月7号，她才打电话给我确认我们的约定是否有效，顺带兴高采烈地通知说，她试着跟50个人联系过了，这不，她在莫斯科逮到的人全都无一例外地宣称也想跟我们去。有些人说会连孩子也带上，所以，照她的估算，她可能聚集70个人，不然就是80个。消息我心平气和地听了，首先让我不安的是杜霞本人，至于说其他人嘛，我相信，如果把她搞定了，她的教民不会给我带来特别的麻烦。

俩人——尼考吉姆也好，杜霞也好——都是我眼睁睁地看着虚弱、衰竭的，他们当着我的面为离开生命做着准备。当然，主要的变化是独自面对自己和主的时候在他们的灵魂中发生的，但很多东西是公开的，他们对谁都不隐瞒。他们忏悔，等待宽恕和开脱的话，不仅从自己的告解神父那儿，也从他们愧对、为之带来恶和伤痛的人那儿。他们觉得他们自己的生活有七零八落正确的地方。对于终归还是成功地正确走过了个别的地段，他们用修士誓言是被自愿、自觉地接受的以及他们得以忍受的那些苦难来解释它。他们把那些苦难当作上苍指派的考验来说。

尼考吉姆在生命的最后几个月学着他的狱友叶夫斯特拉托夫的样儿反复说，那些参加过第一次和第二次世界大战并且活下来的人，以及那些不是作为“牢头儿”经受住劳改营的人，全都被盖上了主奇迹的印章。他们数十次应该死，可主不知疲倦地护住了他们。我想，对这一点的信仰是唯一能让他哪怕朝不保夕活下来的东西。他陶醉其中，开始证明，说这样的人有成百，成千，甚至数百万，他们组成的是真正的天军，因此不可战胜。如同古代的以色列一样，主本人在他们这一边战斗。俄罗斯20世纪经历过的可怕的绞肉机是火、水和铜号，是人类净化和得救的起点。

不过，他兴高采烈时间长的时候少见。总的来说，因为在准备把灵魂交给上帝，他看世界很是冷漠。他平静地、没有遗憾地说，除了虚空和残酷，他早就不去分辨任何东西了。试图让他打起精神的时候，我常常讲朋友和熟人的事。可把我们的关系弄清楚，对于尼考吉姆来说不容易。老年人没有了榜样，没有了规则，他感觉不自信，因此评价人的时候他尽量一步都不脱离自身的经验：修道院的、劳改营的经验。不怎么能帮上忙的时候，他会变得怯懦，混乱。

教母临死前非常像他，但她对主的意图的信任终归还是更多一些。克拉莎为年轻、充满活力的她安魂，随后的剃度，使杜霞的道路从寻常生活转向修士生活，转向为主服务，变得直、短。可清楚的是，简单中有力量，但也有巨大的诱惑。给我打电话的时候她解释说，在熊苔主会给我们指明我们将被安魂的地方。她让我相信，生前安魂对于每一个同意安魂的人都是救命的。有赖它，在自己离去的时间到来以前人就已经能变成上帝的领地了。

按照惯例，话指未来的安魂礼拜时，杜霞说的只是我们——她的亲密圈子，可凭着灵感可能一下子消除界限，因此当时我从她那儿听到的事物感觉上完全是异端的。她尤其顽固地反复说，真正的启示录不会像使徒约翰描述的那样。

照她的话说，世界末日前既没有地震，没有可怕的兽，也没有把一切一切全都吞噬的火焰。在最后的时辰将对每一个没有瑕疵的人的灵魂做的事会像1924年时对杜霞本人做的一模一样。庄严的、不折不扣的安魂将会开始。安魂是长时间的，忧伤的，不急不忙的，为的是不让任何一个、甚至是不由自主的罪被忘掉，不被宽恕。

安魂弥撒将要进行的地方既有教堂，也有纯净的原野、森林、草原——主判定你居住在哪儿就在哪儿进行。它们将汇成一场巨大的、真正宇宙的安魂礼拜，缓慢而认真的、温柔的、同情的安魂礼拜，同情迷路数千年之后回到父的家的人们。那是祥和善良的安魂，安魂期间亚当的根哭泣着互相宽恕伤害，心软，悔过。每个人安慰、温存兄弟，每个人跟每个人拥抱、亲吻。

它进行的时候，人们从里面淘过恶的泉会枯竭，井会干涸：如同蛇甩脱老皮一样，我们会甩掉过去的生活——可怕的、贯穿着恶的生活。我们的灵魂会净化，而跟它们一起，贫瘠的大地本身、长满荆棘的沙漠也会变成芬芳的天堂，人类在里面就像堕落前一样重新与自己的造物主合为一体。

应当说，不管是在杜霞还只是跟我翻过来掉过去谈论远足熊苔的莫斯科，在火车上，还是已经到了地方，在阿尼克耶夫卡，我清楚，什么谢廖沙的岛我都是不会带着她去的。从所有的意义上说这都是疯狂，因此这样的可能性我甚至都没好好想过。对杜霞来说，如果她选择了我来当向导，我就应该当一个像是伊万·苏萨宁那样的人——只不过是相反的：领着她在沼泽边缘绕啊绕，直到她扔出白旗为止，然后，如果幸运，就全须全尾地、完好无损地送回莫斯科。

我已经说过，60年代的时候人们打算把熊苔抽干，栽上松树。履带拖拉机的后部固定了巨大的钢犁头，汽车像是荡起涟漪似的，一辆接一辆在沼泽周边转，弄出了一排平整的深沟，每一条都如同是战壕，两个高高的泥炭垄掩护着它。后来伐木工为了自己方便，在充了水的壕沟上搭了用细得像棍子的白桦、杉树、松树的树干做的小桥。说真的，因为多年来没维修过，过沟桥腐烂了，开始松散、不结实，甚至一个成年人上去都会折断。

反正到了现在，热忱降下来了，人们离开这儿了，从前改良土壤的人工作的那部分沼泽更像的不是树龄年轻的林子，而是规划有致的墓场。松树苗钻出土壤，奋力长到5、6米，接下来树根怎么都找不到硬的土壤，再也撑不住树干，于是幼小、羸弱的树在水中开始干枯。不过，间或也会碰上壮实的个案。它们大概是幸运地落到水底更高或是有石头的地方了，至于其他的，一两年过后雨雪剥掉它们的树皮，摧折树枝，直到骨头都被太阳刷白的它们变成了纪念自己的碑。

到了约定时间，杜霞许诺的数十人除了她以外，我在火车站能找到的只有不久前重新走到一起的伊琳娜和万尼亚，其余的前一天都以各种理由推脱了。伊琳娜也好，万尼亚也好，俩人儿都老了，头发花白了，而且看得出来，伊琳娜平静下来了，决定了，生活怎么开始的就怎么过完它——跟万尼亚一起保留着对萨申卡的怀念。对于自己离开的任何一个人，伊琳娜都再也不感兴趣，我们对于她只是帮助女儿的工具而已。据我的理解，她甚至没猜到谢廖沙是自杀，而且肯定没把他的死跟她曾经抛弃谢廖莎联系起来。

往安特罗波沃去的路上，不管是坐车的时候还是转车的时候，我们都用上三四个钟头留意需要的“布谷鸟”[①]，它们许多都没有时刻表，随意运行。我一直在等教母的双腿说话间就会发生的歪倒：她就要在我们手上交代了。我如此确信这一点，直到在被雨水冲毁的土路上一口气跋涉了十公里到阿尼克耶夫卡之后，我才想到，杜霞已经丝毫不像个芦柴棒了。伊琳娜和万尼亚快走不动了，可她却精神饱满、快乐，很像从前的，不知疲倦地跟我们捉迷藏、飞快地跑来跑去的自己。她当时坚持了几乎一天一夜，以至于直到今天我都不可能不认为那是奇迹。我们在阿尼克耶夫卡村的阿基梅奇家过的夜，黎明时分，趁着天凉，顺着林间小路去了沼泽。

一开始，在教母还什么都没怀疑的时候，我自信地带着我的队伍沿着一条泥炭地垄的垄梁走，有时会解释两句，说去谢廖沙的岛没有更短的路。跟泥潭不同，烘烤过的泥炭干燥，踩在脚下有弹性，但毕竟是在熊苔，我们还是勉强挪动着两脚。我们身上的力气不多，杜霞的勇气很快枯竭了——她可是早就过了八十了，再说因为心脏问题她几乎卧床了半年；伊琳娜、万尼亚、我也不年轻了，主要的是，我们已经不习惯这样的远足了。还没到阿尼克耶夫卡以前我们就累了，这不奇怪。在普

① 俚语：短途客运或货运列车，只在人烟相对稀少的地方有，一般挂一节或几节车厢。

列车厢的肮脏、拥挤、烟气里过了一天一夜以后，我们甚至都没像样地睡上一觉，天一亮就起身，走在这个该死的沼泽地上。

总的来说，在林子里抱怨是罪过。快到十一点的时候，太阳当头升起，哪儿都没有一丝一毫的荫凉，我们顺着沟渠走，几乎被熔化了。最近几天的中午气温爆表超过三十度，而现在我觉得还要高。沼泽蒸腾得厉害，热烘烘的水里腐烂着植物，四周一大片一大片的香气迷蒙，让人昏昏欲睡的杜香花使我们意识模糊、头疼，尤其是空气不足：跨过一棵倒伏的树或是在泥炭坑里挣扎的时候，只要脚步一滑，为了让心脏平伏，你就得停下，在地上坐几分钟，像个哮喘病人似的，呼吸嘶哑，带着哨音。

而比热更糟糕的，是各种吸血鬼——小咬、蚊子、主要是牛虻——对我们的折磨。为了多多少少防避一下它们，还在树林里的时候我们就套上了带帽子的帆布外套，可该死的飞虫制止是制止不了的。从头到脚裹在浓稠、黏腻的汗水里，我们是美味的猎物，牛虻简直都发狂了。外套一旦有什么地方粘到身体上一下，那儿立马就会落下两只死东西，把厚厚的布咬透之后，开始喝血。暴露在外的脸就更没得说了。肿胀，青紫，外加直到耳朵都粘着沼泽的脏东西，我们一模一样，像是一群喝醉的盲流，使尽最后的力气走啊晃啊，不知去哪儿，干什么去。

我们每一个人都被一大群吸血鬼看上了。太阳和血让好几百下流坯癫狂，它们如此恶毒、狂躁地盘旋着，空气中凝滞着连成一片的、单调的嗡嗡声。用眼睛捕捉住单个的个体连试都不用试，不过，偶尔回头看的时候，我发现，群虻在形成美丽、闪亮的球体，杜霞也好，伊琳娜也好，通常在队尾的万尼亚也好，一句话，我们全部以及我们全部的丑陋都被可笑地囚禁在里面了。累了，终于筋疲力尽了，我望着这些银色的、不知是球还是壳的东西，绝望地想，我们已经没法从里面钻出来了。

快到正午的时候，教母开始激动，说我们从早上就顺着林子边缘走，现在还是这样。她好像开始揣测带她去的地方不对了，于是一遍又一遍地试图问明真相。她小心翼翼地问：我确定我们没迷路吧，我们真的是去谢廖沙的岛吧。我解释说，没有更好的路了，就算我们绕了点儿弯，就时间来说还是划算好几倍呢。要知道，在烂泥里走，每分每秒都冒被吸住的风险，这是一回事，在干燥、踩实的小路上走就完全是另一回事了。可我一次都没让她信服。把话全都听完之后，杜霞坚持接下来我们直接往沼泽深处走。不过，显然，自然而然的结果既不会照着杜霞的、也不会照着我的意思产生——某种像是迂回战术的东西会取代之前的弧。我们会像先前一样顺着泥炭战壕走上六七百米，然后，找到小桥以后走到对岸，到达相邻的沟渠之前，我们已经会相互保护着在真正的泥潭里运动了。

这样的结果也符合我的心意：不管是这样还是那样，远离树林都难，更何况到处的过沟通道都腐烂了，撑不住成年人的重量。尤其不走运的是笨重的万尼亚。他身子底下的树几乎在无声地断裂，或是根本就注定玩儿完，在此之后我们用了很长时间，难过地、手忙脚乱地把这个可怜的人从水里弄出来，帮他恢复正常。这类事件只能用一种办法了结——我马上在这边的岸上用旅行斧砍上两三棵干枯的小松树，做一个新桥。

虽说我的计划似乎有效，但临近傍晚时我已经不大明白事理了，伊琳娜和万尼亚的感觉还要糟糕，只有教母内心还燃烧着热忱，不过就连她也快没力气了。差不多在日落前的一个钟头，杜霞在沟渠我们这一边、距离土路一百来米的地方发现了一棵比同伴粗大一倍的松树，她有了精神，开始求我，让我爬到树上看一看，到底能不能看到谢廖沙的岛。

如同在沙漠里，四周都是一样的东西，而且实际上走或是往哪儿爬，我都无所谓……她选中的松树密密地长着像台阶一样便利的树枝，我已经站在下面的一根上了，教母，怎么说呢，要来帮忙，递过来一个看戏用的望远镜——就是国内战争时她婆婆拿着看粥算命的那一个。关于伊格列尼奥娃的望远镜——他们的传家宝——我不止一次听说过，可杜霞把它拿到了熊苔，得承认，我是连想都没想过。兜里揣着护身法宝，伴着她“再上，再上”的催促，我没有怨言地爬向树梢。

树在我身子下面摇摆，东摇西晃，在这片柔软、液态的土地里什么都不能安静下来。不过，瞧，我似乎找到平衡了。我控制住呼吸，等两三分钟恢复正常，然后，为了什么都不惊动，慢慢地把望远镜举向水肿的、被脓液糊住的眼睛。可不管我怎么眯眼，看到的只有水纹。教母在下面，她试图对我解释什么，可她的声音沉下去了，分辨清楚不容易。后来伊琳娜、跟着是万尼亚插手了，他们两个的手转得像风车，一直转一直转，直到我明白了：问题不在眼睛，望远镜得对焦。拧中间的钮还真的是必需的，画面变得清晰一些了，可现在还是难说我看清了什么重要的东西。

一日将尽的时候被太阳烤透了的沼泽仿佛裹上了棉花。水坑不多，可苔藓边的一切却都被浓密、灰白的蒸汽覆盖了。蒸汽往上逐渐稀薄，变成轻盈的雾霭。太阳还没有落，静悄悄的。偶尔的一阵风如果说破坏了美，那也时间不长。阵风没有力量驱散薄雾，薄雾只是聚拢、翘起，像揉皱的床单。一团一团揪住灌木、小松树的树枝，挂在上面，再次让人联想起杜霞讲的婆婆的故事——她普斯科夫的戏剧。我忧伤地想，望远镜什么别的都不会做，它专门被掏摸出来就是展现烟和雾的。

当然，为了不弄断松树，我尽量少动，但我还是不单单在左右扭头。为讨杜霞欢心，我小心翼翼地、一步一步地绕着圈儿看。可新鲜东西不多，到处都是那层黏黏糊糊、不平不整的蒸汽。不过，我的努力是有价值的。我已经把四周看过一遍，第二圈扫视最后的一段时，西北，太阳应该落下的地方，恰好朝着我们现在去的方向，我看到某种像是人链的东西。

衣着丑陋如麻袋一样的很长很长的队伍从林子延伸到沼泽深处，也许，甚至像教母希望的，延伸到谢廖沙的岛。这么远当然看不清楚，可之前确信前方是烂泥的我没有惊讶，相反，我为杜霞说对了而高兴。在莫斯科的时候她反复说了好几百次，说将去湖边的不仅有我们，还有许许多多的人，可我却不想跟随她，我是不信的多马。

庆幸的是，我还有残存的理性。我不听她、伊琳娜和万尼亚在下面像幼鸟一样仰着头喊叫的是什么，决定把一切重新检验一遍。更何况白日将尽时连空气都变得更透明了。我再次对焦，几乎一厘米一厘米地凝视这个队形不整的行列。我又一次什么都不确信了。像之前一样我弄不明白前面是谁：是人还是高大壮实的松树。也许，水下是沙梁，树在上面扎下了根。看戏用的望远镜不是用于这样的情景，所以此刻我觉得，我把缠着树枝的沼泽薄雾当成衣裳了：水汽似乎在呼吸，一会儿升上去一点儿，一会儿落下来，风摇摆它们的时候，松树也像我们一样，因为疲倦开始来回地晃，脚步缓慢地不知挪动到哪儿去。

欺骗教母是可耻的，从另一方面说，真相对她的欺骗好像会厉害得多。在前一点和后一点中纠缠不清，我像之前一样，从树上小心翼翼地跟她解释，说如果什么事儿都没有，几个钟头之后我们就会靠上某个非常像是人链的东西。只是他们走向沼泽不是穿过阿尼克耶夫卡那片区域，而是更北边十公里，穿越了一个我不知道叫什么的林区。不过，我随后就往回找补，补充说，因为雾和黄昏，看得不大清楚，我不保证接下去会是我们寻找的那些人，而不是一大长条树林。我补充道，那样的话我们也什么损失都没有：树能扎根的地方，既没有烂泥，也没有泥潭，因此路十分安全。

我翻过来掉过去的话没怎么让杜霞不安。从第一个词开始她就不怀疑那儿是人，成百上千，可也许是成千上万的人，还在莫斯科的时候她就跟我们说过的人。而且他们也是去谢廖沙的岛。只不过启程得早一些，走到前面了。我们很快就会赶上他们，教母说，什么都不怕，我们要跟所有的人一起走。我有自己的盘算。我看到一排松树靠着森林，那就是说，从沼泽里——上帝保佑——我们早晚会闯出去的。这时天快黑了。已经是八月了，因此有夜了。黄昏中我们时不时找不到路，磕磕绊绊，摔倒或是跌进水洼，杜霞终于明白，接着走是不可能的。我们幸运，路上就有一片干爽的高地——拖拉机在这儿勾住树根，翻出一大堆泥炭。用于过夜找不到更便利的地方了，而且，虽然我们没赶上队伍，教母顺从了，允许宿营。

我们随身带着吃的，可这一天把我们累的，都没想起它来。刚一得到信号，得知谁、在哪儿扎营，我们就有气无力地躺到了地上。我来得及过脑子的最后一个念头是感谢神灵，今天好像没事儿了。可我想早了，没多久状况就对我显示出来了。不管我对自己说多少次：杜霞老了，她再也起不来了，我会跟教母一起陷入困境。瞧，就是现在。天亮还早，断断续续、满是蚊子的觉睡到一半，万尼亚就开始左右推我。我尽力推拒，终于睁开眼睛。我头脑不清楚：由于杜香和其他的一切，脑袋似乎大醉过一样。天合上了，也没有月亮，不过也不是一团漆黑，到处是柔和、勉强辨得清的光，仿佛蒙上的夜灯的光。我问万尼亚，他为什么不睡觉，他要我做什么。他也不好，费力地转着舌头。尽管如此我还是听明白了，杜霞和伊琳娜失踪了。她们当然走不远，可这不让人宽心。在沼泽里无影无踪地消失，有几米就够了。

我站起来，试图确定她们可能往什么方向去，可脑子什么特别的都想不出来。一会儿这里、一会儿那里闪动着什么东西的影子，间或我似乎还听到教母的声音，可声音是从不同方向传来的。反正汇总起来决定该在什么地方找她，我和万尼亚都做不到，因此我们几乎吵得狗血淋头。显然，这样继续下去不行。万尼亚对也好不对也罢，我该同意，该往他想去的地方走。幸运的是，温顺得到了奖赏，一百米开外我们撞上了杜霞和伊琳娜。我已经想象过两个淹死鬼了，害怕自己见不到活着的任何一个，因此现在对我来说重要的只有一点：把俩人弄回家。

不过，目前她们顾不上我们也顾不上莫斯科。好像捉迷藏似的，到处都闪烁着沼泽的火星。它们海了去了，耐心的杜霞把所有碰上的都规规矩矩地握进自己的手心。她在地上找火星，像找酸蔓果或草莓，从灌木上摘，像摘马林果，可手心像之前一样空空如也，她好像没发现。杜霞没有停止采摘，她对伊琳娜解释，说火星是属于上帝的灵魂，它们就像是用恩惠之火点燃的小蜡烛。周围到处——她指给伊琳娜看——都是无罪的、无辜被杀害的人的灵魂；它们出来迎接我们，为的是护送到谢廖沙的岛。

她对伊琳娜说，现在可以什么都不怕了，在不牢靠的、摇晃的地上想走多远走多远，季马，也就是我，在莫斯科和火车上用这片地吓唬过她们。季马，教母大声重复了一遍，谁都骗不了：在我们脚下软弱、不真的土壤上走，确实难以走过去，难以不死，就像从开始到结束过完一生，难以保全不作孽一样。她还对伊琳娜说，其中的一个火星是她女儿的灵魂，妈妈重新跟自己在一起，萨申卡也高兴、快乐。而主要的是，高兴获得拯救近在咫尺，就在这儿，身边。

关于萨申卡的话伊琳娜恐怕已经听过了，因为我发现，她一会儿扑向一个小亮点儿，一会儿扑向另一个，每一次都像当时在墓地时一样，拼命地、声音嘶哑地叫女儿。可火星闪了一下就消失了，伊琳娜还是两手空空。好在还有杜霞宽慰她，跟她解释，说这都是孩子，他们幸福，正在玩儿呢。他们不让人抓住，没命地跑啊，奔啊。

正在发生的事让我觉得疯狂。教母和伊琳娜像是疯子在沼泽上东一头西一头地跑，就算主暂时保护着她们，他的耐心能持续多久，我不知道。我走近万尼亚，说，得制止杜霞和伊琳娜。不能只是在旁边站着、看着，看泥潭会吸住他妻子还是不会吸住。他同意，可该怎么办，我们谁都想不出办法。确实，教母你是无论如何都影响不了的，这是显然的，于是我们没商量，一起走向伊琳娜。

万尼亚抓住妻子的手，而我尽己所能地、温柔地试着对她解释，说她和杜霞把沼泽的闪光当成孩子的灵魂是徒劳的。火星是某种类似普通电光的东西。在西伯利亚的冬天，不得不在黑暗中回家的时候，萨满用柳条从雪里擦出的就是这样的火。可我说的话，我觉得，伊琳娜甚至都没听见。更糟糕的是，万尼亚也不再是我的帮手了。我都没发现他是什么时候加盟伊琳娜了。现在他们配对儿干：伊琳娜重新试着抓火星，而万尼亚为了更有利于抓，把它们往她那儿赶。

担心归担心，不过我害怕的事儿那天夜里什么都没发生。直到天亮，三个人神灵全都没抛弃。太阳还没有在熊苔东边的上空出现，而最后的沼泽火星融化殆尽了。杜霞和伊琳娜似乎等的就是这个，她们就像被扫倒了似的，瘫在苔藓上，睡着了。

我明白，如果不让她们休息哪怕几个钟头，伊琳娜、杜霞是肯定站不起来的。我和万尼亚没商量就做了分工，他坐到了伊琳娜身边，我也挨着教母坐下，我俩用树枝驱赶着睡着的人身边的牛虻。伊琳娜睡得平静，悄无声息，她脸上甚至偶尔闪过微笑，好像萨沙真的重新跟她在一起了。杜霞的情况更坏。她不安，手和脖子常常会痉挛，睡梦中她喘不上气，似乎在试图说什么，声音嘶哑。

接下来什么都不好。伊琳娜正午左右睡醒了，尽管皱皱巴巴的，但有精神，而教母，不管我们怎么尝试叫醒她，前一天累倒了之后就没有恢复知觉。后来，已经是在莫斯科了，治疗她的医生说，她睡着的时候中风了，而且在那些情形下，取决于我们的东西没多少。不管是对自己还是对她，我们唯一有可能做到的，就是尽快从熊苔挣扎出来。五天之后，我们才带着站不起来、舌头勉强能动的杜霞重新出现在了莫斯科，处于种种复杂局面之中。

在阿尼克耶夫卡，我和万尼亚认定，坐火车没完没了地转车我们是不能活着把教母送到地方的。我再次离开他们——不管怎样，现在好歹在村儿里了，有食物，头上有屋顶——，去了尔若夫。我在那儿的市医院找到了有救护车的医生，他同意150卢布跑一趟私活儿，在阿尼克耶夫卡拉上杜霞，然后和我一起直接送去莫斯科。这实际上就是我们全部的熊苔行。我如今看得很清楚，它跟我和阿基梅奇埋葬谢廖沙的那一次区别没多少。

回到莫斯科是杜霞人生最后也是最短的一段旅程的起点。它持续了不到三个月。给她治疗的是阿列克塞·伊万诺维奇·卡拉果多夫，一个非常有名的神经科医生，外加是她中学女友的儿子。他之前不属于我们的圈子，但刚一求他帮忙，他立刻就同意了，必要时随叫随到。我和万尼亚在沼泽地拖拉教母的时候，我就求主赐给她和我们力量到达莫斯科。希望她别像谢廖沙那样死，要死在自己的床上，希望在她离开之前牧师给他行哪怕是当今状态下的终傅礼，而去世之后按照规矩送葬。

卡拉果多夫到杜霞这儿的时候时不时地说，在这类事件中也偶尔会有治愈的情况。中风就是中风，它留下不少损害，不过在盖棺定论之前得等上一个月，要么两个月。杜霞需要休息，她承受的负担、压力对于她的年龄来说是极限。中毒应该结束——伴随着蚊虫的叮咬血液里进了不少毒，而主要的是，得给大脑治愈病灶的机会。一切一切所需的时间不会少于四周，只有到那个时候才能明朗是否有转机。

我们轮班在教母那儿值守，还是去熊苔的那组人：伊琳娜、万尼亚和我。虽说每人都为她的康复预订了礼拜，为杜霞插了蜡烛[1]，但对于自己还能跟她聊上天，谁都不信。不过卡拉果多夫说对了。完全像他说的，教母先是什么都不吃，就是通宵达旦地睡，后来胃口逐渐恢复。在那之前肿得快要流血的、发紫的皮肤开始变得苍白，水肿消了。最先恢复正常的是脸，稍晚一些是腿。一周之内杜霞像是掏空了似的，外表变得几乎与从前一样。

不过，好转涉及的只是身体，而灵魂，据我所知，就是另一出戏了。这样想的不止我一个。苹果主日[2]之后，在没完没了地说不连贯的呓语、喃喃自语、叫嚷的过程中，她偶尔会突然开始认出我们，完全清醒地说几句话，我们把发生的事看作是真正的奇迹，这不奇怪。之后，一周之内我们眼睁睁地看着呓语完全彻底地没了，我们高兴得像孩子似的，与之前正相反，现在我们已经不相信有可能再失忆了。

可我们的希望落空了，教母得到的喘息时间不长——没到一个月，而且对她来说不易。有意识的时候，杜霞的表现小心到了极点，仿佛随时随地在等着背后的一击。她明白自己身体不好，可对于自己的病她尽量不去讨论。教母也不说熊苔。结果我迄今为止都不知道，她是否记得我们四个试图赶上向谢廖沙的岛行进的队伍时在烂泥里挣扎过，她和伊琳娜一起逮过沼泽的火星。

① 俄罗斯每一个正教教堂都为信徒备有专门的纸条，信徒可以把各种愿望写在上面，礼拜时神父会根据纸条内容一一给予祝福，此谓“预订礼拜”。愿望直接获得祝福的方式是礼拜结束后在教堂里插小蜡烛，一般插在祈求赐福的圣徒、使徒、殉难者等圣像前。

② 这是东正教徒的民间宗教节日，与主变容节同日，8月6日（公历8月19日）庆祝。在民间这一节日既是丰收节，也是大自然变容节，民间认为，这一天过后夜晚开始变冷，季节由夏进入秋冬。按照东斯拉夫人的习俗，这一天之前不允许食用苹果以及其他新收获的果实、粮食，而这天过后则正相反。节日由此得名。

卡拉果多夫日复一日地反复跟我们说，主要的是不要让杜霞激动，因此，对于谈论不久前的出行我们不比她怕得少。我们常讨论的是，如果杜霞弄明白怎么了、在哪儿，我们要把话题转到哪儿；如果她坚持，我们什么说，什么肯定不说。

教母是个温顺的病人，她温柔，对任何一点小事都感恩，尽管如此我还是一直觉得，依赖人、家里总是有外人让她有强烈的压迫感，除了一个人待着她什么都不想要。遗憾的是，她不在那种状态。我们唯一达成的，是值守的大部分时间不在房间、而在厨房度过。第二次中风后情况出现了恶化，杜霞再次开始糊涂，可能叫我伊琳娜，而把她叫成万尼亚，再次，通常是临近傍晚累了的时候，咿咿呀呀说出什么莫名其妙的话，在此之后过了三个礼拜，我突然间感觉到，总的来说她更轻松了。她满意现在可以不用小心每一句话，不用监督自己，不用为自己担心。

现在我明白，这种向童年的后撤、这种回旋是必须的：她知道，以另外的方式临渊而过、获得拯救是不可能的，那还是为主要的、终点前的发力积蓄力气的唯一办法。我不去判断别人怎么样，不过我觉得一切都公正，她在渐趋离开，在丢下我们的世界，因此对它的意识于她而言变得再也不需要了。我们不抱幻想，明白终点在即，对于新的奇迹不必去指望了。而且卡拉果多夫也没让任何人有指望。不可避免之中已经存在着安慰，因此我顺从地观察着她言语、动作中一天比一天更严重的不连贯和混乱。

确定自己跟什么诀别、为什么诀别、目前打算带着什么上路，杜霞用了十一天。摆脱了负担之后，她又度过了整整一个礼拜。不管是值守还是换班，那个时候我们都没有了，几乎没有离开房子，我们守在她床边，我们明白离开不行。

虽然教母像之前一样谁都认不出来，对外部没有反应，可却说不上是失忆，更不是老年痴呆。卡拉果多夫顺口提过自闭症，可这儿的情况不太典型。我觉得，本质在于杜霞擅长给自己生命的最后三个月扎口系紧，而疾病就像落入捕兽器一样落入了这个口袋：现在她再也不捆绑任何东西，不是任何人的开始、任何人的结束，因此对她的需要消失了。

应付完疾病、对其盖棺论定了之后，杜霞重新把我们带到了熊苔。讲述我们如何向泥潭深处谢廖沙的岛行进的时候，教母不是对具体的任何一个人在说，不过我们明白，回到这里不只是她需要：在这里，在沼泽地中间也将是我们的——伊琳娜的、万尼亚的和我的——得救的起点。现在，在杜霞跨越过去了、战胜了自己的虚弱以后，她的声音明朗、清晰，有时甚至庄严。

走在之前的沟渠边的土路上，跨过同样的那些小桥，她对我们解释说，我们此刻寻找去那儿的路的、我们之间称之为谢廖沙湖的湖实际上是斯维特洛亚尔湖。而谢廖沙的岛不是别的，它正是神秘的上帝之城，著名的基杰什[①]。也许是在暗指我和阿廖沙，教母补充说，被允许亲眼看到城市的人不多，难怪它建在穿不过去、走不了人的泥潭中间，不过就连有机会深入熊苔的那些人也会把倚靠云霄的钟楼和城堡的角楼当成是森林、百年老杉。就这样过去了一个世纪又一个世纪，直到圣城

① 关于基杰什城的传说在俄罗斯家喻户晓。据考证，传说产生于18世纪80—90年代，主要在旧礼仪派教徒中流传，后来19世纪作家梅里尼科夫－佩乔尔斯基以此为主题的数部小说使该传说广为流传。根据传说，该圣城位于伏尔加河下游的下诺夫哥罗得州北部的斯维特洛亚尔湖的湖底。

因为人的恶筋疲力尽，如同大洪水时的大地一样，沉下去，沉到湖底。

可就在那个时候主也没有抛弃义人：基杰什城的钟鸣没有沉寂。像从前一样，它们的鸣响没有停息地从世界各地汇聚和召唤无辜受死、遭到扼杀、备受折磨的人，他们从沟壑和无名坟墓里站起身来，为了找到安宁向这里走啊走，到基杰什的护卫城墙后面躲避恶和罪孽。

从杜霞的话里听出，城是不久前沉入斯维特洛亚尔湖的水里的，不过，她是否把这跟谢廖沙的死联系在一起，不得而知。我们距离往斯维特洛亚尔方向去的人还远，到他们那儿最好的情况是白天，因此谈话是预先的。我们是在泥炭丘上过的夜，床不坏，我们睡足了，现在我们走得比前一天轻松。我们似乎习惯了，受得了脚下是烂泥，而且炎热也消散了。昨天几乎把人吃了的那些脏东西也少了。当然，如果你忘了挥手驱赶，还是有咬你的，不过，要说是埃及刑罚①，那是夸大其词。

太阳正当空，这时，我也好、其他人也好，都已经清楚地分辨出在丑陋的松树间蜿蜒的长长的、往基杰什方向去的人的队列。空气纯净，透明，因此，为了看清楚前方不是跟麻袋似的、不像样的衣服如此相像的沼泽蒸汽，而是普通的、血肉之躯的、不紧不慢往斯维特洛亚尔方向去的人，既不需要高大的树，也不需要望远镜。甚至从这儿就能看到，队列的运行不是直的，而是像河流一样，平缓的，曲曲弯弯的。那些走向湖边的人翻过一条沟渠之后，马上往左或是往右拐弯，寻找下面的

① “埃及刑罚”出自《圣经·旧约·出埃及记》，转义有不幸、灾难一个接一个的意思。

小桥。

后来，等我们到旁边了，教母会不失时机地指给我看，说他们的通道也还是同样的那些腐败不堪的松树树干做的，可在我们那儿，在万尼亚脚下，甚至在她杜霞脚下，它们断裂了，而在这儿，成千上万的人每一个都在无惧无畏地走过去。主让腐朽的树木坚固了，因此它变得比石头都牢固。

从旁边看，行进像是壮观的十字架游行：一些人大声祷告，另一些人合唱赞美诗。出乎意料的是，我们没有加入其中，也没像之前预计的那样，跟在队尾走，而是脚步飞快地直奔圣湖而去了。有时我们几乎是在跑，因此杜霞说话才不容易。尽管如此她还是已经说了：这里出现在我们面前的是我们认识或是在自己的生命中可能认识的人。投身同一个时代，我们也将一起获得拯救。从前生活过的人先过去了，如今处在圣城城墙可靠的保护之下。另一些继承我们的人还在树林里。

这时地平线上出现了斯维特洛亚尔湖的边际，所有受主召唤的人都应该在湖水里洗净罪孽——接受新的洗礼。我们走在备受折磨、衣衫褴褛的第一次世界大战士兵没有尽头的队列旁边。他们拼劲最后的力气试图保持队形，一个连一个连大步前进。许多人拄着拐杖，背袋里是断开的、截掉的肢体。

杜霞惊恐万状：她在找人，可现在她害怕已经晚了，她迟到了。依然抱着希望，她蹲下来，甚至蹲着跳了几下，突然从背后看到一个无手军官高大、笨拙的身影。她的脸变容了，喊着、推开队伍，穿过去扑向了他。这时我们才明白，这是他丈夫，伊格列尼奥夫大尉。然后她还将久久地哭着，念叨着，拥抱和亲吻他，而人流从两边绕过他们，像绕过一座岛。

等伊格列尼奥夫追上战友、继续往斯维特洛亚尔走去以后，教母重新与我们会合。那个她如此害怕迟到见不上的人让她找到了，于是现在我们不急不忙地往回走，与队列的行进反向而行。路上，不管是她，还是伊琳娜、万尼亚、我，都遇到很多熟人。杜霞跟他们打招呼，或者只是躬身问好，如果他们远的话。同样的事我们也做。通常她只是叫出他们的名字，不过，有一些人她说得十分详细。而我们也什么都不瞒着她。还在教母挤过士兵的队列、跑向丈夫的时候，我就在前方三百来米的地方发现了，两个丘赫洛马的十字架游行队伍正在通过小桥翻越沟渠。大家全都举着蜡烛、圣像和经幡，他们并肩走着，因此我认为，现在在圣湖附近，他们当中的每个人连想都没想自己是顺着还是逆着太阳走。

军人在我们身边走啊走，残疾军人的队伍似乎不会有尽头。可你瞧，最后一个不幸的人走过去了，杜霞几乎立刻就看到了自己亲爱的婆婆，老公爵夫人伊格列尼奥娃。又是泪啊、抱啊，后来，在我按照教母发出的信号把她的戏剧望远镜还给公爵夫人时，伊格列尼奥娃高兴得干脆鼓起掌来。

接下来又是士兵。我们与之并排的是国内战争牺牲的那些人——像某种供奉的群牛。白俄、红俄、绿俄，只有一部分是在战斗中牺牲的，其余的都是被杀害的，在相信了赦免和宽恕的话以后被砍头、溺毙、后脑勺吃枪子儿。那些手里根本就从未拿过武器的人——老人、妇女、孩子——，他们的数量不计其数。这些人死于伤寒、霍乱、西班牙流感，只是因饥饿而死。他们甚至没有被安葬，像腐尸一样被埋在沟里。

跟着——过了1.5—2公里左右，一个弱不禁风的修士，拄着杖，出了队列，走向教母。她跪了下来，亲吻他褪了色的破烂长袍的衣摆。他温柔地抚摸她的头发，请她站起身来。看得出来，长老动情了。他久久地、关心地为杜霞画十字，祝福她，这时伊琳娜对我们说，这大概是杜霞爱戴的告解神父、死在劳改营的阿姆弗罗西主教。

阿姆弗罗西之后开始行进的是孤儿和流浪儿，队列像来自世界大战和国内战争的士兵队列一样没有尽头。指挥员在前面举着有孤儿院名字的牌子，接下来是学生们，一个公社跟着一个公社，就是他们曾几何时出发去解放耶路撒冷时的顺序。明白大多数孩子对我们来说都是一副面孔，杜霞来得及讲谁就讲谁。十五年过后我在黑海一些海滨城市的报纸上将再次遇到他们中一些人的名字。

……我记得一支试图踏着月光之路直接穿越黑海的整个塔干罗格的队伍。有一个相遇尤其动人：以俄罗斯革命的“祖母”叶卡捷琳娜·康斯坦丁诺夫娜·博列什柯－博列什科夫斯卡娅的名字命名的公社的学生围着教母——尼考吉姆神父介绍她在那里工作了差不多一年。小的粘着她温情脉脉，解释说，后来他们再也没有这么好、这么善良的德语老师了。随后，尽管现在已经是傍晚了，为了让她高兴高兴，他们七嘴八舌地喊着：“古腾莫尔根！古腾莫尔根！①”后来，大一些的孩子逐渐挤开他们，他们围成半圆，齐声高喊杜霞在哈巴罗夫斯克没来得及记录下来的童谣、开头、结尾。我看到教母的眼睛再次湿了。

下一个相遇从杜霞灵魂上卸下的负担几乎不比丈夫在外高加索前线的英年早逝卸下的小。又是一个壮观的十字架游行队伍，各个阶层、派别和年龄的人雪崩一样涌来：感觉以全部的重量向你压下来的是俄罗斯本身，前面如同牧师一般走着的是

① 德语：早安。

一个跟活着的谢廖沙像得如两滴水一样的人。无疑，这是帕沙，1921年出发去西伯利亚时想要实现的，他到底还是实现了。主帮了他——人们被鼓动起来了。就是说，她也好母亲也好，在莫斯科的时候劝他放弃剃度是对的，像上了发条一样反复说在尘世该完成的他还什么都没完成是对的。帕沙也非常高兴见到姐姐。他伸长脖子，噘着嘴唇，表示在亲她。

帕沙的十字架游行队伍之后是萨莫耶德人的队伍，绵延几乎一公里。一族跟着一族，许多人带着鹿，有恩乔人、谢尔库普人、东干人、艾温人。前面是几个老人，其中一个的血统明显与别人不同。我几乎确信自己看到的是佩列古多夫，可教母默默无语，而我不方便主动问。实际上北方人不多，不过，他们行进时不拥挤，人们的队列中时不时地会透出亮。在大家行进速度慢了又慢的过沟小桥前面，鹿群甚至在用柔软的嘴唇偷偷地舔食苔藓。遗憾的是，熊苔的苔藓少。

20年代的时候，生活把恩乔人分开，抛到四面八方。而如今他们又在一起了。全都混在一起了：那些哪儿都没去、原来在勒拿河下游游牧、后来仍留在那里的，谢廖沙和我跟他们中的许多人很熟；那些守卫过列宁、后来闯入圣地约旦河下游胡拉湖周边肥沃牧场的，在与波兰白军的战斗中牺牲的，在完全不同的另一条河普利皮亚奇岸上倒下的。我觉得，我也看到了那些恩乔人，美洲帆船的船长着手把他们送往地球另一端、挨着南极洲的法国人的岛屿克格伦。至少，一头鹿的鹿角缠着法国国旗的花带。

……

在后面我们看到一个完全不同的队伍。队伍前面——为了体面稍稍落后果尔基人一点点——，边走边可劲儿嚎叫的是卡佳·马斯连尼科娃。伴着她出色的哭丧，拉脱维亚步兵低下头，庄严地抬着一口小小的、绷着黑布的棺材。里面有一个橡胶小人儿的照片。

接下来是新的、排出一公里一公里的不幸的女人和孩子、老人和年轻男人、军人、囚犯、普通农民，生活碾碎了他们，把他们混合在一起了，因此，弄清楚是谁、是哪儿的不容易。衣衫褴褛，饥肠辘辘，伤痕累累，他们全都有病在身，被折磨到了无以复加的地步。每一步对这些芦柴棒来说都艰难，因此我明白，如果没有上帝伸出援手，沼泽地他们是穿越不过去的。他们在我们身旁走啊走，而我们望着这些巴比伦哀痛、苦难的河流，尽管不认识什么人，或者更准确地说，认不出什么人，但依然站着，哀嚎着。

当伊琳娜看到自己的女儿时，她没有开始喊叫，没有扑向萨申卡，没有开始哭泣，而是呆住了，如同一根盐柱。小姑娘自己走到她跟前，随之她们就几乎纽结在了一起。手指因为用力发白了，掰是掰不开的。她们就这样久久地站着，谁都看不见、听不见，后来万尼亚走到她们身边，把两个都抱住了。杜霞没有打扰兹维亚金采夫一家人，我们坐在离他们十五米左右的草墩上说着话。后来，终于相信了自己的幸福以后，伊琳娜转过头来，用哀求的眼神看了我们一眼，于是，尽管距离队尾还有将近一公里，但教母甩了一下手。我们往树林走的时候已经是俩人了。

译后记

弗拉基米尔·沙罗夫1952年生于莫斯科的知识分子家庭。他的祖父母是“立陶宛、波兰和俄罗斯全体犹太工人联盟”的成员，20世纪30、40年代先后死于囚禁地或被枪毙。而他毕业于莫斯科大学生物系的父亲亚历山大·沙罗夫是著名科幻和童话作家，参加过卫国战争，做过《消息报》特约记者、《星火》杂志编辑。

弗拉基米尔·沙罗夫本人毕业于莫斯科物理数学学校，函授读的沃罗涅什大学历史系的本科，1984年获得该校历史学副博士学位，论文研究的是16世纪末—17世纪初的“混乱年代”。其人生阅历丰富，当过考古队的搬运工、工人和文学编辑。1979年发表诗歌处女作，但普遍为读者所关注，是1990年代初开始发表长篇小说以后。

从第一部长篇小说《步步追踪》（1991年）到最近的一部《返回埃及》（2013年），沙罗夫八部长篇小说的每一部都会引起轩然大波和激烈争论，毁誉参半。不过值得注意的是，这并未影响他成为获奖“专业户”：两度获得《旗》杂志基金奖，数度入围俄罗斯最具影响力的文学奖“大书奖”“年度图书奖”和“布克奖”决胜名单，并最终获得2014年度的“布克”文学奖和“大书奖”。

如同《俄罗斯报》2015年10月15日的作家采访“编者按”所言，“独特的世界图景”和“辨识度高的风格”是沙罗夫创作的典型标志。作为历史科班出身的人，沙罗夫的小说乍一看可谓“历史小说”：16世纪的伊万雷帝与安德烈·库尔勃斯基公爵的论战，17世纪的牧首尼康与大司祭阿瓦库姆的斗争，19世纪的果戈理的裂变，20世纪的列宁、斯大林、赫鲁晓夫、勃列日涅夫及其一系列上层领导人的行为，等等，这一切不止是历史背景，他们全都是活生生的人物。很多虚构主人公的心路历程、对世界图景的构想往往是围绕他们进行的。让沙罗夫的小说纪实性和历史真实性貌似更毋庸置疑的是其恒常不变的模式：每部小说都有一个或数个叙事主人公，他们偶然获得先辈或前人的笔记、日记、历史档案材料，或是偶然碰到专门研究某段历史、某个历史人物的人，由此与这段历史、这个人物直接或间接有关的各色人等纷纷登场，呈现出一个个稀奇古怪的故事和一段段光怪陆离的人生。

但问题在于，与白银时代宗教思想家、诗人、小说家梅列日科夫斯基的一系列所谓“历史小说”一样，沙罗夫的小说也只是“貌似”历史小说而已。虽然沙罗夫小说中的诸多主人公确是历史人物，叙述的历史事件精确到天甚至时辰，呈现出来的形象“栩栩如生”，但实际上，他们却与自己的历史原型根本不存在吻合度。文学评论家库利岑在专著《俄罗斯的文学后现代主义》中就此强调说：沙罗夫小说中的历史与实际的历史没有关系。列伊杰尔曼和利波维茨基在两卷本教科书《当代俄罗斯文学·1950—90年代》中给了这样的定义：这是“后现代伪历史主义”或曰“建立在历史事实基础上的后现代杜撰”。换句话说，杜撰的不是历史事实本身，而是对这些历史事实有目的的拼贴和另样的解读。该教科书总结说：“奇幻情节与腔调的严肃性结合，作者与故事讲述人没有丝毫距离感，故事讲述人同样也没有距离感地转述其他人物的叙述，这一切产生的是一种伪纪实的效果：奇幻事物不让人惊奇，假定性丝毫没有被标注出来，似乎根本就没有假定性。”或许，沙罗夫被俄罗斯学术界称为“智力挑衅大师”的原因也正在于此吧。

与以“历史小说”一成不变诠释自身“神圣灵与肉基督教”理念的梅列日科夫斯基类似，虽说沙罗夫在多次采访中都强调自己把写作看成不断认识世界、构筑世界图景的过程，但实际上其看世界的角度、对历史事件和历史人物的拼贴和诠释在很大程度上是一成不变的，在很大程度上承继的是17世纪中期尼康宗教改革之后转入“地下”的旧礼仪派或曰旧信仰派、分裂教派对世界的认识。作家本人在接受采访时承认自己对该教派文化具有浓厚兴趣，对该教派做了深入细致的研究，而他几乎所有小说的主人公都具有鲜明的旧礼仪教徒的特点也印证了这一点。

长期被官方教会贬为“异端邪说”的旧礼仪信仰在俄罗斯社会底层尤其具有丰厚的土壤，其信仰的典型特点是保守性、极端虔诚和极端禁欲性；坚信自己是上帝的选民，肩负神圣的拯救人类、拯救世界的宗教使命；为信仰自愿殉难，甚至不惜生命，甚至认为受难、牺牲是上帝特别的眷顾，是获得永恒生命的保证；他们拒斥邪恶不公的现世，期待末日尽快来临，基督的第二次降临尽快来临；他们永恒漂泊，寻找没有邪恶和不公的正义之城，梦想建立人间天堂……

沙罗夫在诸多作品中挖掘俄国革命的宗教根源，尤其是“地下宗教”的根源。其作品主人公认为，俄国的革命之父不是别人，正是旧礼仪派领袖阿瓦库姆，其内在逻辑应该正在于：革命是摧枯拉朽，是摧毁旧世界、建立新世界的现实尝试。

或许正因为此，沙罗夫否定学术界把他归入后现代派，认为自己是现实主义作家。就像陀思妥耶夫斯基否认对他“心理学家”的定义、认为展现心灵现实的自己是“最高意义上的现实主义者”一样，对于沙罗夫来说，其小说遵循使俄罗斯成其为俄罗斯的独特文化逻辑，因此得到重新诠释的历史不是“杜撰”，而是应该的历史，是应该的历史事实，或者说，是可能的历史，可能的历史事实……

征得作家本人同意，本译本有删节。